중국의 고전목록학

내일을여는지식 어문 27

체계적으로 이해하는

중국의
고전목록학

박정숙 번역

KSI 한국학술정보㈜

한국어판 서문

라이신샤(來新夏: 中國 南開大學 敎授)

고전목록학은 漢代의 劉向 父子에게서 시작되어 明淸에 이르기까지 천 수백 년을 흘러 끊임없이 이어져 내려왔다. 유명한 저서가 잇따라 출현하고 이름난 학자들이 계속 나와, 중국 전통 학술의 커다란 일맥을 이루었다. 그 학술 내용은 매우 풍부하다. 즉 異本을 널리 수집하고 차이를 校讎하여 定本을 확립한다. 또한 편차를 교정하고 부류를 나눠 목록을 세움으로써 학술 유파를 분석하여 분명하게 밝히며 圖籍을 평론한다. 그리고 書錄을 지음으로써 학술적 관점을 드러내어 후학들에게 학문의 길을 안내한다. 이에 文史를 연구하는 학자들은 적은 노력을 들이고도 큰 성과를 얻을 수 있도록 이 분야를 많이 학습하여야 할 것이다.

내가 정식으로 목록학을 배우게 된 것은 지난 세기 40년대 초부터인데, 당시 北平[北京의 옛 이름]의 輔仁大學[일찍이 현 北京師範大學으로 합병되었으며, 지금의 臺灣 輔仁大學의 전신이기도 함]에 유학하여 援庵 陳垣, 季豫 余嘉錫 두 선생의 문하에서 사사하였다. 두 분의 선생님은 목록학의 기초가 튼실하셨으며 또한 능숙하게 후학을 계발시켜 주셨다. 陳垣 선생님께서는 매우 일찍이 목록학에 관심을 가지셨는데, 소년시기에 바로 ≪書目答問≫을 섭렵하기 시작하여, 독서와 도서 선택의 기준으로 삼으셨다. 후일 또한 나아가 ≪四庫全書總目≫을 연구하여, '부류에 따라 서적을 찾고, 서적에 의거하여 학문을 탐구하는'(卽類求書, 因書究學) 학술 연구의 저력을 마련하셨다. 그는 일찍이 직접 ≪文津閣書冊頁數表≫, ≪四庫書名錄≫, ≪明末淸初敎士譯著現存目錄≫ 및 ≪敦煌劫餘錄≫ 등의 목록학 전문 저서를 편찬하였고, 더욱이 ≪中國佛敎史籍槪論≫을 가르치고 찬술하여 문단에서 한층 더 이름을 드날리셨다. 이 목록학의 교육 과정을 수학하면 史學 연구에 도움이 될 뿐만 아니라 또한 초학자들은 이로써 佛書를 읽는 방도를 대략 알 수 있게 된다. 陳 선생님은 이 서적을 예로써 목록을 편찬하는 규범을 규정하였는데, 매 서적마다 그 서명과 목록, 略名, 異名, 권수의 차이, 판본의 원류, 편찬자 약력 및 서적의 내용과 체재, 그리고 史學과 관련된 여러 가지 사실을 하나하나 열거하여, 사람들이 목록학의 기본 지식을 알 수 있도록 하였다. 그는 余嘉錫 선생님의 목록학에 대한 조예를 몹시 중시하여, 그가 ≪余嘉錫論學雜著≫를 위해 쓴 서문에서는, "余嘉錫 선생님의 학술 연원은 사실 목록학에서 힘을 얻었다 할 것이며, 그가 종신토록 종사한 학문 또한 목록학이 위주이다."라고 말하였다.

余嘉錫 선생님은 목록학의 조예에 확실히 심도가 있으니, 근대 목록학의 거장이라 일컬을 만하다. 나는 갓 대학에 입학하여 같은 숙사의 고학년의 지도를 받으며 또한 余 선생님이 지으신 ≪目錄學發微≫를 읽고서, 마침내 余 선생님께서 중문과에 개설한 교과

목인 '목록학'을 선택하여 이수해야겠다고 다짐하였다. 余 선생님은 《書目答問補正》을 교재로 지정하셨다. 당시, 나는 유치하게도 이것으로써 즉시 목록학의 심오한 경지를 살펴 이해할 수 있을 것이라고 여겼으나, 누가 알았으랴? 책을 펼쳐 한 번 읽어 보니 오직 서명만이 즐비하게 나열되어 있을 뿐, 서로 간에 조금도 관련이 없으며, 읽자니 또한 무미건조하여 졸리려고 하였다. 柴靑峰 선생님의 지도를 거쳐 貴陽本으로써 《補正》을 교정하고 차이를 교감하며 마침내 전체를 한 번 통독하게 되니, 스스로 약간은 깨달음을 얻은 것 같아 한 걸음 더 나아가 깊이 연마하고자 하는 생각에, 마침내 어느 날 주제넘게도 余 선생님께 학문을 배우고자 가르침을 청하게 되었다. 余 선생님은 내가 말씀드린 학업 상황을 들으시고는 엄숙하게 3가지 일을 하라고 일깨우셨다. 첫째, 三國 시기 董遇의 "서적을 백 번 읽으면 그 뜻이 저절로 보인다."(書讀百遍, 其義自見)는 故事를 말씀하시며, 계속 《書目答問補正》을 읽으면서 특히 자간과 행간을 주의하라고 요구하셨다. 둘째, 《書目答問》과 관련 있는 목록서를 많이 읽기를 요구하셨는데, 나는 스승의 명을 받들어 일찍이 전후로 《書目答問箋補》, 《增訂四庫簡明目錄標注》, 《讀書敏求記》, 그리고 《鄭堂讀書記》 등의 서적을 열독하였다. 셋째, 여름 방학을 이용하여 《書目答問》을 위해 3질의 索引을 편찬하기를 요구하셨는데, 즉 人名索引, 書名索

引 및 姓名略과 인물의 著作索引이다. 余 선생은 또한 "이 세 가지 일을 다 한다면, ≪書目答問≫은 초보적으로 이해하였다고 할 수 있다."고 말씀하셨다.

대략 1년 남짓의 시간 동안 나는 이 3가지 일을 진지하게 하면서 이미 고전목록학의 입문 기초를 다졌음을 느끼게 되었는데, 이러한 목록서를 읽는 것이 그리 지루하지 않으면서도 또한 그 속에서 자신이 필요한 지식을 끄집어내어 학술을 연구하는 데에 어쩔 줄 모르는 어려움이 적게 되고, 학술의 미궁에서 지름길을 찾는 오묘한 즐거움을 얻을 수 있게 되었다고 자부하면서, 또한 여기서 더 깊이 들어가기를 바랐다. 그러나 50년대 이후, 고전목록학의 이 교과 과정은 '봉건주의, 자본주의, 수정주의'(封資修)의 구호 중 봉건주의(封) 부류의 학문으로 간주되어, 학술의 찬밥 신세로 전락하여 거의 점점 잊혀졌다. 나는 보잘것없는 고전목록학 지식을 이용하여 淸 이래의 인물 연보를 읽으면서, 매번 한 연보를 읽고는 바로 提要를 써 두었음에, 세월이 흐르면서 시나브로 수십만 자의 초고가 완성되었다. 이에 초등학생의 작문 노트에 붓으로 옮겨 적었으나, 뜻밖에도 '文革' 중에 몰수당하고 70년대 후기까지 나는 농촌으로 쫓겨나 있었는데, 한 번은 이른바 물자를 정리하여 돌려주고 조사하여 몰수할(淸退査抄物資) 때에, 의외로 이미 찢겨진 두 권의 手稿를 주워 돌아오게 되었다. 나는 미친 듯이 기뻐서 일부의

草稿와 札記를 바삐 찾아내어 농사일 틈틈이 부뚜막에 쪼그리고 앉아 어두운 불빛 아래서 두어 해 동안 비로소 대략 보완을 하게 되었다. 소환이 있은 후 다시 보충하고 교정하여 마침내 ≪近三百年人物年譜知見錄≫이라는 책을 완성하게 되었으니, 모두 50여만 자로 1983년 上海人民出版社에서 정식으로 출판되어 독자의 주목을 한껏 받았다. 근 20여 년간 또한 끊임없이 보충하여 거의 두 배 가까이인 100여 만자의 증보본을 완성하게 되었는바, 곧 中華書局에서 정식으로 출판될 것이다. 이것은 고전목록학에 대한 나의 학술적 실천이다. 지난 세기 60년대 초, 나는 정치적 조사를 받아 가르치는 일을 박탈당하고 한가로운 처지가 되었지만, 무료한 생활을 보낼 수가 없어서 옛날의 작업을 다시 정리하기로 하고 ≪增訂四庫簡明目錄標注≫를 본보기로 하여 각 도서관의 名家 批注 및 관련 논술을 수중에 모아 때때로 ≪書目答問補正≫을 참고삼아 열독하며 몇 년간을 기록하였더니, 소장하고 있는 ≪書ㅋ答問補正≫이 이미 온통 너덜너덜해지고 처음부터 끝까지 글자 행간에 작은 메모로 가득차지 않음이 없다. '文革'기간 이 ≪彙報≫ 또한 재난을 피할 수가 없었으나, 다행히 정리하여 돌려줄 때 의외로 온전하게 되돌려 받고서는, 그 당시에 ≪書目答問彙報≫를 정리 보충하여 고전목록학을 배우는 입문서로 할 생각을 하였지만, 결국은 자료가 도처에 흩어져 있어서 한순간에 구하기가 어려웠던 탓에, 세월만 흘러 고령의 나이가 되어 버렸다. 근년에 다행히 각 지방에 있는 벗의 협조를 얻어, 2008년 봄에 《書目答問彙報》를 완성하게 되었으니, 100여 만자로 역시 中華書局에서 정식으로 출판될 것이다. 이 두 서적이 있어서 나는 비로소 陳垣, 余嘉錫 두 선생님의 가르침에 보답할 수 있게 되었다.

지난 세기 80년대 중국은 개혁개방의 길에 들어서게 되어, 온 나라에 방치된 일들이 다시 일어나고 학술 또한 날마다 안정이 되었다. 각 부류의 기초 교과목이 분분히 회복되고 증설되어 '목록학'의 과목 또한 거기에 열거가 되니, 나는 영광스럽게도 교사의 직무를 임명받아 충심으로 기쁨을 머금고 즐겁게 가르치고자 하였다. 그리하여 서가를 뒤적이며 농촌에 기거할 때 지은 《目錄學綱要》 8만여 자를 찾아 한여름까지 자료를 보충하고 문자를 가다듬어, 거의 한 달 만에 《目錄學講義》 10여만 자를 지어 신학년에 개설될 교과목을 위한 준비를 마쳤다. 나는 이 목록학이 도서관 분류편목의 書目學과는 달리, 학술을 구분하고 원류를 밝히는 전문적인 학문이라고 여기며, 그것이 유구한 학술전통이 있고 또한 풍부하고 충실한 내용을 갖추고 있음을 심사숙고하여, 이것을 '고전목록학'이라고 이름을 정하고, 또한 강의를 위한 것이기에 《古典目錄學淺說》이라고 명명하였다.

《古典目錄學淺說》은 전체 모두 4장으로 나누어져 있다. 제1장은 목록학 개설로서, 목록학의 정의·종류·체제·작용 등에 대하여 비교적 전면적인 설명을 하였다. 제2장은 고전목록학 저작과 목록학가로서, 兩漢에서 明淸까지 중요한 목록학 저작과 저명한 목록학가에 대해 질박하고 객관적으로 평술하여 고전목록학의 기본 내용을 이해하도록 하였다. 제3장은 분류학, 판본학, 교감학 등의 전문분야와 같은 고전목록학의 관련 분야로서, 비교적 상세하고 구체적으로 논술하여 독자들의 고전목록학에 대한 이해가 깊어지도록 하였다. 제4장은 고전목록학의 연구방향으로서, 고전목록학 분야의 전망에 대한 구상을 제시하여 연구자와 학습자들에게 더 깊은 사고와 탐구를 제공하였다. 뜻밖에도, 고전목록학 이 명칭은 마침내 학계에 의해 수용되어 사용되었으며, 이 고과 과정도 젊은이들과 학생들에게 환영을 받았다. ≪古典目錄學淺說≫은 몇 차례의 수정을 거쳐, 1981년 10월 中華書局에서 정식으로 출판되어 학술계의 주목을 얻었으며, 또한 평론을 써서 격려와 도움을 준 학자도 있었다. 2003년 일찍이 北京에서 새 판이 重印되었고, 2005년 8월 中華書局은 또한 그것을 '國學入門叢書' 중에 포함시켜 제3판을 인쇄하여 목록학을 연구하고 공부하는 필독서가 되도록 하였다.

  2008년 7월 南京大學 중문과의 한국인 박사생 박정숙 선생이 편지를 보내와 졸저 ≪古典目錄學淺說≫을 한국어로 번역하고자 한다고 하였다. 8월 4일 그 지도 선생인 張伯偉 교수가 다음과 같은 내용의 추천서를 보내왔다.

"한국 유학생 박정숙 동학은 한국 계명대학교 중국어문학과를 졸업하였으며 또한 문학 석사학위를 취득하였습니다. 2005년 南京에 유학을 와 南京大學 중문과에서 중국고대문학을 전공하여 3년의 고생 끝에 '≪『文選』의 한국 유전 연구≫'(≪『文選』流傳韓國之研究≫)라는 제목으로 박사 학위논문을 작성하였으며, 이미 논문 심사를 순조롭게 통과하였습니다. 이 학생은 목록학에 깊은 흥미가 있으며, 또한 비교적 훌륭한 기초를 갖추고 있습니다. 그녀는 한국 학술계가 문헌학에 대해 충분히 중시하지 못하고 있는 상황에 직면하여 중국학자의 관련 저술을 번역함으로써 그것을 치료하고자 하오니, 그 뜻이 칭찬할 만하여 감히 추천을 합니다. 그 아름다운 뜻이 성취되어 우리 中華의 학술이 한층 더 빛날 수 있기를 바랍니다."

中韓 문화의 교류가 역대로 있어 왔다는 것은 서적에 많이 기재되어 있다. 李白과 晁衡의 唱和와 友誼, 長安에서 張鷟과 白居易의 詩文을 다투어 구매한 것은 중국학자들이 오래도록 성대한 일이라고 칭하였다. 금세기는 학술교류와 학자의 방문이 더욱 빈번하다. 박정숙 선생은 천 리를 멀다 않고 金陵으로 학문을 구하러 와서 張白偉 선생을 좇아 배워 학업에 성취가 있게 되었다. 또한 밤낮으로 열심히 면학하여 졸저 ≪古典目錄學淺說≫ 이 책을 번역

하여, 中韓 문헌학 분야의 소통과 교류를 위하 공헌을 하였으니, 그 뜻을 칭송할 만하다. 박정숙 선생은 이제 한창인 나이이므로 전도가 양양하다. 구순을 바라보는 이 늙은이는 그 교류의 다리를 개통함이 날마다 드넓어져 상호 번역을 하여 서로 보완함으로써 中韓 문화가 무르익기를 기원한다. 나는 이에 눈을 비벼 기다리면서 그 서문을 쓴다.

2009년 2월 10일 中國 天津 南開大學 蹇谷에서 금년 87세에 씀.

역자의 말

아무도 가지 않으나 그 누군가는 반드시 가야 할 길을
기꺼이 감내하며 걸어가고자 하는 어떤 이에게
이 졸역이 하나의 안내서가 되었으면……

먼저 이 책의 번역 출판을 허락해 주신 저자 라이신샤(來新夏) 선생님께 감사드립니다. 팔순이 넘은 고령에도 불구하고 저의 볼품 없는 번역에 적극적인 관심을 보여 주신 라이 선생님의 열의에 심심한 경의를 표합니다. 그리고 이 책의 출간을 도와주신 '한국학술정보(주)'의 관계자분들께도 감사의 말씀을 전해 올립니다. 오늘날 우리의 다양한 인문학 정책 속에서 후학을 위한 기초 필독서부터 하루 빨리 체계적으로 갖춰지기를 기대합니다. 목록학은 학문의 첩경이라고 합니다. 그 治學의 중요성과 방법론을 습득하여 우리 후배들이 보다 튼실하게 학문을 일구어 나갔으면 하는 바람으로 보잘것없는 이 번역서의 출간을 숨 가쁘게 서둘렀습니다. 이러한 저의 작은 소망을 두루 살펴 주시고 또 그것이 실현될 수 있도록 도와주신 많은 분들께 다시 한 번 감사를 드립니다.

다만 이 원저는 초판이 나온 지 근 30년이 가까우므로 내용상 다소 시대에 뒤떨어지는 감이 없지 않으나, 목록학의 입문서로서는 전혀 손색이 없다고 생각됩니다. 저자가 여기서 제기하고 있는 문제는 아직도 미결로 남아 있거나 그 연구가 완전히 개진이 되지 않았는 바, 이 책은 여전히 중국 고전목록학을 가장 알기 쉽게 인도

해 주며 많은 연구 과제를 개척하게 해 주는 가치가 있다고 여겨집니다. 역자는 박사유학 동안 난징(南京) 대학의 학문 전통이라 할 '목록학'의 중요성을 그제야 깨닫고 많은 관련 서적을 모으기 시작했습니다. 그 중에서 이 책이 가장 이해하기 쉽고 유용하다는 생각이 들어 능력이 부족하면서도 좀 더 꼼꼼하게 이해하고 싶다는 욕심이 가시지 않아 이렇게 무모하게 번역하여 출간하기에 이르게 되었습니다. 그러나 역자의 무지로 인해 서툰 부분을 감추려도 감출 수가 없습니다. 원저의 명성에 누가 되지 않을까 하는 두려운 마음을 떨치지 못하는 가운데 이 졸역을 과감하게 내어 놓는 것은 그저 10여 년 전 저와 같이 학문의 문턱에서 혼자 한없이 방황하고 있을 어느 후학에게 조금이라도 도움이 되었으면 한다는 한 가닥의 바람 때문입니다. 제가 우리 선학들의 책에서 학문의 진지함을 좇아 無言의 情을 느꼈던 것처럼 그 누군가의 손에서 역자의 작은 진심도 되살아날 수 있기를 잠시 빌어 봅니다. 아울러 부족한 점이 있다면 어떠한 질정이라도 달게 받아 더욱 정진하는 계기로 삼겠습니다.

끝으로 이 책이 나오기까지 따뜻한 격려로 저의 어두운 길을 믿어 비춰 주신 여러 소중한 분들에게 감사의 인사를 두루 전해 올립니다.

己丑年의 라일락이 지고 목련이 필 무렵
역자 謹識

일러두기

1. 이 책은 來新夏 著, ≪古典目錄學淺說≫(北京: 中華書局, 2005년)을 우리말로 옮긴 것이다.

2. 가능한 저자의 원글에 충실하고자 노력하였지만, 번역문의 자연스러움을 살리기 위해 간혹 문장을 나눈 부분도 있다. 또한 일부 본문 중에 인용된 원문은 열독의 간결함을 위해 주석으로 옮겨 참고하도록 하였다. 아울러 중국어의 한 특징이라 할 피동과 수동구문이 지나치게 길고 번복될 경우에는 그 원뜻을 최대한 살리는 범위 내에서 자연스러운 우리말로 옮기고자 노력하였다.

3. 서명 또는 편명은 번역하지 않고 한자 그대로 인용하였으며, 작가와 편찬자의 성명 역시 한자 그대로 인용하였다. 또한 그것이 중복이 되더라도 한자를 그대로 표기하였는데, 이는 한국 한자음의 발음상에서 오는 다소 어색한 부분을 회피하고 동시에 그 의미와 내용을 더욱 효율적으로 이해할 수 있도록 도모하고자 하였기 때문이다.

4. 저자가 지정하여 사용한 고유명사의 용어일 경우는 모두 그대로 직접 인용하였다.

5. 역자 주는 [ ]로 표기하여 설명하였으며, 다만 그 용례가 그다지 많지 않으므로 별도로 강조하여 표명하지는 않았다.

6. 중국어의 표점부호는 우리와 달리 사용되드로, 모두 우리말의
   용례에 따라 처리하고자 하였다. 즉 이 책에 쓰인 주요 부호
   는 다음 원칙에 따랐다.
   " ": 직접 인용할 때
   ' ': 간접 인용 및 강조할 때
   ≪ ≫: 책이름을 표기할 때
   < >: 책의 편명 또는 작품명을 표기할 때

제1장

目錄學 概說

제1절 目録과 目錄學

1. 目과 錄 그리고 目錄

目錄은 '目'과 '錄'의 합칭이다.

'目'은 篇名 혹은 書名을 가리킨다. 篇名은 細名, 小名 혹은 小題라고도 하며, 書名은 總名, 大名 혹은 大題라고도 한다.

'錄'은 '目'에 대한 설명과 편차로, 序錄 혹은 書錄이라고도 한다. 그것은 '目'을 포함한 간칭이 되기도 한다.

일련의 편명(혹은 서명)과 설명을 한곳에 순서대로 엮은 것이 바로 목록이다. 목록이라는 말은 ≪七略≫에서 "≪尙書≫는 청색의 끈으로 목록을 엮었다."(≪尙書≫有靑絲編目錄)[1]라고 말한 것에서 가장 일찍이 보인다. 이것은 ≪尙書≫ 한 책의 목록을 가리키는 말이다. 또한 西漢 劉向이 도서를 校勘할 때의 그 목록을 정리하고, 기록하여 上奏한 것[2]과 별도로 여러 기록을 모은 것을 ≪別錄≫이라 하는데,[3] 이것은 한 책의 목록을 편차하는 것에서 群書目錄까지의 전 과정을 가리킨다. 그것이 일컫는 '錄'이란 바로 '目'을 포함한 간칭이다. 그리고 ≪漢書·敍傳≫ 중에서 말한 바, "이에 목록을 기록하고 간략하게 두루 설명하여 <藝文志> 제10을 서술한

---

1) ≪昭明文選≫ 권38, 任彦昇, <爲范始興作求立太宰碑表>의 注에서 인용한 ≪七略≫의 말.
2) ≪漢書·藝文志≫.
3) ≪七略≫ 序(≪廣弘明集≫ 권3).

다.”(爰著目錄, 略述洪烈, 述藝文志第十)에서의 목록이란 곧 군서목록을 전문적으로 가리키는 말이다.

2. 一書目錄과 群書目錄

목록에는 一書目錄과 群書目錄이 있다.

일서목록은 한 권의 책의 편명과 설명을 순서대로 나열하여 모아 완성한 것을 일컫는 말이다. 그것은 군서목록에 비해 일찍 출현하였다. 따라서 먼저 각 편의 편명과 설명이 어떻게 출현하였는지를 이해해야 한다.

고대 사람들이 책을 쓰고 문장을 짓는 것은 먼저 목차를 세운 뒤 내용을 쓰는 것이 아니라, 개인의 사상 견해를 발휘하여 문장을 이루기만 하면 되는 것이었다. 동시에 簡冊의 기록제도로 인해 도서가 대부분 單篇으로 유전되었기에 목차의 유무는 크게 관련이 없었다. 그러나 점점 어떤 한 편의 문장을 칭하고자 하거나 혹은 많은 편을 한 책으로 엮고자 하면서 각 편의 명칭이 필요하게 되었기에 편명이 생겨나게 되었다. 편명의 출현에는 두 가지 경우가 있다.

하나는 記事와 사상을 표현한 문장에 대해 붙인 편명으로, 예를 들면 《尙書》의 <洪範>, <禹貢> 등은 정리자가 전체 내용에 근거하여 붙인 것이라 하겠다. 戰國 시대의 諸子書는 종종 자신의 주장을 선전하기 위해 자기의 저작 내용에 대해서 전체 주제를 개괄할 수 있는 편명을 붙이기도 하였는데, 荀子의 <勸學>, 墨子의 <兼愛> 등을 예로 들 수 있다. 이런 편명이 바로 '目'이며, 그 자체는 이미 문장의 내용을 반영하여 사실상 '錄'의 의미를 포괄하므로 그것은 한 편의 목록으로 간주될 수 있다.

다른 하나는 후인들이 일컫기에 편하고자 문장의 맨 앞에서 두세 글자를 절취해 편명으로 삼은 것인데, 즉 ≪詩·魏風≫의 <伐檀>편은 바로 이 시의 첫 구 "쾅쾅 박달나무를 베다."(坎坎伐檀兮)에서 절취한 것이다. 어떤 것은 심지어 破句로 절취하기도 하는데, 즉 ≪論語≫의 <學而>편은 바로 제1장의 첫 구인 "배우고 제때에 익히다."(學而時習之)에서 구두를 파기하여 취한 것이다. 이런 '目'은 문장의 뜻을 이해하기 어렵게 한다. 따라서 후인들은 편명 아래 간단한 설명이 필요하였으니, 예를 들자면, '伐檀'의 아래에는 "탐욕을 풍자하다. 관직에 있으면서 탐욕스럽고, 공이 없으면서 녹을 받으니, 군자가 벼슬길에 나아가지 못한다."(刺貪也. 在位貪鄙, 無功而受祿, 君子不得進仕爾.)라는 설명이 있다. 앞의 '伐檀' 2자는 '目'과 유사하고, 뒤의 설명 4구는 '錄'과 유사한 바, 합치면 이 시의 목록 작용을 하게 된다. 이런 詩序는 또한 목록의 초기 유형이라고 말할 수 있으며, 혹자는 맹아시기의 목록이라고 한다.

관련된 각 편의 목록을 한곳에 모은 것이 바로 일서목록이다. 가장 이른 일서목록은 ≪周易·十翼≫ 중의 <序卦傳>이다. 그것은 六十四卦의 卦名을 순서대로 배열하여 한데 모아 놓았다. 淸代의 학자 盧文弨는 "나는 ≪易≫의 <序卦傳>이 곧 六十四卦의 목록이 아닐까 한다. ≪史記≫, ≪漢書≫의 여러 序는 대개 여기에서 비롯되었다."[4]라고 하였다.

近代의 목록학가 余嘉錫 선생도 이 설을 찬성하여, "목록의 창작은 이보다 더 오래되지 않는다."[5]라고 하였다.

---

4) 淸 盧文弨, ≪鍾山札記≫ 권4: "吾以爲≪易≫之≪序卦傳≫, 非卽六十四卦之目錄歟? 史漢諸序, 殆昉於此."

그 외, ≪詩≫ 300여 편의 小序를 합한 것이 바로 ≪詩≫의 일서목록이다. ≪呂氏春秋·序意≫와 ≪淮南子·要略≫ 등도 모두 일서목록의 성질을 지니고 있는데, 체재가 완정되고 사용이 편리한 것으로는 마땅히 ≪史記≫와 ≪漢書≫의 일서목록을 꼽을 수 있다.

≪史記·太史公自序≫의 小序는 한 편의 완정된 ≪史記≫ 목록이다. <太史公自序>는 大序와 小序 두 부분으로 구성되었다. 大序는 自述로서 집안 내력·학력·벼슬 경력·학술 관점·편찬 의도·체례 등을 설명하고, 小序는 각 편의 편명과 주제를 차례대로 쓰고 있으니, 곧 목록이라 하겠다. 그것은 ≪史記≫ 전체를 읽는 열쇠이다. 여기서 하나의 예를 들어 설명해 보기로 한다.

> 秦나라가 그 道를 상실하자 호걸들이 여기저기서 일어났다. 項梁이 시작하고 그의 아들 項羽가 뒤를 이어, 慶通卿(卿子의 장군 宋義를 가리킴)을 살해하고 趙나라(秦漢 교체기 趙歇이 왕으로 자처한 趙나라로서, 당시 秦의 章邯이 巨鹿에서 趙를 포위하자, 제후들이 구하려고 하는데 宋義가 방관의 태도를 취하므로 項羽가 宋義를 죽이고 병권을 탈취하여 趙나라를 구원하였다.)를 구원하자 제후들이 그를 옹립하였으나, 秦始皇의 어린 아들 嬰을 주살하고 楚懷王을 배반하니, 천하가 그르다고 하였다. ≪項羽本紀≫ 第七을 짓는다.(秦失其道, 豪傑幷扰; 項梁業之, 子羽接之; 殺慶救趙, 諸侯立之; 誅嬰背懷, 天下非之. 作≪項羽本紀≫第七.)

이것은 한 편의 훌륭한 목록이다. 앞의 8구는 '錄'이다. 그것은 전체 문장의 주제를 개괄하였는데, 項羽의 주요 업적을 서술하였을 뿐 아니라, 項羽의 功過와 是非를 평론하였다. 동시에 작자의 편찬 의도도 드러내었다. 가장 마지막 1구는 '目'으로서 편명과 편차

---

5) 余嘉錫, ≪目錄學發微≫ 7, <目錄學源流考> 上: "目錄之作, 莫古於斯矣."

를 확정하였다. 이러한 130조 목록을 한곳에 모아 배열하여 ≪史記≫ 한 책의 목록이 되었다.

　班固 ≪漢書≫의 <敍傳> 下篇도 이 체례를 모방하여 쓴 것으로서, ≪漢書≫의 일서목록이 된다.

　≪史記≫와 ≪漢書≫의 이 일서목록은 전체 책의 말미에 차례로 배열되어 있었으나, 현재 전해 오는 판본 중 책머리에 있는 書目은 오직 篇名만 있고 敍錄은 없는, 즉 '目'만 있고 '錄'은 없는 것인데, 이는 바로 唐初 이래 후인들이 검열을 위해 마련한 것이다. 淸代 학자 盧文弨는 ≪鍾山札記≫ 권4에서 그것에 대해 다음과 같이 상세한 설명을 하고 있다.

> ≪史記≫, ≪漢書≫의 책머리에 목록이 있음은 판본이 생겨나면서 바로 생긴 것으로 검열에 편리하도록 하기 위해서이다. 그러나 두 서적의 本旨에 벗어난 것이 많다. <太史公自序>는 곧 ≪漢書≫의 목록이고, 班固의 <敍傳>은 곧 ≪漢書≫의 목록이다. 후인들이 그것으로 검색하기 어려웠던 까닭에, 그것의 조례를 다시 만들어 그 책머리에 넣었는데, 후인들은 또한 책머리의 목록이 바로 작자가 직접 지은 것이라고 오해하여 本書를 망령되이 헐뜯기에 이르렀다.(≪史記≫, ≪漢書≫書前之有目錄, 自有版本以來卽有之, 爲便於檢閱耳. 然於二書之本旨, 所失多矣. 夫≪太史公自序≫卽≪史記≫之目錄也; 班固之敍傳, 卽≪漢書≫之目錄也. 乃後人以其艱於尋求, 而復爲之條例以系其首, 後人又誤認書前之目錄卽以爲作者所自定, 致有據之妄訾訾本書者.)

　≪史記≫의 서두 목록은 ≪隋書·經籍志≫ 史部 正史類에 기록된 "≪史記≫目錄一卷"이라는 상황에 의거할 때, 그것은 아마 唐初에 이미 증가된 것인 듯하다. 正史 중에서 저자가 직접 쓴 목록이 책머리에 놓이는 것은 范曄의 ≪後漢書≫에서 시작된다. 후대의 각 史書는 ≪梁書≫, ≪陳書≫ 두 책이 후대에 증가된 것

외에 모두 작자가 직접 배열한 것이다.

일서목록은 한 권의 책을 훑어 읽는 데에 매우 편리하고 유용하나, 어떤 종류의 典籍에 어떤 책이 있는지, 어떤 책의 대체적인 상황은 어떠하며 또 어떻게 자기가 필요한 책을 찾아야 되는지 등의 문제를 이해하기 위해서는 반드시 군서목록의 도움을 얻어야만 한다.

군서목록은 여러 서적의 서명과 서록의 총괄을 일컫는 말이다. 군서목록은 바로 목록학 연구의 주요 대상 중의 하나이다.

3. 群書目錄의 발생

군서목록의 발생은 중국 도서사업의 흥기와 발전 그리고 도서의 수량 증가라는 전제 아래에서 정치상의 필요에 의해 추진된 것이다.

중국의 가장 이른 전문적인 도서목록 ≪兵錄≫이 漢武帝 시대에 출현한 것은 결코 우연이 아니다. 당시 漢初는 수십 년간의 회복과 안정을 거치면서 정권이 비교적 공고해지자 여러 가지 문화건설에 종사할 여지와 필요가 있어 사상 통치를 강화하여, "百家를 배척하고, 오직 儒術만을 존숭한다."(罷黜百家, 獨尊儒術)라는 전체 구호 아래, "書冊이 파손되고, 예악이 붕괴된 것"(書缺簡脫, 禮壞樂崩)을 빌미로 삼아, 정부의 주도로 도서 수집의 운동을 전개하고 또한 그에 상응하는 정책을 제정하였으니, 즉 "藏書의 대책을 세우고 書寫의 관직을 설치하여 諸子와 傳說에 이르는 서적을 모두 秘府에 채워 넣도록 하였다."[6] 이에 도서는 대량으로 증가되어 산처럼 쌓이게 될(積如丘山)[7] 정도가 되었다. 이는 곧 군서목록이

---

6) ≪漢書·藝文志≫ 序: "建藏書之策, 置寫書之官, 下及諸子傳說, 皆充秘府."

발생하는 전제 조건이 되었다. 漢武帝는 전국을 다시 통일하고 확충하여 봉건제국의 대통일을 실현하기 위해서, 매년마다 사방으로 군대를 일으켰으므로 군사 참고자료를 몹시 필요로 하였다. 그러나 솔직히 산처럼 쌓인 簡書를 검색할 방법이 없었는 바, 그리하여 "軍政 楊仆에게 佚失된 서적을 주워 모아, ≪兵錄≫을 기록하여 올리도록 명하였다."[8] 따라서 ≪兵錄≫은 비록 완비되지 못한 전문목록이며 또한 일실된 지가 이미 오래된 것이기는 하나, 그것은 필경 가장 일찍 출현한 군서목록이라 할 것이다.

군서목록의 발생과 발전은 또한 중국의 기록제도와도 관련이 있다.

중국의 가장 이른 도서, 즉 簡策은 竹木으로써 기록의 재료를 삼은 것이다. 이후 비단과 종이가 또한 이어져 사용되었다. 문헌의 기재와 출토된 문물에 근거하면, 대략 殷商 시대[9]에서 서기 3~4세기까지는 죽목과 簡牘을 사용한 시기였고, 春秋戰國 이후 서기 5~6세기까지는 비단이 우세하고 간독이 그 다음, 그리고 종이가 병용된 시기였으며,[10] 東漢 이후로는 종이가 점점 주요한 기록 재료가 되었다.

'簡'의 재료는 일정한 순서를 거처 우려낸 대나무인데, 즉 먼저 대나무를 일정한 길이로 잘라 다시 일정한 넓이로 나누어 한 토막

---

7) ≪太平御覽≫ 권619의 ≪七略≫ 인용.

8) ≪漢書·藝文志≫ 兵書小序: "軍政楊仆捃摭遺逸, 紀奏≪兵錄≫."

9) ≪尙書·多士≫ 篇: 周公이 殷나라 귀족에게 말하길, "오직 殷나라의 선조들만이 冊이 있고 典이 있었다."(惟殷先人, 有冊有典.)라고 하였다.

10) ≪韓非子≫: "先王은 竹帛에다 政事를 기탁하였다."(先王寄理於竹帛), ≪墨子≫: "竹帛의 서적과 金石에 새겨진 것은 후대 자손에게 전해 남긴다."(書之竹帛, 鏤之金石, 傳遺後世子孫), ≪晏子春秋≫에는 齊景公이 晏子에게 말한 것을 기록하였는데, 즉 "옛날 나의 선조 桓公은 管仲에게 孤縣과 谷縣을 주었는데, 그 17縣을 竹帛에 기록하고 순서대로 설명하였다."(昔吾先君桓公予管仲, 孤與谷, 其縣十七, 著之竹帛, 申之以等) 이런 기록은 비단이 春秋戰國 시대에 사용되었음을 증명하며, 竹帛의 병칭은 이 둘이 함께 사용되었음을 설명한다.

의 간이 되게 하여 이를 다시 불에 굽고 물을 빼(이런 기술 처리를 '殺靑' 혹은 '汗靑'이라 함) 부패를 방지하게 되면 바로 글을 쓸 수 있는 기록 재료가 된다. 각 간은 긴 것은 2尺 4寸 정도로, 儒家 經書와 政府法令 등 중요한 서적을 쓰는 데 사용함으로써 존경을 표시하고, 짧은 것은 8~9寸으로 諸子書 등과 같은 부차적인 서적을 쓰는 데 사용함으로써 일독을 편리하게 해 주었다. 王充이 ≪論衡≫에서 "큰 것은 經이고, 작은 것은 傳記이다."(大者爲經, 小者爲傳記)라고 말한 것은 바로 이것을 가리킨다. 각 간의 글자 수도 같지 않아 적은 것은 2자, 많은 것은 100여 자에 달하는데,[11] 일반적으로는 몇십 자 정도이다. 漢簡의 글자는 많은 편으로, 현존하는 실물을 보면 漢簡에는 한쪽 면에만 쓴 것과 양쪽 면에 쓴 것이 있는데, 각 간은 1~2행으로 씌어 있고 또한 위쪽 반은 큰 글자로 1행, 아래쪽 반은 작은 글자로 4행이며, 글자체는 楷書와 隸書의 중간이다. 1972년 山東 臨沂 銀雀山에서 발견된 漢簡의 1號墓 竹簡 대부분은 兵書(그 중에는 오래전에 이미 실전되었던 ≪孫臏兵法≫, 즉 ≪齊孫子≫가 있음)인데, 전체 간은 각각 길이 27.6cm(8~9촌), 폭 0.5~0.9cm, 두께 0.1~0.2cm인바, 諸子書는 짧은 간을 사용하였음을 알 수 있다. 2호 묘에서 출토된 죽간 ≪漢武帝元光元年曆譜≫는 모두 32개로 대체로 완정하며, 각 간은 길이 69cm(1척 12촌), 폭 1cm, 두께 0.2cm인데, 이것은 국가가 반포한 정식 曆書이기 때문에 기다란 간을 사용하였을 것이다. 간의 글자는 隸書로 쓰였다. 하나의 문서 혹은 한 편의 문장은 종종 많은 간을 필요로 하므로 어느 정도의 간을 삼노끈이나 명주 끈 혹은 소가죽 끈으로 한

---

11) 馬王堆漢墓 중의 <遣策>簡 위에는 가장 적게는 2글자만 적혀 있다. 武威에서 출토된 ≪儀禮≫簡 위에는 많게는 123개의 글자가 있다.

데 묶는데, 두세 줄로 엮거나 많게는 다섯 줄로 엮으면 바로 책이 되는 바, 갑골문에서 ▦자는 곧 '冊'의 상형 글자인 것이다. 이 연결된 간은 말간(末簡)을 중심축으로 왼쪽에서 오른쪽으로 1卷으로 말아 보존되니, 이것이 바로 '책 한 권'(冊一卷)이라는 것이다.

나무토막을 이용해 기록의 재료로 한 것을 '牘'이라고 하는데, 그것은 주로 書信에 사용되며 길이가 漢代의 길이로 1尺이었던 바, 후대에는 서신을 '尺牘'이라 하였다. 겉면에 붙은 한 공백의 牘을 '檢'이라고 하며 편지봉투로 삼는데, 이를 끈으로 잘 묶어 그 檢 위에 쓴 이름을 '署'라고 한다. 檢의 중간에 약간 오목한 네모난 부분을 '函'이라고 하는 바, 이에 후대에는 편지를 '函'이라고도 하였다. 函에 끈으로 매듭을 지어 묶어 진흙으로 싸서 도장을 찍음으로써 다른 사람이 뜯어보는 것을 방지하는데, 이를 '封'이라고 하며 또한 '泥封'이라고도 칭한다. 이 인장을 찍은 泥封을 '封泥'(淸人 吳式芬은 ≪封泥考略≫이라는 책이 있음)라고 하는 까닭에, 후대에는 '封'으로써 편지의 수량단위로 삼은 것이다. 만약 정방형의 목판을 '方'이라고 한다면, 이는 일반적으로 100자가 안 되는 문장을 쓰는 데 이용된다. 그림을 그리는 데 사용되는 것은 '版'이라고 하며, 민간에서는 토지소유권을 표명하기 위해 版을 이용해 토지의 경계를 그렸다. 국가도 版을 이용해 영역을 그렸기에 후대에는 영토를 '版圖'라고 칭하였다. 版은 또한 戶口의 등기에도 사용되어 '戶版'이라고 하였으므로, 戶口冊을 '版籍'이라고도 한다.[12]

簡牘은 대체로 무거워 사용하기에 불편하였지만, 비단은 비교적 가볍고 사용하기 편리하였기에, 간독보다는 조금 늦었지만 비단은 곧 새로운 기록재료가 되어 간독과 상호 보완적으로 사용되었다.

---

12) 王國維, ≪簡牘檢署考≫(羅振玉 ≪流沙墜簡)≫) 참조.

비단은 길이가 일반적으로 1丈 2尺을 한 권으로 하며 펴고 말기에 비교적 쉽지만, 결국은 비단이 竹木에 비해 비쌌던 까닭에 줄곧 간독을 대신하여 주요한 기록재료가 되지는 못하였다. 그러다가 東晉의 말에 이르러서야 桓玄이 종이로써 죽목으로 된 간독을 대신할 것을 정식으로 선포하는 명령을 내렸다.[13) 그 후 종이는 곧 주요한 기록의 재료가 되어, 오늘에까지 계속 사용되고 있다. 무거운 竹簡, 木簡에서 가벼운 비단, 종이에 이르는 이러한 발전과 변화는 틀림없이 기록의 제도에서는 일대의 진보라 하겠지만, 그러나 검색 사용의 측면에서는 여전히 큰 어려움을 안고 있다. 일부 卷書는 비록 바깥쪽에 書名과 篇名을 적은 小箋이 있어,[14) 펴고 마는 번거로움을 덜 수 있었으나, 대량의 소장 도서를 검색하여 그 중에서 필요한 책을 찾고자 할 때는 여전히 불편하였는 바, 書本의 형식을 이용하여 藏書의 명칭과 註解의 내용을 기록하는 것이 필요하였으니, 이것이 바로 군서목록을 끊임없이 발생하고 발전하게 한 것이라 하겠다.

楊仆의 ≪兵錄≫은 가장 이른 전문적인 군서목록이다. 그러나 ≪漢書·藝文志≫와 ≪太平御覽≫ 중에 거의 비슷한 몇 구의 말 외에는, 우리가 ≪兵錄≫에 대해 더욱 구체적으로 이해할 만한 더 이상의 문헌자료가 없어서 계속 논술하기는 어렵다. 현존하는 자료에 근거하면, 도서에 대한 한 차례의 통솔적이고 대규모적이며 비교적 전면적으로 군서목록을 정리하고 편찬한 작업으로는 마땅히

---

13) ≪初學記≫ 권21에서는 ≪桓玄僞事≫를 인용하여 桓玄이 東晉 말에 내린 다음의 명령을 기록하였다. "옛날에는 종이가 없었기에 簡을 사용하였는데, 군주에 대한 공경이 아니다. 지금 여러 簡을 이용한 것은 모두 황색 종이로써 대신하라."(古無紙, 故用簡, 非主於敬也. 今諸用簡者, 皆以黃紙代之.)
14) 옛날 관례는 小題가 위, 大題가 아래, 즉 篇名이 위, 書名이 아래였다. 후대 線裝本 중에는 이 용례를 계속 사용한 것이 있다.

漢成帝 시대의 劉向 등이 이끈 校書 운동이 가장 이르다 하겠다. 劉向 등은 20여 년의 힘든 작업을 거쳐, 일련의 체계를 갖춘 군서 목록을 편찬하는 과정을 세웠으니, 즉 '그 목록을 정리하고, 그 주제 를 모아서, 기록하여 상주하고'(條其篇目, 撮其旨意, 錄而奏之),[15] 또한 각 편의 서록을 모아 종합적 성격의 군서목록의 창시라 할 저 작인 ≪別錄≫을 집필하였다. 劉向의 아들 劉歆은 또한 父業을 계승하여, ≪別錄≫을 바탕으로, 다소 빠른 속드로 비교적 공식적 인 종합 목록 ≪七略≫을 집필하였다. 이 두 책은 매우 높은 학술 적 수준을 갖추고 있으나, 안타깝게도 그 原書는 오래전에 일실되 었고, 다만 淸人의 輯本만이 있을 뿐이다. 다행인 것은 班固가 ≪七 略≫의 주요 내용을 가려 뽑아 전적을 마련하고[16] <藝文志>로 고 쳐 써서 ≪漢書≫에 열입한 것이 현존하는 가장 이른 종합적 군서 목록이 되어, 후인들로 하여금 ≪七略≫의 흔적을 대략이나마 엿 볼 수 있도록 하였다는 것이며, 그리고 <藝文志>의 체재는 史志 目錄의 새로운 체재를 열어 군서목록의 새로운 부류를 창립하였다.

이러한 군서목록은 그저 한 책의 일독을 편하게 하는 일서목록 에 비해 효과가 몹시 크다. 그것은 도서 수집과 독서 그리고 학문 활동 및 연구에 상당한 보조 작용을 한다.

劉向과 班固 이후 군서목록의 편찬 작업은 역대로 끊임없이 계 속되어 중국의 도서사업에서 유구한 역사 전통을 지닌 하나의 작 업이 되었다.

---

15) ≪漢書 · 藝文志≫ 序.
16) ≪漢書 · 藝文志≫ 序: "今刪其要以備篇籍."

4. 目錄學의 흥기와 발전

≪別錄≫은 종합적인 군서목록의 창시 저작이고, ≪七略≫은 비교적 공식적인 종합적 군서목록이며, ≪漢書·藝文志≫는 현존하는 가장 이른 완정된 군서목록이다. 그러나 그것의 편찬자인 劉向 부자와 班固는 단지 도서를 등록하고 서목을 편찬하는 것에 국한되지 않고 대량의 학술연구 작업을 진행하였다. 현재 잔존하는 몇 편의 書錄과 ≪漢書≫의 내용으로 보건대, 그들은 異本을 널리 수집하여 그 차이를 교감함으로써 定本을 확립하였고, 편차를 감정하고 부류를 나눠 목록을 세워 학술 유파를 분석하고 판명하여 도서를 평론하였으며, 서록을 편찬하여 학술 관점을 드러냄으로써 후학들을 입문의 길로 인도하였다. 그들은 단순한 목록 편찬의 작업을 학술연구의 수준으로 드높이고, 군서목록을 편찬하는 과정을 학문 분야를 건립하는 과정이 되도록 하여 후학을 위한 규칙과 제도를 세웠다. 따라서 중국 고전목록학은 이 몇 부의 유명한 군서목록의 편찬을 따라 흥기한 것이라 하겠다. 이런 저작은 중국 고전목록학을 위하여 제일의 기초를 다졌다.

魏晉 이래, 목록학은 여전히 劉向의 규칙과 제도를 바탕으로 발전하였는데, 예를 들자면, 吳나라 孫休는 즉위 후 바로 韋昭에게 "劉向의 선례를 따라, 여러 서적을 교정하라."[17]고 명하였다. 西晉의 목록학가 荀勖은 劉向의 교서 규모와 비슷한 교서 운동을 한 차례 주도하였는데, 이 역시 劉向의 ≪別錄≫에 의거하여 서적을 정리한 것이다.[18] 군서목록도 이에 따라 날마다 많아지고 완비되어

---

17) ≪三國志·吳書≫ 권20 <韋曜傳>(案: 韋曜는 韋昭의 誤記): "依劉向故事, 校定衆書."
18) ≪晉書≫권39<荀勖傳> : "依劉向別錄, 整理記籍."

갔다. ≪七錄≫에 <簿錄部>를 세우고, ≪隋書・經籍志≫ 史部에 <簿錄類>를 세웠으며, ≪舊唐志≫ 史部에 <目錄類>를 세운 것은 모두 군서목록이 발전하여 증가한 상황을 반영한다.

비록 劉向 이래로 목록학의 작업이 이미 사실상 진행되고 있었다고는 하지만, 목록학이 하나의 전문 학문으로 제기된 것은 비교적 늦은 일이다. 과거 혹자는 '목록학'이라는 용어는 淸 乾隆년간 王鳴盛의 ≪十七史商榷≫에서 비로소 보인다고 하였다.[19] 이 주장은 그 시기를 너무 늦게 잡은 감이 있다. 왜냐하면 宋人 蘇象先이 그 조부 蘇頌의 遺訓과 事迹을 기록한 <蘇魏公譚訓> 권4에 이미 '目錄之學'이라는 용례가 있기 때문이다. 즉 ≪譚訓≫에서 말하길, "조부가 王原叔를 알현한 것은 나랏일을 논하기 위함이다. 仲至가 옆에서 보좌하고 있었는데, 原叔이 檢書史로 명하며 그를 가리켜 말하길, '이 아이는 목록의 학문이 있다.'"(祖父謁王原叔, 因論政事. 仲至侍側, 原叔令檢書史, 指之曰: 此兒有目錄之學.)[20] 라고 하였던 것이다.

이 단락의 말에서 '祖父'는 蘇頌을 가리키고, 王原叔은 宋初 王洙(太宗 至道 3년 生, 仁宗 嘉佑 2년 卒, 서기 997~1057)의 字이고, 仲至는 王洙의 아들 王欽臣의 字이다. 목록학이 한 학술 분야의 전문 용어가 된 것은 마땅히 北宋 초년에서 비롯되었음을 알 수 있다.

宋代의 목록학 작업은 현저한 성취가 있었는데, 그것은 일부 저명한 官私目錄의 출현에서 드러날 뿐만 아니라, 또한 목록학 이론의 연구 작업도 전개되었다. 鄭樵는 비록 목록학의 명칭을 인정하

---

19) 姚名達, ≪中國目錄學史≫.
20) ≪蘇魏公譚訓≫(전 10권), 淸道光刊本이 있음.

지는 않았지만, 그가 편찬한 ≪通志·校讎略≫은 목록학 이론연구의 명저라고 해야 할 것이다. 목록학은 元·明 두 시대에도 지속적으로 발전되었으며, 淸代에 이르면 목록학은 거의 한 시대의 '유명한 학술'(顯學)이 되어, 많은 저명 학자들이 그 학문을 섭렵하지 않음이 없었고, 관련 저작과 군서목록이 대량으로 출간되었으며, 심지어 일부 학자들은 일생의 정력을 여기에 다 바치기도 하였다. 일부 목록학과 관련이 되는 학과, 즉 版本·校勘·考證學 등도 모두 전문학으로 흥성하여, 목록학은 유례없이 왕성한 모습을 보이게 되었다.

비록 이러하였지만, 宋 이래로 일부 학자는 여전히 목록은 그저 편찬자를 기록하고 편질을 분류하며 서명을 기록하고 판본을 분별하는 것일 뿐이어서 단독으로 학문이 될 수 없다고 하고, 또한 반드시 校讎學이라 칭하여 목록학을 그 안에 포함시켜야 한다고 여겼다. 宋代 학자 鄭樵는 ≪通志≫를 편찬하여 <校讎略>을 세워 도서의 수집·정리·목록 등의 일을 논하였는데, 그러나 목록의 명칭은 취하지 않음으로써 개인적인 견해를 분명히 하였다. 또한 淸初의 학자 全祖望은 그가 편찬한 ≪叢書樓書目序≫에서 극구 목록학의 지위를 낮추어 말하길, "오늘날 이른바 서목의 학자들은 그 편찬자의 시대와 편질 분류의 簿冊을 기록하는 것으로써 입에 풀칠을 한다. 즉 여기에서 얻은 것은 그저 제수거리를 뒤적거리는 것에 지나지 않을 것이다."[21]라고 하였다.

乾嘉 시기의 학자 章學誠은 교수학을 내세워 목록학의 존재를 부정하였다. 그는 "교수의 학은 劉氏 부자에게서 연원이 나누어졌

---

21) 淸 全祖望, ≪鮚埼亭集≫ 권32: "今世有所謂書目之學者矣, 記其撰人之時代, 分帙之簿翻, 以資口給. 卽其有得於此者, 亦不過以爲掃搻虀祭之用."

는데, 古人의 중심요지를 가장 어림짐작할 수 있으며 字句의 교정은 그 작은 문제이다. 학문이 끊어져 전하지 않다가 천 년이 지난 후에 鄭樵가 비로소 살펴 특별히 <校讎略>을 지었으나, 그 묘법을 다하지 못했기에 사람들 또한 그것을 알 길이 없다. 세상에서 교수를 논하는 사람들은 오직 행간의 자구 사이를 쟁론할 뿐이니, 그 연원과 유파를 다시는 알지 못하게 되었다. 近人들이 그 학설을 알지 못하기에, 古書는 편차가 어지러워졌고, 敍例의 차이점을 고증해야 하는 사람들은 고인들이 별도로 목록의 학을 두었다고 말하고 있으니, 실로 의아한 것이라 하겠다."[22]라그 하였다.

　　淸末 학자 朱一新도 목록은 전문 학문이 될 수가 없다고 여기며 다음과 같이 말하였다.

> 목록, 교수의 학문이 귀한 것은 오직 문자의 차이를 자세히 교정하는 것으로써 교수라 하지 않기 때문이다. …… 세상 사람들이 다만 문자를 자세히 교정하는 것을 교수라고 하는 것은 교수의 협의적 의미이다. 甲乙의 기록부를 목록이라고 하면 목록학은 쓸모없는 것이 된다. 서명을 많이 기록하고 판본을 판별하여 한 서적의 우열을 가늠하는 것이 어찌 학문을 하는 것이라 하겠는가(目錄校讎之學所以可貴, 非專以審訂文字異同爲校讎也. …… 世徒以審訂文字爲校讎, 以校讎之途隘; 以甲乙簿爲目錄而目錄之學轉爲無用. 多識書名, 辨別版本, 一書佔優爲之, 何待學者乎!)[23]

　　近人 張舜徽 씨도 鄭樵와 章學誠의 여러 설을 계승하여 설명을

---

22) 淸 章學誠, 《章氏遺書》 外篇 권1 <信摭>: "校讎之學, 自劉氏父子, 淵源流別, 最爲推見古人大體, 而校訂字句則其小焉者也. 絶學不傳, 千載而後, 鄭樵始有窺見, 特著校讎之略而未盡其奧, 人亦無由知之. 世之論校讎者, 惟爭辯於行墨字句之間, 不復知有淵源流別矣. 近人不得其說, 而於古書有篇卷參差, 敍例同異當考辨者, 乃謂古人別有目錄之學, 眞屬詫聞."
23) 淸 朱一新, 《無邪堂答問》 권2.

덧붙였다. 그는 교수의 大名이 목록의 小名을 통합할 수 있으므로 목록학이라는 전문 명칭을 취하지 않아도 된다고 주장하며 다음과 같이 말하였다.

> 목록이 교수에서 나온 것이라면, 그 大名을 들어 일컫고 그 小號를 통합하는 것에 자족해야 할 것이다. 劉向・劉歆 父子 이후, 오직 鄭樵, 章學誠이 이 뜻에 깊이 통달하였는데, 鄭樵는 여러 서적의 분류를 명확히 하여 저술하고, 章學誠은 학술의 유파를 변별하여 저술하였으되, 교수로써 표제를 하였지 목록이라 제하지 않았는 바, 그 대체적인 의의를 가장 먼저 볼 수 있다.(夫目錄既由校讎以來, 則稱擧大名, 自足統其小號. 自向・歆父子以後, 惟鄭樵・章學誠深通斯旨, 故鄭氏爲書以明群籍類例, 章氏爲書以辨學術流別, 但以校讎標目, 以不取目錄立名, 最爲能見其大.).[24]

그는 한 걸음 더 나아가 목록은 독립된 학문일 수 없으며, 마땅히 目錄・版本・校勘의 학을 병립함으로써 교수학의 아래에 전부 통합하여야 한다고 주장하며, 다음과 같이 말하였다.

> 近世의 학자는 書籍을 심의하여 대략 3가지 부류로 나누었다. 正史의 藝文・經籍志 및 私家簿錄 몇 部를 들어 목록의 학이라 한다. 宋元의 행간 격식을 애써 기록하고, 版刻의 시기를 쟁론하는 것을 판본의 학이라고 한다. 여러 이본을 펼쳐 문자의 차이를 고증하는 것에 급급한 것을 교수의 학이라고 한다. 태고의 뜻을 헤아린 듯하나, 실제는 그렇지 않다. 대개 이 세 가지는 교수의 일을 갖추고 있어 반드시 서로 보완하여 이용되어야 그 효력이 비로소 나타날 것이며, 그렇지 않으면 분석이 너무 세밀하거나 누락이 너무 교묘하게 되는바, 또한 이 일보다 더 귀중한 것이 없다 할 것이다.(近世學者於審定書籍, 約分三途: 奉正史藝文・經籍志及私家簿錄數部, 號爲目錄之學;

---

24) 張舜徽, 《廣校讎略》 권1 <校讎名義及封域論・論目錄學名義之非>.

强記宋元行格, 斷斷於刻印早晚, 號爲版本之學; 羅致副本, 汲汲於
考訂文字異同, 號爲校讐之學. 然揆之古初, 實不然也. 蓋三者俱校
讐之事, 必相輔爲用, 其效始著, 不則析之愈精, 逃之愈巧, 亦無貴乎
斯役矣.)[25]

그는 또한 다음과 같이 말하였다.

目錄・版本・校勘은 모두 校讐家의 일이다. …… 후대 流略의 학
자들은 대부분 교수를 알지 못하기에 목록이라 말하기를 좋아하는데,
이는 큰 오류이다. 상고하건대 校書를 위해 목록을 서술한 것이니, 劉
向의 ≪藝文略≫, 荀勖의 ≪中經新簿≫, 王儉의 ≪七志≫, 阮孝緒의
≪七錄≫에서부터 모두 그렇지 않은 것이 없다. 대개 그 學問을 언
급하면 교수이고, 그 書籍을 논하면 목록이라 하는데, 둘은 마치 訓
詁의 傳注에 대한 관계처럼 서로 연관된다. 訓詁가 그 학문일지면,
傳注는 그 서적이다. 목록이 독립된 학문이 될 수 있다면 傳注, 箋
解, 義疏의 부류가 또한 독립된 학문이 될 수 있다는 말인가?(目
錄・版本・校勘皆校讐家事也. …… 後世爲流略之學者, 多不識校
讐而好言目錄, 此大謬也. 稽之古初, 因校書而敍目錄, 自劉略・荀
簿・王志・阮錄, 靡不皆然. 蓋擧其學斯爲校讐, 論其書則曰目錄,
二者相因猶訓詁之與傳注. 訓詁者, 其學也; 傳注者, 其書也. 目錄而
可自立爲學, 將傳注箋解義疏之流亦可別自爲學乎?)[26]

鄭樵와 章學誠 이래의 각 주장은 비록 각기 그 소견이 있다 하
겠으나, 이러한 논리는 모두 먼저 목록학에 대해 스스로 불완전한
개념을 부여하고서 다시 스스로 반론을 제기한 것이다. 이러한 점
에서 그들의 주장은 설득력이 부족한 듯하다. 近代 목록학가 余嘉

---

25) 張舜徽, ≪廣校讐略≫ 권1 <校讐名義及封域論・論目錄版本校勘皆校讐之事>. 張
   氏는 근년에 편찬한 ≪中國校讐學敍論≫에서도 이 설을 재차 설명하고 있음(≪華中
   師院學報≫ 1979년 제1기).
26) 上同.

錫 선생은 바로 正名의 관점에서 이견을 드러내어, 鄭樵, 章學誠, 朱一新 등의 개념상의 불확실함을 다음과 같이 지적하였다.

> ≪風俗通≫에서 劉向의 ≪別錄≫을 인용하여 교수의 뜻을 풀이한 것에 의거하면, 그 상하를 교감하여 오류를 찾는 것을 '校'라 하였으니, 교수는 바로 문자를 자세히 교정하는 것이다. 漁仲 鄭樵, 實齋 章學誠이 서적을 저술하여 목록의 학을 논하면서 목록을 교수라 명명한 것은 이미 잘못되었다. 朱一新의 설도 잘못되었다. 더욱이 목록이란 전문적인 교수나 판본이 아니지 않는가!(據≪風俗通≫引劉向≪別錄≫, 釋校讎之義, 言校其上下得謬誤爲校, 則校讎正是審訂文字. 漁仲·實齋著書論目錄之學, 而目爲校讎, 命名已誤. 朱氏之說非也. 特目錄不專是校讎·版本耳.)[27]

余 선생의 주장은 자못 劉向의 원뜻을 얻었다 할 만하다. 따라서 목록학은 스스로 독립된 학문이 될 수 있으니, 굳이 교수학의 명칭으로 대체할 필요가 없다. 그 이유는 다음과 같다.

(1) 소위 '校讎'란, 劉向의 ≪別錄≫에서 일찍이 명확하게 해석하여 다음과 같이 말하였다.

> 한 사람이 독서를 하며 그 상하를 교감하여 그 오류를 찾는 것을 '校'라 하고, 한 사람은 판본을 들고 한 사람은 서적을 읽으면서 마치 원수처럼 대하는 것을 '讎'라 한다.(一人讀書, 校其上下, 得其謬誤爲校; 一人持本, 一人讀書, 若怨家相對爲讎.)[28]

이 단락은 교수란 바로 文字와 篇卷의 잘못을 교감하는 것을 가리킨다고 해석 설명하였다. 그것은 劉向의 도서정리 작업의 한 단

---

27) 余嘉錫, ≪目錄學發微·目錄學之意義及其功用≫.
28) ≪昭明文選·魏都賦≫ 注; ≪太平御覽≫ 권618에서는 '讀書'를 '讀折'이라고 하였다.

계로 그 전체 과정을 표명할 수는 없다. 鄭樵와 章學誠 등 여러 사람들은 劉向이 해석한 원뜻을 버리고, 교수의 명칭을 억지로 끌어들인 후, 스스로 새로운 의미를 부여함으로써 다시 목록학의 이름을 없애 버렸다.

(2) 鄭樵, 章學誠, 朱一新 등은 목록학의 실저 고찰에 따르지 않고, 무리하게 자신의 생각대로 목록학의 특정 정의를 부여하였다. 그들은 목록학이란 '書目學'으로, 그저 '그 편찬자의 연대, 편질 분류의 簿冊을 기술하며'(記其撰人之年代, 分帙之簿翻), '서명을 많이 기록하고, 판본을 변별하는 것'(多識書名, 辨別版本)일 뿐이라고 여기며, 목록이 어떠한 구체적인 내용을 포함하고 어떠한 순서로 편성되는지는 자세하게 고찰하지 않았다. 만약 목록학이 진실로 여러 사람이 부여한 정의와 같다면, 그것은 실제 목록학이라고 칭할 수 없을 것이다. 사실, 劉向은 일찍이 이미 목록학의 함의를 개괄하여 설명하였으니, 그것은 곧 '그 목록을 정리하고, 그 주제를 모아서, 기록하여 上奏하고'(條其篇目, 撮其指意, 錄而奏之), 그 후 '별도로 여러 기록을 모아'(別集衆錄) 서적을 완성하는 것이다. 그것은 바로 전체 작업이 편차 정리, 문자 교정, 학술 규명, 개요 소개, 목록 찬술을 거쳐야만 맨 마지막에 전 과정의 성과를 목록에 집중 반영할 수 있다는 것이다. 그 전체 작업 과정을 목록의 명칭으로 개괄하였다면, 최후에 달성된 성과의 각 연구 부분을 목록이라고 총칭하는 것이 어찌 잘못이라 하겠는가?

(3) 張舜徽 씨는 "그 학문을 언급하면 교수이고, 그 서적을 논하면 목록이라 한다."(擧其學斯爲校讐, 論其書則曰目錄.)라고 하면서, 교수학이라 칭하고 목록학이라 칭하지 말 것을 주장하였다. 이 또한 동의하기 어렵다 하겠는데, 왜냐하면, '서적'이란 조금의 의심

할 바도 없이 전체 학문 활동의 문자 총결인 까닭에, 이미 전 과정을 집중 반영한 서적을 목록이라고 할 수 있다고 인정하였다면, 목록서를 완성하기 위해 전개한 전체의 학문 활동을 왜 목록학이라고 부를 수 없단 말인가?

따라서, 목록학은 그 명칭이 성립되기에 족할 뿐만 아니라, 그 학문도 실로 연구할 만하다 하겠으니, 마땅히 독립된 전문분야가 되어야 할 것이다.

고전목록학은 목록학의 한 부분으로 그것의 시간 범위는 목록사업이 흥기한 西漢에서부터 시작하여, 근대 도서목록학이 점점 흥기되기까지에 이른다. 그것의 역사적 발전은 대체로 중국 봉건사회의 발전과 같이한다. 이에 중국 봉건사회의 목록사업과 목록작업 및 목록학 연구의 상황은 고전목록학의 주요한 연구대상이 된다. 그러나 근현대 이래 목록사업의 새로운 변화 발전과 목록작업의 혁신 그리고 목록학 기본지식이 목록을 편찬하는 작업 중에 실현되는 여러 가지 응용문제에 대해서는 여기에서 언급을 많이 하지 않기로 한다.

중국 봉건사회의 목록작업은 대부분 역대의 校書 운동과 官修 제도와 서로 연관되므로, 따라서 고전목록학은 역대 왕조의 교서와 관련된 조치와 창설되었던 몇몇 사업을 조사하고 논술할 필요가 있다.

중국 봉건사회의 목록작업은 유구한 발전의 역사를 지니고 있으며 상당한 경험을 누적하여, 대량의 목록서와 목록학 저작을 편찬하였고 몇몇 목록 작업과 목록학 연구 방면에 공헌을 한 목록학가가 끊임없이 출현하였다. 따라서 그것의 역사적 발전을 간략하게 서술하고, 저명한 목록학가와 목록학 저작을 소개하며, 그 경험을 개괄하고 총결하는 것 또한 고전목록학이 마땅히 탐구하고 연구해야 하는 주요한 내용 중의 하나이다.

중국 봉건사회의 목록작업은 그 시작에서부터 단순한 기술적인 도서 등록의 작업이 아니라 학문 연구의 각도에서 착안되었으며 이런 전통이 줄곧 이어져 내려왔으니, 군서목록의 편찬으로 말하자면 그것은 일정한 체계를 지닌 작업 순서가 있는 바, 즉 이본을 널리 수집하여, 차이점을 교감하고 시비를 교정하며, 귀속을 분류하고 서록을 편찬하는 것에서 목록을 편찬하는 것까지이다. 이 일련의 순서는 필연적으로 版本, 校勘, 分類, 考證 등과 같은 일부 관련된 분야에까지 영향을 미친다. 이런 관련 분야는 비록 시대와 그 자체의 발전에 따라 점점 독립된 전문적인 학문이 되었으나, 고전목록학에서 그것들은 결코 빼놓을 수 없는 관련 부분이므로, 따라서 이런 관련 학과의 원류, 발전, 기본 방법과 경험을 개괄 논술하는 것도 필요하다.

요컨대, 고전목록학은 중국 고대문화사에서 이 중요한 영역의 역사적 전통과 성취에 대해 개괄적으로 설명해야 할 뿐만 아니라, 현대 목록작업과 목록학 연구 등의 방면에서도 참고할 만한 경험을 제공하여 중국의 목록학 사업이 전진하도록 추진해야 할 것이다.

제2절 古典目錄書의 分類

　　고전목록서는 西漢 楊仆와 劉氏 부자가 편찬한 ≪兵錄≫, ≪別錄≫, ≪七錄≫ 이래, 도서량의 증가와 목록사업의 발전에 따라 내려오면서 거듭 편찬이 되어 상당한 수량이 쌓이게 되었다. 汪辟疆 ≪目錄學研究≫의 통계에 근거하면, 漢魏 시기에서 明末에 이르기까지 官書目錄 60종, 私家目錄 77종, 史家目錄 14종, 모두 151종이 집계된다. 이 숫자는 다만 근사한 어림수를 말할 뿐이다. 왜냐하면 그는 釋家目錄, 金石目錄, 地方目錄 등을 모두 계산에 넣지 않았으며, 또한 宋人 高似孫이 편찬한 ≪子略≫ 등도 수록하지 않았기 때문이다. 近人 孫殿起의 ≪販書偶記≫의 正續篇에는 清 이래의 목록서 155종을 기록하였다. 일단 汪辟疆과 孫殿起의 통계를 집약해 봐도 이미 300여 종이 되는데, 실제 수량은 여기에서 그치지 않을 것이다.

　　이러한 목록서는 도대체 어떻게 그 종류를 구별할 수 있을까? 清人 湯紀는 ≪周鄭堂別傳≫에서 3종류로 나누어 다음과 같이 말하였다.

> 目錄書는 劉向(劉向은 일찍이 中壘校尉의 관직에 있었음)에게서 시작되었다. 朝廷官簿, 私家解題, 史家著錄의 세 부류의 유파가 있다. (目錄之書, 權興中壘, 流派有三: 曰朝廷官簿, 曰私家解題, 曰史家著錄.)29)

이것은 편집 작업의 체재에 따라 구분한 것이다. 이른바 朝廷官簿는 국가에 의해 주도된 것으로 국가장서를 정리하여 목록으로 편찬한 목록서를 가리키는 말인데, 또한 國家圖書目錄 혹은 官修目錄이라 칭할 수도 있다. 이른바 私家解題는 개인 장서가 혹은 학자가 개인의 소장에 대해 각기 다른 상황에 근거하여 저마다 다른 방법으로 편찬한 목록서를 가리키는 말이다. 이것은 목록서 중 내용이 가장 풍부하고, 체례도 가장 다양한 목토서이다. 소위 史家著錄은 주로 正史 중의 藝文志 혹은 經籍志를 가리키는 말로서, 朝廷에서 편찬한 것도 있고 개인이 편찬한 것도 있지만 正史 자체가 스스로 독립된 체계를 형성하는 바, 正史 중에는 이 목록이 본디 있는 것도 있고, 원래는 없지만 후인에 의해 補志가 만들어진 것도 있으나 기본적으로 하나의 일관된 총체를 구성하므로 마땅히 독립된 한 부류가 되어야 할 것이다. 그 외 國史目錄과 專史目錄을 포함시켜 史志目錄이라고 통칭할 수 있다. 索引과 類書의 경우는 종종 목록서에는 포함되지 않으나, 필자는 색인은 일종의 목차와 자료의 목록이고, 유서는 자료의 출처를 안내한다는 관점에서 자료목록의 성질과 작용을 갖추고 있다고 생각한다. 따라서 본 장의 가장 마지막에 단독으로 보충하여 설명하였다.

1. 國家圖書目錄

국가도서목록은 官修目錄이라고 칭하며, 정부의 주도로 국가장서를 정리하여 편찬한 목록이다. 중국은 西漢시대부터 거의 매 왕

---

29) 淸 湯紀尙, ≪槃薖文乙集≫ 下.

조마다 모두 정부의 주도 아래 규모가 비교적 큰 도서정리 작업을
진행하였는데, 이를 문헌기록에서는 '校書'라고 하며, 가장 마지막
에 문자로써 기록하여 정리한 성과가 곧 국가도서목록인 것이다.
漢武帝 시기 楊仆는 명을 받들어 ≪兵錄≫을 기록하여 상주하였
으며, 漢成帝 시기 劉向 부자가 편찬한 ≪別錄≫과 ≪七錄≫이
바로 이 부류 목록서의 창시적 저작이다. 그 후 각 왕조에는 모두
이런 종류의 목록이 편찬되었으니, 주요한 것은 다음과 같다.

○ 魏 ≪中經≫, 魏 鄭墨 撰 - 일실.

○ 晉 ≪中經新簿≫, 西晉 筍勗 撰 - 일실.

○ 晉 ≪元帝四部書目≫, 東晉 李充 撰 - 일실.

○ 宋 ≪元嘉八年四部目錄≫, 이전에는 '宋 謝靈運 撰'이라고
하였음. - 일실(이 목록은 마땅히 '殷淳 撰'이라고 해야 할 것임).

○ 宋 ≪元徽四年四部書目錄≫, 宋 王儉 撰 - 일실.

○ 齊 ≪永明元年四部目錄≫, 齊 王亮, 謝朓 撰 - 일실.

○ 梁 ≪文德殿四部目錄≫, 梁 劉孝標 撰 - 일실.

○ 隋 ≪開皇四年四部目錄≫, 隋 牛弘 撰 - 일실.

○ 隋 ≪大業正御書目錄≫, 隋 劉焯 撰 - 일실.

○ 唐 ≪群書四錄≫, 唐 殷踐猷 撰 - 일실.

○ 唐 ≪古今書錄≫, 唐 毋煚 撰 - 일실.

○ 宋 ≪崇文總目≫, 宋 王堯臣 撰 - 일실. 淸 錢東垣 등의 ≪輯
釋≫ 5권, ≪補遺≫ 1권이 있음.

○ 宋 ≪中興館閣書目≫, 宋 陳騤 撰 - 일실. 현재 趙士煒의
≪中興館閣書目輯考≫ 5권이 있음.

○ 宋 ≪中興館閣續書目≫, 宋 張攀 撰 - 일실. 현재 趙士煒의

≪中興館閣續書目輯考≫ 1권이 있음.

○ 明 ≪文淵閣書目≫, 明 楊士奇 撰 – 현존.

○ 清 ≪四庫全書叢目≫, 清 紀昀 撰 – 현존.

○ 清 ≪天祿琳琅書目≫ 正續, 敕撰 – 현존.

≪四庫全書總目≫은 이 부류의 목록서 중 가장 뛰어난 대표작이다.

≪總目≫은 清 乾隆 37년에서 47년까지 ≪四庫全書≫를 편집할 때의 부속 결과물로, 전체 200권이다. 목록서 중에는 唐 ≪群書四錄≫이 200권인 것 외에는 별다른 서적이 없고, ≪群書四錄≫은 오래전에 일실되어 상세한 것을 알기 어려운 바, ≪四庫全書總目≫이 고전 목록서 중 편폭이 가장 큰 현존 유일한 거작이라 말할 수 있다. 전체 목록은 도합 古籍 3,461종, 79,309권을 기록하였고, 목록만 남아 있는 것이 6,793종, 93,551권이며, 401부는 권수가 없는데, 이는 唐 ≪古今書錄≫에 기록된 8,234권에 비하면 두 배 남짓 증가한 것이다. 그것은 總序, 小序, 提要가 있다. 提要는 작자의 신변을 서술하고, 전적의 원류를 상술하였을 뿐만 아니라, 또한 글의 조리가 분명하며, 부류의 원류를 분석하고, 학술을 구별하였으므로,[30] 체례가 대체로 완비되고 내용이 비교적 풍부하며 또한 상당한 학술적 가치를 갖춘 목록서라고 말할 수 있다. 그것은 국가목록 중의 대표작일 뿐 아니라, 18세기 이전의 학술에 대하여 한 차례 총괄한 학술 저작이다.

≪總目≫은 편폭이 매우 크다. 따라서 또한 ≪四庫全書簡明目錄≫을 간단하게 편찬하였는바, 20권으로 되어 있으며, 總序와 小

---

30) 余嘉錫, ≪四庫提要辨證≫ 序錄.

序가 없다. 일부 子目에 간단한 평어를 부가하여 검색에 자못 편리하다. 魯迅은 일찍이 그것은 "현존하는 비교적 훌륭한 서적의 비평"(現有的較好的書籍之批評)이라고 소개하며, 동시에 또한 이 비평은 '欽定'(즉 황제에 의해 비준)인 것을 주의해야 한다고 지적하였는데, 이는 ≪簡目≫에 대한 전면적인 평가라 하겠다.[31]

2. 史志目錄

이는 正史 중의 <藝文志>, <經籍志>와 일부 왕조의 ≪國史經籍志≫류의 목록서 및 몇몇 政書 중의 목록서를 가리키는 말이다. 그것은 대부분 官修目錄과 私家目錄에 의거하여 편성한 것이다. 24史 중 6部가 바로 이러한 목록서이다.

○ ≪漢書藝文志≫
○ ≪隋書經籍志≫
○ ≪舊唐書經籍志≫
○ ≪新唐書藝文志≫
○ ≪宋史藝文志≫
○ ≪明史藝文志≫

그 외, 宋朝의 제도는 국사를 편찬할 때 館閣의 藏書書目에 근거하여 <藝文志>를 편찬하여, 포함된 조대에 따라 명명하게 하였다. 北宋은 太祖에서 欽宗까지 三朝·二朝·四朝 등의 ≪國史藝

---

31) 許壽裳, ≪亡友魯迅印象記≫ 23 <和我的友誼>.

文志≫를 나누어 편찬하였는데, 각 부류에 모두 序가 있고, 각 서적에는 모두 해제가 있어, 이후 ≪宋史·藝文志≫를 편찬할 때 北宋 부분의 주요한 근거가 되었다. 그 서적은 비록 이미 볼 수 없지만, ≪宋史·藝文志序≫에는 일찍이 그 일을 다음과 같이 기록하고 있다.

먼저 太祖, 太宗, 眞宗의 三朝는 3,327부, 39,142권이다. 다음으로 仁宗, 英宗의 二朝는 1,472부, 8,446권이다. 다음으로 神宗, 哲宗, 徽宗, 欽宗의 四朝는 1,906부, 26,289권이다. 三朝가 기록한 것은 二朝에서 중복하여 등재하지 않았으며 거기에 없는 것을 기록하였다. 四朝는 二朝에 대해 또한 그러하였다. 그 당시의 서목을 합하면 6,705부, 73,877권이다.(始太祖, 太宗, 眞宗三朝, 三千三百二十七部, 三萬九千一百四十二卷. 次仁宗英宗二朝, 一千四百七十二部, 八千四百四十六卷. 次神宗, 哲宗, 徽宗, 欽宗四朝, 一二九六部, 二萬六千二百八十九卷. 三朝所錄, 則兩朝不復登載, 而錄其所未有者. 四朝于兩朝亦然. 最其當時之目, 爲部六千七百有五, 爲卷七萬三千八百七十有七焉.)

南宋 시기에는 또한 高宗, 孝宗, 光宗, 寧宗의 四朝를 포괄하는 ≪中興國史藝文志≫가 있다.[32] 明代 학자 焦竑은 萬曆 시기에 明의 ≪國史經籍志≫를 편찬하였다. 이러한 國史目錄은 正史目錄 체재의 영향 아래에서 또한 正史目錄의 근거를 제공하기 위해 편찬된 목록서이다.

일부 專史 중에도 목록부분이 있는데, 예를 들면 鄭樵 ≪通志≫의 <藝文略>, 馬端臨 ≪文獻通考≫의 <經籍志>가 그것이다.

正史目錄, 國史目錄, 專史目錄은 史志目錄의 세 가지 주요한 구성 부분으로, 그 중 정사목록이 그 중심이 되나, 정사목록은 단

---

32) 元 馬端臨, ≪文獻通考·經籍考≫ 권28.

점이 매우 많아 淸 이래의 학자들이 모두 輔志를 지었는바, 아래 표와 같다.

補志名	撰者	卷數	刊本
補後漢書藝文志	(淸) 顧櫰三	10	25史補編本(小方壺齋叢書二集本에는 31권으로 되어 있음.)
補後漢書藝文志	(淸) 侯康	4	25史補編本
後漢藝文志	(淸) 姚振宗	4	25史補編本
補後漢書藝文志附考	曾樸	補1. 考10	25史補編本
補續漢書藝文志	(淸) 錢大昭	2	積學齋叢書本(25史補編本에는 1권으로 되어 있음.)
補侯康後漢書藝文志補	(淸) 陶憲曾		靈華館叢稿卷4
三國藝文志	(淸) 姚振宗	4	25史補編本
補三國藝文志	(淸) 侯康	4	25史補編本
補後康三國藝文志補	(淸) 陶憲曾		靈華館稿卷4
補晉書藝文志	(淸) 秦榮光	4	25史補編本
補晉書藝文志 (附錄. 補遺. 刊誤)	丁國錫 丁辰	4(附1. 補1. 刊1)	25史補編本
補晉書藝文志	(淸) 文廷式	6	25史補編本
補晉書經籍志	吳士鑒	4	25史補編本
補晉書藝文志	黃逢元	4	25史補編本
補南北史藝文志	徐崇	3	25史補編本
補宋書藝文志	(淸) 王仁俊	1	籕鄦誃雜著本 (上海圖書館藏稿本)
補宋書藝文志	聶崇岐	1	25史補編本
補南齊書藝文志	陳述	4	25史補編本
補梁書藝文志	(淸)王仁俊	1	籕鄦誃雜著本 (上海圖書館藏稿本)
補侯魏書藝文志	李正奮		北京圖書館藏鈔本
隋代藝文志	李正奮	1	北京圖書館藏鈔本
南北史合八代史錄目	陳漢章		浙江圖書館藏本
補五代史藝文志	(淸) 顧櫰三	1	25史補編本
補五代史藝文志	(淸) 宋祖駿	1	樸學廬叢刻本
宋史藝文志補	(淸) 黃虞稷. 盧文弨	1	25史補編本
宋史藝文志	(淸) 朱文藻		淸吟閣書目存鈔本 16冊

補志名	撰者	卷數	刊本
西夏藝文志	(淸) 王仁俊	1	25史補編本
補遼史藝文志	黃任恒	1	25史補編本
遼藝文志	繆筌孫	1	25史補編本
金史補藝文志	鄭文焯	1	傳鈔本
金史藝文略	孫德謙	6	上海圖書館藏稿本
補元史藝文志	(淸) 錢大昕	4	25史補編本
補遼金元藝文志	(淸) 黃虞稷, 盧文弨	1	25史補編本
補三史藝文志	(淸) 金門詔	1	25史補編本
明史藝文志	(淸) 尤侗	5	西堂全集本
明史經籍志	(淸) 金門詔	1	金太史全集本

淸代의 많은 학자들은 이런 補志 작업에 참여를 하였으나, 처음부터 끝까지 한 편으로 엮을 생각은 하지 못했는데, 이에 반해 일본인이 文政 8년(淸 道光 5년)에 10종의 正志와 補志를 모아서 ≪八史經籍志≫를 집록하였으니, 그 중에는 6부의 正志 외에 또한 ≪宋史藝文志補≫, ≪補遼金元藝文志≫, ≪補三史藝文志≫, ≪補元史藝文志≫ 등 4부의 補志가 있다. 이 10종의 서적은 8개의 朝代를 다루고 있기 때문에 ≪八史經籍志≫라 하였다. 이것의 合刊目錄은 光緖 4년에 이르러서야 중국의 張壽榮에 의해서 간행되어 유전되었다. 만약 正史 <藝文志>와 <經籍志>에 각종 補志를 더하고 또다시 金建德의 ≪司馬遷所見書考≫의 <敍論>과 ≪淸史考·藝文志≫를 더해 정리 편찬한다면, 중국의 역사 이래 비교적 완전하고 공식적인 도서총목을 만들 수 있게 될 것이다.

사지목록 중에는 ≪漢書·藝文志≫와 ≪隋書·經籍志≫가 가장 이름이 알려져 있다.

≪漢志≫는 중국 현존하는 고대 제일의 완정한 목록서이다. 그것은 주로 ≪七略≫을 삭제 정정하여 완성하였다. 그것의 분류는

기본적으로 ≪七略≫에 의거하였으며, 독자를 위해 <輯略>을 각 부류로 나눠 넣었다. 전체는 모두 6略, 38種, 596家, 13,269卷으로 분류된다. 각 종류와 부류 뒤에는 모두 小序가 있어 학술 원류를 서술하고 있으므로, 중국 고대의 도서상황과 학술사상을 연구하는 데에 중요한 저작이다.

≪隋志≫는 ≪漢志≫의 뒤를 이은 중요한 사지목록으로, 中古 시기 전적의 存亡 상황을 총결하였다. 그것은 현존하는 가장 이른 經史子集으로 부류를 나눈 완정한 사지목록이다. 그러나 四部 뒤에 또 道錄과 佛錄이 덧붙어 실제로는 6개의 대부류이다. 이는 總序, 部序, 類序 48편이 있으며 전적의 집산과 학술원류를 기록하여 中古 시기의 학술과 문화를 연구하는 데에 중요한 저작이 되고 있다.

3. 私家目錄

사가목록은 개인에 의해 편찬된 것으로, 기록의 대상은 기본적으로 개인장서이다. 그것은 南朝 宋 王儉의 ≪七志≫와 梁 阮孝緒의 ≪七錄≫에서 시작되어, 隋唐에도 계속 편찬이 되었으나, 이 시기의 사가목록은 대부분 없어져 버렸다. 宋에 이르러 사가목록은 비교적 현저한 발전이 있었다. 淸代에 이르러서는 개인의 목록편찬의 풍조가 자못 성행하였으며 사가목록의 수량 또한 가장 많았다.

사가목록의 범위는 비교적 광범위한데, 만약 기록된 도서로 분류한다면 대체로 綜合目錄과 專門目錄 두 부류로 구분된다. 이 두 부류의 하위에는 또한 각기 다른 상황에 따라 대략 다음과 같이 구분할 수 있다. 즉, 綜合目錄은 藏書目錄, 地方目錄, 叢書目錄, 初學目錄 등으로, 그리고 專門目錄은 專科目錄, 專書目錄 등으로 나눌 수 있다. 이에 관해 아래에서 간략하게 설명하기로 한다.

(1) 綜合目錄

이것은 여러 도서를 종합한 목록으로서, 그것은 편찬자와 용도에 따라 다시 간략하게 나눌 수 있다.

① 藏書目錄: 이것은 장서가가 소장하고 있는 장서에 대한 목록이다. 그것은 개인 소장의 흥기에 따라 발생하였다. 중국 고대의 도서는 대다수가 관청에 의해 소장되었기에 개인장서의 경우는 비교적 적었다. 唐代에 처음으로 비교적 대량의 서적을 소장한 장서가가 있었으며, 또한 직접 장서의 서목을 편찬하기 시작하였는데, 예컨대 吳兢은 문중의 소장도서 13,468권을 기록하여 ≪西齋書目≫을 편찬하였다.[33] 또한 張彧의 ≪新集書目≫이 있었고, 杜信의 ≪東齋集籍≫이 있었는데,[34] 그러나 이들 서목은 모두 이미 사라져 버렸다. 宋代에는 雕版印刷가 이미 상당히 발전을 하여 서적의 유통이 날마다 광범위해졌으므로 개인장서도 날마다 풍성해지게 되었다. 혹자는 北宋에서 淸末까지의 저명 장서가 1,100여 명에 이른다고 집계하였다.[35] 宋人 周密은 일찍이 宋代 장서가를 아래와 같이 나열하였다.

---

33) ≪新唐志≫, ≪郡齋讀書志≫, 兩 ≪唐書≫ 本傳 참조.
34) 宋 鄭樵, ≪通志・藝文略≫.
35) 葉昌熾, ≪藏書紀事詩≫.

宋 承平시에는 南都戚氏, 歷陽沈氏, 廬山李氏, 九江陳氏, 番陽吳氏, 王文康, 李文正, 宋宣獻, 晁以道, 劉壯興가 모두 '장서의 부자'라 불렀다. 邯鄲 李淑은 57類 23,180여 권, 田鎬는 3만 권, 昭德晁氏는 24,500권, 南都 王仲至는 43,000여 권인데, ≪太平御覽≫과 같은 부류의 類書는 너무 풍부하여 여기에 포함시키지 않았다. 다음으로 曾南豊과 李氏의 山房에도 또한 모두 12만 권이 있었다. 나의 고향 마을, 즉 石林의 葉氏, 賀氏네는 모두 그 장서가 10만 권에 이르렀다. 그 후대 齊齋倪氏, 月河莫氏, 竹齋沈氏, 程氏, 賀氏는 모두 '장서의 집안'이라 불리며 각기 수만 권이 넘게 있었으나, 모두 잃어버려 남아 있지 않다. 요즘에는 오직 直齋陳氏가 책이 가장 많은데, 일찍이 莆에 가서 벼슬을 하며 夾漈鄭氏, 方氏, 林氏, 吳氏의 舊書를 베껴 기록한 것이 51,180여 권에 이른다. 우리 집안은 3代째 모아 온 서적이 대개 42,000여 권이며, 또한 3代 이래로 금석에 새긴 것이 1,500여 종이 있어, '書種', '志雅' 2堂에 보관하여 날마다 校讎를 하였으니, 분명히 천금을 얻은 부귀라 하겠다.(宋承平時, 如南都戚氏·歷陽沈氏·廬山李氏·九江陳氏·番陽吳氏·王文康·李文正·宋宣獻·晁以道·劉壯興, 皆號藏書之富. 邯鄲李淑五十七類二萬三千一百八十余卷; 田鎬三萬卷; 昭德晁氏二萬四千五百卷; 南都王仲至四萬三千余卷, 而類書浩博, 若≪太平御覽≫之類, 復不與焉. 次如曾南豊及李氏山房, 亦皆十二萬卷. 若吾鄉故家, 如石林葉氏·賀氏皆藏書至十萬卷. 其後齊齋倪氏·月河莫氏·竹齋沈氏·程氏·賀氏皆號藏書之家, 各不下數萬卷, 亦皆散失無余. 近年惟直齋陳氏書最多, 皆嘗仕於莆, 傳錄夾漈鄭氏, 方氏·林氏·吳氏舊書至五萬一千一百八十余卷. 吾家三世積累, 凡有書四萬二千余卷, 及三代以來金石之刻一千五百餘種, 皮置書種·志雅二堂, 日事校讎, 居然籯金之富.)[36]

이들 장서가들은 서목을 저작하기도 하고 저작하지 않기도 하였다. 저작된 목록 또한 대부분 사라져, 현존하는 宋代 장서가의 저명한 목록은 다음과 같다.

---

36) 宋 周密, ≪齊東野語≫.

○ ≪郡齋讀書志≫ 晁公武 撰

○ ≪直齋書錄解題≫ 陳振孫 撰

○ ≪遂初堂書目≫ 尤袤 撰

明代의 사가목록은 宋代에 비해 더욱 발전되어, 수량이 많아졌
을 뿐 아니라 수록 범위도 광범위해졌는데, 예를 들면 ≪寶文堂書
目≫, ≪百川書志≫에 수록된 小說과 傳奇, ≪絳雲樓書目≫에
수록된 천주교 도서 등이 있다. 현존하는 주요한 明代의 장서가 목
록은 다음과 같다.

○ ≪古今書刻≫ 周弘祖 撰

○ ≪西亭中尉萬卷堂書目≫ 朱勤美 撰

○ ≪菉竹堂書目≫ 葉盛 撰37)

○ ≪李蒲汀家藏書目≫ 李廷相 撰

○ ≪世善堂藏書目≫ 陳弟 撰

○ ≪寶文堂分類書目≫ 晁瑮 撰

○ ≪百川書志≫ 高儒 撰

○ ≪得月樓書目≫ 李如一 撰

○ ≪澹生堂書目≫ 祁承㸁 撰

○ ≪澹生堂明人集部目錄≫ 祁承㸁 撰

○ ≪徐氏家藏書目≫(일명 ≪紅雨樓書目≫) 徐㷿 撰

○ ≪脉望館書目≫ 趙琦美 撰

---

37) 淸人 陸心源은 그의 ≪儀顧堂題跋≫ 권5 <粤雅堂刻僞菉竹堂書目跋>에서 일찍이
≪菉竹堂書目≫은 ≪文淵閣書目≫에서 뽑아 기록하여 겉단 바꿈으로써 다른 이름
속였다고 지적하였다. 近人 王重民은 姚名達 ≪中國目錄學史≫(1957년 商務印書館
重印本) 후기에서 이를 변증한 바 있다.

○ ≪絳雲樓書目≫ 錢謙益 撰
○ ≪玄賞齋書目≫ 董其昌 撰
○ ≪千頃堂書目≫ 黃虞稷 撰

淸代 前期에는 개인장서의 풍조가 더욱 성대해지고 또한 목록학 지식의 전파도 더욱 광범위해져, 많은 장서가들이 대부분 직접 목록을 편찬하였다. 그들은 주로 두 가지 형식을 채용하였는데, 그 하나는 목록 편찬으로서 저명한 것은 다음과 같다.

○ ≪也是園藏書目≫ 錢曾 撰
○ ≪述古堂書目≫ 錢曾 撰
○ ≪讀書敏求記≫ 錢曾 撰
○ ≪汲古閣珍藏秘本書目≫ 毛扆 撰
○ ≪傳是樓書目≫ 徐乾學 撰
○ ≪平津館鑒藏書籍記≫(補遺, 續編) 孫星衍 撰
○ ≪愛日精廬藏書志≫ 및 ≪續志≫, 張金五 撰
○ ≪振綺堂書目≫ 汪憲 撰

다른 하나의 형식은 題跋이다. 그것은 편찬자가 도서에 덧붙인 주제의 종합적 서술에다가 평론을 더한 題識과 跋語를 가리킨다. 이러한 편찬자는 소장 도서가 풍부할 뿐 아니라 학식도 갖추고 있다. 그들이 쓴 題跋은 일반 목록서에 비해 수준이 높다. 저명한 것으로는 吳壽暘의 ≪拜經樓藏書題跋記≫와 黃丕烈의 ≪士禮居藏書題跋記≫, ≪蕘圃藏書題識≫ 등과 같은 것이 있다.

장서가가 직접 편찬한 장서서목 외에, 어떤 학자는 또한 다른 사

람의 장서를 위해 목록을 편찬하기도 하였는데, 즉 淸初의 저명학
자 黃宗羲는 康熙 12년, 寧波 天一閣에 올라 서적을 보고서는 그
유통이 광범하지 않은 것을 골라 서목을 초록ᄒ여,[38] 하나의 簡目
을 편성하였으며, 嘉慶·道光시의 학자 劉喜海도 天一閣에 올라
서적을 관람하고 1部 20卷本의 ≪天一閣書目≫을 편성하였는데,[39]
이 2부의 목록서는 간행되지 않은 까닭에 볼 수가 없다. 그 외 孫
星衍이 그 宗祠의 장서를 위해 편찬한 ≪孫氏祠堂書目≫도 개인
편찬 중의 수작이다.

어떤 학자는 자신의 독서 과정 중에 提要와 札記를 쓰기도 하였
는데, 이런 자료는 직접 혹은 타인이나 후인에 의해서 분류를 거쳐
讀書記로 편성되었다. 이는 비록 목록의 명분은 없으나, 목록의 작
용을 한다. 이는 마땅히 사가목록 중 학술가치가 매우 높은 전문
저작이라 하겠다. 그것은 학자의 학술연구 방법을 엿볼 수 있게 하
며, 또한 후인들에게 자료 조사의 참고로 제공되는데, 즉 淸 周中
孚의 ≪鄭堂讀書記≫와 朱緒曾의 ≪開有益齋讀書志≫ 등이 바로
그것이다.

사가목록으로는 宋 晁公武의 ≪郡齋讀書志≫와 陳振孫의 ≪直
齋書錄解題≫가 후세에 가장 중시되었다.

晁志는 그 당시에 翻本과 簡本 2가지 판본이 있었다. 하나는 理
宗 淳佑 9년(1249)에 판각된 衢州本 20권이고, 다른 하나는 淳佑
10년(1250)에 판각된 袁州本 4권이다. 衢本은 袁本에 비해 풍부하
나, 줄곧 보기 드물었다. 淸 嘉慶에 이르러 汪士鍾이 간행한 후에
야 비로소 유전이 되었다. 袁本에는 後志, 考異, 附志가 있으며 세

---

38) 淸 黃宗羲, ≪天一閣藏書記≫: "曾取其流通未廣者, 鈔爲書目"
39) ≪文瀾學報≫ 第2卷, 第3, 4冊.

상에 널리 통행되었기에 ≪四庫≫는 바로 이 판본을 저록하였다. 淸 光緖 10년 長沙의 思賢精舍가 간행한 衢本은 王先謙이 袁本으로써 衢本을 교감한 것으로, 善本이다. 晁志는 四部로 분류되었으며 각 부류마다 總記가 있고, 각 서적 아래마다 편찬자, 요지, 학파, 편차를 구체적으로 열거하였다.

陳錄은 원래 56권인데, 후일 일부가 일실되었다가 淸代에 ≪四庫≫를 수찬할 때 ≪永樂大典≫ 속에서 뽑아내어 22권으로 교정한 것이 바로 오늘날 전해지고 있는 판본이다. 그것은 晁志와 함께 후인들에 의해 宋代 사가목록의 쌍벽으로 중시되었다. 그것은 비록 四部의 명칭은 표방하지 않았으나, 여전히 四部로써 차례를 정하였다. 각 도서에는 모두 편폭의 많고 적음, 작자의 이름과 논평의 좋고 나쁨을 평술하였다. ≪解題≫라는 명칭은 줄곧 후인들에 의해 채용되었다.

晁志와 陳錄은 사가목록 중 읽지 않으면 안 되는 2부의 목록서이다.

② 地方目錄: 이것은 어떤 지역과 관련이 있는 도서를 편성한 목록서로서, 劉知幾 ≪史通≫에서 예로 든 北齊와 北周 간의 宋孝王이 편찬한 ≪關東風俗傳≫ 중의 ≪墳籍志≫와 같은 것이 이런 부류의 목록이다.[40] 한 地圖書를 기록한 전문서적으로는 明代 祁承㸁의 ≪兩浙著作考≫와 曹學佺의 ≪蜀中著作記≫ 등이 있다. 祁承㸁의 책은 전해지지 않으며, 曹學佺의 책도 다만 잔본이 있을 뿐이다.[41]

---

40) 唐 劉知幾, ≪史通·書志篇≫.
41) 殘本 4권은 ≪圖書館學季刊≫ 제3권 참조.

지방목록 중 주목할 만한 것은 方志 중의 목록이다. 方志는 중국 문화유산 중 귀중한 재산 중의 하나로 수량이 매우 많다. 최근 지방지를 편찬하고 종합하여 기록하면서 약 8천 5백여 종의 목록을 총 집계하였는데, 내용이 여러 가지를 포함하여 풍부하고 다채롭다. 어떤 지방지 중에는 그 지역 인물 및 그 지역과 관련 있는 인물의 저술을 기록한 목록이 있는데, 이것이 바로 方志目錄이다. 가장 이른 방지목록은 宋 高似孫의 ≪剡錄≫이라 할 수 있겠는데, 기록된 내용은 剡(현재 浙江 嵊縣)지역과 관련이 있는 도서 문헌이다. 후대의 方志 중에는 또한 '藝文' 혹은 '經籍' 등의 부류로서 지방의 저술을 기록한 것이 많이 있는데, 淸 乾隆에 중각된 ≪歸德府志≫는 수록 도서를 '學宮經籍', '名家著述', '金石文字', '郡縣志乘' 4항목으로 분류하여 체재가 비교적 완비되었다.(이런 지방지 중에 부록된 목록은 지방지가 대부분 국가의 편찬인 까닭에 마땅히 관수목록에 속하는 것이라 하겠으나, 서술의 편리를 위해 여기에서 함께 언급하는 것이다.) 일부 개인에 의해 편찬되고 단독으로 간행된 것으로서 淸 吳慶坻의 ≪杭州藝文志≫ 10권과 孫詒讓의 ≪溫州經籍志≫ 36권 같은 것은 모두 참고할 만한 가치가 있다. 방지목록은 그것이 수록한 도서 중에서 매번 公私目錄에 의해 제거된 것이 있다거나 혹은 그 자체가 확실히 가치가 있음에도 불구하고 이름이 잘 알려지지 않은 것이 있다는 데에 그 중요성이 있다.

지방목록은 서적을 수집하고 검색하는 데에 활용되어 지방의 학술과 문화 발전의 상황을 반영할 뿐만 아니라 또한 이를 빌어 지방문헌을 수집, 정리할 수 있게 하며, 나아가 지방문헌의 체계를 세우기 위한 조건으로 제공된다. 심지어 그 속에서 중요한 인물의 유실된 저작 혹은 중요하지 않은 인물의 가치 있는 저작을 발굴할 수도 있다. 만약 우리가 方志 중의 목록을 지역에 따라 모으고 정리하여 '地方目錄彙篇'을 나누어 편성한다면, 앞으로 학술을 연구하고 지방문헌을 발굴하는 데에 큰 도움이 될 것이다.

③ 叢書目錄: 이것은 비교적 늦게 출현하였지만, 대체로 광범위하게 사용된 일종의 종합목록이다. 그것은 총서가 대량 출현하면서, 사람들이 총서를 사용하는 데에 편리하도록 하기 위해 편찬된 목록이다. 총서는 여러 서적을 종합하여 모은 형식이다. 총서의 명칭은 唐朝 陸龜蒙의 ≪笠澤叢書≫, 宋朝 王楙의 ≪野客叢書≫에서와 같이 비교적 일찍 사용되었으나, 이것은 詩文 혹은 雜著를 분별한 서명으로, 편찬자가 그 저작을 사소하고 자질구레하다고 스스로를 낮춘 것이지 여러 서적을 종합하여 모았다는 의미가 아니다. 그렇다면 총서는 도대체 언제 처음으로 시작되었는가? 淸代 乾嘉 이래 학자들의 검토가 있었다. 몽고족 학자 法式善은 宋人 曾慥의 ≪類說≫이 총서의 시작이라고 여겼다.[42] 이후, 葉名澧이 그 설을 계승하였다.[43] 그러나, ≪類說≫은 수집한 매 서적마다 각 원문을 삭제하였기에,[44] 진정한 총서라고 간주할 수 없다. 당시 또 다른 저명학자 錢大昕은 ≪跋百川學海≫에서 일찍이 宋 度宗 咸淳 9년(1273) 左圭가 輯刊한 ≪百川學海≫를 총서의 시작이라고 여겼다.[45] 光緒 시기, 근대 목록학가 繆荃孫은 宋 寧宗 嘉泰 元年(1201) 兪鼎孫이 집록한 ≪儒學警悟≫의 明代 鈔本을 발견하였는데, 그것은 ≪百川學海≫보다 72년 앞서므로 이 책을 총서의 비조

---

42) 淸 法式善, ≪陶廬雜錄≫ 권4, 제18조.
43) 淸 葉名澧, ≪橋西雜記·叢書≫.
44) ≪四庫全書叢目≫ 권123, 子部, 雜家類: "每一書各刪削原文."
45) 淸 錢大昕, ≪潛研堂文集≫ 권3.

로 추천하였다.[46] 이 설은 줄곧 고쳐지지 않고 거의 정설이 되었다. 이런 논리는 모두 宋에서 시작된다는 범위에서 벗어나지 않는다. 그러나 기실 이런 여러 서적을 종합하여 모은 체재의 기원은 매우 이르다 하겠는데, ≪隋志≫ 史部 地理類에 기록된 ≪地理書≫는 ≪山海經≫ 이래 160家의 저술을 모아서 전문분야 총서의 시작이 되었다. ≪地記≫도 이런 부류의 성질인 바, 그래서 ≪四庫提要≫에서는 이것을 바로 총서의 비조라고 여겼다.[47] 혹자는 심지어 ≪尚書≫, ≪禮記≫도 총서라고 여기기도 하나, 그것은 너무 이른 감을 떨쳐 버릴 수 없으니, 첫째 수록된 것이 그저 각종 서류문건 혹은 논설이어서 총서의 체재로 부족하며, 둘째 수집된 재제가 다시 삭제를 거쳐 이미 독자적인 체계를 형성한 독립된 한 권의 서적이 되었으므로 마구잡이식 수집이 아닌 바, 총서로 볼 수 없기 때문이다. 결국, 총서의 체재는 齊梁 시기에 시작되었다 하겠는데, 그러나 이는 아직 총서의 명칭을 갖추지 못한 단편적인 총서이다. 총서의 명칭을 가졌으나 총서의 체재가 아닌 것은 唐 陸龜蒙의 ≪笠澤叢書≫에서 비롯되었으며, 현존하는 체재가 비교적 완비된 종합 총서로는 宋 俞鼎孫이 편집한 ≪儒學警悟≫가 가장 이르다. 그리고 총서의 명칭과 체재는 明代에 구비되어 ≪漢魏叢書≫, ≪唐宋叢書≫ 등이 있다.

총서는 明·淸 두 시대에 매우 큰 발전을 하여 수량이 급증하였는데, 최근의 통계로는 3천여 종 가량이 된다.[48] 이러한 거대한 책더미 속에서 필요한 책을 골라 모은다는 것은 착수하기 어려운 것

---

46) 繆荃孫, ≪藝風藏書續記≫.
47) ≪四庫全書叢目≫ 권123 子部, 雜家類, 雜編에서의 '按' 참조. 淸 李調元, ≪童山文集≫ 권3 <雨海後序> 중에서도 이 설을 주장.
48) ≪中國叢書綜錄≫에는 佛學, 新學叢書를 포함하지 않았는데. 무릇 2,797종이 있다.

이라고 할 수 있는 바, 그리하여 嘉慶 시기 顧修는 叢書字目의 편찬의 예를 고안하고, 宋・元 이래의 총서 261종을 집록하여 ≪彙刻書目初編≫ 10冊을 편찬하였다. 이것이 최초의 총서목록이다. 그 후 속편이 계속 이어져 나왔는데 저명한 것은 光緖 시기 朱學勤, 王懿榮의 ≪彙刻書目≫ 20冊으로서 567종의 서적을 수록하였고, 民國 7년 李之鼎이 증정한 ≪增訂叢書擧要≫는 1,605종의 서적을 수록하였는데, 모두 분류배열법을 채용하였다. 民國 17년 沈乾一이 집록한 ≪叢書書目彙篇≫은 서적 2,086종을 수록하고 분류를 서적 명칭의 자순으로 바꾸어 이전에 비해 개진되었다. 그러나 그것들은 모두 공통된 결점이 있었으니, 바로 子目을 총서 아래에 나열하였기에 다만 총서가 얼마나 많은 책과 어떤 책을 수록하였는지를 이해할 수 있을 뿐, 어떤 책 혹은 어떤 사람이 지은 책이 어느 총서 안에 있는지는 검색하기가 어려웠다. 따라서 民國 20년 전후 金步瀛은 ≪叢書子目索引≫을 편찬하여 400종의 책을 수록하였고, 施廷鏞은 또한 ≪叢書子目書名索引≫을 편찬하여 1,275종을 수록하였는데, 이는 모두 자목의 서명에서 어느 총서 안에 어느 책이 수록되었는지를 검색할 수 있어 전에 비해 크게 편리해졌으며 叢書子目의 작업을 크게 발전시켰다 할 것이다. 해방 후, 上海圖書館은 전국 41개 도서관에 관장된 도서 2,797종을 모아 ≪中國叢書綜錄≫을 편찬하였는데, <總目分類目錄>, <子目分類目錄>, <書名索引>, <著者索引>, 그리고 <全國主要圖書館收藏情況表> 등의 내용이 있으며, 그것은 총서의 이름, 자목의 서명, 총서의 성질, 저자의 성명 등 각 방면에서 필요한 도서를 검색할 수 있을 뿐 아니라, 또한 聯合目錄이어서 附表에 의거하여 총서의 소재처를 알 수 있다. 이것은 체재가 완비되고 이용에 편리한 총서목록이다.

≪中國叢書綜錄≫은 그 편찬자를 기준으로 말하자면, 국가가 편찬한 목록에 마땅히 속해야 할 것이나, 서술의 편리를 위해 그 내용의 특성에 따라 여기에 넣어 논하였다.

④ 初學目錄: 고전목록서는 수량이 매우 많으며 부류 또한 비교적 광범위하여, 일반 초학자로서는 자못 착수하기 어려운 고충이 있으니, 그렇다면 도대체 어디서부터 시작하면 되는 것일까? 魯迅 선생은 한 대학생에게 도서 목록을 써 주면서 ≪四庫全書簡明目錄≫을 넣었는데, 이것을 초학목록으로 추천한 것임이 분명하다. 이 외, 張之洞 주편의 ≪書目答問≫도 초학목록이라고 할 수 있다. 과거 일부 목록학가는 대부분 이 책을 목록학의 입문 필독서로 여겼다. 예를 들어 余嘉錫 선생은 일찍이 陳垣 선생에게 자신의 학문은 ≪書目答問≫에서 시작되었다고 말하였으며,[49] 또한 그는 목록학의 수업을 강의할 때에도 ≪書目答問≫을 교본으로 하였다. 물론 오늘날 보건대 余 선생의 주장은 다시 검토해 볼 수 있겠으나, 결국 일종의 경험담으로 간주할 수 있겠다.

≪書目答問≫은 張之洞이 四川學政에 재직할 때 초학자의 수요에 응하여 편찬된 것이므로 비교적 간단하고 읽기 쉽다. 비록 이 책은 그것이 생겨난 시대 배경으로 인해 비교적 큰 제한이 있어 많은 결함과 시대에 뒤떨어진 느낌이 있다 하겠으나, 이런 종류의 초학목록이 편찬되기 전에는 아마도 그것을 이용하여 초학자들에게 독서의 입문서로 제공하였을 것이며, 적어도 일부 고적의 기본 상황을 숙지하고 파악하여 좀 더 깊이 연구하는 단계로 삼을 수 있었을 것이다. 近人 范希曾이 그것을 위해 지은 ≪補正≫은 원작에

---

49) 陳垣, ≪余家錫論學雜著≫ 序: "他 [余嘉錫을 지칭함]的學問是從≪書目答問≫入手."

비해 증정된 것이 많으므로 더욱이 초학자들이 읽어 볼 만한 가치가 있다. 이 외 葉德徽가 편찬한 ≪書目答問斠補≫[50]는 ≪答問≫의 판본기록 내용을 증정하고 증보한 것이므로 또한 참고로 읽어볼만하다.

(2) 專門目錄

이것은 종합목록과 서로 대칭되는 목록이다. 그것은 전문적으로 어떤 전문분야, 어떤 전문서적과 관련된 도서를 위해 편찬된 목록이다. 그것은 아래와 같이 대체로 두 부류가 있다.

① 전문분야 목록: 이것은 어떤 전문분야와 관련이 있는 도서를 엮은 전문목록이다. 그것은 종합목록에 비해 일찍 출현하였는데, 국가도서목록 중 漢武帝 시기 楊仆가 편찬한 ≪兵錄≫이 가장 이른 전문분야의 목록이라 할 수 있다. 그러나 안타깝게도 후대에 전해지지 않아 그것의 편찬 체례는 알 수 없다. 이런 목록은 학술이 발전하고 목록학이 점점 분기됨에 따라 발전하여 많아지게 되었다. 예를 들어 釋道典籍, 經籍, 史籍, 文藝書籍, 科學技術書籍 등은 모두 각각의 전문분야의 목록으로 편찬되었다. 아래 몇 종의 예를 서술한다.

○ 釋道目錄: 釋道目錄은 비록 釋家와 道家 두 학파의 전적을 전문적으로 기록한 전문목록이나, 학술 연구에서 그것은 매우 광범위한 이용 가치를 지니고 있다. ≪隋志≫에는 附錄으로 열입되었

---

50) ≪江蘇省立蘇州圖書館館刊≫ 第3期(1932년 4월).

고, 기타 목록서에는 대부분 子部의 끝에 열입되어 독자적인 한 부류를 이루었다. 그 佛籍이 단독으로 전문서적의 체재로서 비교적 완비된 것은 마땅히 東晉의 승려 道安의 ≪綜理衆經目錄≫이 시초라 하겠는데, 이 책은 오래전에 일실되었지만 ≪出三藏記集≫에서 그 대강의 체제를 알 수 있다. 그것의 편찬 방법은 '먼저 명부를 서술하고, 번역의 훌륭함을 품평하고, 시대를 기록'(始述名錄, 銓品譯才, 標列歲月)[51]하는 것이다. 중점을 '譯書의 수준을 평론하는 것'(銓品譯才)에 두고 있는 바, 이는 서평 성질을 갖춘 목록서라 하겠다. 현존하는 가장 이른 佛籍目錄은 梁나라 승려 僧佑의 ≪出三藏記集≫ 15권이다. 소위 '出'은 번역해 냄(譯出), '三藏'은 經·律·論을 가리키며, '記集'은 기록 모음의 의미로, 이는 바로 중국에서 번역한 經律論의 불교 총목록을 기록하여 모은 것이다. 전체 체제는 緣起(佛經과 譯經의 기원을 기록), 銓名錄(역대 出經의 서명 목록을 기록, 시대별로 편찬자를 분류), 總經序(각 經의 前序와 後序를 기록), 述列傳(譯經人의 이름을 기록한 傳記) 등 4부분으로 나누어 편찬되었다. 이후 각 시대는 모두 불교 전적의 전문 목록을 편찬하였고, 그 중 저명한 것으로는 隋代 費長房이 편찬한 ≪開皇三寶錄≫(일명 ≪歷代三寶記≫), 唐釋 道宣의 ≪大唐內典錄≫과 智昇의 ≪開元釋敎錄≫, 明釋 智旭의 ≪閱藏知津≫ 등이 있다.

道家典籍의 목록으로 가장 이른 것은 晉 葛洪이 편찬한 ≪抱朴子≫ 권19의 <遐覽篇>으로 거슬러 올라갈 수 있다. <遐覽篇> 중에는 일부 道書의 서목과 권수를 열거하였으나, 체재가 완비되지 않고 분류가 명확하지 않을 뿐 아니라, 또한 저자의 성명을 전부

---

51) ≪出三藏記集≫ 권2.

기입하지도 않았다. 道籍이 종합목록에 수록된 것은 王儉 ≪七志≫의 <道經錄>에서 비롯된다. 阮孝緒 ≪七錄≫의 <仙道錄>은 道籍에 대해 명확한 분류를 하였다. 道籍의 전문목록으로는 劉宋 시대의 道士 陸修靜이 편찬한 ≪靈寶經目≫이 가장 이르다고 할 수 있다. 唐・宋・元・明 각 시대에는 모두 道家目錄의 편찬이 있었는데, 그 중 저명한 것으로는 明 天啓 시기 白雲觀의 道士 白雲霽가 편찬한 ≪道藏目錄詳注≫ 4권이 있다. 비록 몇 권에만 간단한 注가 있을 뿐 상세한 주석을 부가하지 않았지만, 道家目錄 중에서 그것은 여전히 으뜸이라 할 수 있다.

○ 經籍目錄: 經籍은 고대에 줄곧 중시를 받아 왔기에, 중국의 가장 이른 공식도서 분류 중 6부의 대분류에서 그 제1부류인 <六藝略>이 바로 경적을 위주로 하는데, 그러나 당시에는 史籍도 포함되었다. 4부 분류 이후에도 경적이 여전히 가장 첫째 부류를 차지하였다고는 하나, 그것은 종합목록 중의 하나의 구성 부분일 따름이고 독립된 전문분야의 목록이 되지는 않았다. 경적의 전문목록은 ≪宋史・藝文志≫에 기록된 歐陽伸 ≪經書目錄≫ 11권에서 비롯되며, 그 대표작으로는 淸初 朱彝尊의 ≪經義考≫가 추천된다. 朱彝尊은 康熙 연간에 歸隱한 후, 馬端臨 ≪文獻通考・經籍考≫의 예를 모방하여 그것을 발전시켜, 근 20년의 노력을 거쳐 ≪經義存亡考≫ 300권을 편찬하였는데, 그것은 26류로 분류되며 書名으로써 序를 삼고, 역대의 著錄과 編撰者 및 注釋者를 附注하였으며, 그리고 전대 사람들이 '存'과 '佚'을 注한 것 외에 '闕'과 '未見' 2항을 증가시키고, 또한 序跋 및 여러 전문가들의 書評을 기록하였는 바, 체재가 크게 갖추어졌다 하겠다. 乾隆 20년에

간행될 때에 ≪經義考≫라고 서명을 정하였다. 그것은 수천 년의 경적을 총괄하였으므로 학술연구에 편리를 제공할 뿐만 아니라 그 영향 또한 매우 크다 하겠는데, 章學誠이 편찬한 ≪經籍考≫의 '動議' 및 후인의 ≪經義考≫ '續補'가 지어진 것이 이를 증명한 다 할 만하다. 당시 잘 알려지지 않은 학자 毛奇齡 또한 이는 "여러 서적을 두루 섭렵하지 않고서는 이것이 있을 수 없다."(非博極群書, 不能有此.)라고 칭찬하였다.

○ 史籍目錄: 史籍은 비록 ≪漢志≫ 중 <六藝略>의 春秋家 뒤에 부기되어 있었으나, 四部分類法 이후 비록 두세 번의 변화가 있었다지만 결국은 독립된 부류가 되었다. 각 조대는 비록 사적의 목록 편찬과 史目의 전문목록이 있었으나, 비교적 완전한 사적의 전문목록으로는 마땅히 宋 高似孫의 ≪史略≫ 6권이 가장 이르다 하겠으며, 또한 체재가 크고 새로운 창의가 있는 것으로는 乾隆 말년 章學誠이 처음으로 엮은 ≪史籍考≫만 한 것이 없다. 章氏는 ≪經義考≫의 영향 아래에서 이 제의를 하여, 史部의 한계를 깨고 역사와 관련이 있는 전적을 광범위하게 수집하여 하나의 문집으로 엮었는데, 함께 모였던 작가가 매우 많았으며 또한 그 작자가 수차례 바뀌면서 몇 년에 걸쳐 완성되는 듯하였으나, 안타깝게도 咸豐 연간 이 몇 차례 수정을 거친 거작은 불에 타 훼손되었다. 이것은 학술상 보충할 수가 없는 손실이다. 현재는 章學誠의 ≪論修史籍考要略≫과 ≪史籍考總目≫[52]으로부터 그 체계와 類目 약간을 알 수 있을 뿐이다.

---

52) ≪章氏遺書≫ 권13 <章氏遺書·補遺>.

○ 文藝目錄: 文藝 서적의 전문목록은 晉 摯虞의 ≪文章志≫ 4권에서 비롯된다. 이것은 각 작가의 詩賦와 문장의 목차를 한 문예도서 전문목록으로 엮은 것이다. 南北朝에는 또한 續作도 많았는데 ≪隋志≫에 그 기록이 보인다. ≪宋史・藝文志≫에 기록된 沈建 ≪樂府詩目錄≫ 또한 문예 전문분야 중의 한 전문목록이다. ≪千頃堂書目≫에 저록된 <國朝名家文集目>은 明代 文集의 전문목록이다.

○ 기타:

醫籍 전문목록: 明 殷仲春의 ≪醫藏目錄≫[53]

地理 전목목록: 淸 顧棟高의 ≪古今方與書目≫[54]

數學 전문목록: 梅文鼎의 ≪勿庵曆算書目≫[55]

書畫 전문목록: 唐 裴孝源의 ≪貞觀公私畫史≫와 宋 米芾의 ≪書史≫, ≪畫史≫

金石 전문목록: 宋 歐陽修의 ≪集古錄跋尾≫, 趙明誠의 ≪金石錄≫

圖書 전문목록: 善本書目, 版本書目, 刻本書目, 闕書書目, 禁毀書目 등.

전문분야의 서목은 학술연구의 문헌 이용에 확실히 큰 도움을 주며, 또한 목록학의 발전 추세로 볼 때에도 전문분야의 목록학 연

---

53) 北京圖書館에 抄本이 소장되어 있음. 1955년 5월 群聯出版社에서 ≪醫藏書目≫을 刊印한 적이 있다.(부록으로 ≪疹子心法≫이 있고, 이는 ≪中國古典醫學叢刊≫에 수록되어 있다.)

54) ≪方志月刊≫ 제7권.

55) 淸初의 數學家 梅文鼎이 그가 저술한 曆學書 62종, 算學書 26종에다가 각기 提要를 편찬하여 완성한 것이다. 그것은 또한 개인 저술의 목적을 지니고 있다.

구와 전문분야의 목록서 편찬에 마땅히 힘써야 할 것이다.

② 전문서적 목록: 이것은 한 종류의 책 혹은 한 부류의 책에 대해 편찬한 전문목록이다. 그것은 각기 다른 종루가 있다.

하나는 한 책의 인용 서목이다. 이것은 많은 책을 다룬 목록으로서 곧 어떤 한 책에서 인용한 각종 도서를 전문곡록으로 편성한 것인데, 이것으로써 이 책의 자료 원류를 고찰할 수 있으며, 또한 인용 서적의 存佚을 분명하게 밝힐 수 있는 즉, 沈家本이 편찬한 ≪三國志注引書目≫, ≪世說新語注引書目≫, ≪續漢書八志補注所引書目≫(합칭 ≪古書目三種≫)이 그 예이다. 이런 서목으로부터 각 서적 注의 인용 상황을 알 수 있으며, 그 중 현재 일실된 각 서적은 도서 存佚의 고찰을 제공하는 것 외에, 또한 輯佚 작업에도 편리를 제공한다.

다른 하나는 어떤 한 책을 위해 편찬한 참고서 목록이다. 이것은 많은 서적을 한 권의 목록에 모은 것으로, 바로 이 책과 관련된 서적을 전문목록으로 편성하여 연구를 이해하는 수단으로 제공된다. 예를 들어 ≪史記書錄≫은 바로 ≪史記≫와 관련된 참고서를 편찬하여 ≪史記≫를 연구하는 데에 제공되는 목록이다.

4. 부가 설명: 索引과 類書

색인과 유서는 비록 도서목록의 형식은 아니지만, 그것은 일종의 검색 도구이다. 색인은 도서와 도서목록 그리고 도서 중의 관련 자료를 검색하는 데에 이용되고, 유서는 분류별로 집성한 자료를 제공한다. 그것은 모두 목록의 성질과 작용을 갖추고 있다.

색인은 일본어의 '사쿠잉'(さくいん)을 음역한 것이며, 또한 영문 '인덱스'(index)에 의거하여 '인더'(引得)로 음역되는데, '제시'의 의미를 포함하고 있다. 중국의 옛 명칭은 '通檢' 혹은 '備檢'으로, 가장 이른 저작이 ≪群書備檢≫이다. 宋 晁公武의 ≪郡齋讀書志≫ 권9에는 일찍이 다음과 같은 기록이 있다.

> ≪群書備檢≫ 10권, 편찬자 미상. ≪易≫, ≪書≫, ≪詩≫, ≪左氏≫, ≪公羊≫, ≪穀梁≫, ≪三禮≫, ≪論語≫, ≪孟子≫, ≪荀子≫, ≪楊子≫, ≪文中子≫, ≪史記≫, ≪兩漢書≫, ≪三國志≫, ≪晉書≫, ≪宋書≫, ≪齊書≫, ≪梁書≫, ≪陳書≫, ≪後周書≫, ≪北齊書≫, ≪隋書≫, ≪新唐書≫, ≪舊唐書≫, ≪五代史≫의 서적을 집록하여 검열을 편리하게 하였다.(≪群書備檢≫十卷, 右未詳撰人. 輯易·書·詩·左氏·公羊·穀梁·三禮·論語·孟子·荀子·楊子·文中子·史記·兩漢·三國志·晉·宋·齊·梁·陳·後周·北齊·隋·新舊唐·五代史書, 以備檢閱.)

陳振孫의 ≪直齋書錄解題≫ 권8에서도 다음과 같이 말한다.

> ≪群書備檢≫ 3권, 편찬자의 성씨를 모르겠으나, 모두 經史子集의 목록이다.(≪群書備檢≫三卷, 不知姓氏, 皆經史子集目錄.)

요컨대, 宋代에 이 책은 이미 10권과 3권 두 종의 판본이 있었다. ≪宋史·藝文志≫는 이 책을 기록하여 말하길, "그 책은 이미 없어졌다."(其書已亡)라고 하고 있으니, 元初에는 이 책이 보이지 않았다 할 것이다. 그러나 明 ≪文淵閣書目≫은 오히려 "≪群書備檢≫一部, 三冊, 殘闕"이라고 기록하고 있는 바, 明代에는 또한 그 잔본이 있었음을 알 수 있겠다.

이런 목록서의 기록으로 보건대, ≪群書備檢≫은 經史子集의 목록 색인이다.

淸代 목록학가 章學誠도 이런 색인 형식의 목록을 편찬할 것을 제창하여 다음과 같이 말하였다.

나는 전적이 너무 방대하여 견문에 한계가 있는 즉 학문이 넓은 사람도 남김없이 모두 궁구할 수 없으니 하물며 그 아래의 사람에게 있어서랴. 교수가 먼저라고 하는 것은 四庫의 藏書와 中外의 전적을 다 취하여 그 중의 人名·地名·官階·書目을 가려 뽑았기 때문이다. 대개 모든 볼 수 있는 책의 이름과 조사할 수 있는 그 수는 대략 ≪佩文韻府≫의 예를 모방하여 모두 韻에 따라 편찬한다. 本韻의 아래에 原書의 출처 및 선후 순서를 注明하고 한두 번 보이는 것에서 수천 번 보이는 것까지 모두 상세하게 주를 하고서, 館에 보관하여 여러 서적의 總類로 삼는다. 校書를 할 때 애매모호한 부분이 있으면 서명에 따라 그 編韻을 찾고, 韻에 의거하여 그 本書를 검색하여, 이리저리 섞여 있지만 즉시 그 가장 옳은 것을 얻을 수 있다. 이는 학식이 깊고 넓은 儒者가 필생의 정력을 다해도 끝까지 궁구할 수 없는 것으로서 지금 설령 재주를 얻어 교감이 몇 번의 앉은자리에서 가능하다 하나, 그것은 교감의 좋은 방법은 아니지 않겠는가? (竊以典籍浩繁, 聞見有限, 在博雅者且不能悉究無遺, 況其下乎? 以謂校讎之先, 宜盡取四庫之藏, 中外之籍, 擇其中之人名·地號·官階·書目. 凡一切有名可治, 有數可稽者, 略倣佩文韻府之例, 悉編爲韻. 乃於本韻之下, 注明原書出處及先後篇第, 自一見再見以至數千百, 皆詳注之, 藏之館中, 以爲群書之總類. 至校書之時, 遇有疑似之處, 卽名而求其編韻, 因韻而檢其本書, 參互錯綜, 卽可得其至是. 此則淵博之儒窮畢生年力而不可究殫者, 今卽中才校勘可坐收於幾席之間, 非校讎之良法歟?)[56]

일부 학자들은 이 방면의 편찬 작업에 종사하였는데, 淸 黎永椿

56) 淸 章學誠, ≪校讎通義≫ 內篇1 <校讎條理第七>.

의 ≪說文通檢≫은 바로 說文의 部首와 각 글자를 검색하기 위해 편찬된 것이다. 이후 색인은 對句와 目次, 그리고 중심주제 등 방면의 검색 도구로 발전하였다.

색인 작용을 하면서 자료를 모으고 있는 내용이 바로 유서이다. 유서는 각종 도서 중의 관련 자료를 주제에 따라 분류하거나 혹은 글자에 따라 韻을 나누거나 하여 모은 것이다. 이것은 두루 열람하고 기억하며 검색하기에 편리하다.

유서의 기원은 과거 2가지 다른 설이 있었다.

첫째, 宋 晁公武 ≪郡齋讀書志≫ 권14류 書類에서는 梁 元帝가 편찬한 ≪同姓名錄≫ 3권을 맨 앞에 놓고, "유서의 기원은 마땅히 이 시기이다."(類書之起, 當在是時.)라고 하였다. ≪四庫全書總目≫ 類書類는 이 설을 계승하였다.

둘째, 宋 王應麟 ≪玉海≫ 권54 <藝文承詔撰述>편에서는 "유서는 ≪皇覽≫에서 비롯된다."(類事之書, 始於≪皇覽≫.)고 하였다. 그리고 ≪三國志·魏書·文帝紀≫에 의거하여 다음과 같이 말하였다.

> 文帝가 학문을 좋아하였는바, 黃初 中散騎侍郞 劉劭 등은 詔를 받아 五經의 여러 서적을 모아, 몇천여 편을 부류에 따라 나누고, ≪皇覽≫이라 하였다.(文帝好學, 黃初中散騎侍郞劉劭等受詔集五經群書, 以類相從, 幾千餘篇, 號曰≪皇覽≫.)[57]

淸末 張之洞의 ≪書目答問≫은 이 설을 채용하였다.

이상 2가지 주장에서 볼 때, ≪皇覽≫은 220년에서 226년 사이에 완성된 것으로, ≪同姓名錄≫보다 300여 년이 빠르니, 자연히

---

57) ≪皇覽≫은 오래전에 일실, 淸人이 집일한 1권이 있다.

≪皇覽≫을 유서의 시작으로 여겨야 할 것이다.

유서의 편폭은 일반적으로 비교적 크다. 宋代의 ≪太平御覽≫은 현존하는 전형적인 대형 유서로서, 그것은 주제에 따라 편차를 분류하였으며 모두 1천 권에 달한다. 淸代의 ≪古今圖書集成≫ 1만 권은 편폭이 더욱 크고 내용이 풍부하여 참고에 큰 도움이 된다. 그 외, ≪佩文韻府≫와 ≪駢字類編≫ 등도 비록 詩를 지어 운을 짓는 데 제공되고 詩語를 찾는 데 쓰이는 韻書이나, 그것은 많은 典故 자료를 수집하고, 出處를 주석하였기에, 유서의 자료를 안내하는 작용을 갖추고 있다 할 것이다.

유서는 그것의 지시에 따라 약간의 同種의 관련 자료를 찾게 해 주는데, 어떤 것은 이를 통해 原書를 찾을 수 있게 되고, 또한 어떤 것은 자료 원류가 되는 도서 자체는 이미 없어졌어도 유서에 힘입어 그 일부분이 보존될 수 있었으니, 더욱 참고 가치가 있다 할 것이다. 이에 ≪四庫全書總目≫은 유서에 대해 다음과 같이 긍정적인 평론을 하였다.

> 고적이 흩어 없어져 열에 하나도 남지 않았지만, 遺文과 舊事는 종종 의탁되어 보존이 되었다.(古籍散亡, 十不存一, 遺文舊事, 往往托以得存.)[58]

그러나 유서는 종종 이리저리 뒤섞여 전해 오는 까닭에, 기록된 자료가 원래 모습인지를 반드시 신중히 고려하여 사용함으로써 오류를 전하지 말아야 할 것이다. 近人 劉文典 씨는 이 점을 지적하여 다음과 같이 말하였다.

---

58) ≪四庫全書叢目≫ 권134, 子部·類書類小序.

類書의 인용문은 실제 모두 믿을 수는 없는데, …… 대개 최초의 한 서적에 오류가 있으면, 후대의 여러 서적 또한 그것을 따라 오류를 범한다. 宋의 ≪太平御覽≫은 실제 전대의 ≪修文御覽≫, ≪藝文類聚≫, ≪文思博要≫ 등 여러 서적을 자세히 참고하여 그 순차를 정리하여 修撰한 것이다. 그 인용 서명은 특별히 전대 여러 類書의 구형을 답습한 것이지, 宋初에 있던 그 책은 아니다. 陳振孫의 말은 상세하다. ≪四民月令≫ 이 책은 唐人이 唐太宗을 피휘하여 '民'을 '人'으로 고쳤으나, ≪御覽≫은 또한 여전히 고치지 않았다. 서명이 이와 같을진대, 인용문은 알 만 하다 할 것이다.(類書引文, 實不可盡恃, …… 蓋最初一書有誤, 後代諸書亦隨之而誤也. 如宋之≪太平御覽≫實以前代≪修文御覽≫·≪藝文類聚≫·≪文思博要≫諸書, 參詳條次, 修纂而成. 其引用書名, 特因前代諸類書之舊, 非宋初尚有其書. 陳振孫言之詳矣. 若≪四民月令≫一書, 唐人避唐太宗諱, 改民爲人, 御覽亦竟仍而不改. 書名如此, 引文可知.)[59]

이것은 유서를 사용할 때 마땅히 주의해야 하는 하나의 문제이다.

---

59) 劉文典, ≪三余札記≫ 권1.

제3절 古殿目錄書의 體裁

1. 체재의 3가지 유형

고전목록서의 체재는 汪辟疆의 ≪目錄學研究≫에서 일찍이 목
록학의 정의를 논술할 때 언급한 바가 있다. 그는 4가지 견해를 제
기하였다.

① '여러 서적을 정리하고 부류를 나누어 기록한다.'(綱紀群籍,
簿屬甲乙) 즉 부류에 따라 서명을 기록하여 각종의 도서가
귀속되도록 하나, 책의 주제에 대해서는 상세하게 논술하지
않는다.

② '학술을 분별하고 원류를 분석한다.'(辨章學術, 剖析源流) 즉
부문별로 분류하기 이전에 고금 학술의 변화와 작자의 장단
점을 이야기한다.

③ '옛 판본을 감별하고 서로 다른 것을 교수한다.'(鑑別舊槧,
讎校異同) 즉 다른 판본을 들어 감정을 하여 교감을 위한 편
리를 제공한다.

④ '요점을 간추리고 학문 활동의 방법을 제시한다.'(提要鉤元,
治學涉徑) 즉 요점을 총괄하고 학습 방법을 제시할 수 있다.

이 4가지는 비록 목록학의 작용을 설명하기 위한 것이나, 실제로 는 목록서의 체재에 대한 요구를 제시하였는데, ①은 登記目錄을 가리키는 것으로서, 즉 서명, 작자, 권수만 기록하고, 제요와 같은 것은 없다. ②는 목록서는 적합한 小序로써 학술원류를 분명히 이 야기해야 함을 가리키는 듯하다. ③은 목록의 체재는 마땅히 판본 을 기록해야 함을 요구한다. ④는 목록서는 반드시 해제 혹은 附注 로써 독자의 독서와 학문연구를 도와야 함을 설명한다.

余嘉錫 선생은 ≪目錄學發微≫에서 고전목록서 체재의 3가지 다른 유형을 명확하게 제시하면서 아울러 예를 들어 설명하였다.

첫째, 部類의 뒤에 小序가 있고, 書名 아래 解題가 있는 것. 이 런 체재의 목록서로는 宋 晁公武 ≪郡齋讀書志≫, 陳振孫 ≪直 齋書錄解題≫, 元 馬端臨 ≪文獻通考·經籍考≫, 그리고 淸 ≪ 四庫全書總目≫ 등이 있다. 이 체재의 목록서는 주로 '그 핵심을 논하고 그 오류를 판단'(論其指歸, 辨其紕繆)하기 위해, 도서에 대 해 비교적 전면적인 논술과 오류 교감을 진행하였다.

둘째, 小序는 있으나 解題는 없는 것. 이런 체재의 목록서로는 ≪漢書·藝文志≫와 ≪隋書·經籍志≫ 등이 있다. 이 체재의 목 록서는 '小序'라는 이 구성 요서를 충분히 이용하여 '근원을 밝히고 그 연원을 캐냄'(窮源至委, 竟其流別)으로써 '학술을 분별하고 원 류를 규명하여'(辨章學術, 考鏡源流), 독자들이 각 부류의 도서에 대해 먼저 학술적인 개요를 알게 하고, 한 걸음 더 나아가 각종의 도서를 이해하고 파악하는 데 편리하도록 한다.

셋째, 小序와 解題가 모두 없고, 오직 書名만 기록한 것. 이런 체재의 목록서로는 ≪新唐書·藝文志≫, ≪宋史·藝文志≫, ≪明 史·藝文志≫, ≪通志·藝文略≫, 그리고 ≪書目答問≫ 등이 있

다. 이 체재의 목록서는 비록 서명만 기록하였으나, 만약 분류가 분명하다면 百家九流를 각기 조리 있게 하고 또한 그 본말을 탐구함으로써 학술의 원류와 계승을 알 수 있게 할 것이다.[60] 또한 학자들이 자기의 필요에 의거하여 부류를 따라 책을 찾는 데 편리할 것이다.

이 3종의 다른 체재는 각기 다른 작용을 발휘하는데, 그 장단점을 논하고 우열을 나눌 필요가 없는 까닭은 관건이 편찬자의 수준에 있지 편찬 체재가 어떠하냐에 있지 않기 때문이다. 과거에는 첫째 유형을 가장 으뜸으로 여기기도 하였으나, 해제를 편찬하는 사람의 안목이 깊지 않다면 비록 이 체재가 좋다 하여도 그 효율은 떨어지게 될 것이다. 또한 셋째 유형의 경우에는 그것이 심도가 얕아 중시되기에 부족하다고 여기는 사람도 있으나, 만약 그것이 전문가의 손에서 나왔다면 부문별 구별이 정연하고 또한 학술의 원류를 고찰하여 초학자들에게 독서의 방법을 보여 주기에 충분한 바,[61] 宋代 학자 鄭樵가 말한 바와 같이 '부류가 구분되어 학술이 절로 명확하게 된'(類例旣分, 學術自明)[62] 효과를 얻게 될 것이다.

2. 체재의 기본구조

고전목록서의 3가지 다른 체재에서 보면, 그것의 기본 구조는 대개 3가지 요소를 포함하니, 즉 書名, 小序, 解題(書錄)이다. 서명은

---

60) 余嘉錫, ≪目錄學發微 · 目錄學之意義及其功用≫: "使百家九流, 各有條理, 幷究其本末, 以見學術之源流沿襲."

61) 上同: "分門別類, 秩然不紊, 亦足以考鏡源流, 示初學以讀書之門徑."

62) 宋 鄭樵, ≪通志 · 校讎略≫.

어떤 목록이든지 간에 모두 갖추어야 하는 항목으로서 그것은 도서 표지의 기본 특징인 책의 명칭(도서의 주제를 직접 반영하는 서명도 적지 않음), 편찬자, 편권수, 다른 판본과 소장자를 반영하는데, 어떤 것은 이 모든 항목을 기록하기도 하고, 어떤 것은 누락된 항목이 있기도 하지만 그 차이는 크지 않다. 소서와 해제는 이 서명보다 더욱 중요한 지위를 차지한다. 체재도 각기 달라 더욱 자세한 설명을 할 필요가 있다.

소서는 목록서가 편찬되기 시작하면서 출현한 일종의 체재이다. 그것은 주로 학술을 변별하기 위해 어떤 한 부류의 도서의 학술 유파와 변천 그리고 특징에 대해 논술한 것이다. 이것은 이런 부류의 도서를 파악하고 이해하는 데에 있어, 제요를 파악하고 전체를 살펴보는 작용을 한다. 劉歆이 편찬한 ≪七略≫ 중의 <輯略>은 각 家의 학술 원류의 득실에 대해 나누어 논술한 후에 한 편으로 모아 엮어 전체 책의 범례를 대신하였다. 이것이 소서 체재의 시작이다. ≪漢書·藝文志≫는 <輯略>의 각 편을 나누어 각 家에 넣었으므로 참조하기에 더욱 편리하다. 이것은 고전목록학의 우수한 전통이다. 그러나 魏晉 시대의 목록서는 이 전통을 그다지 훌륭하게 계승하지 못하였는데, 예를 들어 西晉 荀勗은 劉向의 ≪別錄≫에 따라 전적을 기록 정리한[63] 목록학가이나, 그가 편찬한 ≪中經新簿≫는 해제와 설명은 기록하였지만 작자의 의도는 논술하지 않았으니,[64] 이는 부류의 하위에 소서가 없는 체재와 같다. 南北朝 시대에는 소서의 체례가 다시 사용되어, 劉宋 王儉의 ≪七志≫ 책 머리에는 <條例> 9편이 있는데, 비록 ≪隋書·經籍志≫에서는

---

63) ≪晉書≫ 권39 <荀勗傳>: "依劉向別錄, 整理記籍"
64) ≪隋書·經籍志≫.

이 <條例>가 "문의가 얕아 전범이 아니다."(文義淺近, 未爲典則)
라고 하였으나, 그것은 바로 ≪七志≫ 9부류의 소서라 할 것이다.
隋 許善心이 편찬한 ≪七林≫은 책머리에 總序가 있는 것 외에,
부류의 하위에 또한 類例가 있어서, '작가의 의도를 밝히고, 그 유
례를 구분'(明作者之意, 區分其類例)하였으니 이 또한 소서라 하
겠다. ≪隋書·經籍志≫와 唐代 목록학가 毋煚의 ≪古今書錄≫
은 모두 소서가 있으며 또한 정식으로 소서의 명칭을 들고 있으나,
안타깝게도 ≪隋志≫ 이외의 다른 책은 이미 일실되어, 당시의 소
서체에 대해서는 다만 기타 기록에서 그 한마디만을 얻을 수 있을
뿐이고 더 많은 이해를 할 수가 없다. ≪舊唐書·經籍志≫는 비
록 總序 중 일부 유용한 자료를 보존하였지만, 毋煚의 書序는 소
서 체재를 채용하지 않고 목록학의 우수한 전통을 파괴하여, 후대
史志目錄이 소서를 세우지 않는 나쁜 관례를 열었다. 宋代 ≪國
史·藝文志≫를 編修할 때는 다시 漢代와 隋代의 두 <藝文志>
의 전통을 회복하여, 부류의 아래에는 모두 소서가 있다. 宋朝의
官修書目 ≪崇文總目≫도 소서가 있다. 元初에 ≪宋史≫를 修撰
할 때는 비록 대체로 宋代의 ≪國史·藝文志≫를 의거하였으나,
≪舊唐志≫의 체례를 답습하여 소서를 삭제하였다. 후대 각 史志
目錄은 모두 이 체례를 따랐는 바, 그리하여 唐 이하로는 학술 원
류를 대부분 고구할 수가 없게 되었다.[65] ≪四庫全書總目≫에 이
르러서야 다시 이 체재를 회복하여, 후인들이 봉건사회의 학술 원
류와 득실을 연구할 수 있는 기본 자료로 제공도었다. 이것은 또한
≪四庫全書總目≫이 학술 가치를 향유하는 원인의 하나가 된다.

---

65) 余嘉錫, ≪目錄學發微≫ 5 <目錄書之體制三·小序>: "由是自唐以下, 學術源流多
    不可考."

해제는 또한 '敍錄', '書錄' 혹은 '提要'라고 칭한다. 그것은 도서의 주제와 용도를 드러내는 데 사용되며, 독자에게 실마리를 제시하고 편리함을 제공한다. 그것은 목록학사상 중국에서 가장 일찍 창제된 한 체재로, 후대의 목록학 및 기타 학술 영역에 모두 중요한 원동력이 되었다. 그것은 ≪書序≫에서 시작되었다. 劉向 ≪別錄≫은 서록을 주요한 구성 부분으로 한다. 宋 陳振孫은 '解題'라는 이름을 채용하여 ≪直齋書錄解題≫를 편찬하였다. ≪四庫全書總目≫은 일찍이 해제의 내용과 작용을 다음과 같이 해석하였다.

> 그 권질의 수, 편찬인의 성명을 각기 상세히 하고 그 득실을 논평하였기에 '解題'라고 한다. …… 지금에까지 전해지지 않은 古書는 이로써 그 대략을 살필 수 있고, 지금에까지 전해진 古書는 이로써 그 진위를 분별할 수 있다. 그 차이점을 대조하는 것 또한 고증에 반드시 참고해야 하는 것이다.(各詳其卷帙多少, 撰人名氏而品題其得失, 故曰解題. …… 然古書之不傳於今者, 得藉是以求其崖略; 其傳於今者, 得藉是以辨其眞僞. 核其異同, 亦考證之所必資.).[66]

따라서 대개 이런 체재의 내용을 갖춘 목록서를 解題目錄이라고 칭하는 것이다.

清代의 ≪四庫全書總目提要≫ 또한 이 체재로써 각 도서마다 제요를 써서 평가하여 ≪全書≫가 학술 가치가 있는 목록학 저작이 되도록 하였다. 따라서 어떤 저서에서는 이 체재의 목록서를 提要目錄이라 칭하기도 한다.

이런 종류의 解題目錄 혹은 提要目錄은 재제의 내용과 집필 방법이 다른 까닭에, 다시 3종의 유형으로 나눌 수 있다.

---

66) ≪四庫全書叢目≫ 권85 史部目錄類1 <直齋書錄解題>條.

(1) 敍錄體: 이것은 解題目錄 중 가장 이른 체재로, 劉向 ≪別錄≫ 각 편의 서록이 바로 이 체례의 창작이다 서록은 작자의 시대와 생평을 소개하고 이 서적의 학술 원류를 서술하며, 이본 교감의 상황을 기록하고 도서 내용을 분석 평론하며, 더욱이 도서의 '資治'적 의의를 지적하기도 하는데, 예를 들면 ≪晏子書錄≫ 중에서는 "이 책 6편은 모두 그 임금에게 충심으로 간하고 있는데, 문장이 볼만하고 내용이 조리가 있으며 모두 六經의 뜻에 부합하므로, 항시 옆에 두고서 관람할 만하다."(其書六篇皆忠諫其君, 文章可觀, 義理可法, 皆合六經之義, 可常置旁御觀.)라고 말하였다. 이것은 목록 작업과 현실 정치와의 밀접한 관계를 드러낸다. 宋代 晁公武의 ≪郡齋讀書志≫와 陳振孫의 ≪直齋書錄解題≫에 이르러 서록의 체례는 더욱 완비되었다 하겠으며, 주로 권질, 편찬자의 상황, 학술연원, 판본의 차이 등의 항목을 포괄하며, 또한 ≪四庫全書總目≫은 이 체례의 집대성 저작이 되었다. 이 체례는 解題目錄 중 가장 으뜸이다.

(2) 傳錄體: 이것은 敍錄體에 비해 내용이 간략한 체례이다. 이 체례를 채용한 목록서는 대부분 이미 없어져서, 기타 기록으로부터 대략의 상황을 알 수 있을 뿐이다. 이 체재를 채용한 것으로 가장 이른 것은 아마 晉 荀勖이 편찬한 ≪中經新簿≫라 할 것인데, 왜냐하면 ≪隋書≫는 이 책을 일컬어 "서명과 설명을 기록하고 작자의 뜻은 논변하지 않았다."(但錄題及言, 至於作者之意, 無所論辨.)고 하였기 때문이다. 서명(題)과 서명의 설명(言)은 곧 간략한 해제라는 의미이며, 오직 도서의 대략적인 내용만 소개하고 작자의 의도는 나열하여 설명하지 않았다. 劉宋 王儉의 ≪七志≫ 또한 ≪

隋書≫에서 "그것은 작자의 뜻을 설명하지 않고, 다만 서명의 아래 각기 하나의 傳을 넣었다."(不述作者之意, 但於書名之下每立一傳.)고 말하였다. 이 '傳' 자는 傳記가 아니라, '傳注' 즉 해설 설명의 의미이다. 그것은 아마 ≪中經新簿≫와 같은 체재인 듯하다. ≪七志≫의 '각기 하나의 傳을 넣었다.'(每立一傳)라는 것 때문에, 따라서 이 체례를 일반적으로 傳錄體, 즉 注錄體라고 말하는 것이다. 후대의 일반 藏書의 典藏登錄은 오직 간단한 내용 제요만 기록하였는데, 마땅히 이 체재에 속한다 할 것이다.[67]

(3) 輯錄體: 이것은 한 서적과 관련된 자료를 광범위하게 집록하여 도서의 내용을 드러내고 평론한 체례이다. 그것은 馬端臨의 ≪文獻通考·經籍考≫가 대표적이다. ≪通考·經籍考≫는 晁公武 ≪郡齋讀書志≫와 陳振孫의 ≪直齋書錄解題≫를 주요 근거로 이루어진 것 외에,[68] 또한 ≪漢志≫, ≪隋志≫, ≪新唐書≫, 宋의 三朝·兩朝·四朝의 각 ≪國史藝文志≫, ≪崇文總目≫, ≪通志·藝文略≫, 正史列傳, 각 서적의 序跋과 文集, 語錄 중의 관련 문자를 집록한 것이다. 후대의 목록서에 대한 輯佚, 考證, 拾補 작업은 대부분 이 체재를 채용하였다. 朱彛尊의 ≪經籍考≫와 謝啓昆의 ≪小學考≫ 또한 이 체례를 모방하여 전문분야 목록을 편찬하였다. 이 체례는 자못 會注體와 유사하며, 관련된 한 서적의 자료를 한 편으로 모아 도서 및 관련 문제를 참조하고 고찰하는 데에 매우 유용하고 편리하게 해 준다.

---

67) 姚名達은 ≪中國目錄學史≫ 중에서 郡齋와 直齋를 ≪中經新簿≫와 ≪七志≫의 동일 계통으로 나누어 분류하였다. 필자의 견해로는 晁公武, 陳振孫의 두 목록은 荀勗과 王儉과 다른 것으로, 마땅히 敍錄體에 넣어야 되지 않을까 생각한다.
68) ≪四庫全書叢目≫ 권85 史部目錄類1 <直齋書錄解題>條.

이 3종의 유형에서 볼 때, 해제는 목록서 체재에서 가장 주요한 구성 성분임에 틀림없다.

　書名, 小序, 解題는 목록서 체재의 기본 구성의 3요소이다. 대량의 고전 목록서는 고대 목록학가가 이 3가지 요소를 어떻게 적당하게 운용하였는지의 그 고귀한 경험을 충분히 드러내며, 후인들을 위해 본보기와 교훈이 될 만한 유익한 조건을 제공한다. 그렇지만 후인들은 마땅히 도서사업의 발전과 도서분류와 수량의 증가에 따라 목록서 체재의 기본 구조를 창조하고 개조하며 변화시킬 수도 있어야 할 것이다.

제4절 目錄學의 作用

목록학은 전문적인 학문으로서 독서와 학문 연구에 중요한 보조 작용을 한다. 그것은 목록서의 표현 형식을 통해 사람들이 학술연구의 작업에서 이로써 '학술을 변별하고, 원류를 고찰'(辨章學術, 考鏡源流)할 수 있게 해주며, 학자들에게 '부류에 따라 서적을 찾고, 서적에 의거하여 학문을 연구하게 하여'(卽類求書, 因書究學), 학술연구를 위해 여러 가지 장애를 없애고 많은 방법을 개척하게 해 준다. 아래에서는 도서를 이해하고 학술을 연구하는 방면에서 목록학의 작용에 대해 구체적으로 설명하기로 한다.

1. 고적의 전체 기본 상황 파악

목록학은 목록서의 특유한 형식을 통해 방대한 여러 서적이 부류에 따라 나누어지도록 하고, 사람들이 도서의 기본 상황을 이해하여 검색하는 데에 편리를 제공하였으며, 여러 서적의 차례를 세우고 부류를 나누는 기능을 발휘하였다.

중국은 문화가 발달한 국가로 고적의 수가 매우 많기는 하나 도대체 얼마나 있는지는 지금도 비교적 정확한 숫자를 알기는 어렵고 그저 대략의 어림짐작만 할 수 있을 뿐이다. ≪中國叢書綜錄≫의 子目에 의거하여 통계하면 7만여 종이 되는데, 설령 각 총서에 중복 수록된 것이 반 정도라 할지라도 여전히 3만여 종이나 된다. 近人 孫殿起의 ≪販書偶記≫는 ≪四庫≫ 이래의 單刻本 1만여 종을 기록하였고 속편에는 약 6천여 종이 있는데, 여기에다가 四庫 이전의 單刻本과 기타 기록되지 않은 것이 모두 7∼8만여 종이 된다. 따라서 1963년에 方厚樞는 다음과 같이 추측하여 말하였다.

"중국의 古書 총수는 대략 7∼8만여 종이 넘을 것이다."(我國古書的 總數約有七 · 八萬種之多.)69)

그리고 1979년 楊殿珣 씨는 다시 "15만여 종이 있을 것이다."라고 대략적인 추측을 하였는데, 그의 근거는 다음과 같다.

○ ≪中國叢書綜錄≫의 자목 통계는 38,891종이다.
○ ≪叢書綜錄≫에 수록되지 않은 淸 이전의 단각본은 1만여 종으로 추정된다.
○ ≪叢書綜錄≫이 수록하지 않은 佛經의 총집 간행과 새로운 형식의 총서 및 보충 기록되어야 할 총서 중의 자목은 1만여 종으로 추정된다.
○ 孫殿起가 편찬한 ≪販書偶記≫에 대해서 대부분 사람들은 淸代 이전의 저술총목으로 수록된 것이 1만여 종이라고 여기는데, 1959년 새로 인쇄한 ≪販書偶記≫의 출판 설명에서 저자는 이 책을 초판 인쇄한 이후 다시 1만여 종의 자료를 추가하였다고 하였는 바, 이 둘을 합계하면 2만여 종이 된다.
○ ≪販書偶記≫가 수록하지 않은 淸代의 저술 또한 1만여 종

---

69) 方厚樞, ≪從目錄學入手≫(≪光明日報≫ 1963년 3월 6일).

이 있을 것으로 추정된다.

○ ≪中國地方志總錄≫이 수록한 方志는 최근 통계로 8,500여 종이 있다.

○ 현존하는 古醫書는 8천여 종이 있을 것으로 추정된다.

○ 通俗小說, 民間唱本, 地方劇本, 寶卷, 敲詞, 家譜 및 佛經, 道經 이외의 각종 종교서의 합계는 1만여 종이 될 것으로 추정된다.

○ 碑帖, 輿圖는 1만여 종이 될 것으로 추정된다.

○ 소수민족어문의 도서 및 기타로 1만여 종이 있을 것으로 추정된다.[70]

이러한 수많은 고적이 만약 어지럽게 섞여 순서대로 분류되지 않는다면, 검색하여 사용하는 데에 틀림없이 커다란 어려움이 있게 될 것이다. 만약 목록학 지식이 있다면, 이미 있는 목록서를 이용하여 도서의 기본 상황을 이해할 수 있을 것이다. 현재의 고전목록서는 일반적으로 모두 과거의 목록학자가 여러 서적을 조사하여 체계적인 校勘, 考證, 撰錄, 目錄 등의 순서를 거쳐 편찬한 것이다. 따라서 목록에 대해 한 차례 잘 이해해 둔다면, 우리가 그 귀속을 알아 그것에 근거하여 검색하는 데 도움이 될 것이다. 이러한 활용이 오래된다면, 고적의 기본 상황에 대해서는 대체로 요연해질 수 있게 될 것이다.

소위 그 기본 상황이란 다음과 같다.

---

70) 楊殿珣, ≪談談古籍和古籍分類≫(≪北圖通迅≫ 1979년 제1기).

(1) 각 시대의 고적 개요:

官修目錄은 기본적으로 각 시대 官藏圖書의 현상을 반영하며, 비교적 완비된 총서목인 까닭에, 그것으로부터 어느 한 시대의 도서를 개괄해 볼 수 있는데, 예를 들자면 ≪漢書·藝文志≫의 기록에서 漢代 도서의 총서가 1만 3천여 권임을 알 수 있다.[71] ≪隋書·經籍志≫의 기록에서 唐初의 도서 총수가 經典의 存亡과 佛道를 포함하여 이미 56,881권이 있음을 알 수 있다. 그리고 한 걸음 더 나아가 漢에서 唐까지의 도서량의 증가가 거의 4배 반에 가까움을 알 수 있게 된다. 또한 ≪漢志≫에는 史籍의 독립 부류가 없었기에, 다만 <六藝略>의 春秋家 뒤에 23家, 948篇을 부록하였고, ≪隋志≫에 이르러서 史部를 대부류로 표시하고, 存亡 史籍 874部, 16,558卷을 기록하였는데, ≪漢書≫에 비해 수량이 배가되었을 뿐만 아니라, 또한 역사 서적이 발전하여 증가된 상황을 이해할 수 있다.

(2) 고적도서의 귀속 상황:

도서의 귀속이 없음은 사병이 대오가 없는 것과 같아, 도서를 찾는 데에 상당한 어려움이 따르게 되나, 목록을 숙지하면, 6분류, 4분류, 7분류, 9분류의 대부류를 알 수 있고, 또한 각 부류의 세부 분류를 이해하여, 각 부류는 어떠한 성질이며, 각 부류에 기록된 책이 어떤 것인지를 이해할 수 있게 된다. 유형이 분류되고 도서가

---

71) 당시 도서의 총수에 관해서는 기록마다 대체로 다른데, ≪漢志≫에서는 13,269권, ≪廣弘明集≫에서는 ≪七略≫을 인용하여 13,219권, ≪論衡·案書篇≫에서는 15,000편, ≪抱朴子≫ 外篇自敍에서는 13,299권이라고 하였다. 즉 1만 3천여 권이 근사치라 하겠다.

귀속되면, 학술 상황에 대해서도 자연스럽게 이해가 되는데, 이것은 바로 鄭樵가 말한 바와 같이, '부류가 구분되어 학술이 절로 명확해짐으로써 그 선후본말이 갖춰지게 된'(類例既分, 學術自明, 以其先後本末具在)[72] 효과가 작용한 것이라 하겠다.

이미 있는 목록을 이용하여 도서의 기본 상황을 이해하는 동시에, 학자는 목록학 지식을 구비하고 있으므로 기존의 목록서를 증정하고 새로운 목록서를 편찬하여 도서의 기본 상황이 더욱 충분히 반영되도록 해야 한다. 일례로 淸代 邵懿辰은 ≪四庫簡明目錄≫을 이용하여 그가 본 각 서적의 판본을 끊임없이 標注함으로써 마침내 ≪四庫簡明目錄標注≫를 편찬하였는데, 이는 도서 판본을 반영하는 새로운 목록서가 되어 학자들에게 편리함을 제공하였다. 淸人 葉名灃의 ≪橋西雜記≫ 중에는 이미 그 일을 다음과 같이 기록하였다.

> 邵蕙西는 경사에 머물며 서적을 매우 많이 구입하여 판본을 기록하는 데에 정성을 다하였다. …… 나는 邵蕙西의 책상에 간명목록이 있는 것을 보았는데, 이미 본 宋元舊刻本, 叢書本 및 單行刻本, 鈔本을 각 서적의 아래에 기록하여 후일 교감의 자료로 마련해 두고 있었다.(邵君蕙西居京師, 購書甚富, 拳拳於版本鈔法. …… 名灃嘗見邵蕙西案頭, 置簡明目錄一部, 所見宋元舊刻本・叢書本及單行刻本・鈔本, 手記於各書之下, 可以備他日校勘之資.)[73]

邵氏의 후인은 또한 기타 학자들의 일부 표주를 모아서 ≪增訂四庫簡明目錄標注≫를 편찬하였는데, 이는 비교적 완비된 판본목록의 전문 저서가 되었을 뿐 아니라, 또한 사람들이 그것을 이용하

---

72) 宋 鄭樵, ≪校讎略・編次必謹類例論≫.
73) 淸 葉名灃, ≪橋西雜記・藏書求善本≫.

여 도서판본의 상황에 대해 일목요연하게 이해할 수 있도록 해 주
었다.

(3) 고적도서의 고증:

고적 중 편찬자의 이름을 알 수 없고 편폭이 다르거나 위작과
위탁이 있다면, 정정이 더욱 필요할 것이다. 이런 방면의 고증에
대해 목록의 도움이 조금도 필요하지 않은 것이 아닌 바, "만약 고
서를 얻어 그 시대와 편찬자 그리고 서적의 진위와 문장의 완결을
알고자 한다면, 목록을 살피지 않고서는 성과가 없을 것이다."[74]라
고 말하는 것이리다.

余 선생은 또한 스스로 다년간 고전목록학을 연구하여 얻은 것
을 토대로 한 걸음 더 나아가 목록학의 고서 고증에 대한 다음의 6
가지 공능을 제기하였다.[75]
  ○ 목록에 기록된 유무로, 서적의 진위를 판단
  ○ 목록서를 이용하여 고서 목록의 분합을 고증
  ○ 목록서 기록의 순서로 고서의 성질을 판정
  ○ 목록에 의거하여 의문점을 해결
  ○ 목록으로 망실된 서적을 고증
  ○ 목록서에 기재된 성명, 권수로 서적의 진위를 고증
  이런 것은 모두 고적의 진위를 고증하는 데에 중요한 작용을 하
나, 단지 이것에만 의거해서 경솔하게 진위를 판정할 수 없고, 더
욱 많은 本證과 傍證으로 최종적인 확정을 할 필요가 있다.

---

74) 余嘉錫, ≪古籍讀校法≫(講義排印本): "或得一古書, 欲知其時代 · 撰人及書之眞僞 ·
篇之完闕, 皆非考之目錄不爲功."
75) 余嘉錫, ≪目錄學發微 · 目錄學之意義及其功用≫.

이상에서 살펴본 바와 같이, 목록학 지식은 도서 전체의 기본 상황을 이해하는 데에 확실히 적은 노력으로 많은 효과를 거두는 작용을 한다.

2. 도서 자체의 상황 이해

고전목록은 기록된 각종 도서에 대하여 대부분 그 자체와 관련된 상황, 즉 서명, 편찬자, 권수, 판본, 제요 등을 기록한다. 이런 기록 자료는 각종 도서의 편찬자 생평, 편찬 의의, 도서의 간략적인 내용, 현존 상황, 善本의 판각 및 학술 가치 등을 이해할 수 있게 한다. 즉 편찬자의 생평으로 예를 들자면, ≪四庫全書總目≫ 권115 子部 譜錄類에는 "≪茶經≫三卷, 唐 陸羽撰"이라고 기록하고, 그 제요에서 편찬자의 생평을 다음과 같이 말하고 있다.

> 羽는 이름이 鴻漸, 일명 疾이라고도 하며, 자는 季疵이고 호는 桑薴翁이다. 復州竟陵人이다. 上元 초에 苕溪에 은거하였다. 太學文學에 임명되었다. 다시 太常寺太祝으로 천거되었으나, 나아가지 않았다. 貞元 초에 죽었다. 事迹은 ≪唐書·隱逸傳≫에 있는데 羽嗜茶라 불렸으며 ≪茶經≫ 3篇을 지었다.(羽名鴻漸, 一名疾, 字季疵, 號桑薴翁. 復州竟陵人, 上元初, 隱於苕溪. 徵拜太子文學. 又徒太常寺太祝, 幷不就職. 貞元初卒. 事迹具≪唐書·隱逸傳≫, 稱羽嗜茶, 著經三篇.)

이 기록은 편찬자의 간단한 이력을 제시하였는데, 만약 더욱 상세하게 알고자 한다면 그것은 또한 陸羽 본전의 출처를 제시하고 있으니 더욱 자세한 고증을 갖출 수 있을 것이다. 도서의 편찬자를 이해하고 숙지하는 것은 도서의 성질을 이해하고 도서의 가치를 판단하는 데에 도움을 준다.

또한 ≪隋書·經籍志≫의 경우는 도서의 현존을 기록하였을 뿐 아니라 또한 일실도 기록하였는데, 이것은 어떤 도서의 당시 상황과 산일된 시대를 알 수 있게 하며, 현존하는 책 중에서 가장 좋은 것을 가려 뽑아 연구할 수 있도록 도와주고, 없어진 책의 逸文을 힘써 찾도록 해 준다. 후대의 목록학 저작은 이런 기록 항목에 대해 다시 '闕'과 '未見' 2항목을 증가하였는데, 즉 淸初 朱彝尊의 ≪經義考≫에는 '存', '佚', '闕', '未見' 4항이 있어 도서 자체의 상황에 대해 더욱 완벽한 자료를 제공한다.

宋 尤袤의 ≪遂初堂書目≫과 같은 목록서는 판본을 기록한 선례를 연 목록서이며, 淸代에 官修한 ≪天祿琳琅書目≫ 正續은 판본 자료를 기록한 완비된 목록서이다. 그것들은 모두 도서 판본의 상황을 기록하였다. 도서 판본의 상황을 이해하게 되면 곧 어떤 한 도서의 각 시대마다의 다른 판본과 유전 상황을 알 수 있으므로 그 도서의 가치를 짐작할 수 있다. 만약 목록학 지식을 갖추고 있어 도서의 行格을 전문적으로 기록한 책, 예를 들어 江標가 편찬한 ≪宋元行格表≫가 있다는 것도 안다면, 판본을 감정하는 데에 하나의 지표가 될 것이다. 도서의 판본 상황을 이해하고 숙지하였다면 사람들은 이를 통해 많은 서적을 두루 수집하고 ○본을 교수하며, 오류를 교감하고 精刻善本을 구해 읽을 수 있게 되어, 誤本을 읽어 학술 연구에 해를 끼치지는 않게 될 것이다. 陳垣 선생이 "하루 동안 誤本을 읽고도 모른다면, 善學이라 하지 못한다."(日讀誤書而不知, 未爲善學也.)[76]라고 한 것은 바로 이러한 것을 가리킨다 하

---

76) 陳垣, ≪通鑒胡注表微·校勘篇≫.

겠다.

　도서 자체의 상황에 대한 충분한 이해가 있게 되면, 도서와 자료를 심사할 수 있는 外證을 제공할 수도 있는 바, 예를 들어 ≪漢書·藝文志≫는 西漢 이전의 도서를 등록하였으니, 만약 어떤 저작이 先秦 작품이라고 알려져 있으나 ≪漢志≫에는 기록이 보이지 않는다면, 이 저작은 의심해 볼 여지가 있으며 깊이 살펴 정정할 필요가 있다. 또한 ≪史記≫의 <孟荀列傳> 중에서 騶衍이 燕에 이르자, 燕昭王이 "몸소 그를 좇아 스승으로 삼아 主運을 지었다."(身親往師之, 作主運.)라는 언급이 있는데, '主運을 지었다'는 것은 금방 이해하기가 어렵다 하겠으나, 다행히도 <索隱>에서 "劉向 ≪別錄≫은 '騶子書에는 ≪主運篇≫이 있다.'고 하였다." (劉向≪別錄≫云: 騶子書有≪主運篇≫.)라고 말하고 있다. 또한 같은 <孟荀列傳>에는 愼到가 "12론을 지었다."(著十二論)고 기록되어 있는데, <集解>에서는 徐廣의 말을 인용하여, "오늘날 ≪愼子≫는 劉向이 지은 것으로 41편이 있다."(今≪愼子≫, 劉向所定, 有四十一篇.)라고 하였다. 또한 ≪漢書·東方朔傳≫에서도 劉向의 도서기록에 근거하여 東方朔 저술의 진위를 심의하였다.

　따라서, 도서 자체의 상황에 관한 자료는 독서와 학문에 대한 교감, 판본, 고증, 찬술 등과 같은 관련 분야에 모두 큰 도움을 줄 수 있다. 그리고 어떻게 도서 자체의 상황을 이해할 수 있느냐 하는 문제는 어느 정도의 목록학 지식을 갖추게 되면 비로소 그 방도를 알게 되어 자유자재로 운용할 수 있게 될 것이다.

3. 학술 원류의 대략적인 이해

학술적 시각에서 목록학을 연구하고 목록서를 펴내는 것은 중국 고전목록학의 우수한 전통이다. 劉向의 "그 목록을 정리하고, 그 주제를 모아, 기록하여 상주하였다."(條其篇目, 撮其指意, 錄而奏之.)라는 전 과정에서 볼 때, 서록을 쓰는 것은 매우 중요한 학술 연구의 작업이다. 그것은 도서의 정리 편집 과정을 설명하는 것 외에, 대체로 작자를 소개하고 전체의 주제를 종합 서술하며, 분석과 평론을 더하고 또한 도서의 작용을 지적하는 바, 이는 곧 학술사의 한 부분이 되었다. 이런 서록은 대부분 사라져 오늘날에는 다만 ≪戰國策≫, ≪晏子≫, ≪荀子≫ 등에서 몇 편의 殘錄만을 볼 수 있어 안타깝지만, 그 속에서 先秦 학술의 한 측면을 이해하는 것은 어렵지 않다. 劉歆은 父業을 계승하여 ≪七略≫을 편성하였는데, 그 책머리에 배열된 <輯略>은 先秦 학술사의 簡編이라고 말할 수 있다. 班固는 ≪七略≫을 고쳐 편찬하여 ≪漢書・藝文志≫라 하였으며, 각 略과 種에 <輯略>을 나눠 넣고, 小序의 체재를 창조하여, 학자들이 학술의 원류와 변천을 이해하는 데에 편리하게 해 주었으며, 소위 "諸子는 왕조의 관리에서 나온다."(諸子出於王官)라는 학설은 후대에 古史를 연구하는 하나의 큰 과제가 되었다. 따라서 후대에는 이로 인해 목록학을 '流略의 學'이라고 칭하였다. 이것은 바로 목록학의 학술성을 설명한다. 清代 목록학가 章學誠이 목록학의 중요 임무가 '학술을 변별하고 원류를 고증하는 것'(辨章學術, 考鏡源流)에 있다고 한 것도 바로 이러한 까닭이다.

≪七略≫, ≪漢志≫에서 시작된 小序體는 학술연구에 대해 확실히 중요한 공헌을 하였으며, 이후 많은 학자들에 의해 대부분 계

속 사용되었으나, 안타깝게도 ≪舊唐書≫에 의해 파괴되어, 唐 이하 목록서에는 학술연원에 대한 논술의 전통이 대체로 사라져 버리게 되었다.

≪漢志≫와 같은 어떤 고전목록서는 도서의 편찬자, 내용, 편장, 진위 등에 대해서 간혹 小注를 더해, 비록 단편적인 말일지라도 이미 오래전에 없어진 도서 자료의 윤곽을 그 속에서 엿볼 수 있게 하므로, 오늘날 先秦과 前漢의 학술을 연구할 때 인용하여 증거로 삼지 않을 수 없다. 이러한 附注는 점점 발전하여 한 서적의 解題가 되었다. 解題라는 명명의 표기는 마땅히 宋代 목록학가 陳振孫의 ≪直齋書錄解題≫를 들 수 있다. 도서에 解題가 있게 되면서, 小注와 같이 그 윤곽을 얻게 되었을 뿐 아니라 종종 그 개요를 얻을 수 있게 되었으며, 더욱이 亡失 도서를 더욱 중요하게 부각시킬 수 있게 되었다. 예를 들어 索引本은 목록의 한 형식으로 본디 중국의 한 전통 체재였으나, 많은 사람들이 색인을 이야기할 때 종종 영어 중의 '인덱스'(index)와 일어의 '사쿠잉'(さくいん)을 즐겨 인용하는 까닭으로, 실제 중국의 '備檢'이 바로 색인인지를 모르게 되었다. 그러나 宋代에 이미 ≪群書備檢≫이 있었는데, 다만 이 책이 망실되었던 탓에 사람들에 의해 홀시되었을 뿐, 그 주요 내용은 목록서에 보이는 즉, ≪郡齋讀書志≫, ≪直齋書錄解題≫, ≪宋史·藝文志≫, ≪文淵閣書目≫에 모두 그것에 대한 개괄적인 기록이 있다. 이런 기록에서 중국은 宋代에 이미 索引書目이 있었음을 알 수 있다. 비록 元初에 망실되었으나, 明代에 다시 殘本이 발견되었는데, 이 經史子集의 目錄索引의 대체적인 상황 또한 바로 이러한 목록학 저작에 의거하여 전해지게 된 것이다.

또한 도서의 序跋을 기입한 몇몇 고전목록서는 도서를 이해하는 데에 더욱 크나큰 도움을 주는데, 즉 현존하는 가장 이른 佛經目錄인 梁나라 僧佑가 편한 ≪出三藏記集≫ 중의 <總經序> 일부분은 각 經의 前後序를 기입하였다. 序跋의 내용은 대개 도서의 주요 내용, 창작 과정, 편찬 의도, 전래 과정과 편찬자와 도서에 대한 평가 등을 서술하여, 어떤 한 도서를 알고 숙지하는 방편이 되었다. 近人 謝國楨 씨가 편찬한 ≪晚明史籍考≫도 서록을 많이 기입하여, 晚明의 전적을 이해하는 데에 도움을 주었다. 어떤 목록서는 바로 題跋 형식으로 출현하였는데, 淸代 학자 黃丕烈의 ≪士禮居藏書題跋記≫, 近人 朱希祖의 ≪明季史料題跋≫이 모두 그러하다. 이런 목록서는 대부분 편찬자가 도서자료에 대해 고증과 논증을 하였으므로 학문 연구의 작업에 상당한 참고 가치가 있다.

또한 어떤 학자는 도서목록의 편찬에 전문적으로 종사한 것이 아니라, 독서를 하는 도중에 각 서적마다 札記를 지었다가 시간이 지난 후에 자신이 편찬하거나 혹은 후인이 집록하여 ≪讀書記≫ 형식의 목록서를 편찬하였는데, 즉 淸人 周中孚의 ≪鄭堂讀書記≫, 朱緖曾의 ≪開有益齋讀書志≫, 李慈銘의 ≪越縵堂讀書記≫(후인에 의해 집록) 등은 모두 이런 성질의 목록학 전문저서이다. 이런 저작은 비록 전문 서목은 아니지만, 종종 공력이 깊고 내용이 정밀한 것이 있다 하겠는데, 그 중에서 ≪鄭堂讀書記≫는 편질이 풍부하고 내용이 깊으며 범위가 광범위하여 ≪四庫全書總目≫을 이은 속편이라 칭하여도 손색이 없다.

목록학 저술 중에는 이미 학술과 관련된 이런 자료가 포함되어 있으므로, 목록학 지식을 지니고 있다는 전제에서 그것을 충분히 이용한다면, 단순히 학술 원류를 간략하게 아는 것에서 그치지 않을 것이다. 그와 동시에 이런 풍부한 지식으로 인해 도서의 가치와 지위를 평론하고 판단하는 데에도 또한 도움이 될 것이다.

4. 학문의 방법 제시와 독서 지도

중국의 수많은 고적은 고대 학술문화의 寶庫로, 이 보물 창고를 열고자 하면서 단순히 흥미가 가는 대로 섭렵하여 열독한다면, 많은 노력을 들이고도 성과가 적어 효과를 얻기 어려울 것이다. 唐代의 목록학가 母煚은 일찍이 편차를 분류하고 원류를 설명하는 목록서가 없이 지식을 얻으려고 하는 것은 大海에 돛단배를 타고 표류하는 것과 같으며, 작은 새가 높이 날아 하늘을 뚫고자 하는 것과 같으며, 精衛의 새가 돌을 물어 바다를 메우고 夸父가 해를 쫓는 것과 같아,[77] 목적에 달하기 어려울 것이라고 하였다. 그러나 그는 만약 목록서가 있다면, 그 결과는 곧 다음과 같다고 하였다.

> 서적 천질을 눈으로 훑어보고, 매년 만권을 펼쳐보고자 함에, 錄을 살펴 요지를 알고, 目을 살펴 요체를 알면, 經籍의 정체를 다 탐구하고, 賢哲의 사상을 모두 알게 되니, 古人의 면모를 보지는 못하나 古人의 마음은 보게 될 것이다.(將使書千帙於掌眸, 披萬函於年祀, 覽錄而知旨, 觀目而悉洞, 經墳之精術盡探, 賢哲之睿思咸識, 不見古人之面, 而見古人之心.)[78]

---

77) 唐 母煚 ≪古今書錄序≫에서는 다음과 같이 말하였다. "진실로 원류를 분별하고 부류를 구분하지 못한다면 선현의 업적은 대가 끊어져 전해지지 않게 될 것이며, 大國의 經書는 점점 사라져 모두 없어지게 되어, 학자들로 하여금 돛단배로 바다를 건너고, 약한 날개로 하늘을 날며, 돌을 물어 바다를 채우고, 지팡이를 짚고 해를 쫓게 할 것이므로, 서목을 알지 못하는데, 어찌 그 대업이 상세하리오."(苟不剖判條源, 甄明科部, 則先賢遺事, 有卒代而不聞, 大國經書, 遂終年而空泯, 使學者孤舟泳海, 弱羽憑天, 銜石塡溟, 倚杖追日, 莫聞名目, 豈詳家代.)(≪舊唐書・經籍志≫ 참조.)

78) 唐 母煚 ≪古今書錄序≫(≪舊唐書・經籍志≫ 참조.)

毋煚의 이런 견해는 과장된 점이 없지 않다. 왜냐하면 목록서가 고적의 요지를 알게 하고, 묘책을 알게 하는 것은 완전히 가능하다 하겠으나, 고적과 각종 학술사상을 모두 탐색하고 지식을 다할 수 있다고 말하는 것은 실제와 부합하지 않기 때문이다. 그러나 최소한 지식의 寶庫에 들어가는 방법은 탐구할 수 있을 것이다. 漢代 학자 王充은 사람들이 章句에 얽매이지 않고, 古今을 두루 살피고 大義에 통달하여, 천 편 이상, 만 권 이하의 책을 통달한 전문인[79]이 되기를 희망하였는데, 그렇다면 어떻게 하면 이런 전문인이 될 수 있을까? 그는 다른 편에서 이 방법을 언급하며 다음과 같이 말했다.

六略의 目錄 13,000편은 비록 다 보지는 못하더라도, 그 주요한 내용은 알 수 있다.(六略之錄, 萬三千篇, 雖不盡見, 指趣可知.)[80]

이것은 바로 목록이 독서의 지름길이 될 수 있음을 설명한다. 淸朝 학자 江藩은 일찍이 직접 이 작용을 지적하여 다음과 같이 말했다.

목록은 본래 그 서적의 우열을 정하고, 후학의 길을 열어 주어, 사람들로 하여금 그 책이 읽을 만한지를 알게 하여, 배우기를 쉽게 하고 효과 또한 빠르게 한다. 나는 고로 항상 사람들에게 이르길, '목록학은 독서 입문의 학문이다.'라고 하였다.(目錄者, 本以定其書之優劣, 開後學之先路, 使人人知其書可讀, 則爲易學而功且速矣. 吾故嘗語人曰: 目錄之學, 讀書入門之學也.)[81]

---

79) 漢 王充, ≪論衡・超奇≫.
80) 漢 王充, ≪論衡・案書≫.
81) 淸 江藩, ≪師鄭堂集≫.

≪書目答問≫의 편찬자 張之洞도 "≪四庫全書≫는 여러 서적을 읽는 지름길이다."(四庫全書, 爲讀群書之徑)[82]라고 제시하였다.

近代 목록학가 余嘉錫 선생은 본디 '독서광'으로 유명하다. 그는 ≪四庫提要≫를 50여 년간 깊이 연구하여, ≪四庫提要辨證≫ 25권을 편찬하였다. 余 선생은 이 책의 序에서 "내가 학문의 지름길을 대략 안 것은, 사실 ≪提要≫에서 얻은 것이다."(余之略知學問門徑, 實受≪提要≫之賜.)라고 자부하였다. 그는 또한 陳垣 선생에게 자신의 학문은 ≪書目答問≫에서 입수하였다고 말한 적이 있다."[83] 목록서가 학문의 방법을 제시할 수 있음을 알 수 있다.

이런 학문의 방법을 제시하는 작용은 구체적으로 小序, 解題, 附注에서 드러난다. 어떤 목록해제는 도서에 대한 개인의 평론을 제기하였는데, 즉 ≪四庫全書總目≫은 ≪舊五代史≫를 논하며, "이 書文은 비록 歐陽修에 미치지 못하나, 事迹은 대체로 갖추었다."(是書文雖不及歐陽, 而事迹較備.)라고 하였다. ≪宋史≫를 논하여서는 "柯維騏 이후로 누차 고쳤으나 년대가 유구하고 舊籍이 사라져 여전히 이 책을 稿本으로 삼았으며, 사소한 것도 보충하였기에 끝내 이를 뛰어넘는 것이 없었다. 따라서 兩宋의 일을 고증하는 것은 결국 原書를 근거로 삼아야 하는 바, 오늘에 이르기까지 결코 폐기될 수 없었다."[84] 이와 유사한 평론은 얼마든지 많이 있으며, 독서와 학문을 하는 데에 참고 자료로 제공된다.

어떤 목록서는 한 종류의 도서 혹은 한 부류의 도서 뒤에 종종

---

82) 淸 張之洞, ≪輶軒語≫(≪書目答問≫ 부록).

83) 陳垣, ≪余嘉錫論學雜著≫ 序: "他[余嘉錫을 지칭함]的學問是從≪書目答問≫入手."

84) ≪四庫全書叢目≫ 권46 史部 正史類2: "自柯維騏以下, 屢有改修, 然年代綿邈, 舊籍散亡, 仍以是書爲稿本, 小小補苴, 亦終無以相勝. 故考兩宋之事, 終以原書爲據, 迄今竟不可廢焉."

몇 마디를 붙여, 독서의 실마리와 도서의 용도를 언급하는데, ≪書目答問≫ 正史類 '注·補·表·譜·考證之屬'의 아래의 附注에서 말하길, "이 부류의 각 서적은 正史를 읽기 위한 자료이다."(此類各書爲讀正史之資糧.)라고 하였으며, 李兆洛의 ≪紀元編≫ 아래에도 注를 더하여 말하길, "이 책은 가장 편리하다."(此書最便.)라고 하였다. 이런 주장은 비록 조금은 과분하고 시대에 뒤떨어진다 하겠으나, 적어도 참고할 만한 가치는 있다. 어떤 학자의 讀書記는 그 속에서 그들이 어떻게 학문을 하였는지를 알 수 있게 하므로 귀감을 얻을 수도 있다.

약간의 도서에 대해 간략한 이해가 있게 되면, 비교적 순조롭게 도서자료의 참고 자문의 일을 담당할 수 있으며 독자를 지도하고 그들에게 필요한 도서를 제공해 줄 수 있을 뿐만 아니라 초보적으로 연구자들을 도와 도서를 선택하여 구비하도록 추천하고 그들에게 검열의 노역을 덜 수 있게 해 줄 수 있다.

따라서, 목록학 지식과 목록서는 독서와 학문을 하는 데에, 그것이 갖추고 있는 작용을 발휘할 수 있다.

목록학 지식과 목록서는 위에서 말한 이러한 작용을 갖추고 있어, 역대 학자들은 목록을 매우 중시하였다. 劉向 이래, 역대의 많은 저명 학자들은 모두 직접 목록서의 편집 작업과 목록학의 연구 작업에 참여하였다. 西漢의 劉歆, 東漢의 班固·傅毅, 三國 시기 魏의 鄭默, 晉의 荀勖·李充, 南北朝 시기의 王儉·劉孝緖, 隋의 許善心·劉焯, 唐의 毋煚·敬播·李延壽·釋智昇, 宋의 晁公武·陳振孫·鄭樵·王應麟, 元의 馬端臨, 明의 楊士奇·焦竑·朱睦㮮, 淸의 黃虞稷·錢曾·紀昀·孫星衍·黃丕烈 등은 모두 목록학 방면에 있어 탁월한 성취가 있는 학자이다. 그 중 승려 智

昇은 가장 일찍 목록학의 작용을 개괄하여 개인의 견해를 제기한 한 사람으로, 그는 ≪開元釋敎錄序≫에서 다음과 같이 말하였다.

> 목록이 흥성한 것은 진위를 구별하고 시비를 분명히 하며, 사람과 시대의 고금을 기록하고 편폭의 수를 표시하며, 누락된 것을 모으고 번잡한 것을 제거하여, 주요 주제를 기록하였는바, 두루 볼 만 하기 때문이다.(夫目錄之興也, 蓋所以別眞僞, 明是非, 記人代之古今, 標卷帙之多少, 撫拾遺漏, 刪夷騈贅, 提綱擧要, 歷然可觀也.)[85]

清代 학자의 목록학에 대한 중시는 더욱 두드러진다. 王鳴盛은 그의 저서 ≪十七史商榷≫ 권1조에서 목록학의 중요성을 다음과 같이 말하였다.

> 목록의 학은 독서를 안내하는 바탕이다. 대개 학문을 하는 학자는 모두 그 울타리를 건너지 않을 수 없다.(目錄之學, 學中第一緊要事, 必從此問途, 方能得其門而入.)[86]

그는 권2 ≪漢藝文志考證≫조에서 다시 당시 학자 金榜의 말을 인용하여 다음과 같이 말하였다.

> ≪漢書·藝文志≫를 정통하지 않고는 천하의 책을 읽을 수 없다. <藝文志>는 학문의 요점이고, 저술의 대문이다.(不通漢藝文志, 不可以讀天下書. 藝文志者, 學問之眉目, 著述之門戶也.)

권7 ≪漢書敍例≫조에서는 한 걸음 더 나아가 다음과 같이 강

---

85) 唐 智昇, ≪開元釋敎錄≫ 序.
86) 淸 王鳴盛, ≪十七史商榷≫ 권1 <史記集解分八十卷>條, 아래 두 條도 같은 책에서 보인다.

조하였다.

> 대개 독서에서 가장 중요한 것은 목록학이다. 목록에 밝아야 비로소
> 독서할 수 있고, 밝지 못하면 결국 어지럽게 읽게 된다.(凡讀書最切
> 要者, 目錄之學. 目錄明, 方可讀書, 不明終是亂讀.)

이런 의론은 편견과 과장 그리고 일방적인 부분이 없지 않아, 목
록학의 지위와 작용에 대해 그 분수에 맞는 평가를 하지 못하여,
결국 목록학은 다만 보조 작용을 하기 때문에 학문의 궁극이라 볼
수 없다고 하였다. 그러나 그의 의론 중에서도 당시 목록학을 중시
하는 기풍을 살펴볼 수 있다.

王鳴盛과 동시대의 저명학자 錢大昕의 저서 ≪二十二史考異≫
권5와 趙翼의 ≪二十史札記≫ 권6에는 모두 '≪三國志≫ 裴注引
用書目專篇'이 있다. 이것은 한편으로는 그들이 목록학 지식을 이
용하여 ≪三國志≫와 裴注를 연구하는 데에 도움을 주었음을 드
러내며, 다른 한편으로는 그들의 목록학에 대한 중시를 설명한다.

乾嘉 시기의 또 다른 사학가 杭世駿은 목록서가 史傳의 누락을
보충할 수 있다고 여기며 다음과 같이 말했다.

> <經籍>의 설립은 <列傳>에 누락된 것을 보충하기 위해서이다. 班
> 固는 馮商을 입전하지 않았으나, ≪續史記≫는 <藝文>에 기록하
> 였고, 劉向는 劉蛻를 입전하지 않았으나, ≪文泉子≫는 <經籍>에
> 기록하였다.(經籍之設所以補列傳闕漏. 班固不爲馮商立傳而≪續史
> 記≫則志於藝文; 劉向不爲劉蛻立傳而≪文泉子≫則志於經籍.)[87]

近代 목록학가 余嘉錫 선생은 목록학 저작 증 解題 속의 논단

---

87) 淸 杭世駿, ≪道古堂文集≫ 권6 <兩浙經籍志序>.

을 이용하여 고인의 학술을 변별하는 중요성을 강조하여 다음과
같이 말하였다.

> 목록의 학은 독서를 안내하기 위한 자료이다. 대개 학문을 계승하는
> 학자는 모두 그 학문을 섭렵하지 않을 수 없다.(目錄之學讀書引導之
> 資. 凡承學之士, 皆不可不涉其藩籬.)[88]

학자들의 목록학에 대한 여러 견해와 각기 다른 형식의 실천 활
동은 그들이 목록학을 중시한 태도를 밝혀 주며 또한 목록학이 학
술 활동을 촉진하는 중요한 작용을 하였음을 반영한다 할 것이다.

---

88) 余嘉錫, ≪目錄學發微・目錄學之意義及其功用≫.

제 2장

古典目錄學의 著作과 目錄學家

제1절 官修目錄과 史志目錄의 創始 - 兩漢

1. 劉向 父子의 校書와 《別錄》과 《七略》의 편집

중국의 도서사업은 先秦 시대에서 시작되었으나, 목록사업은 西漢 시대부터 비로소 정식으로 시작되었다. 목록 사업이 西漢 시대에 시작된 것은 결코 우연이 아니며, 객관 조건의 성숙에서 비롯된 일종의 필연적 결과이다.

목록사업의 흥기와 발전은 도서의 집결과 밀접한 상관관계가 있다. 漢朝는 도서 수집에 비교적 관심을 기울였는데, 역사 기록에 근거하면 西漢 시대에는 일찍이 규모가 비교적 큰 도서수집 운동이 3차례 있었다.

제1차는 기원전 206년 10월로 劉邦이 군대를 이끌고 咸陽에 진입하였을 때이다. 당시에 일부 장졸들은 앞다투어 금과 비단 등의 재물을 탈취하였으나, 劉邦의 중요한 謀臣 蕭何는 비교적 선견지명이 있게 도서 문건을 주의하고, 秦朝의 丞相府, 御史府 등 주요 관청의 '율령과 도서'를 모두 수집하여,[89] 西漢이 도서를 중시할 수 있는 좋은 기틀을 마련하였다. 이어서 또한 秦朝가 도서를 훼멸한 교훈을 받아들여, 서적을 대거 수집하고 獻書의 길을 널리 열어[90], 遺失된 도서를 적시에 수집하고 보존하였다. 이는 모두 목록

---

89) 《漢書》 권39 <蕭何傳>.

정리 작업의 발전을 위한 준비 조건이 되었다. 漢朝는 정권을 건립하고 천하가 평정되자, 蕭何에게 律令을 정리하게 하고, 韓信에게 軍法을 펼치게 하였으며, 張蒼에게 조목별 규정을 정하게 하고, 叔孫通에게 朝儀를 마련하게 하였는데,[91] 이는 사실 국가의 중요 대신의 주도 아래에서 업무를 분담하여 도서를 정리 편찬한 한 차례의 활동이라 할 것이다. 정리의 대상은 주로 蕭何가 수집하였던 秦朝의 흩어진 도서와 문건이었을 것이다. 이는 ≪漢書・藝文志≫ 兵家 小序 중에 이미 다음과 같이 분명하게 설명되어 있다.

> 漢나라가 흥하자, 張良, 韓信은 兵法을 순서대로 정리하였는데, 모두 182가였으나, 중요한 것을 가려 뽑아서 35家를 저술하였다.(漢興, 張良・韓信序次兵法, 凡百八十二家, 删取要用, 定著三十五家.)[92]

'兵法을 순서대로 정리하였다'(序次兵法)는 것에서 볼 때, 그것은 이미 차이를 교감하고 편차를 삭제 정정하는 도서정리 작업을 시작하였다는 것으로서, 비록 그 당시에 목록을 편찬하였는지 그 여부는 확정할 수 없지만, 그 진행된 작업은 마땅히 목록을 편찬하는 앞부분 작업의 공정이라 할 수 있다. 따라서 西漢의 목록사업은 이때부터 시작되었다고 말할 수 있는 것이다.

제2차는 漢武帝 元朔 5년(기원전 124)이다. 당시 '文景之治'의 회복과 발전을 통해 전국은 이미 대통일의 국면을 드러내었다. 武帝는 漢제국의 광대한 발전을 위해, 정치・경제상에서 그에 맞는

---

90) ≪漢書≫ 권30 <藝文志>: "大收篇籍, 廣開獻書之路"
91) ≪漢書≫ 권1 下 <高帝紀> 下: "天下旣定, 命蕭何次律令, 韓信申軍法, 張蒼定章程, 叔孫通制朝儀."
92) ≪漢書≫ 권30 <藝文志>.

조치를 취하는 것 외에, 사상 문화 방면에서는 "百家를 배척하고, 오직 儒術만을 존숭한다."(獨尊儒術, 罷黜百家)라는 구호를 제시하였는데, 이에 도서도 그것에 상응하여 사상통치의 강화를 실현시켜 주는 중요한 수단이 되어 응분의 중시를 받게 되었고, 그 결과 國家藏書의 '서책이 누락되고 예악이 붕괴된'(書缺簡脫, 禮壞樂崩) 심각한 현상이 발견되었다. 이는 武帝에게 커다란 감개를 일어나게 하지 않을 수 없었던 바, 그리하여 그는 도서의 대거 수집 활동을 전개하고 典藏의 사업을 고쳐 추진하기를 결정하였던 것이다. 이것이 바로 史書에 기록된, "藏書의 정책을 수립하고, 寫書의 관직을 설치하여, 諸子와 傳說에 이르는 서적을 모두 秘府에 가득 채우도록 하라."93)고 한 중요한 조치인 것이다. 얼마간의 노력을 거치자 '서적이 산과 같이 쌓이게 된'(書積如丘山) 좋은 효과를 얻었다. 藏書處 역시 이에 따라 광범위하게 발전을 하게 되어, 밖에는 太史·博士의 장서가 있고, 안에는 延閣·廣內·秘府의 室이 있었다.94) 그러나 이렇게 풍부한 장서가 있게 되었다고는 하지만, 목록이 없으면 검색하여 사용하기에 어려우니 그것은 사실상 화폐를 땅에다 버리는 것과 매한가지라 하겠다. 그렇다고 산처럼 쌓여 있는 簡書를 철저하게 정리하는 것 또한 비교적 어려운 것이다. 이 당시 武帝는 바로 군대를 적극적으로 부리고 있었기에 군사도서를 급히 참고할 필요가 있었으므로, 이에 軍政(군사 방면의 관원) 楊仆에게 명해 먼저 兵書를 정리하게 하고, 전문목록 ≪兵錄≫을 편찬하게 하였다. ≪兵錄≫은 오래전에 일실되어 구체적인 내용은 알기 어렵다. 다만 史志의 기록에 근거하면, 그것은 楊仆가 遺逸

---

93) ≪漢書≫ 권30 <藝文志> 序: "建藏書之策, 置寫書之官, 下及諸子傳說, 皆充秘府."
94) ≪七略≫(≪太平御覽≫ 619): "外有太史·博士之藏, 內則延閣·廣內·秘府之室."

을 모아 기록하여 올린 것으로, 비록 완전하지는 않지만[95] 필경 기록에 보이는 중국 제일의 전문분야 목록서라 하겠다.

제3차는 成帝 河平 3년(기원전 26)이다. 당시는 도서의 典藏制度가 아직 완전하지 못한 까닭에 도서가 자못 흩어져 없어졌다. 그리하여 成帝는 한편으로 謁者(官名: 光祿勛屬官, 禮賓事宜를 관장) 陳農을 전국 각지에 파견하여 遺書를 구하게 하면서, 또 한편으로 인력을 조직하여 국가장서를 정리하게 하였는데, 저명학자 劉向이 그 일을 총괄하여 맡았으며 각종 전문 인력이 각 부류의 전문도서를 책임 분담하였다. ≪漢書・藝文志序≫에는 이 일을 다음과 같이 기록하고 있다.

> 光祿大夫 劉向은 經典, 諸子, 詩賦를 교감하고, 兵書校尉 任宏은 兵書를 교감하고, 太史令 尹咸은 術數를 교감하고, 侍醫 李柱國은 方技을 교감하도록 하였다. 각 서적의 교감이 마치면, 劉向은 바로 그 목록을 정리하고, 그 주제를 간추려, 기록하여 상주하였다. 마침 劉向이 죽자, 哀帝는 다시 劉向의 아들 侍中奉車都尉 劉歆에게 父業을 마치게 하였다. 劉歆은 그리하여 여러 서적을 총괄하여 그 ≪七略≫을 상주하였는데, 輯略, 藝文略, 諸子略, 詩賦略, 兵書略, 術數略, 方技略이 있다.(詔光祿大夫劉向校經傳・諸子・詩賦, 步兵校尉任宏校兵書, 太史令尹咸校術數, 侍醫李柱國校方技. 每一書已, 向輒條其篇目, 撮其指意, 錄而奏之. 會向卒, 哀帝復使向子侍中奉車都尉歆卒父業. 歆於是總群書而奏其七略, 故有輯略, 有六藝略, 有諸子略, 有詩賦略, 有兵書略, 有術數略, 有方技略.)

≪漢志≫의 이 기록은 목록학사상 중요한 문헌이다. 그것은 후인들이 이를 통해 중국에서 가장 첫 번째로 진행된 대규모의 도서 정리와 목록 편찬 활동의 개요를 대략 알 수 있도록 해 준다. 바로

---

95) ≪漢書≫ 권30 <藝文志・兵家序>.

漢 成帝 시기의 이 교서로 인해 비로소 중국에서 가장 이른 종합
성의 분류 도서목록, 즉 ≪別錄≫과 ≪七略≫이 발생한 것이다.

≪別錄≫과 ≪七略≫은 중국 목록학 기초의 선두적인 저작을
마련하였다. 그것은 중국 고대의 분류 사상을 도서정리에 응용하여
도서의 정식 분류법을 제시하고, 2천여 년 이래의 중국 도서사업에
깊은 영향을 주었으며, 중국문화사 심지어 세계문화사에서 모두 빛
나는 지위를 차지하였다.

≪別錄≫의 작자 劉向은 漢 昭帝 元鳳 4년(기원전 77)에 태어
나, 成帝 綏和 元年에서 2년(기원전 7) 1～2월 무렵에 죽었다. 그
는 漢 宣帝 시기 문장의 창작에 통달한 까닭에 ‘名儒俊材’의 신분
으로서 황제의 측근으로 선발되었다. 그는 또한 春秋穀梁學에 정
통한 西漢 후기의 대학자이다. 成帝 河平 3년(기원전 26) 그는 校
書(국가장서를 정리)의 관직을 수여받았다. 이것은 비록 전에는 없
던 힘든 임무였지만, 그 당시 이미 교서의 여러 가지 좋은 조건이
갖추어져 있었으며, 또 한편으로는 전대 사람들이 이미 해 놓은 다
음과 같은 도서정리 작업의 성과를 받아들이기도 하였다.

(1) 儒家學派의 六經 校定에서 司馬遷이 쓴 ≪儒林列傳≫까지
   는 점차 儒家典籍의 체계를 형성하였다.
(2) ≪莊子・天下≫, ≪荀子・非十二子≫에서 ≪史記・論六家
   要指≫까지는 諸子百家書의 체계를 형성하였다.
(3) 漢初 張良, 韓信이 軍法을 펼친 것에서 漢武帝 시기 楊仆가
   ≪兵錄≫을 기록하여 올린 것까지는 兵書의 전문목록이 되
   었다.

이러한 것은 모두 劉向이 참고로 삼았을 자료라 하겠다.

또 다른 방면에서는 당시의 사회가 이미 국가목록의 편찬을 요

구하였다고 하겠는데, 漢朝 건립에서 劉向의 시대까지 170여 년은 장기간 동안 통일된 상황이었던 것이다. 또한 漢初 武帝와 成帝 시기의 몇 차례 큰 도서수집 운동을 거치면서 국가는 대량의 도서를 모았다. 武帝의 대통일과 오직 儒家의 學術만을 존중하겠다는 정치적 요구는 또한 학술계에도 중요한 영향을 미쳤다. ≪史記≫는 역사상의 대통일을 반영한 걸작이며, 도서정리 방면에서도 이런 성질의 성과 반영이 필요하였다. 劉向은 곧 이런 조건 아래에서 중국의 제1차 대규모 도서정리 운동을 이끌었을 것이다. 그의 전체 작업은 많은 판본을 갖추어, 중복되는 것을 삭제하고 탈오를 증정하며, 편차를 정리하고 서록을 편찬하는 것으로 개괄할 수 있는데, 다시 말해 ≪漢書・藝文志序≫에서 말하는 바와 같이, "그 편목을 정리하고, 그 주제를 가려 뽑아, 기록하여 올리는 것이다."(條其篇目, 撮其指意, 錄而奏之.) 이 몇 번의 순서는 기본적으로 목록서를 편찬하는 규율에 부합하는데, 곧 도서 수집, 분업 정리, 이본 교감, 편자 확정, 제요 작성 그리고 최후로 이런 일의 전체 성과를 모아 목록서를 만든다. 劉向의 이 일은 당시의 주요 문화 전적에 대해 진행한 한 차례의 총괄적인 대정리로서, 漢朝 정부 200여 년 이래 누적된 국가도서를 말끔히 정리하였다.

劉向의 이 작업에서 특별하게 주의할 만한 것은 2가지이다.

첫째, 인재를 이용하고 배양하는 방면에서 특출한 효과를 얻었다. 거대한 도서정리 작업은 당연히 혼자 힘으로 완성될 수 있는 것이 아니며, 그것은 합리적으로 인재를 활용해야만 비로소 조리정연하게 작업을 전개할 수 있는 것이다. 劉向은 전문가의 교서와 분업의 진행 방법을 채용하였다. 그는 도서의 내용과 성질에 따라, 六藝・諸子・詩賦・兵書・術數・方技의 6조로 나누어 각기 전문 인재에 의해 주도되도록 하였다. 劉向은 六藝·諸子·詩賦를 주도하고, 步兵校尉 任宏은 兵書를 주도하였다(사실 任宏은 일찍부터 작업을 시작하고 있었음). 太史令 尹咸은 術數를 주도하였고, 侍醫 李柱國은 方技를 주도하였다. 이것은 전문인재의 장점을 발휘하였을 뿐 아니라 또 자연스럽게 중국의 가장 이른 정식 도서분류를 형성하여, 적은 노력으로 많은 효과를 거둘 수 있었다. 劉向은 전문가를 활용하는 동시에, 또한 격식에 구대됨이 없이 청년을 선발하고 배양할 수 있었다. 그는 한 무리의 청년 조수를 거느렸고, 그의 아들 劉歆은 스물예닐곱의 청년으로 그의 주된 조수를 담당하며 전면적인 작업을 관리하였다. 諸子書 정리 작업에 참가한 杜參은 겨우 열여덟 살 가량이었는데, 劉向은 그와 함께 도서를 정리하여 ≪晏子≫, ≪列子≫ 등의 서록을 같이 썼을 뿐 아니라, 또한 그의 작업을 존중하여 그와 함께 연명하며 "臣 劉向이 長社尉 杜參과 함께 秘書를 교감하다."(臣向謹與長社尉杜參校中秘書)라고 서명하였다. 班固의 큰할아버지 班斿(游)가 교서에 참가하였을 때는 스무 살이 되지 않았으며, 그 외 王龔과 望(姓을 알 수 없음) 등도 모두 청년이었다. 이러한 청년들은 학술 작업의 실천을 통해 대부분 업적을 많이 내어 저명학자가 되었으며, 劉歆이 바로 그들의 전형적인 대표이다.

둘째, 서록을 창작하고, 提要目錄 체례의 전형을 수립하였다. 劉向이 도서의 서록을 쓴 것은 선두적 작업으로, 그 작성된 서록은 중국문화사상 고귀한 유산이지만, 안타깝게도 거의 대부분이 없어져 버렸고, 다만 ≪戰國策≫, ≪孫卿新書≫, ≪晏子≫ 등에 8편(그 중에는 劉歆이 편찬한 ≪山海經≫ 書錄 1편이 있음)이 남아 있을 뿐이다. 과거 학자는 이를 매우 중시하였다. 余嘉錫 선생은

≪藏園群書題記序≫에서 다음과 같이 말하였다.

> 옛날에 劉向이 詔를 받들어 교서하여 지은 書錄은 먼저 目錄의 순
> 서를 말하고, 그 다음 中書, 外書의 약간의 서적을 합하여 서로 교감
> 함으로써, 本書가 '某' 자를 '某' 자로 잘못 여겨 탈오가 많음을 말한
> 연후에, 작자의 행적과 그 저서의 주제를 서술하였다.(昔者劉向奉詔
> 校書, 所作書錄, 先言篇目之次第, 次言以中書・外書合若干本相讎
> 校, 本書多脫誤以某爲某, 然後敍作者之行事及其著書之旨意.)

이것은 劉向이 쓴 전체 문장의 내용에 대하여 지은 전면적인 개
괄이다. 그러나 필자는 서록의 본문은 마땅히 전체 문장의 중심 부
분을 가리킨다고 생각된다. 현존하는 문장을 분석하면 4부분으로
나눌 수 있다.

① 目錄: ≪晏子≫, ≪孫卿新書≫의 서록 앞에 열거된 목록은
劉向이 그 목차를 정리한 후에 정한 목록이다. 이것은 書目으로
서록의 내용이 아니다.

② 작업 보고: 문장 서술의 시작에서 "모두 확정되었으니, 살청
하여 필사할 수 있다."(皆定, 以殺青, 可繕寫.)라고 한 단락까지이
다. 이것은 劉向의 교수 작업의 총괄로, 황제에게 올린 작업 보고
이며, 定本 확정의 처리 설명이다. '필사할 수 있다'(可繕寫)는 것
은 마치 우리가 현재 이미 교정된 교료지에다가 '인쇄가 가능하다'
(可付印)는 글자를 서명하는 의미라 하겠다.

③ 書錄의 본문: '필사가 가능하다'는 말 뒤에, 어떤 것은 "敍曰"
이라는 글자가 있고, 그 뒤에 작자 생평, 저술 의도, 학술 가치와
자료 의의 등을 서술하였다. "敍曰"이라는 것이 없는 것은 아마 후
에 빠진 것이라 하겠다. "敍曰"에서 "謹第錄" 혹은 "謹第錄臣向昧

死言"까지가 비로소 서록의 본문이다.

④ 전체 꼬리말: "謹第錄" 이후에 종종 "左都水使者光祿大夫臣向所校戰國策書錄", "護左都水使者光祿大夫所校列子書錄, 永始三年八月壬寅上" 등의 글자가 있다. 이것은 서록의 본문에는 속하지 않는다. 이렇게 몇 글자를 적는 것은 2가지 작용을 한다 하겠는데, 첫째는 劉向이 필사자를 위해 쓴 작업 설명으로 이상이 서록이므로 필사 시 서적의 본문과 혼잡이 있으면 안 됨을 설명한다. 둘째는 이 도서의 꼬리표가 되어, 이 한 묶음의 靑皮竹簡에 쓰인 서록의 가장 겉표지에서 이것은 어떤 책의 서록을 표명한다. 이것은 이 簡書의 箋(꼬리말)으로 볼 수 있다.

劉向은 열성적으로 19년 동안을 작업하다 전체 광대한 사업이 완성되어 갈 때 사망하였다. 그의 미완 사업은 그의 아들이자 주요 조수인 劉歆이 명을 받아 계승하였다.

劉歆은 대략 漢 宣帝 甘露 연간에 태어나, 更始(약 기원전 53~서기 23) 때에 죽었다. 그는 청년시기부터 명을 받아 교서 작업에 참가하였다. 劉向이 죽은 후 그는 교서의 성과를 총괄하고, 체계적인 목록을 건립하는 중임을 담당하였으며, 또한 기존의 성과를 바탕으로 약 2년에 걸쳐 중국 제일의 체계적인 목록인 ≪七略≫을 집필하였다. 이렇게 국가의 전체 장서에 체계가 서게 되자, 학술유파와 과학문화의 수준에도 응분의 반영이 있게 되었다.

≪七略≫은 <六藝>, <諸子>, <詩賦>, <兵書>, <術數>, <方技> 등의 6略과 6略 앞의 <輯略>을 포괄한다. <輯略>은 전체의 총록이다. 그것은 總序와 각 略의 序를 포괄하며, 각 부류 도서의 내용과 학술유파를 설명한다. 그 나머지 6略은 부류에 의거하여 도서를 기록하였고, 매 서적 아래에는 모두 간단한 설명이 있

다. ≪七略≫의 내용은 기본적으로 ≪別錄≫의 서록을 절취하여 기록해서 완성한 것이다. 6略의 하위로 '種'이 있고, 種의 하위로 '家'가 있으며, 家의 하위에 서적을 열거하였다. 전 목록은 <輯略>을 제외하면 모두 6略(大類), 38種(小類), 603家, 13,219卷(≪隋志≫는 33,090卷이라 하였는데, 3萬은 1萬의 잘못으로 여겨짐)으로 나뉜다.[96]

≪七略≫의 중대 공헌은 중국 고대의 분류사상을 구체적으로 도서 정리에 운용하여, 西漢 말 이전의 중요 전적이 비교적 체계적으로 기록되었다는 것이다. 이것은 고대문화의 보존에 대해 중요한 작용을 하였다. 따라서 范文瀾은 그것과 ≪史記≫를 西漢 시기의 찬란한 성취가 된 양대 저작이라고 병론하였다.

≪別錄≫과 ≪七略≫의 완성 시간은 과거에 쟁론이 있었다. 淸末 목록학가 姚振宗은 ≪別錄≫은 ≪七略≫이 다 되어 갈 때 완성되었다고 여겼고, 近人 鄭會昌의 ≪目錄學叢考≫는 ≪七略≫이 ≪別錄≫의 앞에 이루어졌다고 여겼다. 필자가 보기에는 姚振宗의 말이 믿을 만한 듯하다. 기실, 이 문제는 梁 阮孝緒의 ≪七錄敍≫에서 일찍이 다음과 같이 설명하고 있다.

劉向은 교서하여 곧 한 목록을 지어 그 핵심을 논하고 그 오류를 구별하여 마침내 상주하였는데, 모두 本書에 기록되었으며, 당시에 또한 여러 기록을 별도로 모아 ≪別錄≫이라 하였다. 그의 아들 劉歆은 그 주제를 모아 ≪七略≫을 지었다.(劉向校書, 輒爲一錄, 論其指歸, 辨其謬誤, 隨竟奏上, 皆載在本書, 時又別集衆錄, 謂之≪別錄≫. 子歆撮其指要, 著爲≪七略≫.)

---

96) ≪古今書最≫(≪廣弘明集≫ 권3). 淸人 姚振宗 ≪七略佚文≫에서는 통계하여 말하길, "대개 이 책은 6略, 38種, 634家, 13,379篇, 圖 45권이다."라고 하였다(≪師石山房叢書≫).

이 단락의 말은 매우 명확하다 하겠는 바, 아래와 같이 몇 가지로 해석을 할 수 있다.

① 劉向은 교서한 각 서적에 대해 모두 서톤을 지었다. 그것은 교서한 각 서적에 부기되었으며, 동시에 또한 후대 ≪別錄≫의 구성 문장으로 편집되었다. ≪別錄≫은 전체 서록의 모음집이다.

② "時又別集衆錄"이라는 구절에서, '時'는 '그 당시' 혹은 '그 당시의 사람'이라고 해석할 수 있는데, 말하자면 劉向은 서록을 올리면서 당시에 별도로 한 부를 필사하고 모아 두어 ≪別錄≫이라 제함으로써 상주한 '正錄'과 구별하였다. 혹자는 말하길, 당시 사람이 일찍이 나누어 傳寫하여 집록하였기에, ≪別錄≫이라 칭하는 것이라고 하였다. 이미 많은 종류의 ≪別錄≫이 있었다면 문장의 내용은 같지 않았을 것이며, 劉歆은 아마 ≪別錄≫의 定本을 편정하는 작업을 하였을 것이다.

③ "子歆撮其指要"의 '其'자는 劉向 ≪別錄≫의 대칭이다. 劉歆은 劉向 ≪別錄≫에 근거하여 주제를 모아 ≪七略≫을 편성하였다. 이것이 바로 ≪七略≫이 비교적 빨리 완성될 수 있었던 이유라 하겠다.

④ 隋·唐 각지에 기록된 ≪七略別錄≫이라는 지칭은 아마 후인들이 추가한 것으로, ≪七略≫과 구별되는 대칭으로 지은 것이지 ≪別錄≫의 원명은 아니다. 왜냐하면 ≪七錄書目≫과 ≪晉書·荀勖傳≫과 같은 隋·唐 이전의 저작에서는 모두 ≪別錄≫이라고 하였고, ≪七略別錄≫이라는 지칭은 없기 때문이다.

≪別錄≫과 ≪七略≫ 이 두 목록학의 중요 창작은 결코 후세에 유전되지 않았다. 전대 사람들의 고증에 근거하면, 두 책은 唐末五代의 혼란시기에 사라져 宋初 사람들도 이미 보지 못했다고 한다.

淸代 학자가 두 책의 면모를 회복하기 위해 대량의 집일 작업을 하였는 바, 현존 집본으로 예닐곱 종이 있으니 즉 洪頤煊의 ≪問經堂叢書≫本, 陶浚宣의 ≪稷山館輯補書≫本, 馬國翰의 ≪玉函山房輯佚書≫本, 嚴可均의 ≪全漢文編≫本, 姚振宗의 ≪快閣師石山房叢書≫本 및 王仁俊, 顧覲光, 章宗源 등의 未刊本이다. 그 중 姚振宗의 ≪快閣師石山房叢書≫本이 비교적 편리하고 구하기 쉽다. 이런 집본 중에는 집일이 잘못된 내용도 있지만, 만약 꼼꼼하게 참고하여 읽는다면 두 책의 대략을 알 수 있게 될 것이다.

≪別錄≫과 ≪七略≫은 비록 이미 오래전에 일실되었으나, 그 것의 후대에 대한 영향은 쉽게 사라지지 않았다. 교서 방면에서는 東漢의 한 시대와 三國의 韋昭, 西晉의 荀勗과 北齊의 樊遜이 모두 劉向, 劉歆 부자의 규칙에 따라 작업을 하였다. 목록 방면에서는 東漢의 東觀과 仁壽閣의 장서가 모두 ≪七略≫에 의거하여 서적이 분류되었다. 班固는 ≪漢書≫를 편찬할 때 ≪七略≫을 <藝文志>로 개편하여 ≪漢書≫의 내용으로 열입하였다. 이것은 史志目錄의 시작이다. 학술연구의 방면에서는 劉向과 劉歆 부자가 도서를 정리하는 과정에서 많은 古文經의 장점을 발견하고 전파하면서, 당시 미신 색체에 물든 今文經學에 대해 많은 폭로와 타격을 가하여 古文經이 발전하게 하였는데, 이것은 漢代 鄭玄의 학술 형성에 원동력이 되었다. 漢代의 학자 王充은 만약 ≪別錄≫, ≪七錄≫의 도움을 받을 수만 있다면, 전적을 비록 볼 수는 없지만 그 주제는 알 수 있는 전문인의 경지에 이를 수 있을 것이라고 생각했다. 班固는 董仲舒, 賈誼 그리고 司馬遷의 각 傳과 論贊을 쓸 때에도 ≪別錄≫의 의견을 많이 인용하였으며, 唐代의 학자 顏師古, 徐堅 등은 더욱 ≪別錄≫, ≪七略≫의 자료를 많이 인용하였다.

따라서 ≪別錄≫과 ≪七略≫은 목록학의 선두 명저이며, 또한 매우 가치 있는 학술 저작이라 하겠다. 그것들은 고전목록학을 탐구할 때 다루지 않으면 안 되는 중요한 저작이다.

2. 班固의 ≪漢書·藝文志≫ 편찬

西漢 말년 王莽이 정권을 탈취하여 사회의 어지러운 전란을 초래한 탓에 도서는 크나큰 산실을 입게 되었다. 光武帝 劉秀는 東漢 정권을 다시 세우고, 정치사상의 통치를 강화하기 위해 특별히 유학을 존숭하였다. 그리하여, 한편으로는 먼저 학문이 깊은 학자를 방문하고, 儒家의 인물들이 신정권에 협조하길 희망하였으며, 또 한편으로는 闕文을 채집하고 누락된 것을 보충하는 도서수집의 작업을 진행함으로써 국가장서를 보충하고 회복하였다. 이런 정책의 실행으로 인해, 원래 王莽에 협조하지 않고 藏書를 가지고서 산림에 은둔하였던 사방의 학자들이 典策을 짊어지고 京師로 모여들어 분분히 정부에 헌서하지 않음이 없었다. 東漢 초년의 도서수집 활동의 구체적인 성과는 비록 상세하지 않으나, 光武帝는 洛陽으로 천도할 때 秘書의 서적 2천여 량을 실었으며, 明帝와 章帝의 지속적인 노력으로 도서가 이미 그 전의 3배가 되었다고 하는바,[97] 그 증가 상황을 분명히 알 수 있다. 도서의 안정과 증가는 목록 작업을 하는 데에 필요조건을 제공해 주었다. 東漢 초년의 목록은 대략 明帝·章帝시대에 발전하였다. ≪隋書·經籍志序≫에는 다음과 같이 개괄하고 있다.

---

97) ≪後漢書·儒林傳序≫.

光武帝는 국가를 중흥하고 문학을 매우 좋아하였으며, 明帝와 章帝가 간신히 이어 더욱이 經術을 중시하였다. 사방의 대학자들이 서적을 짊어지고 멀리서 나아옴이 셀 수가 없었다. 石室과 蘭臺에 갈수록 서적이 쌓였다. 또한 東觀 및 仁壽閣에 새로운 책을 모으고 校書郎 班固, 傅毅 등이 관장하였으며, 아울러 ≪七略≫에 의거하여 서적을 분류하고 班固가 또 그것을 편찬하니 ≪漢書・藝文志≫가 되었다.(光武中興, 篤好文雅, 明章繼軌, 尤重經術. 四方鴻生巨儒, 負袠自遠而至者, 不可勝算. 石室蘭臺, 彌以充積. 又于東觀及仁壽閣集新書, 校書郎班固・傅毅等典掌焉, 幷依≪七略≫而爲書部, 固又編之以爲≪漢書・藝文志≫.)

이 기록은 이하 몇 가지 점을 설명한다.

① 東漢 초년, 정부의 제창으로 전국 각지에서 洛陽으로 와서 헌서하는 사람들이 많아지자, 明帝・章帝시대에 이르러서는 국가의 장서처인 石室과 蘭臺가 크게 채워지게 되었다.

② 東漢 초년에 이미 전문적으로 도서를 관리하는 인원이 있었으며, 저명학자 班固, 傅毅 등은 校書郎의 직함으로 도서를 보관 관리하였다. 이 점은 정확성이 떨어진다 하겠는데, 왜냐하면 班固는 明帝 永平 5년(62) 校書郎으로 초청을 받았으나 이내 蘭臺令史를 맡았으며, 다시 郎이 되면서 문서 교감의 관리를 시작하였는바, 결코 처음 校書郎에 임해서 도서를 보관 관리한 것은 아니었기 때문이다. 傅毅는 章帝 建初 6년(81) 蘭臺令史가 되어 郎中에 배수되고 班固, 賈逵와 함께 서적을 관리 교서하였지만, 그 서적을 관리 교서할 때는 이미 校書郎이 아니었다. 그러므로 東漢 초년의 도서정리 작업의 완성은 章帝 建初 시기인 듯하다.

③ ≪隋志≫에서 말한 "또한 東觀 및 仁壽閣에서 新書를 모았

다.”(又於東觀及仁壽閣集新書)라는 것은 ≪七錄序≫에서 말하는 “또한 東觀 및 仁壽閣에서 새로운 기록을 찬집하였다.”(又於東觀及仁壽閣撰集新記)의 오류로, 이것은 후대에 ≪東觀漢記≫의 편찬 활동을 東觀에 장서된 新書目錄의 편찬으로 오해하도록 하였다.

④ ≪隋志≫의 “또한 ≪七略≫에 의거하여 서적을 분류하였다.”(幷依≪七略≫而爲書部)에서 말하는 '書部'는 ≪七略≫의 類目에 의거하여 도서를 분류하는 것을 가리키며, '書目'을 찬집하는 것이 아니다. 따라서 東漢 초년에 도서정리의 분류 작업이 진행되었다고 말할 수는 있으나, 국가서목이 편찬되었는지의 여부에 대해서는 믿을 만한 史料가 없다.

⑤ ≪隋志序≫에서, “班固가 또 그것을 편찬하니, ≪漢書·藝文志≫가 되었다.”(固又編之, 以爲≪漢書·藝文志≫.)라고 말한 것은 위아래 문장 뜻을 통찰하면, 班固가 국가목록의 기초에서 또 ≪漢志≫를 개편하였음을 가리킨다고 하겠다. 이것은 ≪漢志序≫에서 말하는 것과 다르다. ≪漢志序≫에서는 “劉歆은 이에 여러 서적을 총괄하고 그 ≪七略≫을 상주하였는데, 輯略·六藝略·諸子略·詩賦略·兵書略·術數略·方技略이 있다. 지금 그 주제를 산정하여 전적을 갖춘다.”(歆於是總群書而奏其≪七略≫, 故有輯略, 有六藝略, 有諸子略, 有詩賦略, 有兵書略, 有術數略, 有方技略. 今刪其要, 以備篇籍.)라고 말하였다. 곧 ≪漢志≫가 ≪七略≫을 주요 근거로 하였음은 의심의 여지가 없다. 소위 '又' 자는 班固가 국가장서를 정리하는 과정에서 별도로 또한 ≪七略≫의 체재에 근거하여 ≪漢志≫를 편찬하였음을 가리키는 듯하다.

明帝·章帝 이후, 東漢 정권은 여전히 끊임없이 도서정리의 작업을 하였는데, 즉 安帝 永初 연간(108~113)에 집정한 鄧太后는 일찍이 謁者仆射 劉珍과 校書 劉騊駼와 馬融 및 五經博士 등에게 "東觀의 五經・諸子・傳記・百家・藝術을 교정하고, 탈오를 정리하고, 문자를 바르게 하라."(校定東觀五經・諸子・傳記・百家・藝術, 整齊脫誤, 是正文字.)[98]고 명하였다. 그리고 종이 만드는 것을 개진한 蔡倫(당시 長樂太仆를 임하였음)을 파견하여 그 일을 감수하고 보관 관리하게 하였다.[99] 順帝 永和 초년(136)에는 일찍이 侍中 屯騎校尉 伏無忌와 議郎 黃景에게 명하여 국가 소장의 五經・諸子・百家・藝文 등의 도서를 정리하도록 하였다.[100] 靈帝 熹平 시기(172)에는 저명학자 蔡邕이 일찍이 郎中에 부임하여, 東觀의 서적을 교서하였다.[101] 이러한 도서정리 작업이 목록사업의 발전에 좋은 조건을 제공하였을 것이나, 목록을 편찬하였다는 기록은 없다.

東漢 일대 목록사업의 성취는 班固가 편찬한 ≪漢書・藝文志≫에 집중적으로 드러난다.

≪漢書・藝文志≫는 ≪漢書≫의 구성 부분으로, 작자 班固는 東漢 초년의 사학가, 문학가 그리고 목록학가이다. 그가 편찬한 ≪漢志≫는 劉向과 劉歆 부자의 목록사업을 계승하고 발전시킨 것이다. 班固의 큰할아버지 班斿는 일찍이 劉向과 秘書를 교정하여 항상 황제에게 교서 상황을 보고하였으며 또한 詔書를 받아 여러 서적에 표현된 특징을 읽어 바치고 황제가 하사한 서책을 받았는 바, 班斿가 劉向과 劉歆 부자의 목록사업에 대해 깊은 이해를 하였음을 알 수 있다. 班斿의 연령으로 추측하건대, 班斿는 친히 班固를

---

98) ≪後漢書・安帝紀≫와 권110의 <劉珍傳>.
99) ≪後漢書≫ 권108.
100) ≪後漢書≫ 권56.
101) ≪後漢書≫ 권90.

데리고 劉向과 관련된 일을 전문적으로 가르쳐 주었을 것이다. 이에 班固는 劉向을 극진히 숭배하였다. 그는 ≪漢書·劉向傳贊≫에서 孔子 이후 박식하고 견문이 넓고 고금에 통달하였으며, 그 말이 세상에 도움이 되는 본보기가 될 만한 몇몇 얻기 어려운 인재를 들었는데, 그 중에 바로 劉向이 있다. ≪漢書≫의 賈誼, 董仲舒, 司馬遷 등 '傳'의 <論贊>에서 班固는 모두 劉向과 劉歆 부자의 논변을 자신의 관점으로 삼았다. ≪漢志≫의 <易序>, <書序>, <樂序>에서 劉向의 교서를 수차례 언급하였다. 班固는 곳곳에서 그와 劉向 부자의 師承 관계를 표명하였다. 그는 ≪漢志≫의 재제에 대해 더욱 직설적으로 말하여, "지금 ≪七略≫의 주제를 산정하여 전적을 갖춘다."라고 하였다. 따라서 班固는 劉向과 劉歆 부자의 영향 아래에서 ≪別錄≫과 ≪七略≫의 기존 성과를 계승하여 삭제와 편차의 작업을 진행하고 ≪漢志≫를 편찬하여 새로운 목록체제, 즉 史志目錄을 창립하였다고 말할 수 있다.

≪漢志≫의 체재는 맨 앞의 總序에서 漢 이전의 학술개황, 漢初에서 成帝 시기의 도서사업, 劉向의 교서순서, 劉歆이 완성한 ≪七略≫과 그 자신이 편성한 ≪漢志≫ 등의 내용을 개술하고 있다. 이 總序는 西漢 이전의 학술사와 목록학사의 大綱이면서, 또한 ≪漢志≫의 학술연원을 표명하고 있다. 전체는 6개의 대분류, 즉 六藝·諸子·詩賦·兵書·術數·方技 등 六略으로 나뉜다. 略의 하위에 38種, 596家, 13,269卷(이 家數와 卷數는 불확실함)으로 나누었다. 각 略에는 모두 序가 있다. 각 種에는 <詩賦略>이 序가 없는 것을 제외하고는 모두 序가 있다. 書名의 기록 방법으로 錢亞新은 일찍이 아래와 같이 6종으로 귀납하였다

① 먼저 서명, 편수를 기록한 뒤에 편찬자가 이어짐. 예) ≪易經≫

12篇, 施, 孟, 梁丘三家.

② 먼저 편찬자를 기록한 뒤에 서명, 권수가 이어짐. 예) 劉向
   ≪五行傳記≫ 11권.

③ 오직 서명, 권수를 기록하고 편찬자는 기록하지 않음. 예) ≪荊
   軻論≫ 5편.

④ 직접 편찬자를 서명으로 삼고 권수를 붙임. 예) ≪陸賈≫ 23편.

⑤ 편찬자의 관직을 서명으로 하고, 바로 권수를 붙임. 예) ≪太
   史公≫ 130편, ≪平原君≫ 7편.

⑥ 편찬자 뒤에 문체를 더한 것을 곧 서명으로 하고 권수를 붙
   임. 예) ≪屈原賦≫ 25편.[102]

목록 뒤에 '種', '家', '卷'의 목록 수를 기록하였다. 각 서적의 서
명 아래에는 注가 있는 것도 있고 없는 것도 있는데, 예를 들면 ≪六
藝略·書≫ 14家와 ≪方技略·醫家≫ 7家는 모두 注가 없으며, 또
한 注가 있는 것으로는 대개 아래와 같은 5종의 다른 체재가 있다.

① 撰人注. 예) ≪急就≫ 1편, 注: 元帝時黃門令史游作.

② 內容注. 예) ≪周政≫ 6편, 注: 周時法度政敎.

③ 篇章注. 예) ≪太史公≫ 130편, 注: 十篇有錄無書.

④ 眞僞注. 예) ≪伊尹說≫ 27편, 注: 其意淺薄, 似依托也.

⑤ 附錄注. 예) ≪鮑子兵法≫ 10편, 注: 圖一卷.

≪漢志≫는 ≪七略≫을 주요 근거로 하였기에, 宋 鄭樵에서부
터 이에 대한 비판이 있었다. 鄭樵는 ≪校讎略·編書不明分類論≫

---

102) 錢亞新, ≪鄭樵校讎略研究≫.

에서 다음과 같이 말하였다.

> 孟堅(班固의 字)은 애초에 독립적인 학문이 없이 오직 다른 사람에
> 의거하여 학문을 완성하였다. …… <律曆>, <藝文>은 劉歆의 자
> 취를 따랐다.(孟堅初無獨斷之學, 惟依緣他人以成門戶. …… 律曆,
> 藝文則蹈劉氏之迹.)

近人 鄭鶴昌은 ≪目錄學叢考≫에서 더욱 폄하하여 다음과 같
이 말하였다.

> 班固는 ≪七略≫의 舊文을 취하여 서적을 지었는데, 그 일은 마치
> 서기와 같아서 저술이라 하기 어려우며, 간혹 작은 장점이 있으나
> '大雅'라고 말할 수는 없다.(班氏取≪七略≫舊文以成書, 事等鈔胥,
> 難言著述, 時有小善, 未云大雅.)

그렇다면 ≪漢志≫는 오직 '의거', '필사'한 것인가? 필자가 보기
에는 이런 평론은 너무 가혹하다 하지 않을 수 없다. 班固가 ≪七
略≫을 의거하여 ≪漢志≫를 편찬한 것은 확실한 사실이나, 그는
이미 聲明을 하였으며 게다가 삭제, 편차의 공로를 하여 자신의 독
특한 특색을 드러내었다. 淸代 목록학가 章宗源은 그가 지은 ≪隋
書經籍志考證≫ 권8 ≪七略≫의 조목 아래 각기 ≪漢志≫와 ≪七
略≫의 공통점과 차이점을 특별히 논하였는데, 지론이 비교적 공평
하다. 필자가 보건대, ≪漢志≫ 자체에서도 이 둘은 서로 계승되었
지만 또한 서로 다른 몇몇 예를 들 수 있으니, 그것은 다음과 같다.
① ≪漢志≫에는 ≪七略≫이 기록한 각 서적에 대해 조정하여
산정한 곳이 있다. 이러한 변동을 ≪漢志≫는 모두 '入', '出入',
'省' 등의 글자로 표명하였다. '入'은 곧 ≪七略≫에는 없으며 새

로 증가된 서적인데, 즉 <六藝略・書>에서는 "入劉向<稽疑>一篇"이라고 하였다. '出入'은 곧 귀속을 조정한 것인데, 즉 <兵書略・技巧>에는 "出司馬法入禮也"라고 하였다. '省'은 곧 삭제로, 그것은 두 가지 경우가 있다. 첫째는 대분류를 생략한 것으로, 예를 들면 ≪七略≫은 <輯略>이 있으나, ≪漢志≫는 <輯略>을 없애고, 그 내용을 각 略에 나눠 넣었는데, 이것은 후인이 참고하여 열독하는 데에 편리함을 제공하였으니, 마땅히 긍정적인 개선을 하였다 할 것이다. 둘째는 '家'와 '篇'을 생략한 것인데, 예를 들면 <兵書略>의 총계에서 "省十家二百七十一篇重"이라고 쓰여 있는데, 이것은 이 10家가 기타 略과 중복이 있어서 균형을 고려하여 생략하였다는 말로, 그 중 伊尹・太公・管子・鶡冠子 4家는 곧 道家와 중복되고, 孫卿・陸賈 2家는 곧 儒家와 중복되고, 蘇子・蒯通 2家는 곧 縱橫家와 중복되고, 淮南王 1가는 雜家와 중복되고, 墨子 1가는 墨家와 중복된다. 중복된 것을 삭제함은 기필코 필요한 것이라고 해야 할 것이다.

② ≪漢志≫는 ≪七略≫의 문장을 인용하면서 고쳐 기록하였다. 예를 들어, ≪初學記≫ 중에는 ≪七略≫을 인용하여 기록하길, "<詩>로써 情을 말하니, 情이란 信의 증좌이며, <書>로써 결정을 내리니, 결정이란 心의 증언이다."(詩以言情, 情者信之符也, 書以決斷, 斷者心之證也.)라고 하였는데, 반면 ≪漢志・六藝略序≫에는 "<詩>로써 말을 바르게 하니, 義의 쓰임이요, <春秋>로써 사건을 결정하니, 心의 증좌이다."(詩以正言, 義之用也, 春秋以斷事, 心之符也.)라고 기록하였는바, 이는 ≪七略≫에 의거하여 고쳤음이 분명하다.

③ ≪漢志≫는 ≪七略≫의 분류를 고쳤다. 예를 들면, ≪史記

正義≫는 ≪七略≫을 인용하여 말하길, "≪管子≫ 18편은 法家에 있다."(≪管子≫十八篇, 在法家)고 하였으나, ≪漢志≫ 法家에는 ≪管子≫가 없고, 道家에 ≪管子≫ 86편을 저록하였다.

④ ≪漢志≫는 ≪七略≫의 일부 해제를 생략하였다. 예를 들어 ≪文選≫은 ≪七略≫의 <鬻子終始>의 해제를 인용하였으나, ≪漢志≫의 <鬻子終始>에는 이 해제가 없다.

⑤ ≪漢志≫는 ≪七略≫에서 기록된 書名과 다른 것이 있다. 예를 들면, ≪史記正義≫는 ≪七略≫을 인용하여, "≪晏子春秋≫ 7편은 儒家에 있다."(≪晏子春秋≫七篇, 在儒家)고 하였으나, ≪漢志≫ 儒家에는 다만 ≪晏子八篇≫이라고 기록하였는 바, '春秋' 2자가 없기도 하거니와 1篇이 증가되었다.

이로 보건대, ≪漢志≫는 결코 ≪七略≫을 완전히 답습한 것이 아니라, 독특한 특징이 있으며 학술상에 상당한 공헌을 하였다.

≪漢志≫는 史志目錄의 체재를 창시하여 목록이 지위가 높은 正史의 구성 부분이 될 수 있게 하였고, 역대 전적의 주제를 기록하여 천백 년에 이르는 史志目錄의 길을 열었다. 그 초창기의 공적은 절대 소멸시킬 수 없다.

≪漢志≫는 후대의 학술연구를 위해 필요한 자료를 보존하였는 바, 淸代 학자 杭世駿은 ≪黃氏書錄序≫에서 다음과 같이 말하였다.

> 이에 班固 〔蘭臺令史를 지냄〕가 ≪漢書≫를 기초함이 어찌 劉向과 劉歆을 말미암지 않았으랴만, 秦의 화재 이후 이것이 아니면 드러나지 않는다.(今夫蘭臺志漢, 何嘗不因向・歆, 然秦火之後, 非此不彰.)103)

---

103) 淸 杭世駿, ≪道古堂集≫ 권6.

清末 목록학가 姚振宗도 ≪漢書藝文志條理・敍例≫ 중에서 다음과 같이 말하였다.

> 지금 周秦 학술의 연원과 예날 전적의 체계를 구하고자 하면서, 이 志를 버리는 것은 학문의 방법에 말미암지 않는 것이다.(今欲求周秦學術之淵源, 古昔典籍之綱紀, 舍是志無由津逮焉.)

설령 기록된 내용이 간단하더라도 매우 큰 참고의 가치가 있다. 예를 들면 ≪六藝略・春秋家≫에는 다음과 같은 한 줄 기록이 있다.

≪太史公≫ 百三十篇. 注: 十篇有錄無書.

이 간략한 기록으로부터 3가지 사항을 이해할 수 있다.
① ≪漢志≫가 편찬될 무렵에는 아직 ≪史記≫의 명칭이 없었다.
② 全書는 실제 130편이다.
③ 班固가 본 서적은 이미 10편이 결핍되었다.

일부 인물은 ≪漢志≫의 기록으로 인해 유전되었는데, 예를 들면 "馮商은 ≪太史公≫ 7편에 속편되었다."(馮商所續≪太史公≫七篇)라는 기록이 그것이다.

清代학자 杭世駿은 ≪兩浙經籍志序≫에서 이 일을 다음과 같이 설명하였다.

> <經籍>의 설립은 <列傳>에 누락된 것을 보충하기 위해서다. 班固는 馮商을 입전하지 않았으나, ≪續史記≫는 <藝文>에 기록하였다.(經籍之設, 所以補列傳闕漏, 固不爲馮商立傳, 而續史記則志於藝文.)104)

≪七略≫은 唐 이후 망실되었고 ≪漢志≫만 존재하는 까닭에, 따라서 ≪漢志≫ 기록에서 당시의 存書와 후대의 亡佚을 알 수 있으며, 도서상황을 이해하는 참고로 삼을 수 있는 것이다.

≪漢志≫의 논술은 세밀하여 취할 점이 있는데, 淸代 학자 劉毓崧은 일찍이 아래와 같이 ≪漢志≫와 ≪隋志≫를 인용하여 法家의 해석에 대해 논단을 덧붙였다.

> ≪漢志≫: "法家類는 모두 理官에서 나왔다. 賞罰을 분명히 함으로써 禮制를 보완한다."(法家者流, 皆出於理官. 信賞必罰, 以輔禮制.)
> ≪隋志≫: "法家는 군주가 음란을 금하고 법도에 벗어난 것을 바르게 하는 것이어서 다스림에 도움이 된다."(法者, 人君所以禁淫慝, 齊不軌而輔於治也.)

劉毓崧은 이에 근거하여 다음과 같이 논단하였다.

> ≪漢志≫는 賞을 겸하여 말하고, ≪隋志≫는 오직 罰을 말한다. 이에 ≪隋志≫의 소략함은 ≪漢志≫의 상세함만 같지 못하다.(≪漢志≫兼言賞, ≪隋志≫專言刑. 此則≪隋志≫之疏不若≪漢志≫之密.)[105]

≪漢書≫를 위해 注를 지은 이는 唐人 顔師古인데, 그는 ≪漢書≫를 이어 주석하면서 마땅히 <藝文志>도 포괄하고 주로 서명, 편찬자, 내용을 해석하였으니, 이를 테면, '≪漢著記≫ 190卷條'에서 顔氏는 "지금의 起居注[황제의 일상 언행을 기록한 것]와 같다."(若今之起居注)라고 注하였다. 비록 몇 글자 아니지만 우리가

---

104) 淸 杭世駿, ≪道古堂集≫ 권6.
105) 淸 劉毓崧, ≪法家出於理官說≫(≪通義堂全集≫ 권10).

≪漢著記≫의 주요 내용을 이해하는 데는 충분하다 하겠다. 顔注
는 ≪別錄≫과 ≪七略≫을 많이 인용하여 편찬자・師承 관계・
내용・판본・서명 등을 주석하여 두 서적의 일부 자료를 보존하였
다. 淸人 王先謙의 ≪漢書補注≫ 또한 ≪漢志≫를 위해 여러 가
지 전대의 연구 성과를 수집하였다.

　≪漢志≫를 전문적으로 연구한 최초의 저작은 宋 王應麟의 ≪漢
書藝文志考證≫이다. ≪四庫簡明目錄≫은 그 지론이 모두 근거
가 있다고 여기면서도 그것이 ≪漢書≫에는 기록되지 않은 고서
26종을 증가한 것에 대해서는 오히려 "진위가 뒤섞여 자못 거추장
스럽게 되었다."(眞僞相雜, 頗爲蛇足.)라고 하였다. 姚振宗은 이
서적을 미완성의 작이라고 간주하며 다음과 같이 말하였다.

　　그 서적에서 本文을 고증한 것은 276조이고, 篇敍를 고증한 것은 78
　　조이며, 本志에 기록되지 않은 것을 고증한 것은 27조이다. 즉 그가
　　편찬한 ≪玉海≫를 살펴보건대, 아마 얻은 것이 여기에 그치지 않을
　　것이다. 반복하여 상세히 교감하였으나, 아마 그 미완성의 저적인 듯
　　하다.(樂家, 春秋家, 道家는 모두 '고증을 해야 한다.'라고 注에서 말
　　하였는데, 그것은 미정의 뜻이다.)(其書考證本文者二七六條, 考證篇
　　敍者七十八條, 考證本志所不著錄者二十七條. 卽就所作≪玉海≫觀
　　之, 似乎所得不止於此. 反復詳勘, 似其未成之作.(樂家・春秋家・
　　道家皆注云當考, 是其未定之詞也.)

　姚振宗이 편찬한 ≪漢書藝文志拾補≫ 및 ≪漢書藝文志條理≫
는 모두 ≪漢志≫를 읽는 데 도움을 준다.
　王先謙과 姚振宗이 지은 3종의 서적은 모두 開明書局에서 간행
한 '≪二十五史補續≫ 第2冊'에서 볼 수 있다.
　≪漢志≫의 독법으로 淸代 목록학가 章學誠은 그의 ≪校讎通

義≫에서 일찍이 ≪史記≫와 ≪漢書≫ 列傳을 비교하여 읽는 방법을 제시하였는데, 그는 "그 部目은 <藝文>에 남아 있고, 그 사건은 <列傳>에 기록되어 있는바"(存其部目於藝文, 載其行事於列傳.), "<藝文志>는 실로 학술의 으뜸이고 밝음의 요체가 되지만, 列傳이 그것과 표리를 이루어야 분명하게 설명된다."(藝文一志, 實爲學術之宗, 明通之要, 而列傳之與爲表裏發明.)고 하였다. 예컨대, ≪諸子略≫을 읽는다면, <孟荀管晏>, <老莊申韓>의 列傳과 비교하여 읽는다. 姚振宗은 더욱 비교 독서의 범위를 확대하여 말하길, 列傳 외 紀·志·書·表에도 모두 서로 증명이 될 만한 곳이 있다고 하였다. 이런 독법은 확실히 상호 입증할 수 있어 지엽적이지 않는 효과가 있다. 또한 近人 張舜徽 선생의 ≪漢書藝文志釋例≫(≪廣校讎通義≫에 부록)는 ≪漢書≫의 義例를 이해하는 데에 큰 도움을 줄 것이다.

제2절 古典目錄의 '四分'과 '七分' - 魏晉南北朝

1. 魏 鄭默의 ≪中經≫ 편찬

魏晉南北朝는 전쟁이 빈번하고 정치적 상황이 혼란한 시대였으나, 도서사업은 문화의 발전으로 인해 발전이 있었다. 당시는 외래의 佛經譯書가 있었으며, 五言詩, 樂府詩, 文學批評의 저작, 起居注, 地方志, 氏族譜 등의 文史 방면의 서적이 수적으로 모두 증가하여 수집 정리의 필요가 있었을 뿐만 아니라, 또한 이는 목록학에 대해서도 어떻게 하면 더욱 훌륭하게 목록 분류를 할 것인가 등의 요구를 제기하였다.

魏·蜀·吳 삼국시기는 비록 세 국가의 정치세력이 대립하고 서로 전쟁하였으나, 또한 각자의 정권을 미화하기 위해서는 서로 문화 사업을 전혀 돌아보지 않을 수가 없었다. 魏는 三國 중의 강자로, 東漢의 정권을 탈취한 후 일찍이 적극적으로 도서의 수집과 목록편찬의 작업을 진행하였다. ≪隋書·經籍志序≫ 중에서는 그 일을 개괄하여 다음과 같이 말하였다.

> 魏氏는 漢을 대체하고 잃어버린 서적을 수집하여 秘書·中書·外書 三閣에 보관하였다. 魏 秘書郎 鄭默이 ≪中經≫을 처음으로 편찬하였다.(魏氏代漢, 采掇遺亡, 藏在秘書·中·外三閣. 魏秘書郎鄭默始制≪中經≫.)

≪中經≫은 국가 내부의 藏書目錄이라는 의미이다. 편찬자 鄭
默의 字는 思元으로 開封人이며, 魏에 벼슬하여 秘書郎, 司徒左
長史가 되었으며, 晉朝에 출사한 후에는 東郡太守, 光祿勳의 관직
에 이르렀다. 鄭默은 당시 사회에서 매우 유명하였다. 그는 魏 秘
書郎에 재임하면서 도서 작업을 주관하며, '舊文을 심사하고 쓸데
없는 것을 삭제하여'(考核舊文, 刪省浮穢) ≪中經≫을 편찬하였다.
이 목록은 오래전에 일실되었으며 게다가 구체적인 기록이 결핍된
까닭에 그것의 내용과 성취를 평론하기 어려우나, 매우 간략한 한
두 마디의 말에서 그 일부를 대략 알 수 있다. 鄭默의 本傳에는
일찍이 魏 中書令 虞翻이 鄭默의 도서 정리의 성취를 평가하여
"오늘 이후로 朱色과 紫色으로 구별되었다."(而今以後, 朱紫別矣.)[106]
라고 한 것이 기재되어 있다. 소위 '주색과 자색으로 구별되었음'
이란 바로 2종의 비슷한 색을 구분한다는 뜻으로, 鄭默이 이미 비
교적 상세한 도서분류 작업을 진행하였음을 설경한다. 梁 阮孝緖
의 ≪七略序≫에서는, "荀勖이 魏 ≪中經≫에 의거하여 다시 ≪新
簿≫를 지었다."(荀勖因魏≪中經≫更著≪新簿≫.)[107]라고 하였다.
≪新簿≫가 四部 분류에 의거하였다면, 그것의 주요 의거가 된 魏
≪中經≫도 대체로 四分法을 채용하였을 것이다. 따라서 鄭默이
편찬한 ≪中經≫은 四部分類의 국가도서목록으로서 중국의 도서
분류학에 四部分類法을 개창한 공헌을 세웠다 할 것이다.

蜀은 西南쪽에 편중되어 東漢의 제도에 의거하여 東觀을 설립

---

106) ≪晉書≫ 권44 <鄭袤傳> 附.

107) ≪隋書·牛弘傳≫에서는 "晉 秘書監 荀勖은 ≪魏內經≫을 교정하고, 또한 ≪新簿≫
를 지었다."(晉秘書監荀勖定≪魏內經≫, 更著新簿.)라고 말하였다. ≪內經≫은 곧 ≪中
經≫이며, 荀勖이 일찍이 鄭默의 ≪中經≫을 중정한 적이 있는 듯하며, 또한 ≪中經≫
에 의거하여 ≪新簿≫를 지었는 바, 이 둘은 서로 상관관계가 있음이 분명하다.

하고 국가도서를 수장하였으며 또한 권신 郤正을 秘書郞으로 삼아 파견하여 도서 작업을 주관하게 하였다. 吳는 江東을 근거지로 하였으며 도서 전문기구와 인원을 설립하였다. 역사상 3가지의 폐해를 제거한 일화로 유명한 周處는 일찍이 吳나라 東觀左丞을 임했다.[108] 孫休는 또한 저명학자 韋昭를 中書郞, 博士祭酒에 임명하고, 또한 韋昭에게 劉向의 일화에 따라 여러 서적을 교정하도록 명하였다.[109] 吳나라 또한 劉向의 교서 방법에 의거하여 도서정리의 작업을 진행하였음을 알 수 있다. 그러나 吳・蜀 두 나라가 목록을 편찬하였는지의 여부는 사료가 발굴되어야 설명할 수 있을 것이다.

2. 西晉 荀勖의 校書와 ≪中經新簿≫ 편집

西晉의 통일로 사회경제가 일차적으로 안정을 얻게 되자 문화도 잇따라 회복과 발전을 하게 되었다. 도서의 수집과 典藏 작업이 점차 발전하고 도서수량도 증가하였으니, 이른바 "晉氏가 이으니, 文籍이 더욱 광대해졌다."(晉氏承之, 文籍尤廣)[110]라는 것은 바로 이 일을 가리킨다 할 것이다. 이로 인해 목록사업은 상당한 성취를 얻었으며, 그것은 주로 荀勖의 목록사업 활동에서 드러난다.

荀勖은 字가 公曾이고 穎川穎陰(지금 河南 許昌) 사람으로, 西晉의 유명한 世家이다. 처음에는 魏에 벼슬하여 從事中郞이 되었다. 晉에 나아간 후에는 中書監, 秘書監을 거쳐 尙書令까지 이르

---

108) ≪晉書≫ 권58 <周處傳>.

109) ≪三國志・吳書≫ 권2: "命昭依劉向故事, 校定衆書."

110) ≪隋書≫ 권49 <牛弘傳>.

렀다. 그는 문학, 음악, 목록학 등 방면에 모두 비교적 높은 조예가 있어, 당시 사람들에 의해 추종되었다. 그는 목록학 방면에서 주로 다음과 같은 몇 가지 작업을 하였다.

① 晉 武帝 泰始 10년(274), 荀勖은 秘書監을 맡으면서 西晉의 유명학자 中書令 張華와 협력하여, 劉向의 ≪別錄≫에 의거하여 서적을 기록하고 정리하였다.[111] 이것은 荀勖과 張華가 劉向의 규칙에 의거하여 국가장서를 정리한 것을 설명하는데, 도서를 '정리'한다는 말을 사용한 것은 아마 이것이 최초가 아닌가 한다. 이때의 도서 정리의 규모는 매우 커서 劉向의 그것과 비교할 수 있다. 또한 荀勖은 스스로 다음과 같이 말하였다.

> 신은 저작을 관리하고 또한 秘書를 주관합니다. 지금 10만 여권의 서적의 착오를 다시 교감하였으나 그 끝을 다할 수가 없으니, 또 다른 관직을 겸하는 것은 반드시 그만 두어야 할 것입니다(臣掌著作, 又知秘書. 今復校錯誤十萬餘卷書, 不可倉卒, 復兼他職, 必有廢頓者也.)[112]

도서 정리의 작업은 매우 엄중하였으므로, 荀勖은 이를 이유로 음악을 주관하던 직책을 사직하게 되었던 것이다.

② 晉 武帝 太康 2년(281), 河南 汲郡의 옛 무덤에서는 한 무더기의 고대 竹簡이 발견되었는데, 이는 바로 후대의 이른바 '汲冢竹書'로서, 고대의 중요한 사료를 보전하고 있었다. 당시 바로 荀勖을 불러 그것을 정리 편찬하여 ≪中經≫이라 하고 秘書에 넣었다.[113] 필자는 이 기록은 전문적으로 汲冢書에 대한 목록정리를 가

---

111) ≪晉書≫ 권39 ≪荀勖傳≫: "依劉向 ≪別錄≫, 整理記籍."
112) 晉 荀勖, ≪讓樂事表≫(≪北堂書鈔≫ 권101의 인용 참조).
113) ≪晉書≫ 권39 <荀勖傳>: "詔勖撰次之, 以爲中經, 列在秘書."

리키는 말이라고 생각된다. 여기서 말하는 ≪中經≫은 국가목록의 범칭으로, 그것은 荀勗의 ≪中經新簿≫를 가리키는 것이 아니다. 이 구절의 뜻은 荀勗이 명을 받들어 汲冢書를 정리하고 편찬하였음을 말하며, 전문적으로 汲冢書를 위해 국가목록을 편찬하고 汲冢書를 국가장서로 모아 넣었다는 것이다.

③ 荀勗은 또한 鄭默 ≪中經≫을 근거로 하여, 종합적인 국가 장서목록을 편찬하였으니, 그것이 바로 ≪中經新簿≫이다. 梁 阮孝緒의 ≪七錄序≫에서는 일찍이 다음과 같이 말하였다.

> 晉의 領袖 秘書監 荀勗은 魏 ≪中經≫에 의거하여 다시 ≪新簿≫를 지었는데, 10여 권으로 나누고 전체 四部로 구분하였다.(晉領秘書監荀勗因魏≪中經≫, 更著≪新簿≫, 分爲十有餘卷, 而總以四部別之.)

또한 ≪古今書最≫는 그 수록한 卷部에 대해 다음과 같이 구체적으로 설명하고 있다.

> 晉 ≪中經簿≫: 四部의 서적은 1,885부, 20,935권. 그 중 16권에는 <佛經書簿> 2권이 빠져 있고, 얼마나 많이 기재하였는지가 상세하지 않다. 1,119부가 없어졌고, 766부가 남아 있다.(晉≪中經簿≫: 四部書一千八百八十五部, 二萬九百三十五卷. 其中十六卷, 佛經書簿少二卷, 不詳所載多少. 一千一百一十九部亡, 七百六十六部存.)[114]

≪隋書·經籍志序≫에는 각 부에 수록된 도서의 내용과 체제를 다음과 같이 분명하게 말하였다.

---

114) 唐 道宣, ≪廣弘明集≫ 권3.

魏 秘書郎 鄭默이 ≪中經≫을 처음으로 편찬하였다. 荀勖은 또한 ≪中經≫에 의거하여 다시 ≪新簿≫를 지었다. 四部로 나누고, 여러 서적을 총괄하였다. 1. 甲部: 六藝 및 小學 등의 서적을 기록, 2. 乙部: 古諸子家, 近世子家, 兵書, 兵家, 術數. 3. 景(丙)部: 史記, 舊事, 皇覽部, 雜事, 4. 丁部: 詩賦, 圖贊, 汲冢書로 크게 四部이다. 총합 29,945권이다. 오직 서명(題) 및 설명(言)을 기록하였다. 책갑이 성행하여 이 서적은 담황색 생견으로 책갑을 하였다. 작가의 의도에 대해서는 논변한 것이 없다.(魏秘書郎鄭默始制≪中經≫. 荀勖又因≪中經≫更著≪新簿≫. 分爲四部, 總括群書. 一曰甲部: 紀六藝及小學等書; 二曰乙部: 有古諸子家, 近世子家, 兵書, 兵家, 術數; 三曰景(丙)部: 有史記, 舊事, 皇覽部, 雜事; 四曰丁部: 有詩賦, 圖贊, 汲冢書. 大凡四部. 合二萬九千九百四十五卷. 但錄題及言. 盛以縹囊, 書用緗素. 至於作者之意, 無所論辨.)

이상 몇몇 기록으로부터 荀勖 ≪新簿≫의 상황에 대해 아래와 같이 개괄하여 이해할 수 있다.

① 荀勖 ≪新簿≫는 鄭默 ≪中經≫에 의거하여 지은 것이다. 그것은 ≪中經≫에 수록된 서적에 의거하였으며, 또한 불가피하게 ≪中經≫의 분류를 참고하였을 것이다. 그것이 ≪新簿≫를 표명한 것은 곧 개편의 뜻을 포함한다. 두 서적의 상관관계에 대해서는 여러 책에 기록된 것이 모두 같다. 따라서 鄭默 ≪中經≫은 荀勖 ≪新簿≫의 분류에 대해 공헌이 있었으며, 姚名達이 ≪中國目錄學史·分類篇≫에서 "四部를 처음 창시한 공로를 鄭默으로 추거하는 것은 이설을 세우고자 하는 것에 지나지 않는다."(推草創四部之功於鄭默者, 亦未免失之好立異說.)라고 비평한 것은 지나침이 있다 하겠다.

② ≪新簿≫는 모두 4부분으로 나뉘는데, ≪七錄序≫와 ≪隋志序≫의 기록에서 그 각 부의 내용을 대략 알 수 있으며, 비록 史籍

이 이미 독립적인 부류가 되었다 하나 그 甲乙丙丁의 순서는 여전히 '經子史集'으로, 후대 '經史子集'의 순서와 약간 다르다. 각 부에 수록된 내용에 대해 姚名達 ≪中國目錄學史·分類篇≫에서는 자못 의문을 가졌는데, 예를 들면 兵書와 兵家는 어찌 다르며, ≪皇覽≫은 왜 史에 열입하였고, 汲冢書는 왜 丁部에 넣었는지 등이다. 사실 모두 적합한 해명을 할 수 있는 즉, 兵書와 兵家의 분류는 아마 古諸子家와 近世子家의 분류와 비슷하다 할 것인데, 兵書는 고대 군사가의 저작을 가리키고 兵家는 근세 군사가의 저작이며, 또한 兵書는 군사이론 방면의 도서를 가리키고 兵家는 군사를 지휘하는 구체적인 문제를 논한 다른 유파의 저작을 가리킨다. ≪皇覽≫은 類書의 비조로 그 당시는 아직 분류하기가 어려웠는데, 그 편찬 목적이 곧 魏文帝가 살펴보며 역사의 교훈으로 삼기 위한 것이었던 바, 史部에 열입하는 것이 안 된다고는 할 수 없다. 汲冢書는 ≪晉書·束晳傳≫에 기록된 서목에 의거할 때, 지금 보기로는 마땅히 史部에 넣어야 될 것 같은데, 汲冢書目은 荀勖이 명을 받들어 단독으로 편찬한 전문서목이고 ≪新簿≫는 이 이전에 이미 편찬된 종합목록인 바, 아마 汲目을 ≪新簿≫에 편입하지 않고 ≪新簿≫의 뒤에 부가한 것을 丁部에 넣은 것으로 오인한 것이라 하겠다.

③ ≪新簿≫의 四部 분류는 역대로 모두 이설이 없다. 이것은 목록분류 체재에 대한 일종의 변혁으로, 姚名達 ≪中國目錄學史·分類篇≫은 또한 佛經目錄이 있으니 마땅히 5부인 것이라고 하였다. 그러나 사실 佛經은 부록으로 보아야 한다. 劉宋 王儉은 佛錄, 道錄을 ≪七志≫의 뒤에 부가하였고, ≪隋書·經籍志≫도 道佛 2家를 권말에 부가하였는데, 이는 아마 ≪新簿≫에서 연원하였을 것이다.

④ ≪新簿≫의 체재는 서명, 권수, 편찬자를 등록하고 그리고 간단한 설명을 하고 있는데, 劉向의 서록 기입 전통은 잘 계승되지 못하여, 도서내용에 대한 평술과 논변이 결핍되었다. 그러나 도서의 存亡을 기록한 것은 본받을 만한 것으로서, 이것은 후대 도서의 存亡遺失을 살피고, 이로써 도서의 진위를 고증하는 데에 자료의 근거를 제공하는 작용을 하였으며, 또한 후대 목록서가 도서의 存亡을 기록하는 선례를 열었다.

⑤ ≪新簿≫가 수록한 도서의 부, 권수는 마땅히 ≪古今書最≫가 기록한 1,885부, 20,935권을 표준으로 삼았다. ≪隋志序≫는 29,945권으로 되어 있는데, 그러나 ≪隋志序≫가 기록한 숫자는 당시 정확하지 않았는 바, 마땅히 ≪古今書最≫의 권수가 옳다고 해야 할 것이다.

⑥ ≪新簿≫는 隋唐 各 志에 모두 14권으로 되었으나, 실제는 16권이다. 한편 ≪古今書最≫에서는 "그 중 16권에는 <佛經書簿> 2권이 부족하고, 기록된 것이 얼마인지 상세하지 않다."(其中十六卷, 佛經書簿少二卷, 不詳所載多少.)라고 말하는데, 그 뜻이 분명하지 않다. 余嘉錫 선생은 "原書가 물론 16권인 것은 대개 4부는 각기 4권으로 바로 서적의 분량과 분합을 모두 고르게 하였기 때문이다. 梁나라 때 그 2권이 없어진 후, ≪隋志≫에서 잔결을 분명하게 注하지 않아서 후대 대부분 그 의미를 모르는 것이다."[115]라고 하였다. 그 말은 16권으로 四部目錄을 삼아 각 부 각 4권이 되었다는 것이다. 그러나 필자는 ≪古今書最≫ 중의 '書簿'란 목록을 가리키는 것이라고 여겨지는데, 16권 목록은 佛經目錄

---

115) 余嘉錫, ≪目錄學發微·目錄類例之沿革≫: "原書當有十六卷, 蓋四部各得四卷, 正是因書之多寡分合之以使之勻稱. 自梁時亡其二卷, ≪隋志≫不注明殘缺, 而後世多不曉其意矣."

2권이 이미 일실되어 셀 수 없는 것을 제외한 나머지 14권 목록이 四部目錄으로서 그 통계한 권수는 즉 이 14권에 기록된 佛經 외의 四部 도서의 전체 部, 卷數라는 것인즉, 따라서 그 原語를 "그 16卷의 書簿에는 佛經 2卷이 적으며, 기록된 것이 얼마인지 알 수 없다."(其十六卷書簿, 少佛經二卷, 不詳所載多少.)라고 하면, 그 뜻이 명확하게 이해될 것이다. 물론 이것은 사료적 근거가 부족한 것으로 다만 개인의 추측일 뿐이다.

⑦ 荀勖은 도서의 裝幀과 보관도 매우 중시하였는데, 소위 "盛以縹囊, 書以縹素"이란, 옅은 황색의 얇은 비단으로 책을 쓴 연후에, 서적을 청백색의 실로 만든 주머니에 말아 넣었음을 말한다. 후인은 荀勖이 목록의 체재에 소홀하고 형식을 중시했다고 비난하였다. 그러나 전체 도서사업에서 볼 때 좋은 裝幀과 타당한 典藏 또한 소홀히 할 수 없는 부분인 바, 그 목록이 결함이 있었다고 해서 이에 대해서 비난을 할 수는 없다.

결국, 荀勖 ≪新簿≫는 분류, 해제 등 방면에서 비록 부족한 점은 있으나, 그것은 필경 西晉의 목록사업 성과를 집중적으로 드러내며, 목록학의 발전에 여러 가지 새로운 내용을 증가시켜 상당한 추진 작용을 하였다 할 것이다. 후일 '八王의 난', '五胡亂華'의 갖가지 그치지 않는 동란으로 인해, 도서는 커다란 손실을 받았으며 목록사업도 전개될 수가 없었다. 西晉정권도 이에 따라 멸망하였다.

3. 東晉 李充의 四部 순서 확립

  西晉 말년의 전란은 도서 사업에 '큰 서각의 문적이 조금도 남아있지 않게 된'(渠閣文籍, 靡有孑遺) 엄중한 결과를 초래하여, 元帝는 東晉 정권을 건립한 후 바로 도서 수집을 시작하였으나, 李充이 목록을 정리할 때까지도 그 현존 도서가 겨우 3,014권으로 西晉 荀勖이 목록을 편찬할 때의 존서량보다 2배 이상이 감소하였다.[116] 東晉의 목록사업은 李充이 편찬한 ≪晉元帝四部書目≫에서 집중적으로 드러난다.

  李充의 字는 弘度이고, 江夏(현 湖北 安陸) 사람이다. 東晉의 학자, 서예가 그리고 목록학가로 관직은 中書侍郞을 역임하였다. 그는 일찍이 도서정리와 ≪晉元帝四部書目≫의 편찬 작업을 주도하였다. 李充이 이 목록서를 도대체 언제 편찬하였는지는 과거의 몇몇 저작 대부분이 모두 불명확하였다. 李充의 본전 중에는 일찍이 그 ≪四部書目≫을 편찬한 일을 다음과 같이 기록하고 있다.

  征北將軍 褚裒는 또한 그를 參軍으로 삼았다. 李充은 집이 가난하여 애써 외지로 나가고자 하였으므로, 褚裒는 그를 현령으로 발령하고자 하며 시험 삼아 물었다. 李充은 말하길 "가난한 원숭이가 숲에 던져졌는데, 어찌 나무를 가릴 겨를이 있겠습니까." 이에 剡縣令으

---

116) 東晉이 西晉에 비해 도서가 도대체 얼마나 감소하였는지에 대해서는 과거 많은 저작에서 종종 3,014권으로 西晉의 2만 권에 비교해 감소가 매우 많음을 보였으며, 심지어는 그 원래의 십분의 일이 조금 넘는다고 하였다. 이런 주장은 불확실한 것이다. 李充은 ≪新簿≫로써 당시 藏書를 대조하였는데, 그 결과 存書가 다만 3,014권이라고 하였음을 주목하면, 이것은 存書의 권수를 가리키며, ≪新簿≫에 기록된 1,885부 20,935권은 西晉의 存書와 亡書를 포괄하는 총수로 그 중 亡書는 1,119부이고 存書는 다만 766부이다. 권수는 비록 기록하지 않았으나, 만약 평균적으로 각 부가 열한 두 권이라고 한다면, 西晉의 현존서는 불과 8~9천 권일 뿐이었는바, 東晉의 현존서는 응당 西晉의 삼분의 일이며, 십분의 일이 조금 넘는 것이 아니라 할 것이다.

로 제수되었다. 모친의 상을 당했다. 복을 마치고, 大著作郞이 되었다. 이때 典籍이 어지러웠던 바, 李充이 중복되는 것을 삭제하고, 부류로 묶어 四部로 나누자, 매우 조리가 있게 되었다. 秘閣에서 영구히 변하지 않을 제도로 삼았다.(征北將軍褚裒又引爲參軍. 充以家貧, 苦求外出, 裒將許之爲顯, 試問之. 充曰: "窮猨投林, 豈暇擇木." 乃除剡顯令. 遭母憂. 服闋, 爲大著作郞. 於時典籍混亂, 充刪除煩重, 以類相從, 分作四部, 甚有條貫. 秘閣以爲永制.)[117]

이 기록에 의거하면 李充이 목록을 편찬한 시간을 대체로 확정할 수 있다. 褚裒는 晉 穆帝 永和 2년(346) 7월에 征北大將軍을 임직하였는데,[118] 李充은 褚裒의 막하에서 참군을 맡아 剡縣令으로 나갔으며, 다시 모상을 겪고 복궐 후 大著作郞을 임할 때 비로소 도서 정리와 분류, 목록 작업을 주도하여 후대에 영구히 변하지 않을 제도격인 목록을 완성하였다. 따라서 李充이 목록을 편찬한 시간은 마땅히 晉 穆帝 2년 이후의 몇 년간으로, 위로 晉 元帝(317~323)시기로부터 이미 20여 년이 지났다. 그렇다면 李充이 편찬한 목록을 왜 ≪晉元帝四部書目≫이라고 명하였는가? ≪古今書最≫는 ≪晉元帝書目≫이라 기록하고, "四部, 三百五帙, 三千一十四卷"이라 하였다.[119] 그 권수가 李充이 교서한 것과 합치되는 바, 즉 이는 李充이 편찬한 목록이라 하겠다. 그것을 ≪晉元帝書目≫이라 칭한 것은 그 목록의 편찬이 의거한 것이 元帝 시기에 대거 수집한 도서이기 때문이다.

李充이 편찬한 목록은 도서 수량이 비교적 적었던 까닭에, 결국

---

117) ≪晉書≫ 권92 <李充傳>.

118) ≪晉書≫ 권8 <穆帝紀>: "(永和 2년) 7월, 袞州刺史 褚裒를 征北大將軍, 開府儀同三司로 삼았다."(七月, 以袞州刺史褚裒爲征北大將軍, 開府儀同三司.) 또한 권92<褚裒傳> 참조.

119) 唐 道宣, ≪廣弘明集≫ 권3.

여러 가지 편명이 없고 오직 甲乙로만 편차하였다.[120] 즉 다만 四
部만 있고 각 서적의 분류명은 세우지 않았다. 그것의 四部分類는
비록 荀勖과 상동하나, 순서에는 변화가 있다. 淸代 학자 錢大昕
은 일찍이 이 일을 언급하여 다음과 같이 말하였다.

> 晉 荀勖이 ≪中經簿≫를 편찬하자, 비로소 甲乙丙丁 四部로 나뉘
> 었는데, 子가 史보다 먼저이다. 李充이 著作郞이 되었을 때 다시 四
> 部를 나누었으니, 五經은 甲部, 史記는 乙部, 諸子는 丙部, 詩賦는
> 丁部이다. 이에 經史子集의 순서가 비로소 정해졌다.(晉荀勖撰≪中
> 經簿≫, 始分甲乙丙丁四部, 而子猶先於史. 至李充爲著作郞, 重分
> 四部: 五經爲甲部; 史記爲乙部; 諸子爲丙部; 詩賦爲丁部. 而經史
> 子集之次始定.)[121]

李充의 이 四部 분류의 편차 방법은 줄곧 후대에 이어져 사용되
었으니, 소위 "이로부터 답습되어, 변화가 없다"(自爾因循, 無所變
革)[122]라고 하는 것은 바로 그것이 목록사업의 발전에 공헌을 하였
음을 설명하는 것이다.

4. 宋 王檢 ≪七志≫와 梁 阮孝緖 ≪七錄≫의 편찬

南朝는 宋·齊·梁·陳의 4朝를 거치면서, 비록 정권이 뒤바뀌
고 사회가 어지러워 도서가 누차 산실되었으나, 각 왕조는 오히려
문화를 중시하였기에, 정권이 건립된 뒤에는 끊임없이 도서가 수집

---

120) ≪隋書·經籍志≫ 序.

121) 淸 錢大昕, ≪元史·藝文志≫ 序.

122) ≪隋書·經籍志≫ 序.

정리되었으며 또한 목록사업도 우회곡절로 발전하였다.

(1) 宋의 목록사업

宋은 東晉을 계승한 후, 원래 있던 국가 장서를 인수하여 관리하는 것 외에도 또한 수집을 하였으므로 장서가 날마다 풍부해졌다. 그 목록사업의 활동은 주로 宋 文帝 元嘉와 後廢帝 元徽 시기였다.

宋 文帝 시기는 전 사회가 대체로 안정되고, 근거지 江南 지방의 경제와 문화가 모두 비교적 발달하여 목록사업은 상당한 중시를 받았다. 후대의 기록에 의거하면, 당시에는 벌써 3부의 목록서가 편찬되었다.

① ≪晉義熙已來新集目錄≫ 3권. 편찬자 丘淵之, 字 思玄, 烏程人. 宋 文帝 시기 侍中, 吳郡太守를 역임하였다.[123] 이 목록은 ≪隋志≫, ≪唐志≫ 중에 모두 기록되어 있는데, ≪舊唐志≫는 ≪雜集目錄≫으로 기록하였다. 그 책은 이미 일실되어 체재와 내용은 모두 알 수 없다. 다만 그 書名으로 추론해 보건대, 아마 晉安帝 義熙 이래의 新書 목록인 듯하다. 또한 ≪古今書最≫에는 ≪晉義熙四年秘閣目錄≫ 1종을 기록하고 있는데, 이 목록은 義熙 4년 이후에서 元嘉 전까지의 신편 목록일 것이다.

② ≪四部書大目≫ 40권. 편찬자 殷淳, 字 粹遠. ≪宋書≫ 本傳은 그 목록 편찬의 일을 다음과 같이 기록하였다.

(殷淳은) 少帝 景平 초에 秘書郎, 衡陽王文學, 秘書丞, 中書黃門侍

---

123) ≪宋史≫ 및 ≪南史·顧琛傳≫ 참조.

郎이 되었다. …… 秘書閣에서 ≪四部書目≫을 편찬하였는데, 무릇
40권이 세상에 유행하였다. 元嘉 11년에 죽었다.(少帝景平初爲秘書
郎·衡陽王文學·秘書丞·中書黃門侍郎. …… 在秘書閣撰四部書
目, 凡四十卷行於世. 元嘉十一年卒.)[124]

　　宋 少帝 景平 시기는 오직 1년(423)이었으며, 그 景平 2년은 곧
宋 文帝 元嘉 2년으로 바뀌었는 바, 殷淳이 도서 작업에 참여한
것은 실제 元嘉 시기라 할 것이다. 殷淳이 秘書丞에 역임한 것은
아마 바로 謝靈運이 秘書監에 있을 때였을 것이다. 殷淳의 大目
은 '大要之目'이라고 해석할 수 있으며 곧 '草目'이라는 뜻이다.
이에 필자는 殷淳의 목록과 이후의 저명한 元嘉 목록은 일종의 初
稿와 定稿의 관계가 아닐까 하고 생각한다.[125]

　　이 목록은 ≪南史≫ 본전에는 ≪四部書大目≫, ≪宋書≫ 본전
에는 ≪四部目錄≫이라 하였는데, 모두 40권으로 되어 있다. 梁
阮孝緒 ≪七錄序≫에는 ≪大四部目≫으로 되어 있고 권수가 없
으며, ≪新唐書·藝文志≫에는 ≪四部書序錄≫ 39권으로 되어
있다. 이 책은 오래전에 일실되었기에 그 상세한 내용은 알기 어렵
지만, 四部分類로 기록된 것은 매우 분명하다. 아마 각 서적에 提
要가 쓰여 있었기에 ≪新唐書≫에 '序錄'의 명칭이 있게 되었을
것이다.

　　③ ≪元嘉八年秘閣四部目錄≫. 이것은 후대에 저명하게 된 劉
宋 시기의 國家目錄이다. ≪隋書·經籍志序≫는 그 일을 다음과
같이 기록하였다.

---

124) ≪宋書≫ 권59 <殷淳傳>.
125) 王辟疆 ≪目錄學硏究≫에서는 殷淳의 목록을 元嘉의 목톤 이후에 넣었으나, 설명
　　은 없다.

宋 元嘉 8년 秘書監 謝靈運은 ≪四部目錄≫을 지었는데, 대체로 64,582권이다.(宋元嘉八年秘書監謝靈運造四部目錄, 大凡六萬四千五百八十二卷.)

이 기사가 정확하지 않음은 전대 사람들이 이미 지적하였다. 아래 이 목록서의 편찬자와 권수 등에 대해 설명하기로 한다.

≪隋志序≫는 이 목록을 謝靈運이 元嘉 8년에 편찬한 것이라 하였다. ≪宋書·謝靈運傳≫을 살펴보면, 謝靈運은 文帝 元嘉 3년 徐羨이 주살된 후 秘書監으로 발령되어, 秘閣書를 정리하고 闕文을 보충하였으나 얼마 안 있어 侍中으로 천직되었다. 元嘉 5년에는 또한 질병으로 인해 귀향하여 다시는 建業으로 나아가지 않았다. 따라서 謝靈運이 도서 작업을 주도한 시간은 매우 짧았다 하겠으며, 또한 주관 기간에는 다만 도서를 정리하고 보정하는 작업만 하였을 뿐이다. 목록 편찬의 일은 본전에 언급되지 않았으며, 論贊 중에도 문학 성취만 논하였을 뿐 도서 목록의 편찬에 대해서는 한 글자도 기록되지 않았다. 元嘉 목록은 당시 중요한 국가 목록인 바, 만약 謝靈運이 목록을 편찬한 일이 있었다면, 沈約이 그 일을 본전에 기입하지 않았을 리가 없는데, 지금 謝靈運의 傳에는 기록이 없다. 따라서 元嘉 8년 謝靈運이 四部目錄을 만들었다는 말은 의심할 만한 여지가 있다. 그렇다면, 元嘉 목록의 편찬자는 도대체 누구인가? 필자가 볼 때는 殷淳일 가능성이 매우 크다 하겠는데, 적어도 殷淳은 주 편찬자 중 한 사람이었을 것이다. 그 이유는 다음과 같다. 첫째, 殷淳이 秘書丞을 맡은 元嘉 시기는 謝靈運과 동시대로, 다만 직책상에는 경중이 있었다. 실제 작업은 殷淳이 담당하였고 謝靈運이 주관하였을 것이며, 아마도 謝靈運이 秘書監에 있을 때에 시작하였기에 관함이 비교적 높은 謝靈運으로

서명하였을 것이다. 둘째, 謝靈運은 元嘉 5년부터 建業을 떠난 후 다시는 돌아오지 않았는 바, 대다수가 이 목록이 元嘉 8년에 편찬 되었다고 여긴다면, 謝靈運은 실제 완성에는 이르지 못하였고 殷 淳이 그 일을 시종일관한 듯하며, 아마 元嘉 8년 이 목록을 완성 한 후에 殷淳은 中書黃門侍郎으로 승진하였을 것이다. 殷淳은 元 嘉 11년에 죽었으며 줄곧 建業을 떠나지 않았다. 셋째, ≪南史≫와 ≪宋書≫의 殷淳 본전에는 그가 편찬한 四部書目 작업에 대해 모 두 비교적 상세한 기록이 있으며, 후대의 목록서에도 대부분 언급 을 하고 있다. 그러나 謝靈運은 본전에도 기록도지 않았으며, 또한 기타 목록서에도 기록이 불명확한데, 즉 梁 阮孝緒의 ≪七錄序≫ 에는 "宋의 秘書監 謝靈運과 秘書丞 王儉, 齊의 秘書丞 王亮과 秘書監 謝朓 등은 모두 새로운 서적이 있어 다시 목록을 편찬하였 다. 宋 秘書 殷淳은 ≪大四部目≫을 편찬하였다."(宋秘書監謝靈 運・丞王儉, 齊秘書丞王亮・監謝朓等, 并有新進, 更撰目錄. 宋 秘書殷淳撰大四部目.)[126]라고 기록되어 있다. 이 기록의 의미는 모호한데, 宋・齊의 秘書監과 秘書丞의 지위가 바뀌어 있고, 殷淳 이 목록을 편찬한 일도 齊의 아래 열입되었으며, 다만 "모두 새로 운 서적이 있어 목록을 고쳐 편찬하였다."(并有新進, 更撰目錄)라 는 말에서만 宋・齊 시기 '二謝二王'이 도서를 주관하였을 때 모 두 새로운 도서가 증가하여 별도로 새로운 목록을 편찬하였다고 뭉뚱그려 설명하였을 뿐, 편찬한 것이 어떤 목록을 가리키는지는 확실하지 않다. 또한 謝靈運과 王儉은 비록 宋나라의 사람이나, 한 사람은 文帝 元嘉 시기(426)에 秘書監을 담임하였고, 또 한 사 람은 後廢帝 元徽 시기(473)에 목록을 완성하였는 바, 두 사람의

---

126) 唐 道宣, ≪廣弘明集≫ 권3.

차이가 근 50년이나 나니 함께 일을 하였다는 것은 가능하지 않다. 그러나 殷淳이 목록을 편찬한 것은 매우 확실하게 말하고 있는데, 소위 "宋秘書殷淳撰大四部目"이란 즉 元嘉 8년의 목록을 가리켜 말하는 것이라 하겠다. 한편 ≪古今書最≫는 ≪宋元嘉八年秘閣四部目錄≫ 1종을 기록하였으나 편찬자는 기록하지 않았다. 한편 ≪隋志序≫는 ≪七錄序≫와 ≪古今書最≫에 의거하여 또 그것을 혼합하여, "宋元嘉八年秘書監謝靈運造四部目錄"이라고 하고 있으니 실로 믿기 어렵다.

≪隋志序≫는 元嘉 목록에 수록된 서적이 대개 64,582권이라고 하였는데 이는 오류인 듯하다. ≪古今書最≫는 "元嘉 목록에 수록된 서적은 1,564질, 14,580권. 佛經 55질, 438권"이라 하였는데 그 주장이 이치에 가깝다. 東晉 李充이 穆帝 永和 5년(349)에 ≪元帝書目≫을 편찬할 때 四部는 불과 305질, 3,014권이었다. 이 元嘉 5년(428)을 전후한 근 80년은 또한 東晉 말의 변란을 겪었는데, 만약 ≪隋書志≫의 6만여 권으로 계산하면 거의 20여 배가 증가한 것이 되니 그것은 아마도 불가능한 것이라 하겠다. 만약 ≪古今書最≫의 1만 5천여 권으로 계산하면 5배 증가한 것이 되니 믿을 수 있을 만하다. ≪隋志序≫는 숫자상의 오류가 많은 바, 이 6만은 마땅히 1만이 되어야 할 것이다.

≪元嘉目錄≫은 비록 四部로 분류되나, 별도로 佛經의 부록이 있다. 그 四部의 아래에 하위부류가 있는지 그리고 각 서적에는 해제가 있는지 등 그 체재 문제는 자료가 부족하여 알기 어렵다.

後廢帝 元徽 연간은 劉宋의 목록사업이 중요한 성취가 있게 된 또 다른 시기이다. 元徽 元年에는 저명 목록학가 王儉이 ≪宋元徽元年四部書目≫과 ≪七志≫ 두 목록서를 동시에 주도하여 완성하

였다. 전자는 국가목록이고 후자는 개인목록이다. ≪南齊書·王儉傳≫은 그 상황을 다음과 같이 기록하였다.

> 王儉, 字 仲寶, 琅琊臨沂(지금의 山東) 사람이다. …… 秘書郎太子舍人의 직을 사임했다. 秘書丞으로 특진되었다. 表를 올려 서적을 교감하고, ≪七略≫에 의거하여 ≪七志≫ 40권을 편찬하여 상주하였는데, 문장이 매우 전아하였다. 또한 ≪元徽四部書目≫을 편찬하였다.(王儉, 字仲寶, 琅琊臨沂人也. …… 解褐秘書郎太子舍人. 超遷秘書丞. 上表校墳籍, 依≪七略≫撰≪七志≫四十卷, 上表獻之, 表辭甚典. 又撰定≪元徽四部書目≫.)

≪宋書·後廢帝紀≫에서도 다음과 같이 기록하였다.

> 元徽 元年 8월, 王儉은 그가 편찬한 ≪七志≫ 30권을 올렸다.(元徽元年八月, 王儉表上所撰≪七志≫三十卷.)

王儉의 목록사업에서의 공헌은 주로 劉宋 시기에 있었으나, 그는 宋·齊 두 왕조를 넘나든 인물이다. 그는 비록 劉宋 시기 일찍이 공주를 아내로 취하여 귀척에 속하였으나, 齊나라 高帝 蕭道成이 劉宋의 帝位를 탈환하는 정치 활동에 적극적으로 가담하였으며, 게다가 齊나라의 侍中, 尙書令, 中書監 등의 직을 맡았다. ≪南齊書≫의 본전을 보면, 王儉은 먼저 ≪七志≫를 편찬하고, 후에 ≪元徽四部目錄≫을 편찬하였다 하였는데, 그러나 梁 阮孝緖 ≪七錄序≫에는 "王儉은 또한 ≪別錄≫의 체재에 의거하여 ≪七志≫를 편찬하였다."(儉又依≪別錄≫之體撰爲≪七志≫.)라고 하였으며, ≪隋書序≫에도 말하길, "王儉은 또한 별도로 ≪七志≫를 편찬하였는데, ≪元徽書目≫이 앞에 있고 ≪七志≫가 뒤에 있었던 듯하다."(倧又別撰≪七志≫, 則似元徽書目在前而≪七志≫在後.)라고 하였다. 후대 학자는 이 두 목록서가 어느 것이 앞인지에 대해 각기 그 설이 다양하다. 필자는 두 서적이 元徽 元年에 동시에 편찬되었다고 생각되는데, 물론 의문이 없는 것은 아니나 두 서적의 권질 두께로 볼 때, 아마 ≪七志≫가 앞에 착수되고 중도에 또 ≪元徽書目≫의 편찬이 주도되어서 두 책은 상호 보완과 상호 영향의 관계에 있었던 듯하다. 소위 '又撰'이라는 것은 반드시 먼저 한 책을 편찬하고 다시 한 책을 편찬했다는 것만이 아니라, 또한 '그 외'라고 해석할 수도 있으니, 곧 이 책 외에 또한 이 책이 있다는 의미라 하겠다.

≪元徽書目≫은 淸人 章宗源의 고증에 따르면 4권이다.[127] 전체 서목은 四部分類의 편차에 따라 모두 2,020질, 15,074권을 수록하여,[128] ≪元嘉目錄≫이 수록한 서적과 차이가 크지 않는데, 그것은 아마 당시 국가장서의 등록부로서 큰 변화가 없었기 때문으로 추정된다. 이에 후대 학자가 그것은 ≪七志≫의 기초에서 四部分類에 따라 편찬한 簡目이라 주장한 것은 하등의 이유가 없었던 것이 아니라 하겠다.

≪七志≫의 성취는 ≪元徽書目≫을 크게 능가한다. 그것은 개인목록의 시작을 열었을 뿐만 아니라, 또한 목록사업을 위해 새로운 내용을 증가하였다. ≪隋書·經籍志序≫에는 그 체재에 대해 다음과 같이 기록하고 있다.

---

127) 淸 章宗源, ≪隋書經籍志考證≫ 史部簿錄.
128) 梁 阮孝緒, ≪古今書最≫(≪廣弘明集≫ 권3). 또한 ≪隋書序≫에서는 15,704권이라 하였다.

王儉은 또한 별도로 ≪七志≫를 편찬하였다. 1. 經典志: 六藝, 小學, 史記, 雜傳을 기록, 2. 諸子志: 古今의 諸子를 기록, 3. 文翰志: 詩賦를 기록, 4. 軍書志: 兵書를 기록, 5. 陰陽志: 陰陽圖緯를 기록, 6. 術藝志: 方技를 기록, 7. 圖譜志: 지역 및 도서를 기록. 道佛의 기록은 부록에 보이며 합하여 9條로, 작자의 의도는 말하지 않았으나, 서명 아래 각기 하나의 傳을 넣었다. 또한 9편의 조례를 지어 卷首에 편집하였으나, 문의가 얕아 전범은 아니다.(儉又別撰≪七志≫: 一曰經典志, 紀六藝·小學·史記·雜傳; 二曰諸子志, 紀古今諸子; 三曰文翰志, 紀詩賦; 四曰軍書志, 紀兵書; 五曰陰陽志, 紀陰陽圖緯; 六曰述藝志, 紀方技; 七曰圖譜志, 紀地域及圖書, 紀道佛附見, 合九條, 然亦不述作者之意, 但於書名之下, 每立一傳. 而又作九篇條例, 編乎首卷之中, 文義淺近, 未爲典則.)

이것은 ≪七志≫와 관련된 기록 중 비교적 상세한 것이다. 그러나 아직 완비되지는 못하였고, 또한 수정 논의를 해야 하는 부분도 있다.

≪七志≫의 체재는 분류상 고의로 魏晉 이래의 四分 구성법을 고쳐, 위로 ≪七略≫의 규칙을 계승하고자 하였으므로 任昉은 다음과 같이 말하였다.

元會 초에 처음 秘書丞으로 선발되어, 公會 荀勖의 ≪中經≫을 모으고 弘度 李充의 四部를 간행하였으며, 劉歆 ≪七略≫에 의거하여 또한 ≪七志≫를 편찬하였다.(元會初選秘書丞, 於是采公會之≪中經≫, 刊弘度之四部, 依劉歆≪七略≫, 更撰≪七志≫.)[129]

梁 阮孝緒 ≪七略序≫에서도 다음과 같이 말하였다.

王儉은 또한 ≪別錄≫의 체재에 의거하여 ≪七志≫를 편찬하였다.

---

129) 梁 任昉, ≪王文憲集序≫(≪昭明文選≫).

(又依≪別錄≫之體, 撰爲≪七志≫.)

　　任昉, 阮孝緖의 말로 볼 때, 王儉의 분류는 李充의 四部分類法
을 고치고 荀勗의 ≪中經新簿≫를 참고하였으며, 주로 劉向과 劉
歆 부자의 분류법에 의거하여 ≪七略≫의 部名을 약간 고쳤을 뿐
이다.

　　　　六藝略 - - -經典志
　　　　諸子略 - - -諸子志
　　　　詩賦略 - - -文翰志
　　　　兵書略 - - -軍書志
　　　　術數略 - - -陰陽志
　　　　方技略 - - -術藝志

　　이러한 개칭은 실제로는 ≪七略≫보다 명확하지 못하다. 이미
있는 상당한 수량의 史籍을 독립 부류에서 다시 經典志 속으로 끌
어넣었으므로, 발을 깎아 신발에 맞춘다는 비난을 면할 수 없다.
동시에 七分의 수가 부족하여 다시 <圖譜志>를 추가하고 원래
부록에 나누어져 있던 圖譜集을 1志로 하였다. 宋代 목록학가 鄭
樵는 이 志를 매우 추종하여 다음과 같이 말하였다.

　　劉歆의 ≪七略≫은 단지 서적을 수록하고 그림은 수록하지 않았다.
　　…… 오직 任宏이 兵書를 교감하여 圖 40권이 있어 ≪七略≫에 기
　　록하였고, …… 王儉은 ≪七志≫를 지었는데, 六志는 서적을 수록
　　하고, 一志는 전문적으로 圖譜를 수록하여, <圖譜志>라 하였다. 지
　　엽적인 것임에도 이런 저술이 있음은 뜻밖이다.(劉氏≪七略≫, 只收
　　書不收圖. …… 惟任宏校兵書, 有圖四十卷, 載在≪七略≫, ……
　　王儉作≪七志≫, 六志收書, 一志專收圖譜, 謂之≪圖譜志≫. 不意

末學而有此作也.)[130]

鄭氏는 순수하게 개인 입론을 위해서 역사적 근거를 찾았던 것이나, 실제 王儉은 ≪七志≫의 수를 맞추었을 뿐이니 바로 余嘉錫 선생이 아래에서 지적한 바와 같다.

王儉의 '圖譜' 一志는 맨 처음 鄭樵가 말하였으나, 실제는 각 서적의 圖로서 본래는 부류에 따라 부록으로 넣었던 것을 王儉이 다만 7편의 수를 편성하기 위해 이 志를 세웠을 뿐이고, 鄭樵가 말하는 바와 같지 않다.(王儉圖譜一志, 最爲鄭樵所稱, 實則各書之圖, 本可隨類附入, 儉第欲足成七篇之數, 故立此志耳, 未必如樵所云云也.)[131]

실제 ≪七志≫는 다만 7부류인 것이 아니라, 그 뒤에 또한 부록 2부가 있으므로 9부가 된다. ≪隋志序≫는 "그 道·佛이 부록으로 보이니 합해 9조가 되었다."(其道佛附見, 合爲九條)라고 하였는데, 즉 道經錄, 佛經錄을 2附錄으로 한다는 것이며, 기타 일부 목록서 또한 이 설과 대부분 같다. 그러나 필자는 ≪七錄序≫ 중 한 부분이 줄곧 소홀시되었다고 생각되는데, 즉 "그 외 또한 ≪七略≫ 및 兩漢 ≪藝文志≫, ≪中經簿≫에서 빠진 서적과 또한 方外의 佛經, 道經을 정리하여 각기 하나의 부록으로 하였다."(其外又條≪七略≫及兩漢≪藝文志≫·≪中經簿≫所闕之書, 幷方外之佛經·道經, 各爲一錄.)라는 말이다. 이 말의 의의는 매우 분명하다. 한 부록은 晉 ≪中經≫ 이전 각 목록서의 闕書目錄으로서, 그 중에는 누락된 것도 있고 또한 후에 나온 것도 있으니, 이것이 바로 ≪今

---

130) 宋 鄭樵, ≪通志·圖譜略≫.
131) 余嘉錫, ≪目錄學發微≫ 10 <目錄類例之沿革>.

書七志》 명칭의 유래이다.[132] 소위 '今書'는 그 당시의 저술을 가리키는 것으로서, 이런 기록 방법은 기록의 범위를 확대하였으며, 또한 후대에 전적의 存佚을 검색하는 데에 편리함을 제공하였다. 다른 한 부록은 道佛經錄이다.

《七志》는 또한 《七略》의 <輯略>을 모방하여, 책머리에 9편의 조례를 차례로 써서 각 부의 小序로 삼았다. 《隋書序》는 이 9편의 조례가 "문의가 얕아 전범이 아니다."(文義淺近, 未爲典則)라고 평론하였다. 본서가 이미 일실되었기에 그 是非를 정하기는 어렵다. 비록 이러하나, 王儉이 西漢 이래 小序가 없는 목록서의 형태를 바꾸어, 劉向과 劉歆 부자의 학술을 변별하는 전통의 공헌을 회복한 것은 마땅히 긍정할 만하다. 그러나 그는 서록의 좋은 규범을 올바르게 계승하지 못하였으니, 이른바 '작자의 뜻을 서술하지 않은 것'(不述作者之意)이 그 부족한 부분이다. 한편 그는 서명 아래에 각 傳을 세워[133] 解題目錄의 체재 중에서 傳錄體를 개설하였는 바, 그 창신이 있었음은 부인할 수 없겠다.

《七志》의 권수는 각 서적의 기록마다 다른데, 《南齊書》 본전은 40권이라 하였다. 《宋書·後廢齊紀》는 30권으로 기록하였다. 《隋書·經籍志》는 《今書七志》라고 표제하고 70권이라 하였으며, 《新唐志》도 70권이라 하고 梁 賀蹤의 補注가 있다고 하였다. 원서가 이미 일실된 까닭에 확실한 권수를 알 수 없으므로,

---

132) 宋 鄭樵, 《校讎略·編次必記亡書論》: "王儉은 《七錄》을 짓고, 또한 劉歆의 《七略》 및 兩漢의 《藝文志》와 魏 《中經簿》에서 빠진 서적을 정리하여 一志로 만들었다."(王儉作《七志》已, 又條劉氏《七略》及二漢《藝文志》, 魏《中經簿》所闕之書爲一志.) 이 '一志'는 즉 《七志》의 부록이며, 그가 그 전대의 이 목록에서 빠진 서적을 보충하여 넣었다는 것은 즉 王儉이 본 당시의 저술이라는 것인 바, 그래서 《七志》는 《今書七志》라는 명칭이 있게 되었다.

133) 《隋書·經籍志序》.

마땅히 본전에 의거해야 할 것이다. 70권의 설에는 2가지의 경우가 있는데, 하나는 ≪隋志≫가 40권과 30권을 합해 70권이라 오해한 것이 그 세 숫자가 우연히 일치하였기 때문일 것이고, 또 다른 하나는 아마 賀蹤의 補注에 의해 권수가 증가되었기 때문일 것이다.

결국, ≪七志≫는 비록 類例가 불명하고 論辨이 부족하다는 등의 결점이 있으나, 그것이 개인목록이고 今書를 기록하였으며 입전을 창립한 것은 모두 전대에는 없던 것이다. 이것은 王儉의 목록학 연구의 성취이며, 또한 劉宋 시기 목록 사업의 커다란 발전이라 하겠다.

(2) 齊의 목록사업

齊는 宋을 계승하여 나라를 세웠으나 날마다 기울어졌다. 장서의 증가가 많지 않았으며, 목록사업도 흥성하지 못했다. 阮孝緖 ≪七錄序≫에서는, "齊 秘書丞 王亮, 秘書監 謝朏 등은 모두 새로운 서적이 있어서 다시 목록을 편찬하였다."(齊秘書丞王亮, 秘書監謝朏等, 并有新進, 更撰目錄.)라고 하였으나, 그것이 어떤 목록인지 분명하게 말하지는 않았다. ≪古今書最≫는 "齊 永明 元年 秘閣의 四部目錄은 5천 권이 증가되어 모두 2,332질, 18,010권이다."(齊永明元年秘閣四部目錄, 五千新足, 合二千三百三十二帙, 一萬八千一十卷)라고 기록하였다. 소위 '五千新足'의 뜻은 새로 증가한 도서가 5천 권으로, 그것을 합쳐 18,010권이라는 것인 바, 宋 元徽의 목록이 수록한 15,000여 권에 비하면 증가된 것이 근 3천 권에 불과하니, 宋·齊 연간에 산일된 도서가 2천여 권이라 하겠다. ≪隋志序≫는 비록 阮孝緖의 설을 계승하였으나 <經籍志>

에는 이 목록을 기록하지 않았으며, ≪南史≫ 王亮, 謝朓의 본전을 살펴보면 王亮은 字가 奉叔으로 齊에 벼슬하여 秘書丞을 담당하였고, 謝朓은 字가 敬冲으로 齊에 벼슬하여 秘書監을 맡았다고 되어 있으나, 목록을 편찬한 일은 기록하지 않았다. 永明의 목록은 특출한 성취가 없었기에 史家들이 이 일을 史傳에 넣지 않았으며 목록가도 기록하지 않았음을 알 수 있다. 南齊는 목록사업에 어떠한 공헌도 하지 못했다고 말할 수 있다.

(3) 梁의 목록사업

梁은 南朝의 문화가 가장 발달한 시기로서 도서목록 사업에도 현저한 발전과 성취가 있었다. 齊·梁 연간 도서의 손실은 비교적 심하였다. ≪隋志序≫는 이 손실 상황에 대해 "齊末의 兵火로 秘閣이 연소되어 經籍이 사라졌다."(齊末兵火, 燃燒秘閣, 經籍遺散) 라고 하였다. 梁 武帝는 건국 후, 특별히 도서의 수집과 典藏 그리고 정리를 중시하였다. 文德殿에 23,106권의 여러 서적을 차례로 정리했을 뿐 아니라, 또한 華林園에는 불교경전을 집중시켜 저명학자 任昉에게 친히 정리 작업을 주도하도록 하였다. 그리고 이본을 광범위하게 모아 장서를 교정하였으며 任昉이 직접 교수를 하였다. 그리하여 원래 편, 권이 어지러웠던 복잡한 상황이 크게 변하여 목록이 완성되었다.[134] 이는 목록을 편찬하기 위한 좋은 기틀을 마련하였다.

---

134) ≪梁書≫ 권14 <任昉傳>. 案: 任昉이 이미 목록 편찬을 정리하였다고 하는 것은 목록서를 편찬하였을 가능성이 매우 크다. 汪辟疆의 ≪目錄學研究≫에서 일찍이 "劉孝標 ≪文德殿四部目≫ 이전에 아마 任昉이 친히 편찬한 ≪秘閣目錄≫이 있었을 것이다."(劉孝標文德殿四部目以前似尙有任昉躬自部集之秘閣目錄矣.)라고 한 것은 자못 식견이 있어 보인다.

梁의 목록사업은 南朝에서 매우 번성하였다. 그것에는 國家目錄, 私家目錄뿐만 아니라 또한 專門目錄이 있다.

梁의 국가목록으로는 후대의 기록에 근거하면 3부가 있다.

① ≪天監四年四部書目≫: 이 목록은 두 ≪唐志≫에 4권으로 기록되어 있으며 丘賓卿의 편찬으로 되어 있다. 余嘉錫 선생은 고증하길, "丘賓卿은 ≪梁書≫ 및 ≪南史≫에 모두 傳이 없어 어떤 사람인지 모른다. 이 목록은 실제 ≪隋志≫에 기록된 劉孝標 ≪梁文德殿四部目錄≫이며, 丘賓卿은 또한 校書學士의 한 사람이다."[135] 라고 하였다. 또한 ≪古今書最≫ 중에 열입된 ≪梁天監四年文德正御四部及術數書目錄≫은 도합 2,968질, 23,106권이다. 이 목록의 편찬자 劉孝標는 본명이 法武로 후일 개명하여 峻이라 하였으며 平原 사람으로서, 梁 天監 중에 學士 賀蹤과 秘書를 典校하였다.[136] ≪隋志≫에서 이 文德殿의 목록을 四部라고 기록한 것은 불확실한 것인데, 왜냐하면 그 術數의 서적이 이미 별도로 數學家 祖暅에 의해 전문목록으로 편찬되었으므로 사실상 5부 목록이라 하겠는 바, 따라서 ≪古今書最≫에 기록된 전체 서명이 가장 완비하고 타당하다 할 것이다.

② ≪梁天監六年四部書目錄≫ 4권. ≪隋書·經籍志≫ 簿錄類에는 "梁 殷鈞 撰"이라고 표제하여 기록하였다. ≪古今書最≫에서는 "梁 秘書丞 殷鈞이 편찬한 ≪秘閣四部目錄≫은 文德殿 서적보다 적어 그 서적량을 기록하지 않았다."(梁秘書丞殷鈞撰≪秘閣四部目錄≫, 書少於文德殿書, 故不錄其數也.)라고 하였다. 그러나 ≪隋志序≫에서는 "梁나라는 秘書監 任昉·殷鈞의 四部目錄

---

135) 余嘉錫, ≪目錄學發微≫ 8, <目錄學源流考證> 中.
136) ≪南史≫ 권49 <劉峻傳>, ≪梁書≫ 권50 <文學傳>.

이 있다."(梁有秘書監任昉, 殷鈞四部目錄)라고 하였으니, 아마 任昉과 殷鈞이 합찬한 것인 듯하다. ≪梁書≫ 任昉傳을 살펴보면, 다만 그가 "손수 교수하였다."(手自讎校)라는 말이 있는바, 목록을 편찬하였을 가능성이 있으나, 역사서에는 기록되어 있지 않다. 그리고 ≪南史≫ 殷鈞傳에는 다음과 같은 명확한 기록이 있다.

> 殷鈞은 字가 季和, …… 梁武帝는 …… 딸 永興 공주를 鈞에게 시집보내었으니, 그는 駙馬都尉로 배수되었다. 秘書丞을 역임하고, 벼슬에 있을 때 秘閣의 四部書를 펼쳐 교정하고 또한 목록을 편찬하였다. 그리고 詔를 받들어 檢西省의 法書와 古迹을 조사하여 品目을 열거하였다.(殷鈞字季和, …… 梁武帝 …… 以女永興公主妻鈞, 拜駙馬都尉. 歷秘書丞, 在職啓校定秘閣四部書, 更爲目錄. 又受詔料檢西省法書古迹, 列爲品目.)

이렇게 殷鈞은 도서의 종합목록을 편찬하였을 뿐 아니라 또한 예술품 전문목록도 편찬하였다. ≪隋志序≫에서는 任昉과 함께 병론하면서 아마 그의 명성이 크고 지위가 높았기에 그 이름을 먼저 열입하였을 것이다.

이 목록은 수록된 책이 얼마인지는 모르지만 ≪文德目錄≫보다는 적음을 알겠으니, 이를 통해 이 목록은 ≪文德目錄≫ 후에 편찬되었음을 알 수 있다.

③ ≪梁東宮四部目錄≫ 4권, 劉遵 撰. ≪隋志≫ 簿錄類에 이 목록이 기록되어 있다. 편찬자 劉遵은 字가 少陵이고, 太子中庶子를 지냈다. ≪南史≫에 傳이 있다. 傳 중에는 목록을 편찬한 일이 기록되지 않았다. 그 題名에 의거할 때 太子의 장서를 위해 편찬된 목록인 듯하다.

私家目錄은 梁에 이르러 거의 비교적 보편화된 듯한데, 대개 장서가 있으면 곧 목록이 있었다. 阮孝緖는 ≪七錄≫을 편찬하며 대부분 여러 학자의 개인 서목에 근거하였는 바, ≪七錄序≫ 중에는 특별히 그 일을 들어 다음과 같이 말하였다.

> 대개 宋·齊 이래로, 王公과 搢紳의 館에서는 서적을 수집 보관하면서 필히 그 명부를 생각하게 되었다.(凡自宋齊已來, 王公搢紳之館, 苟能蓄集墳籍, 必思致其名簿.)

梁代 가장 이른 개인목록은 任昉의 목록으로, 任昉은 梁初의 저명학자이다. 그는 1만여 권의 서적을 소장하였는데 대개 이본이 많았으며, 사후 梁 武帝는 沈約과 賀蹤을 파견하여 그 서목을 교정하게 하고, 국가장서에 없는 일부 도서를 가져오게 하였다.[137] 이 沈約과 賀蹤이 조사한 서목은 任昉의 개인장서 서목임이 틀림없으나, 안타깝게도 전해지지는 않았다. 한편, 후대에 그 개괄적인 내용을 대강 알 수 있고 또한 중요한 영향이 있는 유명한 개인목록으로는 阮孝緖의 ≪七錄≫을 들 수 있다.

阮孝緖는 字가 士宗이고 尉氏人이다. 劉宋 말년에 태어나 梁 大同 2년(479~536)에 죽었다. 그가 목록사업에 종사한 것은 주로 梁 普通 시기이다. 그는 과거의 목록학가와 크게 다르다. 劉向과 劉歆 부자에서 王儉에 이르기까지는 거의 모두 비교적 두드러진 정치적 지위를 지니고 있어서, 국가장서를 얼마든지 볼 수 있었고 개인장서도 풍부하였으며 또한 조수가 함께 정리하여 목록을 완성하였기에 비교적 용이하였다. 그러나 阮孝緖는 '處士'로 불린, 결코 정치적 지위가 없는 보통의 학자로서 많은 필수적인 물질 조건이

---

137) ≪梁書≫ 권14 <任昉傳>.

부족하였기에, 그는 최대한 전대 사람들의 성과를 활용하여 총괄 계승하였으므로 그의 목록사업에 대한 공헌은 응당 더욱 고귀한 것이라 하겠다. 그는 일찍이 그 험난한 학술 연구와 서적 편찬의 과정을 다음과 같이 자술하였다.

> 나는 어려서 서적을 좋아하여 자라서도 지치지 않았으며, 병들어 누어 한가로울 때도 주위에 먼지가 앉지 않았다. 아침 해가 뜨면 일어나니 담황색 보자기가 이미 열렸고, 저녁이 되면 서책을 나누어 넣어 녹색 책갑을 닫았다. 마치 부류를 깊이 연구하고 그 오묘함을 다 탐구하지 못한 듯하였다. 각 기록을 파헤쳐 살펴보니 부족한 것이 많았다. 그 遺文을 한쪽에 기록하여 자못 수집하기를 좋아했다. 대개 宋齊 이래 王公과 搢紳의 館에서는 서적을 수집 보관하면서 필히 그 명부를 생각하게 되었다. 무릇 맞닥친 것이 보고 들은 듯하면 官目에서 교감하고, 누락이 많으면 總集의 여러 문인에 의거하여, 다시 새로운 목록을 만들게 되었다. 그 범위는 經史에서 術技까지 합해 5錄이며 內篇이라 하고, 그 밖의 佛道는 각 1錄으로 外篇이라 한다. 대개 기록된 것이 7편이므로, 고로 ≪七錄≫이라 명한다.(孝緖少愛墳籍, 長而弗倦; 臥病閑居, 傍無塵雜. 晨光才啓, 緗囊已散; 宵漏旣分, 錄帙方掩. 猶不能窮究流略, 探盡秘奧. 每披錄內省, 多有缺然. 其遺文隱記, 頗好搜集. 凡自宋齊已來, 王公搢紳之館, 苟能蓄集墳籍. 必思致其名簿. 凡在所遇, 若見若聞, 校之官目, 多所遺漏, 遂總集衆家, 更爲新錄. 其方內經史至於術技, 合爲五錄, 謂之內篇; 方外佛道, 各爲一錄, 謂之外篇. 凡爲錄有七, 故名≪七錄≫.)[138]

≪七錄≫의 체재와 편찬 의도는 비록 원서가 이미 일실된 까닭에 전부 이해할 수 없으나, 다행인 것은 ≪廣弘明集≫ 권3에 ≪七錄序≫와 부록된 ≪古今書最≫가 보존되어 있어, 후인들이 ≪七錄≫의 기본 상황을 알 수 있도록 해 주며, 또한 梁 이전의 목록사

---

138) 梁 阮孝書, ≪七錄序≫.

업에 대해서도 윤곽을 대략 알 수 있게 하여, 고전목록학 연구의
중요한 참고문헌이 되었다. 阮孝緖가 편찬한 ≪七錄≫은 고대목록
사업과 고전목록학의 연구에 대해 매우 큰 공헌을 하였다. ≪七錄
序≫에 근거하면 이 책의 기본 체재와 편찬 이유의 대략적인 상황
은 다음과 같다.

① ≪七錄≫의 체재는 주로 劉歆 ≪七略≫과 王儉 ≪七志≫를
   참작하여 스스로 새로운 체례를 정하였다.

② ≪七錄≫은 內外篇으로 구분되는데, 內篇은 <經典錄>, <記
   傳錄>, <子兵錄>, <文集錄>, <術技錄> 5錄, 外篇은
   <佛法錄>과 <仙道錄> 2類가 있다. 전체 목록은 모두 12
   권이다.

③ ≪七錄≫은 모두 55부, 6,288종, 8,547질, 44,526권의 서적을
   수록하였다.

④ ≪七錄≫은 梁 普通 4년 仲春에 편찬되었다. 편찬 과정 중
   에 일찍이 그의 친구 劉杳의 사심 없는 도움이 있었다.

또한 ≪七錄≫의 특색과 주요 성취는 다음과 같다.

① ≪七錄≫의 목록 편찬의 조건은 과거와 다르다. 이전의 목록
서는 대부분 국가 장서로 편찬한 것으로서, 설령 王儉의 ≪七志≫
가 비록 개인목록에 속한다 하나, 그것은 ≪元徽書目≫을 편찬할
때 이루어진 것이며 또한 도서를 주관하는 직권상의 편의가 있었
기에 도서 이용이 편리하였다. 반면, 阮孝緖는 이러한 조건을 갖추
지 못하고 그는 오직 개인 장서가의 목록과 '官目'에 근거하여 목
록을 정리 편찬하였다. 官私目錄의 상호 교감을 통해 "官目이 많
이 누락되었음을 발견하고서 여러 학가를 총집하여 다시 새로운
목록을 만들었다."(官目多所遺漏, 遂總集衆家, 更爲新錄.) 이것은

≪七錄≫이 전대의 목록성과를 계승하고 총괄한 비교적 완비된 종합목록임을 설명한다. 전대의 목록을 연구하는 발단을 열어, 단순히 장서를 등록하는 국면에서 벗어났다.

② ≪七錄≫은 분류상에서 새로움이 있다. 그것은 도서 수량의 현실에서 출발하여, 史籍을 다시 부속의 지위에서 독립부류로 끌어올려 전문적으로 <記傳錄>을 세웠다. 동시에 부류의 하위에 또한 세부 분류를 나누어 분류학의 발전을 추진하여 후대의 분류에도 중요한 영향을 주었다. 즉 <記傳錄> 아래 분류된 12가지 세부 분류는 비록 이후 분합과 이름이 바뀌는 차이가 있었지만, 그것은 四部를 세분하는 시작이 된 중요한 참고 가치가 있다. ≪隋志序≫에서도 그것의 분류를 긍정하여, "그 구분과 서목은 자못 질서가 있다."(其分部題目, 頗有次序.)라고 하였다.

③ ≪七錄≫은 여러 도서 4만여 권을 총괄하고 모두 비교 검토하여 주요 주제를 분명하게 드러내었으며, 작자의 事迹과 도서의 유전 상황을 소개하였다. 비록 ≪隋志≫의 總序에서 그것을 비평하여, "辭義를 분석함이 얕고 깊지 못하다."(剖析辭義, 淺薄不經)라고 하였으며, <簿錄類>의 序 중에서도 그것은 "대체로 劉向과 劉歆을 표준으로 하였으나 그것에 이르지는 못하였다."(大體雖準向歆, 而遠不逮也.)고 하였지만, 阮孝緒가 내적으로 권질이 부족하였고 도움을 주는 조수가 없었음을 생각하지 않을 수 없으니, 즉 장서가 적고 조수가 없는 조건 아래에서 애써 劉向과 劉歆 부자의 서록 전통이 일군 노력을 회복하고자 한 그 정신은 고귀한 것이며 그 성취는 긍정할 만하다 할 것이다.

④ ≪七錄≫의 七分과 분류 명칭은 상당한 연구를 거쳐 확정된 것으로서, 이것은 序 중에도 비교적 상세하게 설명되어 있다. 그것

은 王儉이 ≪七志≫라고 명하고서는 실제는 9쿨류로 한 것과 같이 억지스럽지 않다. 그것은 ≪文德殿五部目錄≫ 체례에 근거한 도서를 五錄으로 나누어 內篇으로 하고, 佛法·仙道 2錄을 外篇으로 하였는데, 佛道를 附錄의 의미로 나열한다고 표명하고서 확실히 7부류로 나누었으니, 명실이 일치한다 하겠다.

⑤ 阮孝緖는 스스로 ≪七錄≫의 도서 수록이 광범위하다고 하며 천하의 遺書와 秘記가 거의 여기에 다 있다고 하였다. 그 수록된 4만 4천여 권은 ≪文德殿書目≫에 수록된 2만 3천여 권에 비해 2만 1천여 권이 증가하였으니, 거의 2배에 가깝다. 阮氏의 말이 자기 과시가 아님이 확실하다. 南北朝의 이 혼란한 시기에 阮孝緖가 비교적 좋지 않은 조건 아래에서 독자적으로 이렇게 수집이 비교적 완벽한 도서목록을 완성하였다는 것은 확실히 고대의 목록사업에서 중대한 성취라 하겠으며, 고전목록학에 더해서도 또한 응분의 공헌을 하였다고 할 것이다.

阮孝緖 및 그 ≪七錄≫의 공헌과 성취를 긍정하는 동시에 필자는 이 사업에서의 劉杳의 공적을 홀시할 수 없다고 생각한다. ≪梁書·文學傳≫에는 劉杳의 생평을 다음과 같이 기록하였다.

劉杳는 字가 士深이고 平原人이다. 어려서 배우기를 좋아하여 여러 서적을 두루 섭렵했다. 沈約과 任昉 이후, 매번 없어진 것이 있으면 모두 그를 찾아가 물었다. 어려서부터 장년까지 많은 저술이 있는데, ≪古今四部書目≫5권이 편찬되어 널리 유행하였다.(劉杳, 字士深, 平原人也. 少好學, 博綜群書. 沈約, 任昉以下, 每有遺忘, 皆訪問焉. 自少至長, 多所著述, 撰≪古今四部書目≫五卷行世.)

劉杳의 이 ≪古今四部書目≫ 5권은 편질이 적고 후대의 기록에는 보이지 않는데, 아마 자료를 수집하는 과정에서의 초고가 필사되어 세상에 알려진 것이 아닌가 한다. 이것은 마땅히 梁나라 개인목록의 한 종류라고 할 만하다. 당시 劉杳는 阮孝緒가 이미 ≪七錄≫을 편찬하기 시작하였음을 알고서는 조금도 주저하지 않고 자기가 필사한 자료 초고를 전부 阮孝緒에게 주어서 ≪七錄≫을 도와 완성하게 하였을 것이다. 阮孝緒도 劉杳의 공을 묻어 두지 않고, 그 序에 다음과 같이 기록하였다.

> 전문가인 平原사람 劉杳는 余游를 따랐는데 그 일화에 따르자면, 劉杳는 志를 오래전부터 모았으나 집필은 하지 않다가, 余游가 이미 먼저 저술하였다는 것을 듣고서는 뜻이 부합함을 기뻐하였다. 초록한 문집은 서로 함께 참여한 것이기에, 그 견문이 넓어지고 실제 효력이 있게 되었다. 이는 또한 康成 鄭玄이 傳釋을 하면서 그의 아들 愼의 서적을 귀납시킨 것과 같다.(通人平原劉杳從余游, 因說其事. 杳有志積久, 未獲操筆, 聞余已先著鞭, 欣然會意, 凡所抄集, 盡以相與, 廣其聞見, 實有力焉. 斯亦康成之於傳釋, 盡歸子愼之書也.)

劉杳가 그가 모은 것을 숨기지 않은 것은 성인의 아름다운 미덕이 학자의 가슴에서 표출된 것이라 하겠다. 대저 ≪七錄≫을 언급하면 이것을 서술해야 마땅하나, 안타깝게도 어떠한 관련 저작도 劉杳의 이 공적에 대해서는 응당한 평가를 해 주지 않았다.

梁의 목록사업에 대한 또 다른 중요한 공헌은 佛錄과 같은 專門目錄의 편찬이다. 佛錄의 편찬은 魏晉 시대부터 시작되었으며, 그 중 유명한 것으로는 東晋의 승려 道安이 편찬한 ≪綜理衆經目錄≫이 있으나, 모두 이미 일실되었다. 현존하는 가장 이른 佛經目錄은 梁나라 승려 僧佑가 편찬한 ≪出三藏記集≫이다. 釋僧佑는 宋 元嘉 22년에 태어나 梁 天監 17년에 죽었으니 향년 74세였다. 그는

南朝의 명승으로 일찍이 저명 문학비평가인 ≪文心雕龍≫의 작자 劉勰과 함께 10여 년을 거처하였다. 그가 지은 ≪弘明集≫에는 南朝 興佛과 反佛 투쟁의 중요 자료가 보존되어 있다. 그리고 ≪出三藏記集≫은 저명한 전문목록이다.

≪出三藏記集≫ 15권은 중국 佛家의 經·律·論 三藏 각 서적을 번역한 목록이다. 그것은 목록학 편찬체재의 새로운 방식을 열었는데, 즉 總序 외에 또한 緣起, 詮名錄, 總經序, 述列傳의 4부분을 기술하여 분류 편찬하였으며, 그 중 總經序 부분은 각 經의 前序와 後記를 집록하여 譯經의 경로와 내용을 알 수 있게 해 주는 解題와 提要의 작용을 한다. 또한 전문목록의 창립 체재가 된 淸 朱彝尊의 ≪經義考≫는 이것을 모방하여 각 經의 序跋을 기록하였다. 述列傳 부분은 譯經人의 生平을 분류 기록하였고, 대부분 세속과 교류한 자료를 언급하고 있어서, 魏晉 이래 史傳의 참고가 된다 하겠다.

≪出三藏記集≫은 또한 일부분 魏晉 이래 학자의 저작 자료를 보존하는 작용을 한다. 釋道安의 ≪綜理衆經目錄≫을 예로 들자면, 釋僧佑의 인용으로 말미암아 후인들은 이 일실된 불경의 체재가 '먼저 서명을 기술하고 번역의 우열을 설명하고 시기를 표명한' (始述名錄, 詮品譯才, 標列歲月), 즉 譯書의 수준을 중점으로 평론한 목록서임을 알 수 있게 되었다. 또한 각 經序는 六朝의 유명학자의 손에서 나온 것이 많은데, 淸代 嚴可均은 ≪全南北朝文≫을 집일하며 이 책의 卷7을 모두 모아 넣었다. 그 저록된 佛經은 또한 후대 史志目錄을 보충하는 자료가 되었다. 陳垣 선생의 ≪中國佛敎史籍槪論≫은 이 서적이 역사를 증명해 주는 작용을 잘 갖추고 있다고 평론하며 전체 서두에 기록하였다. 그러므로 이 서적은

진실로 후대에 중요한 영향과 작용을 갖춘 목록학 명저로서 梁의 목록사업에 광채를 더했다 할 것이다.

梁은 元帝에 이르러 도서가 매우 많아졌는데, 元帝가 수도를 세운 江陵에 집중된 서적이 십 수만 권이었으나,[139] 이런 도서는 北周가 江陵을 격파할 때 전부 불에 타서 그 대량의 도서는 큰 재난을 맞게 되었다. 목록사업도 梁朝가 갑자기 멸망하면서 더 이상 이루어지지 못하였다.

(4) 陳의 목록사업

梁末 도서의 훼손이 심해진 탓에, 陳朝는 비록 도서 수집을 하였지만 여전히 누락된 것이 매우 많았으며, 또한 도서의 질량도 매우 낮아 소위 지묵이 깨끗하지 못하고 서적도 졸악하였고,[140] 게다가 국세가 쇠락하여 한편으로 기울었으니, 목록사업은 돌아볼 겨를이 없었으므로 南朝 중 성취가 가장 낮은 시기가 되었다. ≪隋書·經籍志≫의 기록에 근거하면, 陳의 국가목록으로는 4종이 있다.

① ≪陳秘閣圖書法書目錄≫ 1권, 편찬자 불명. 이 목록은 당시 書畵를 기록한 전문목록이다.

② ≪陳天嘉六年壽安殿四部目錄≫ 4권, 편찬자 불명. 이 목록은 陳 文帝 天嘉 연간의 도서 수집 후 편찬된 것이나 과거에 비해 누락된 것이 많아, ≪隋志序≫는 특별히 "陳 天嘉 중 또다시 모았으나, 그 목록을 살펴보면 없어진 것이 너무

---

139) 元帝가 모은 서적의 수는 기록마다 다르다. ≪金樓子≫에서는 8만으로 되어 있고, ≪隋志≫에서는 7만여 권이라 하였으며, ≪通鑑≫ 권165에서는 14만 권, ≪南史·元帝紀≫와 ≪北齊書·顏之推傳≫은 모두 10여만 권이라고 하였다. 余嘉錫 선생은 10여만 권이라고 고증하였는데, 여기서는 余嘉錫 선생의 설을 따랐다.

140) ≪隋書·經籍志序≫.

나 많다."(陳天嘉中, 又更鳩集, 考其篇目, 遺闕尙多.)라고 표
명하였다.

③ ≪陳德敎殿四部目錄≫ 4권. 편찬자 불명.

④ ≪陳承香殿五經史記目錄≫ 2권. 편찬자 쿨명.

마지막 두 목록은 아마 分藏 도서의 전문목록일 것이다.

5. 北朝의 校書와 目錄

北朝는 南朝와 병존하며 北方의 광대한 지역을 점거한 몇 개의
少數民族 정권을 가리키는 말이다. 그들은 漢族 통치정권으로부터
통치 경험을 흡수하고, 또한 漢族의 여러 가지 封建文化의 영향을
받아들였다. 비록 도서목록 사업은 현저한 발전은 없었으나, 일부
수집과 정리의 작업을 하였다. 그것은 대개 北魏, 北齊, 北周이다.

(1) 北魏의 목록사업

北魏는 北朝의 漢文化의 정도가 비교적 높은 왕조이다. 그것은
건국의 시작에서부터 道武帝가 博士 李先의 "經書와 三皇五帝의
통치 전적이 있어야만 王의 神智를 보충할 수 있다."(唯有經書三
皇五帝治化之典, 可以補王者神智.)라는 건의를 받아들여, 도서를
수집할 것을 명령했기 때문이다.[141] 孝文帝에 이르러 鮮卑人의 漢
化 정책이 적극적으로 추진되었다. 그는 洛陽으로 천도 후, 北魏의
결핍된 도서 상황을 검사하도록 명하고 ≪魏闕書目錄≫ 1권을 편

---

141) ≪魏書≫ 권33 <李先傳>.

정하였으며, 南齊에 가서 그 목록에 의거하여 책을 빌렸다. 南齊의 장서본이 풍부하지 않았음에도, 北魏가 오히려 그들에게서 부족한 서적을 구했다고 하니, 北魏 장서의 적음을 상상하고도 남음이 있겠다. 이 ≪魏闕書目錄≫은 北朝에서 유일하게 기록이 보이는 목록이며, 또한 北魏 목록사업의 유일한 공헌으로 삼을 수 있는 표지이다. 宣武帝 시기 秘書丞 孫惠蔚는 일찍이 상소하여 도서를 수집하여 정리할 것을 청구하며 상당한 규모의 교서 활동을 시작하였다. 이 교서는 殘缺을 보충하고 定本을 교정하는 성취를 얻었으나, 교서의 모든 성과를 국가목록으로 응집시키지는 못했다. 史傳 중에도 목록편찬 작업의 기록은 남아 있지 않다. 그러나 孫惠蔚의 이 奏疏는 고대 도서사업에서 중요한 참고문헌이 되며, 더욱이 관심을 기울일 만한 것으로는 상소문에서 일찍이 "신은 전대의 丞相 盧昶이 편찬한 ≪甲乙新錄≫에 의거하여 청하길 ……."(臣請依前丞臣盧昶所撰≪甲乙新錄≫…….)이라고 하였는바, 孫惠蔚가 확실히 일찍이 국가서목을 보았음을 알 수 있다는 것이다.[142] 盧昶이 목록을 편찬한 일은 그의 曾祖인 ≪魏書·盧玄傳≫에서는 한 글자도 언급되지 않았지만, 孝文帝 시기에 秘書丞을 담임하였다고 말하고 있는 바, 盧昶이 ≪甲乙新錄≫을 편찬한 것은 마땅히 孝文帝 시기가 될 것이다. 孝文帝 시기 ≪闕書目錄≫을 제작하여 南齊에서 서적을 빌렸다면, 그 일이 있기 전에 앞서 이미 편찬된 서목이 있어서 闕書된 것을 알 수 있었다는 것이므로, 그 뜻이 매우 분명해진다. 따라서 ≪甲乙新錄≫의 서목은 아마 그 편찬의 작업이 확실히 있었다고 하겠다. 소위 甲乙을 荀勖의 甲乙이라고 하는 것은 北魏와 東晉은 결렬되어 있었으므로 甲乙은 李充의 '經史' 순서

---

142) ≪魏書≫ 권84 <儒林·孫惠蔚傳>.

가 아니라, 荀勗의 '經子' 순서가 되는 것이다. ≪甲乙新錄≫은 아마 經子目錄일 것인데, 혹자는 盧昶이 관직을 옮긴 까닭에 四部目錄으로 완성되지 못하여 ≪甲乙新錄≫은 미완고가 되어 세상에 전해지지 못하였고 또한 여러 기록에서도 보이지 않는 것이라고 하였다. 그러나 이 목록은 北魏의 목록사업에 중요한 내용을 증가시켰다.

(2) 北齊의 목록사업

北齊 文宣帝는 天保 7년에 일찍이 太子에게 독서를 제공하기 위해 樊遜 등 11인에게 여러 서적을 교정할 것을 명하였으나,[143] 목록 편찬의 여부는 史傳의 기록에는 보이지 않는다. 淸代학자 牛弘의 ≪請開獻書之路表≫ 중에서는 일찍이 "高氏는 山東에 근거지를 세워 초기에 서적을 수집하여 그 본래 목록을 검열하였으나 잔결이 많은 듯하다."(高氏據有山東, 初亦采謗, 驗其本目, 殘缺尤多.)[144]라고 하였다. '그 본래 목록을 검열하였다'는 말은 牛弘이 高帝가 편찬한 국가목록을 친히 보고, 그 殘闕을 복안하였다는 것이다. 이렇게 北齊에도 그들의 목록사업이 있었다. 唐代의 사학가 劉知幾는 ≪史通≫에서 北齊 시대 宋孝王이 일찍이 ≪關東風俗傳≫(初名은 ≪朝士別錄≫이었으며 北周 이후 개명됨)을 편찬하여, 北齊 鄴下의 일을 기록하였는데, ≪墳籍志≫라는 서적은 오직 당시의 저서만 취하였다고 언급하였다. 이런 당시의 저작을 기록하는 체재는 劉知幾의 칭송을 받았다. 그리고 지방 사무를 기록한 저작 중에 당시 사람들의 저작을 기록한 것은 또한 후대 지방목록의 서

---

143) ≪北齊書≫ 권45 <文苑·樊遜傳>.
144) ≪隋書≫ 권49 <牛弘傳>.

막을 열었다. 이와 같이, 北齊의 목록사업 중에도 칭송할 만한 성취가 있다.

(3) 北周의 목록사업

北周는 明帝가 즉위한 후 公卿 이하 문학가 80여 인을 麟趾殿에 모은 후 經史를 刊刻하고 교감하였으나,[145] 목록 편찬의 일은 보이지 않는다. ≪隋志序≫에 말하길, "保定의 초기에는 서적이 겨우 8천이었다."(保定之始, 書只八千.)라고 하였는데, 保定은 北周 武帝의 연호이며 오직 1년이다. 또한 唐 封演의 ≪封氏見聞錄≫ 권2에는 "後周의 목록에는 서적이 8천 권이 된다."(後周定目, 書止八千.)라고 기록하고 있는데, 8천의 숫자가 바로 합치되니, 周武帝 시기에 국가목록을 편찬한 적이 있음을 알 수 있다.

결론적으로 北周는 비록 도서의 정리와 목록 편찬의 방면에서 몇몇 작업을 하였으나, 목록사업에 대한 공헌은 南朝보다 크게 뒤떨어진다. 그러나 南朝의 발전은 전체 목록사업의 발전에서도 빠른 것은 아니었다. 목록사업은 이런 매우 느린 발전의 과정에서 隋의 통일로 좋은 조건이 마련되면서 현처한 성취가 있는 隋唐의 단계로 들어갔다.

---

145) ≪周書≫ 권4 <明帝紀>.

제3절 官修目錄과 史志目錄의 발전 – 隋唐五代

1. 隋初의 國家藏書 등록: 許善心의 ≪七林≫ 편찬과 ≪大業正御書目錄≫의 편집

隋의 통일은 南北朝의 분열과 동란의 상황을 종결하고, 문화의 발전을 위한 길을 열었다. 隋 文帝는 건국 후, 당시 저명학자인 牛弘의 건의를 받아들여, 즉 사람을 나눠 파견하여 이본을 구하여, 매 책의 1권마다 비단 1필을 내리고, 교정을 마쳐서 서적을 바로 분류하였으며,[146] 민간의 獻書를 격려하였다. 陳을 평정한 이후, 陳의 도서는 지묵이 깨끗하지 않고 글씨 또한 졸렬한 것이 적지 않았으므로, 다시 工書家를 소집하여 보완하게 하고 正副 두 본을 필사하여 典藏하였다. 이러한 적극적인 조치로 인해, 1~2년 만에 서적이 거의 구비되어,[147] 장서량이 3만여 권에 이르게 되었으며, 목록사업의 전개를 위한 중요한 물질적 조건을 마련하였다. 隋 文帝 시대는 일찍이 국가목록을 수차례 편찬하였으며, 史書 중에도 많은 기록이 있다.

≪開皇四年四部目錄≫ 4권은 ≪隋志≫와 두 ≪唐志≫에 모두 기록되어 있으나, 편찬자는 기록되어 있지 않다. ≪舊唐書·經籍

---

146) ≪隋志≫ 序: "分遣使人, 搜訪異本, 每書一卷, 賞絹一匹 校寫旣定, 本卽歸主."
147) ≪北史≫ 권72 <牛弘傳>.

志後序≫에는 "隋가 陳을 평정하고 南北을 통일하자 秘書監 牛弘이 遺逸된 서적을 구하여 서목을 저술할 것을 주청하였으니, 대개 3만여 권이다."(隋氏平陳, 南北一統, 秘書監牛弘奏請搜謗遺佚, 著定書目, 凡三萬餘卷.)라고 하였다. 당시 牛弘이 秘書監 관직에 있으면서 목록을 편찬하여 그 직책을 바로잡았다는 것을 참조하면, 開皇 4년의 목록은 마땅히 牛弘이 편찬을 주도한 것이 된다. 牛弘은 字가 里仁, 安定 鶉觚(옛 城은 지금의 甘肅 靈臺縣 東北에 있음) 사람이고, 隋初에 散騎常侍 秘書監을 담임하였으며, 당시 저명한 학자로서 일찍이 ≪請開獻書之路表≫를 올려 도서의 集散 역사를 두루 서술하고 도서 산실의 원인을 분석하였다. 이것이 바로 후대의 유명한 '五厄論'이다. 그는 정권의 힘을 동원하여 배상금을 책정하고 도서를 정집하였다. 隋 文帝는 이 건의를 받아들이고 그것을 실시하여 성과를 얻었으며, 牛弘은 그로 인해 奇章郡公의 관직으로 승진하였다. 牛弘은 도서를 수집, 보관, 정리하는 방면에서 응분의 공헌을 하였으며, 隋의 목록사업에 광채를 더하였다. 明代 학자 胡應麟은 "隋의 서적이 고금 성행하는 것은 章程의 효력이 특별났기 때문이다."[148]라고 평론하였다. 牛弘은 후에 上大將軍의 관직에 올랐으며, 大業 6년 11월에 죽었으니 향년 66세였다.[149] 牛弘의 ≪請開獻書之路表≫는 후일 ≪隋志序≫의 주요한 근거가 되었다.

4년 이후 도서가 증가하고 다시 정리되면서 또한 ≪開皇八年四部目錄≫ 4권이 있었는데, ≪隋志≫에 기록되어 있으나 편찬자는 불분명하며, 마땅히 일종의 官簿일 듯하나, 역사서에는 빠져 있어

---

148) 明 胡應麟, ≪經籍會通≫: "隋之書籍, 所以盛絶古今者, 奇章力也."
149) 牛弘의 생평은 ≪隋書≫와 ≪北史≫의 본전 참조.

구체적인 상황을 이해할 수가 없다.

두 ≪唐志≫는 ≪開皇二十年書目≫ 4권을 기록하고 "王劭 撰"이라고 표제하였다. 王劭는 字가 君懋, 晉陽人이며, 北齊 시기 太子舍人을 역임하였고, 당시의 저명학자인 魏收와 楊休之 등의 중시를 받아, 隋에 벼슬하여서는 전후로 著作佐郞, 員外散騎常侍, 秘書少監 등의 관직을 역임하였고, 근 20년을 국사편찬 사업을 주관하였으며 많은 종류의 서적을 지었다고 本傳에 자못 상세하게 기록되었는데, 그러나 이 목록은 本傳 및 ≪隋志≫에는 모두 기록되지 않았다. ≪隋志≫ 중에는 또한 ≪香廚四部目錄≫ 4권이 기록되었는데 편찬자는 기록되지 않았다. 그러나 그것에 대한 기록이 많이 부족하여 '香廚'가 무엇을 가리키는지조차도 고증할 수 없다. 隋 文帝 시기의 이런 목록서는 자료의 결함으로 보건대 아마 당시에 내용이 일반적이어서 큰 중시를 끌지 못했으거 영향이 크지 않았을 것이다. 또한 각 목록의 권수가 합치되는 것으로 보건대, 모두 開皇 4년의 목록에서 기원하였을 가능성이 대우 크며, 어느 한 시기에 목록을 근거로 藏書庫를 조사하여 약간의 증감이 있다면 다시 목록을 써 놓음으로써 즉 당해의 표준 목록이 되었던 것이다. 이에 ≪香廚書目≫은 專門藏書의 목록이 아니었을까 한다. 역사서에는 기록이 되어 있지 않는 바, 그저 이러한 가능성만을 추측할 뿐이다.

隋 文帝 때는 비록 많은 목록이 있었지만 그 대부분이 국가장서의 등록부일 뿐이었다. 이는 목록사업에서 이례적인 일이라 성취와 공헌을 논술하기가 매우 어렵다. 다만, 開皇 17년 許善心이 편찬한 ≪七林≫은 비록 개인목록에 속하나, 隋의 목록사업에서 중시할 만한 성과라 하겠다. ≪隋書·許善心傳≫은 그 ≪七林≫ 편찬

의 일을 기록하여 다음과 같이 비교적 상세하게 말하였다.

> 許善心은 字가 務本이고, 高陽 北新城 사람이다. 집안에 장서가 만여 권이 있었다. (開皇) 17년 秘書丞에 제수되었다. 이때 圖譜를 秘藏하고 있었으나 오랫동안 어지럽게 섞여 있었다. 善心은 阮孝緒 ≪七錄≫을 모방하여 다시 ≪七林≫을 편찬하였는데, 각기 總序를 지어 篇首에 붙였다. 또한 部錄 아래 작자의 뜻을 밝히고, 그 부류를 구분하였다. 또한 李文博, 陸從典 등의 학자 10여 인을 좇아 經史의 잘못을 바로잡아 상주하였다.(許善心, 字務本, 高陽北新城人也. 家有藏書萬餘卷. 十七年, 除秘書丞. 於時秘藏圖譜, 尙多淆亂. 善心放阮孝緒≪七錄≫, 更制≪七林≫, 各爲總敍, 冠於篇首. 又於部錄之下, 明作者之意, 區分其類例焉. 又奏追李文博・陸從典等學者十許人, 正定經史錯謬.)

이것은 ≪七林≫에 관한 유일한 기록이다. 이 기록에서 許善心이 ≪七林≫을 편찬하였을 뿐 아니라 또한 도서의 정리 사업을 주도하였음을 볼 수 있다. 이 몇 행의 기록에서 ≪七林≫은 각 部類의 앞에 모두 總敍가 있었으며, 소위 '部錄 아래 작자의 뜻을 밝혔다.'(部錄之下, 明作者之意)라는 것은 각종의 저록된 도서에 또한 작자 의도를 찬술한 解題 혹은 提要를 기록하였다는 것이며, 그 후 학술 원류에 의거하여 다시 하위 부류를 구분하였음을 알 수 있다. 만약 필자의 원 기록에 대한 이러한 이해가 합당하다면, ≪七林≫은 체재가 비교적 완비된 개인목록이라 할 수 있으며, ≪七志≫와 ≪七錄≫의 성취를 초월한다고 할 수 있겠다. 그러나 안타깝게도 원 목록은 일실되어 전해지지 않고, ≪隋志≫ 및 序에도 기록이 없어 후인들이 이해하기 더욱 어렵게 되었으나, 그것이 隋의 목록 사업에서 중요한 성과인 것은 의심할 바가 없다.

煬帝가 제위를 계승한 이후, 도서사업은 크게 발전을 하였는데,

그는 도서량을 증가시켰을 뿐만 아니라, 또한 裝幀, 典藏 각 방면에서 전대에는 없었던 적극적인 조치를 취하였으니, 즉 도서의 질량에 따라 上中下 三品으로 나누고, 다른 색 소재의 卷軸으로 포장하여 구분하였으며, 書庫를 확장하여 藏書를 종류별로 분류하였다. 그리고 학자 劉彛을 파견하여, 국가장서 37만 권에 대해 정리를 하게 하여, 그 중복되고 번잡한 것을 삭제하고 正御本 3만 7천여 권을 얻었다.[150] 소위 正御本이란 바로 교정을 거쳐 황제에게 진상한 正本으로서, 즉 선별하여 東都로 보내 스장한 국가의 정식 장서라 하겠으며, 또한 ≪隋大業正御書目錄≫ 9권을 편성하였다. 唐初 王世充을 평정한 후 東都의 장서를 長安으로 실어 올 때에는 풍랑을 만나 몰수되어 도서가 십중팔구 손실되었으며 장서목록도 결여되었다. 이 殘目에 의거하면, 도서 14,466부, 89,666권이 기록되어 있는데,[151] ≪大業目錄≫ 3만 7천여 권에 비해 거의 2배 반이나 증가하였다. 이 殘目은 유명한 저록에는 보이지 않으나, 아마도 ≪大業目錄≫ 후에 續補된 官簿일 것이다. 隋 煬帝 시기는 四部目錄 외, 또한 內都場에 수집된 道佛經을 별도로 목록으로 편찬하였는데, ≪隋志≫의 기록에 근거하면 ≪法書目錄≫ 6권과 ≪雜儀注目錄≫ 4권은 아마 일부의 전문목록일 것이다. 煬帝는 재위 십여 년간 수십만 권의 도서를 모아, 여러 종의 목록을 편찬하였는 바, 목록사업이 비교적 성행하였다 할 만하다. ≪大業正御書目錄≫이 그 두드러진 성취이다. 그것은 이전의 도서의 개괄적인 면모를 총결하였을 뿐 아니라, 또한 唐初에 편찬된 ≪隋書·經籍志≫를 위해 중요한 근거를 제공하였다. 그러나 안타깝게도 그

---

150) ≪北史≫(≪玉海≫ 권52의 인용).

151) ≪隋志序≫.

목록은 이미 일실되었으며, ≪隋志≫에도 기록이 보이지 않는다.

2. 唐初의 ≪隋書·經籍志≫ 편찬

　唐이 隋를 이은 후 통일의 안정된 국면이 출현하여 사회경제가 회복되고 문화사업도 상응하는 발전을 얻게 되자, 도서의 수집에 대해서도 또한 주의를 하게 되었는데, 건국 초에는 隋의 舊藏 8만여 권 외에 또한 令狐德棻의 건의를 받아들여 遺書를 구입하여 모아, 수년 사이에 여러 서적이 대략 구비되었다.152) 太宗 이후 각 조대에는 모두 비교적 공식적인 校書 활동이 있었다. 그러나 唐初에 목록을 편찬한 일이 있었는지 그 여부는 기록에 보이지 않는다. 따라서 明代 학자 胡應麟은 唐初의 여러 신하들은 목록의 編修를 하지 않았다고 여겼는 바,153) 후인들도 대부분 이 설을 따랐다. 그러나 唐初에 목록이 없다는 말은 정확하지 않은 듯하다. 첫째, 魏徵이 교서를 명령받았을 때는 이미 목록 작업을 착수하여 각 서적의 서록을 썼으니, 이는 毋煚 ≪古今書錄≫의 序 중에서 開元 ≪群書四錄≫의 불만족스런 5가지 점을 지적하며 말한, "書序는 魏文貞(魏徵)에서 취했다."154)는 말로써 증명할 수 있다. 둘째, 唐初 ≪隋書≫를 편수할 때 五代가 각 志를 편찬한 것을 종술하면서, 그 ≪經籍志≫는 史志目錄 중의 거작이라 하였는 바, 어떻게 唐初에 목록의 편찬이 없었다고 말할 수 있겠는가? 따라서 唐初 貞觀 시기에 목록사업은 사실 이미 시작되었다고 할 것이며, ≪隋書·經籍志≫

---

152) ≪舊唐書≫ 권73 <令狐德棻傳>.

153) 明 胡應麟, ≪經籍會通≫.

154) 唐 毋煚, ≪古今書錄序≫(≪舊唐志≫): "書序取魏文貞."

의 편찬은 목록사업 발전에서 또한 일대의 큰 공헌이라 하겠다.

《隋書·經籍志》는 唐初에 편찬된 목록서로, 《漢書·藝文志》를 계승한 이후의 중요한 史志目錄이다. 그것은 주로 隋唐 시기의 국가장서에 의거하였으며, 또한 그 이전의 관련된 목록서를 참고하여 편찬한 것이다.

《隋志》는 비록 《隋書》에 열입되었으나, 그것은 梁·陳·齊·周·隋 5代의 官私書目에 기록된 현존 도서를 포함한 것이다.

《隋志》의 편찬자는 과거에는 魏徵이라 하였으나, 실제는 李延壽와 敬播 두 사람이다. 《舊唐書·李延壽傳》에는 다음과 같이 기록하였다.

> 貞觀 중 (李延壽는) 太子典膳丞, 崇賢館學士로 재차 승진하였다. 일찍이 詔를 받아 著作佐郎 敬播와 함께 《五代史志》를 편수하였다.(貞觀中, 累補太子典膳丞·崇賢館學士. 嘗受詔與著作佐郎敬播同修《五代史志》.)

《舊唐書·經籍志》 중에도 開元 시기 교서의 일을 기록하여 다음과 같이 말하였다.

> 開元 3년, 內庫書籍을 정리 배열하였는데, 사용한 書序는 간혹 魏文貞에게서 취하였고, 분류된 書類는 모두 《隋經籍志》에 의거하였다.(開元三年, 整比內庫書籍, 所用書序或取魏文貞, 所分書類皆據《隋經籍志》.)

따라서, 淸人 姚振宗은 곧 《隋志》의 편찬자에 대해 아래와 같은 결론을 내렸다.

무릇 이 志는 처음에 李延壽, 敬播가 편수하여 자료를 망라한 공이 있고, 魏文貞이 삭제 증정하여 군더더기를 제거한 실효가 있다. 편찬 인은 대개 3인이었던 것으로 고증된다.(大抵是志初修於李延壽, 敬 播, 有網羅彙聚之功; 刪訂於魏文貞, 有披荊剪棘之實. 撰人可考者 凡三人.)155)

《隋志》의 자료에 근거하여, 그는 <總序>에서 "멀리는 司馬 遷의 《史記》, 班固의 《漢書》를 살펴보고, 가까이는 王儉의 《七志》, 阮孝緒의 《七錄》을 관람하였다."(遠覽馬史班書, 近 觀王阮志錄.)라고 개괄하였다. 전체 서적을 살펴보건대 확실히 이 와 같다. 그것은 멀게는 《漢志》의 영향을 받았고, 가까이는 《七 錄》의 계통을 이었으며, 또한 전대 목록을 참고하여 唐 이전의 도서 상황에 대해 한 차례 총괄하였다. 이런 傳承 관계는 《隋志》 자체에서도 분명하게 볼 수 있다.

《隋志》는 각 部와 類의 말미에 모두 《漢志》의 예를 모방하 여 序를 쓰고, 간단하게 여러 학파의 학술 원류 및 그 변천을 설명 하였다. 각 部의 小序 중에는 모두 《漢志》와의 계승 관계를 분 별하여 설명하였는데, 즉 經部序에서는 "班固는 六藝를 9種으로 열거하였는데, 또한 緯書로 經을 해석한 것을 합하여 10種으로 한 다."(班固列六藝爲九種, 或以緯書解經, 合爲十種.), 史部序에서는 "班固는 《史記》를 《春秋》 뒤에 부가하였는데, 지금 그 일을 개진하여 대개 13種으로 하고, 별도로 史部라 한다."(班固以史記 附春秋, 今開其事, 凡十三種, 別爲史部.), 子部序에서는 "《漢書》 에는 諸子略, 兵書略, 術數略, 方技略이 있는데, 지금 합하여 14 種으로 서술하여 子部라 한다."(漢書有諸子兵書術數方技之略, 今

---

155) 清 姚振宗, 《隋書經籍志考證》.

合而敍之爲十四種, 謂之子部.), 集部序에서는 "班固는 詩賦略이 있으며 모두 5種인데, 지금 인용하고 서술하여 모두 3種으로 하고 集部라고 한다."(班固有詩賦略, 凡五種, 今引而伸之, 合爲三種, 謂之集部.)라고 하였다. 이런 것은 그것과 ≪漢志≫와의 상관관례를 증명하는 것이다.

≪隋志≫와 ≪七錄≫의 관계는 더욱 두드러진다. ≪隋志·總序≫는 목록학 문헌 중에서 중요한 편장으로, 그것의 주요내용은 곧 ≪七錄≫의 서목과 隋 牛弘의 <五厄論>에 근거하였다. ≪隋志≫는 史部 中 正史, 古史, 雜史, 起居注 4편이 ≪七錄≫의 체재를 사용하지 않은 것 외에, 그 나머지는 모두 목록을 합병하거나 순서를 옮기고 바꾼 것으로 대략 비슷하다.[156] ≪四庫提要≫ 중에는 더욱 명확하게 ≪隋志≫와 ≪七錄≫의 관례를 지적하였는 바, 즉 ≪目錄類·崇文總目≫條에서는 "≪隋書·經籍志≫는 ≪七錄≫을 참고하여, 存佚을 주석하였다."(≪隋書·經籍志≫參考≪七錄≫, 互注存佚.)라고 하였다. ≪釋家類小序≫ 중에도 "梁 阮孝緒가 지은 ≪七錄≫은 道佛의 글을 말미에 별도로 기록하였고, ≪隋書≫는 그 체례를 따라 역시 志의 말에 부가하였으며, 브수와 권수는 있으나 서명은 없다."(梁阮孝緒作≪七錄≫, 以二氏之文別錄於末, ≪隋書≫遵用其例, 亦附於志末, 有部數卷數而無書名.)고 하였다.

≪隋志≫는 이 전대의 여러 목록, 즉 隋의 국가목록 ≪大業正御書目錄≫과 기타 여러 목록을 모두 수집 정리하고 기록하여 ≪史部·簿錄類≫에 열입하였고, 그 小序에서는 "선대의 목록은 대부분 흩어져 없어졌다. 지금 그 현존하는 것을 모아 簿錄類로 총괄한다."(先代目錄, 亦多散亡. 今總其見存, 總爲簿錄部.)라고 하였는바,

---

156) 上同.

또한 이 전대의 여러 목록에 보이는 존서를 한편으로 모았다는 것인즉, 바로 ≪隋書·經籍志總序≫에서 말한 바와 같다.

> 지금 현존하는 것을 고증하여, 四部로 나누니, 합하면 14,466부, 89,666권이 된다.(今考見存, 分爲四部, 合條爲一萬四千四百六十六部, 有八萬久千六百六十六卷.).

이것은 ≪隋志≫가 수집한 舊目錄의 부, 권수이다. 편찬자는 이것에 대해 또한 '문의가 얕고 교육에 무익한 것'(文義淺俗, 無益敎益者)을 없애고, '辭義가 취할 만하고, 널리 이익이 되는 것'(辭義可采, 有所弘益者)을 부록으로 열입하였다.[157] 亡書를 통계하면 실제는 6,518부, 56,881권이 수록되었고, 또한 志의 말미에 그 수를 명확하게 기록하였다.

≪隋志≫의 수록은 편찬자의 졸년을 기준으로 한다. 대개 隋 義寧 2년(즉 大業 14년, 서기 618) 이전의 것을 수록하였고, 唐初에 막 죽은 자는 모두 수록하지 않았다. 따라서 "唐初 陳叔達, 蕭瑀, 虞世南, 魏徵의 무리는 모두 顯慶 元年 이전에 죽었는 바, 문집이 있어도 <經籍志>에는 열입되지 못했다. 魏徵은 陸德明, 孔穎達, 顔師古 등의 經史 주석의 서적과 같이 이 체례를 사용하였으므로, 그 경계가 엄격하였음을 알 수 있다."[158]

≪隋志≫는 經史子集의 四部分類에 의거하였다. 四部分類는 비록 魏晉에서 시작되었으나 현존하는 四部分類의 목록서로는 즉 ≪隋志≫가 가장 오래되었다. 그러나 ≪隋志≫의 분류를 세심하

---

157) ≪隋書·經籍志序≫.

158) 淸 劉毓崧, ≪千金方考上篇≫(≪通義堂文集≫ 권11 참조): "唐初諸人如陳叔達, 蕭瑀, 虞世南, 魏徵之流, 皆卒於顯慶元年以前, 幷有文集, 而<經籍志>絶不關入. 他如陸德明, 孔穎達, 顔師古等注釋經史之書俱用此例, 足以見其界限之嚴矣."

게 살펴보면, 그것은 결코 엄격한 四分은 아닌데, 왜냐하면 그것의 뒤에는 또한 道, 佛 二錄이 부가되어 있으니, 실제는 6부류인 것이다. 部 아래는 類가 분류되었는데, 집계하면 經 10類, 史 13類, 子 14類, 集 3類, 道 4種, 佛 11種이다. 類 아래 서적을 기록하였으나, 道, 佛은 다만 부수만 집계하고 서명은 저록하지 않았다. 四部 중에 주의할 것은 史部이다. 史部는 독립된 투류일 뿐만 아니라 또한 부류의 명칭이 있게 되었는 바, 이것은 史學의 발달과 史籍의 증가에 따른 필연적 결과이다. 史部는 13類로 세분되고 亡書를 통계하면 874부, 16,558권이며, ≪漢志≫의 23부, 948편에 비해 몇십 배가 증가하였으니, 중국 도서사업의 발전 개황을 볼 수 있다.

≪隋志≫의 書序는 ≪總序≫에 근거하면 55편이라 말하나 실제는 48편뿐인데, 즉 책머리의 總序 1편, 四部의 後序 4편, 分類의 小序 40편, 道佛錄 2편, 그리고 後序 1편이다. 書序는 ≪漢志≫의 옛 체재에 따라 그 後事를 이어서 서술하고, 전적의 集散과 학술 원류를 기록하여, 唐 이전 학술문화사의 중요 참고문헌이 되었다.

≪隋志≫의 한 가지 주의할 만한 특징은 存佚을 기록한 것인데, 즉 "梁有, 宋有或亡"이라고 하거나 또한 夾注의 방식으로써 부류에 의거하여 亡佚 서목을 부가하여 기록하였다. 소계는 子部 외에 또한 亡書도 통계하였다. 道佛 二錄은 殘本을 계산하였으나 亡書는 계산하지 않았다. 小注 중에는 殘闕을 계산하였으나 누락된 것은 계산하지 않는데, 余嘉錫 선생은 ≪目錄學發微≫ 중에 그 일례를 들어 다음과 같이 말하였다.

荀勖 ≪中經≫은 ≪隋志≫, ≪唐志≫에는 모두 14권이라 하였으나, ≪七錄序≫에는 "晉 ≪中經簿≫는 2권이 적은데, 기재된 것이 얼마

인지 상세하지 않다.”라고 하였으니, 荀勖의 원서는 당시 16권이 있었다고 하겠다. 4부류는 각 4권으로, 바로 서적의 분량에 따라, 분합이 균등하도록 하였다. 梁나라 때부터 그 2권이 없어졌는데, ≪隋志≫는 잔결을 분명하게 주하지 않아 후대에 대부분 그 내용을 알 수 없게 되었다.(荀勖≪中經≫, 隋唐志皆十四卷, 然≪七錄≫序云: “晉≪中經簿≫少二卷, 不詳所載多少”, 則勖原書當有十六卷. 皆四部各得四卷, 正是因書之多寡, 分合之以使之勻稱. 自梁時亡其二卷, ≪隋志≫不注明殘缺, 而後世多不曉其意矣.)

≪隋志≫의 기록 체례는 서명 및 권수를 항목으로 하는데, 편찬자를 위주로 하나 편찬자에 대해서는 평가를 하지 않았고, 다만 그 시대의 官銜을 서술하고 간혹 서적의 내용 진위 및 存亡과 殘缺을 간단하게 注하였다. 그 기록에는 또한 잘못된 곳이 있으니, 淸末 沈濤가 지은 ≪銅熨斗齋隨筆≫ 중에는 고증을 많이 하였는 바, 즉 권5의 <晉諸公贊>, <氏字誤銜>, <楊承慶>, <孔老識>, 권7의 <李文博理道集> 및 <歷代三寶記> 등은 모두 ≪隋志≫ 기록에 대하여 잘못을 바로잡은 것이다. 여기서는 ≪歷代三寶記≫ 1則을 인용하여 그 오류를 살펴보기로 한다.

≪隋書·經籍志≫ 子雜家類, ≪歷代三寶記≫ 3권, 費長房 편찬. 이는 漢나라의 費長房이 아니다. 지금 釋藏 중에 그 책이 있는데, “隋 翻經博士 成都 費長房 撰”이라고 제해져 있다. 소장본은 15권으로 나누어져 있는데, ≪隋書≫에서 3권이라고 한 것은 오류이다. …… 이 책은 本名이 ≪開皇三寶錄≫인데, 지금 소장본 역시 ≪歷代三寶記≫라고 제한 것은 ≪隋志≫에 의거하여 그렇게 말한 것이다.(≪隋書·經籍志≫子雜家類, ≪歷代三寶記≫三卷, 費長房撰. 此非漢之費長房. 今釋藏中有其書, 題隋翻經博士成都費長房撰. 藏本分十五卷, 則≪隋志≫作三卷者誤. …… 是書本名≪開皇三寶錄≫, 今藏本亦題≪歷代三寶記≫者, 據≪隋志≫而云然也.)159)

역대 학자의 ≪隋志≫에 대한 평가는 같지 않기에 비난과 칭찬이 서로 엇갈린다. 唐代 사학가 劉知幾는 ≪史通·書志篇≫에서 완전히 배척하는 태도를 취하여 다음과 같이 말하였다.

藝文의 체재는 古今이 동일한데, 그 의의를 상세히 구하였으나 그 적당한 것을 찾지 못하였다. 내가 생각하기에는 志를 편찬하는 사람은 마땅히 이 篇을 삭제해야 할 것이다.(藝文一體: 古今是同, 詳求厥義, 未見其可. 愚謂凡撰志者宜除此篇.)

이것은 극단화된 선입견이다. 淸初 학자 朱彝尊은 ≪經義考·著錄篇≫에서 다음과 같이 반박하였다.

經典의 서적은 약간 현존하는데, 劉知幾 ≪史通≫은 오히려 그것을 비평하여 "그것은 매우 풍부하므로, 志를 편찬하는 사람들은 마땅히 이 편을 삭제해야 할 것이다."라고 하였으니, 어찌 편협한 견해라 하지 않겠는가? (經典籍是略存, 而劉知幾≪史通≫反訕之, 謂騁其繁富, 凡撰志者, 宜除此篇, 抑何見之褊乎?)

≪四庫提要≫의 ≪史通≫條에서도 劉知幾의 이 주장은 古法을 어지럽혔다고 하였다.

明 焦竑 ≪隋經籍志糾繆≫(≪國史經籍志≫에 부록), 淸 錢大昕 ≪隋書考異≫, ≪十駕齋養新錄≫은 모두 ≪隋志≫에 대해 오류를 바로잡고 결함을 보충하였다. 宋 鄭樵 ≪通志·校讎略≫ 및 淸 ≪四庫提要≫는 ≪隋志≫에 대해 폄하하기도 하고 칭찬하기도 하여 지론이 공평하나, 淸末 姚振宗의 ≪隋書經籍志考證≫만 못하다. 姚振宗은 그 책의 後序에서 ≪隋志≫는 注文이 중복되고

---

159) 淸 沈濤, ≪銅熨斗齋隨筆≫ 권7.

기록의 근거를 잃었으며 類例가 불순하다는 등의 여러 실수를 논급하였으나, 敍錄의 序例에서는 ≪隋志≫는 "周秦六國 이래, 漢魏六朝에서 隋唐 교체기까지 상하 천여 년간으로 십 몇 대를 망라하기에, 古人이 지은 遺拾이 여기에 다 있다."(自周秦六國漢魏六朝迄於隋唐之際, 上下千餘年, 網羅十幾代, 古人制作之遺, 胥在乎是.)라고 긍정하였다.

≪隋志≫는 淸代에 이르러 바야흐로 학자에 의해 중시되고 연구되었으며, 그 전문 저술로 대표적인 것으로는 다음의 3종이 있다.

① ≪隋書經籍志考證≫ 13권, 章宗源 편찬.

章宗源은 淸代 乾嘉 시기의 목록학가로서, 생전에 輯佚書가 매우 많았다. 이 서적은 비록 全志를 고증한다고 명명하고 있으나 실제는 史部만 고증하였다. 章氏의 문중 후학 章小雅는 일찍이 "이 서적은 본래의 서명이 ≪史籍考≫인데 지금 ≪經籍志考證≫이라 한 것은, 호사가가 그렇게 한 것이다."(此書本名經籍考, 今題經籍志考證者, 好事者爲之也.)고 하였다. 전체 서적은 ≪隋志・史部≫의 13類에 따라 권수를 나누었으나 순서에는 변동이 있다. 전체 서적의 체재는 현존 여부, 변천 및 역대 저록 상황을 주석하여 밝혔고, 부류의 분류 귀속의 잘못과 누락된 것의 보충을 분명하게 밝혔다. 淸代 학자의 이 책에 대한 평론은 매우 높다 하겠는데, 道光 시기의 학자 朱緖는 일찍이 ≪開有益齋讀書志≫ 중에서 이 서적을 높이 추존하며, "≪隋志≫에는 기록되었으나 지금 일실된 것은 필히 체재 및 여러 학자들의 평론을 상세히 기재하였고(隋志所載今佚者, 必詳載體例及諸家評論), 隋 이전의 乙部는 거의 빠진 것이 없다.(隋以前乙部殆無遺珠矣)"라고 하였다.

② ≪隋書經籍志考證≫ 52권, 姚振宗 편찬.

姚振宗은 淸末 저명 목록학가로서 저술이 매우 풍부한데, 일찍이 편찬한 목록저작의 다수를 모아 ≪快閣師石山房叢書≫로 편찬하였다. 이 서적은 비록 章氏의 잔결을 보충한 것이나, 체재가 다르고 규모가 크며 수집이 광범위하다. 또한 전체 志에 대한 고증을 상세히 하고 관련 자료를 한 편으로 편성하여 교정을 바로잡고 부족한 부분을 보충하였는데, 4년에 걸쳐 그 원고를 수차례 바꿔 완성한 것인 바, 실로 ≪隋志≫를 정리한 것으로는 가장 뛰어난 것이라 하겠다. 또한 편찬자도 이에 대한 자부심을 느껴, "이 서적은 마음으로 깨달은 말이 많은데, 전대 사람들에 의해 발견되지 못한 것이며, 또한 전대 사람들의 舊說이 완전하지 못한 것을 반박한 것도 있다."(此書多心得之言, 爲前人所未發, 亦有駁前人舊說之未安者.)라고 하였다. 책머리에는 序錄이 있으며, 四部의 원류와 本志의 편찬인과 체제, 여러 학자의 평론 및 章氏의 고증을 논하여 ≪隋志≫를 연구하는 주요 참고문헌이 되었다. 近人 范行準이 편찬한 ≪兩漢三國南北朝隋唐醫方簡錄≫[160]은 일찍이 姚氏가 인용한 丁國鈞의 ≪補晉書藝文志≫의 오류를 지적하여 다음과 같이 말하였다.

姚振宗은 1906년에 죽었는데, 丁國鈞의 志는 1927년에 간행되었으니, 姚振宗이 어찌 그것을 보았겠는가? 고로 姚振宗의 책에서 인용한 丁志는 후인이 베껴 넣은 것이라 하겠다.(振宗卒於一九〇六年, 而丁志刊於一九二七年, 振宗安得見之, 故姚書所引丁志當屬後人剿入.)

范氏의 설은 논의의 여지가 있다 하겠는데, 필자의 견해는 다음

---

160) ≪中華文史論叢≫ 第6輯.

과 같다.

○ 姚書는 직접 쓴 後序의 말미에 특별히 1條를 지었다. 즉 "지방 태수인 陶國崇은 또한 常熟 丁國鈞의 ≪晉書藝文志≫ 2冊을 예로 들어 보였다. …… 그 책 또한 각기 깨달은 말이 있는바, 각 부류 중에서 약간의 조를 다시 절취하였다."(陶國崇守刺又以常熟 丁君國鈞≪晉書藝文志≫二冊見示. 其書亦各有心得之語, 因復刺取若干條於各類中.) 즉 姚氏가 일찍이 丁志를 보았음을 알 수 있다. 范氏의 말은 이 일을 생각하지 못한 것이다.

○ 丁氏의 補志는 1927년 印本으로 초판본이 아닌데, 초각본은 光緖 20년 無錫 文苑閣本 活字本이며 姚氏는 光緖 23년에 책을 편찬하였으니, 당연히 初刻된 丁氏의 補志를 구해 보았을 것이다.

○ 姚氏는 光緖 23년에 책을 완성하고, 光緖 32년에 죽었는데, 원고가 집에 소장되어 있었기에 그 아들이 일찍이 副本을 기록하여 浙館에 증여하였는 바, 후인들이 베껴 넣었다는 명확한 증거가 없다.

③ ≪隋書經籍志補≫4권, 張鵬一 편찬.

이 책은 ≪魏書≫, 南北朝의 ≪齊書≫, ≪周書≫, ≪隋書≫, ≪北史≫ 列傳 및 ≪唐志≫, ≪律曆志≫ 등에서부터 ≪隋志≫가 기록하지 않은 것을 집일하여, ≪隋志≫의 분류에 따라 보충하여 편찬한 것이다.

章宗源, 姚振宗, 張鵬一의 세 서적은 모두 開明書局에서 간행한 '≪二十五史補編≫ 第4冊'에 보인다.

3. 唐 중엽 이래의 官修目錄과 毋煚의 ≪古今書錄≫ 편찬

唐의 목록사업이 현저하게 전개된 두 번째 단계는 唐 玄宗 開元
연간이다. 開元 3년, 唐 玄宗은 첫 번째 侍讀 馬懷素 등과의 담화
에서, 內庫의 장서는 "篇卷이 어지러워 검열하기가 어렵다."(篇卷
錯亂, 難於檢閱)라고 언급하며, 馬懷素 등에게 정리할 것을 요구
하였다.[161] 馬懷素는 명을 받은 후, 또한 王儉 ≪七志≫ 이후의 목록
을 이어 편찬할 것을 상소하여 건의하였는데, 그 상소는 다음과 같다.

> 南齊 이전의 전적은 옛날에 王儉의 ≪七志≫로 편찬되었고, 그 후
> 의 저술은 그 수가 매우 많으며, ≪隋志≫에 기록된 서적은 또한 상
> 세하지가 않다. 古書가 최근에 나와서 전대의 志에는 빠져 기록되지
> 않았거나, 근인들에게 전해져 내려왔기에 쓸데없는 말이 비루하나 기
> 록되었다. 만약 목록을 편찬하지 않았더라면, 분간하기 어려웠을 것
> 이다. 최근 서적의 목록과 전대의 志에 빠진 것을 총괄 검토하여 王
> 儉 ≪七志≫를 이었는바, 秘府에 보관되기를 바란다.(南齊以前墳籍,
> 舊編王儉≪七志≫, 以後著述, 其數盈多, ≪隋志≫所書, 亦未詳悉. 或
> 古書近出, 前志闕而未編; 或近人相傳, 浮詞鄙而猶記. 若無編錄, 亂
> 辨淄澠. 望括檢近書篇目, 幷前志所遺者, 續王儉≪七志≫, 藏之秘
> 府.)[162]

玄宗은 이 건의를 받아들여 馬懷素를 秘書監에 임명하고, 또한
國子博士 尹知章 등을 파견하여 분류와 편차를 하도록 하였다. 馬
懷素는 목록학에 정통하지 못하여 죽을 때까지 여전히 두서가 없
었다. 그리하여 다시 秘書官을 修書學士로 임명하여 계속 진행하
게 하였으나, 총괄하는 사람이 없고 조금의 성취가 없었던 까닭에,

---

161) ≪舊唐志≫ 序.
162) ≪舊唐書≫ 권102 <馬懷素傳>.

開元 7년 비로소 元行冲에게 그 일을 총괄하도록 하였다. 元行冲은 이름이 儋인데 字로 불렸고 弘文殿學士를 임했다. 그는 명을 받든 이후, ≪七志≫를 고쳐 속편하는 원래 계획을 바꾸어, 古今의 서목을 두루 편찬할 것을 요구하여, 1년 남짓한 노력으로 마침내 開元 9년에 ≪群書四錄≫ 200권을 찬집하였다. 이와 같은 많은 편, 권은 그 내용의 풍부함을 설명하며, 아마 각 서적에 서록이 있는 체재였을 것이다. 겨우 짧은 1여 년의 시간 안에 이러한 거작을 편찬하였으니 마땅히 성취가 있다고 해야 할 것이다. 물론 당연히 약간의 결함은 있다. 일찍이 편찬 작업에 참가한 唐代의 목록학가 毋煚은 그가 지은 ≪古今書錄序≫ 중에서 ≪群書四錄≫의 만족스럽지 못한 체재 5곳을 다음과 같이 비평하였다.

秘書에 누락된 것이 많아 여러 사관들이 서적을 토론할 겨를이 없는 것이 그 첫째요, 永徽 이래 새로 수집된 것이 채록되지 않았고, 神龍 이래 최근의 서적이 기록되지 않은 것이 둘째요, 서적을 두루 살피지 않았거나 성씨가 자세하지 않아 부류를 알 수 없는 것이 셋째요, 목록이 빠진 서적이 많고, 편수가 비어 있는 것이 넷째요, 書序는 魏文貞에서 취하였고, 書類는 ≪隋經籍志≫를 의거하였기에 이론이 적당하지 못한 것이 다섯째이다.(秘書多闕, 而諸司墳籍不暇討論, 一也; 永徽已來, 新集不取, 神龍已來, 近書未錄, 二也; 書闕不遍, 或不詳名氏, 未知部伍, 三也; 書多闕目, 空張篇弟, 四也; 書序取魏文貞, 書類據≪隋經籍志≫, 理有未允, 五也.)[163]

이러한 부족한 부분은 존재하였을 것이나, 일반 官修書目과 비교하면 이런 결점은 모두 면하기 어려운 것이다. 서적이 많은 사람들의 손에서 완성되었으니 종종 이와 같이 되는 것이리다. 毋煚은

163) 唐 毋煚, ≪古今書錄序≫(≪舊唐志≫ 참조). 여기서 인용한 문장은 余嘉錫, ≪目錄學發微≫ 중의 개괄이다.

그 일에 참여하였거나, 혹은 개인의 견해가 채용되지 못해서 늘 유감이 남아 있었기에, 과거의 잘못을 구하고자 한 면이 없지 않아 있었을 것이다. 그러나 안타깝게도 원서가 오라 전에 일실되었기에 평론을 할 방법이 없다. 한편, ≪群書四錄≫은 이미 오랫동안 업적이 없는 상황에서 단시간에 2천 부, 4만 권의 책을 수록한 목록서가 되었으니, 이는 清 ≪四庫全書總目≫ 이전 유일하게 이와 같이 많은 편, 권을 가진 것이라 하겠다. 이 점에서 그것은 목록사업 발전에서 응당한 역사적 지위를 얻었다고 하지 않을 수 없다.

≪群書四錄≫에 대해 비평을 제기한 毋煚은 唐 玄宗 시기의 洛陽 사람(일설에는 吳나라 사람이라 함)으로서, 공론을 숭상하지 않고 실학을 지닌 목록학자이였다. 開元 시기 右補闕을 맡았으며, 후에 ≪群書四錄≫의 편찬 작업에 참가하여 修書學士를 맡았다. 그는 ≪群書四錄≫의 체재에 대해 다른 관점을 지니고 있었으므로 체제상 만족하지 못한 5가지 부분을 제기하고, 자신이 바로잡을 수 없는 유감이 매우 깊음을 느낀바, 직접 ≪古今書錄≫ 40권을 지었다. 毋煚의 ≪群書四錄≫에 대한 비평은 가혹하기도 하나, 그의 진지한 실사구시의 정신은 존중할 만하다. 그가 직접 편찬한 ≪古今書錄≫은 기록에 근거하면 宋 이전에 이미 망실되었을 것이나, 다행히 그것의 書序가 ≪舊唐志≫에 기록되어 보존되고 있어, 후인들로 하여금 그것을 빌어 개괄적인 면모를 이해할 수 있도록 하였다. 이 서록은 내용이 매우 풍부하여 고전목톡학 연구의 중요한 참고문헌이 되었다. ≪古今書錄序≫의 주요 내용은 다음과 같다.

① 목록학의 작용을 논술하였다. 序에서는 "이전의 방대한 서적에 대하여 만약 원류를 나누고 부류를 밝히는 작업을 하지 않았다면, 그 결과는 선현의 유업이 대가 끊어져 없어지고 大國의 經書

가 마침내 모두 없어지게 되어, 학자들로 하여금 돛단배로 외롭게 바다를 건너고, 약한 날개에 의지해 하늘을 날고, 돌을 물어 바다를 메우고, 지팡이에 의지해 해를 쫓게 할 것이므로, 목록의 이름을 듣지 못하는데 어찌 대업이 상세하리오."라고 하였다. 따라서 '목록의 이름을 듣는 것'은 바로 목록을 장악하여 과거의 遺事와 전적을 이해하는 선결조건이 된다. 만약 목록이 있으면, "서적 천질을 눈으로 훑어보고, 매년 만권을 펼쳐보고자 함에, 錄을 살펴 요지를 알고 目을 살펴 요체를 알아, 經籍의 정체를 다 탐구하고, 賢哲의 사상을 모두 알게 되니, 古人의 면모를 보지는 못하나 古人의 마음은 보게 될 것이다. 후대로 전해지면 좋지 않겠는가!" 이 견해는 지금까지 여전히 상당한 의의를 지닌다.

② ≪群書四錄≫에 대해 두 가지 방면에서 비평을 제기하였다.

○ 편찬체재에 대해 5가지 부족한 점을 제기하였다(구체적인 내용은 이미 앞에서 인용하였기에 여기서는 생략함.).

○ 서적을 급히 완성한 것에 대해서 질책을 제기하였다. 序에서 말하길, "옛날 司馬談은 ≪史記≫를 지었고, 班彪는 ≪漢書≫를 지었는데 모두 2년에 걸쳐 겨우 완성하였다. 劉歆은 ≪七略≫을 짓고, 王儉은 ≪七志≫를 지었는데 2년이 넘어 완성되었으니, 누가 4만권, 2천부의 書名을 3년에 마칠 수 있단 말인가. 정밀하게 하고자 한다면 어려운 것이 아닌가?"(昔馬談作史記, 班彪作漢書, 皆兩葉而僅成. 劉歆作七略, 王儉作七志, 逾二紀而方就, 孰有四萬卷目, 二千部書名, 首尾三年, 便令終竟. 欲求精悉, 不其難乎?)라고 하였다.

③ 비교적 상세하게 그가 편찬한 ≪古今書錄≫의 체재와 대체적인 상황을 진술하였다. 毋煚은 몇몇 뜻이 맞는 조수와 결

합하여, 깊이 반복적으로 생각하여 원래의 의문을 바로잡아, 상세하게 새로운 체재를 제정하였다. 唐 高宗 永徽 연간 수집한 도서와 唐 中宗 神龍 연간의 舊藏을 모두 설명하여 붙였다. 불분명한 작자의 상황 및 귀속을 모르는 것을 논술하고 보충하였다. 비어 있는 서목은 또한 原書를 대조하여 넣었다. 원래 小序가 있는 것이나 타당하지 않는 것은 다시 고쳤다. 잘못과 혼잡한 부분을 모두 개정한 곳이 대략 3백여 條가 된다. 이 목록에서 증가된 新書의 목록은 6천여 권이다. 이렇게 볼 때 毋煚의 ≪古今書錄≫은 각 部에 小序가 있으며, 각 서적에 편찬자의 이름이 있고 또한 해제와 논술이 있다. 전체 목록은 모두 45家, 360部, 51,852卷이다. 목록은 40권으로 되어 있다.

④ 序 중에는 또한 毋煚이 편찬한 ≪開元內外經錄≫ 10권을 언급하였는데, 佛家의 經律論疏와 道家의 經戒符錄을 기록하였다. 각 종류의 서적은 모두 譯者를 분명하게 밝히고, 해제를 편찬하였다. 모두 2,500여 부, 9,500여 권의 서적을 수록하였다.

이 서문으로만 볼 때, 毋煚은 국가목록의 편찬 작업에 참가하였고 또한 종합목록과 전문목록 각 1종을 개인적으로 편찬하였으며, 게다가 목록학에 대한 독자적인 견해를 발휘하여, 唐代뿐만 아니라, 전체 목록사업에서 매우 큰 공헌을 하였다 할 것이다. 그는 평생 동안 목록사업에 종사하여 성취를 얻은 목록가라 하지 않을 수 없다. 다만 안타까운 것은 이 목록 저작이 모두 일실되고 존재하지 않아 목록사업의 중요한 유산을 잃어버리게 되었다는 것이다.

唐代는 毋煚의 이 일실된 ≪開元內外經錄≫ 외, 지금까지 유전되고 있는 開元 시기의 佛錄이 있는데, 바로 唐나라 승려 智昇이 편찬한 ≪開元釋敎錄≫ 20권으로서, 이것은 開元 18년에 편찬된 것이다. 이 목록 체재에는 總錄과 別錄이 있다. 總錄 10권은 譯人을 위주로 하고 朝代를 부차로 하였는데, 漢魏에서 唐代까지 모두 19朝로, 176인을 수록하였으며, 인물에 의거하여 그 出經과 本傳을 기록하고, 말미에 각 家의 목록을 붙였다. 別錄 또한 10권으로, 經을 위주로 하여 7부류로 나누었으며, 마지막에 藏錄을 넣었는데 그 내용은 다음과 같다.

○ 有譯有本錄. 菩薩藏(大乘敎), 聲聞藏(小乘敎), 聖賢傳記의 3 부분으로 나뉜다.

○ 有譯無本錄. 譯經 명은 존재하나 서적이 없음.

○ 支派別行錄. 대부분 譯經에서 단행으로 베껴 쓴 것.

○ 刪略繁重錄. 同本의 異名 혹은 略本, 모두 삭제를 거친 것.

○ 拾遺補闕錄. 옛날 목록 중에서 누락되어 있었거나 혹은 새로 번역된 것 중 수록되지 않은 譯經.

○ 疑惑再詳錄. 의문이 있는 譯經에 대해 증정을 논술한 것.

○ 僞妄亂眞錄. 大乘에 기록해야 하나 小乘에 기록된 것.

이 佛錄의 별록은 체재에 있어서 비록 과거의 각 錄에 비해 새로움이 있다고는 하지만, 여전히 한 부의 도서목록이다. 그것의 주요 특색은 總錄에 있다. 그것은 열거된 漢魏에서 唐代까지의 19개 朝代에 대해 모두 그 國姓, 都城, 帝位年數, 譯者名數, 出經部數, 存書部數, 亡書部數 등을 기록하였다. 그 역대 왕조의 사건을 기록한 것은 역사의 참고로 쓰이는데, 즉 前凉의 張氏가 兩晉의 연호를 사용하였음을 기록한 것은 前凉과 晉의 종속관계를 표명하며, 그 譯經 상황을 기록하고 譯者의 본전을 더한 것은 중국의 초기 번역사에서 중요한 자료이다. 목록서가 이 체재를 이용하여 사료가 보존되도록 한 것은 확실히 智昇의 탁견이라 하겠으며, 또한 唐代 목록 사업에서의 중요한 공헌이라 할 것이다. 그러나 중국 佛家의 저술을 소홀히 한 것은 실수라 하지 않을 수 없다.[164]

玄宗 開元 시기의 官修目錄으로는 ≪群書四錄≫ 외에도, ≪崇文總目≫의 기록에 근거하면 또한 ≪開元四庫書目≫ 14권[165]이 있는데, 이것은 물론 국가장서의 등록부로, 宋初에도 여전히 있었던 것 같다. 余嘉錫 선생은 "歐陽修 ≪唐書·藝文志≫가 바로 이 책이다."[166]라고 하였는데, 즉 이 목록은 宋代 史志目錄의 편찬에 공헌이 있었던 것이다.

玄宗 天寶 3년은 開元 10년 이래의 계속된 드서 수집으로 인해 수량이 증가되어 舊目은 이미 실제에 부합하지 않게 되었다. 그리하여 6개월간 또한 새롭게 ≪見在庫書目≫을 편찬하였으니, 모두 經庫 7,776권, 史庫 14,859권, 子庫 16,287권, 集庫 15,720권을 등록하였다. 書庫의 存書는 모두 54,642권이다. 이후 계속 저장되고 지속적으로 등록되어 天寶 14년에는 또 이어서 16,843권을 기록하였다. 앞의 것과 함께 통계하면 국가장서는 이미 71,485권에 이른다.[167] 이 서목은 물론 장서등록부이다.

玄宗 일대는 편목이 다양하여 唐朝 목록사업의 최고 시기라 할 것이나, 말년에 이르러서는 安史의 난으로 도서가 산망되어 거의 없어져 肅宗과 代宗의 여러 차례 도서 증집의 詔書를 통해 서적을 조금이나마 한데 모았지만 목록을 편찬하였다는 것은 듣지 못했다.

---

164) 주로 陳垣 ≪中國佛教史籍概論≫ 권1에 의거하였음.

165) ≪崇文總目≫ 原本 권23.

166) 余嘉錫, ≪目錄學發微≫ 9 <目錄學原流考> 下: "歐陽修≪唐書藝文志≫, 當卽此書."

167) ≪唐會要≫ 권35.

德宗 貞元 2～3년간은 일찍이 九經을 상세히 교감하고 史書를 보충한 후에, 또한 秘書少監陳京의 주청으로 각 서적을 필사 보충하여 '藝文新志'를 편성하고서는, ≪貞元御府群書新錄≫이라 제명하였다.[168] 文宗 시기는 또한 "秘閣에 명령하여 遺文을 모아 날마다 보충하여 적게 하였다."(詔令秘閣搜謗遺文, 日令添寫.) 게다가 찾기 편리하게 하기 위해 ≪四庫搜訪圖書目≫ 1권을 편찬한 듯하다.[169] 이와 같은 수집의 노력을 거처, 開成 초년에는 국가가 소장한 四部書籍이 이미 56,476건에 달하게 되었고,[170] 그리하여 四庫의 서적이 복원되어 12庫에 분장되었다.[171] 그러나 唐末 農民起義 세력의 충돌과 통치계급 내부의 宗室, 환관, 번진 등의 방화 약탈과 내부의 동란으로 인해 사회의 혼란이 발생하여, 도서가 불타 거의 없어지게 되고 尺簡도 존재하지 않게 되었는 바, 昭宗 때에는 장서가 겨우 1만 8천여 권에 불과했다.[172] 이런 상황에서는 목록사업도 전개될 수 없었다.

唐朝의 목록사업에는 국가장서를 위해 公私로 목록 편찬을 진행한 것 외에, 또한 개인장서의 목록이 있다. 唐朝는 경제가 비교적 번영하고 문화도 비교적 발달하여, 개인의 장서 또한 비교적 편리하였는바, 따라서 1만 권 이상을 소장한 사람이 적지 않았다. 吳兢, 李泌, 柳公綽, 韋述 등은 모두 唐代의 저명한 장서가이다.[173] 어떤

---

168) ≪柳柳州集·陳京行狀≫.

169) 이 목록은 ≪宋志≫에 기록되어 있으나 편찬인과 그 시대는 기록하지 않았다. 余嘉錫 선생은 "그 목록을 찾아, 舊志에서 말한 것을 증명하는 것은 대개 학문의 大家에게 있다."(其搜謗目, 證以舊志所言, 蓋在文宗也.)라고 고증하여 말하였다.(≪目錄學發微≫ 9 참조).

170) ≪舊唐志≫ 序.

171) ≪新唐志≫ 序.

172) ≪舊唐志≫ 序.

173) 필자의 친구 涂宗濤는 일찍이 ≪杜甫的藏書≫라는 짧은 글(1962년 4월 3일 ≪天津

이는 또한 藏書目錄을 편찬하였다. 그러나 그것은 모두 이미 일실되었다. 기록을 통해 약간의 상황을 알 수 있는 바, 예를 들어 ≪新唐志≫와 ≪郡齋讀書志≫ 및 두 ≪唐書·吳兢傳≫에 근거하면, 吳兢은 일찍이 그 소장된 13,468권의 도서를 ≪西齋書目≫ 1권으로 편찬하였음을 알 수 있고, 또한 ≪通志·藝文略≫에 기록된 바와 같이, 蔣彧 ≪新集書目≫ 1권(≪宋志≫에는 ≪蔣彧書目≫으로 기록되어 있음)과 杜信 ≪東齋集籍≫ 20권 등이 있다. 이런 서목은 비록 이미 망실되어 그 체재가 어떠한지를 알 수 없으나, 그것은 개인 장서목록의 발단을 위한 唐代 목록사업 중의 한 성취가 되었다.

4. 五代 목록 작업의 쇠락

五代는 서기 10세기 말 전후로 淮河 이북, 黃河 유역 일대에 건립된 정권의 다섯 왕조를 가리키는데, 바로 後梁(907~923), 後唐(923~936), 後晉(936~946), 後漢(947~950), 後周(951~960)이다. 그들의 건국은 길게는 십 수 년, 짧게는 몇 년으로, 정권 교체가 빈번하여 전체 사회가 안정되지 못했다. 五代와 대략 동시대에 淮水 이남에는 또한 9개 할거정권, 즉 吳, 南唐, 吳越, 楚, 南漢, 閩, 前蜀, 後蜀, 荊南이 있었으며, 또한 山西에 할거된 北漢을 더하여 통칭 十國이라 한다. 남방 각국은 전쟁이 비교적 적어 정권이 대체

晚報≫)에서 杜甫의 ≪陪鄭廣文游何將軍山林≫의 詩에서 "오직 서적을 구입하고자 하여, 그대에게 東家를 묻노라."(盡捻書籍買, 來問爾東家)라는 구절과 明人 王嗣錫의 ≪杜臆≫에서 말한 "公獻의 작품은 팔지 않았지만, 서적을 팔아 가택을 사고자 하였다."(公獻賦不售, 故欲賣書買宅)라는 것을 인용하여 杜甫는 적지 않은 수량의 서적을 소장하였음을 증명하였다. 여기서 또한 唐代의 藏書家 한 사람을 보탤 수 있다.

로 오래 지속되었으며, 비교적 안정되어 사회경제가 발전하였기에 문화상황이 북방에 비해 우월하였다. 五代十國의 도서는 後唐, 漢, 周가 비록 민간에서 서적을 수집하였다 하나 효과는 매우 미미하였으며, 南唐이 장서가 비교적 풍부하여 "궁중의 圖籍가 1만권이다."(宮中圖籍萬卷)고 하였다. 그러나 南北을 불문하고 도서사업은 그다지 왕성하지 못했다. 十國의 목록으로는 ≪通志·藝文略≫ 기록에 근거할 때 오직 ≪蜀王建書目≫ 1권이 있었는데 이미 일실되었다. 五代는 後唐에서 後周까지 일찍이 23년간의 시간 동안 九經을 조판 인쇄하여 도서사업의 대업을 이루었으나, 목록을 편찬하였다는 말은 듣지 못했다. 後晉 한 시대는 비록 국세나 문화가 모두 바르지 못했으나, 劉昫이 편찬한 史志目錄 ≪舊唐志≫가 五代의 목록사업에서 차지하는 성취가 적지 않다. ≪舊唐志≫는 ≪唐書·經籍志≫의 간칭으로, 그것은 주로 毋煚 ≪古今書錄≫에서 재재를 취했고, 체재는 ≪隋志≫를 규범으로 모방하였다. 그 목록을 편찬한 목적은 唐代 藝文의 성황을 드러내기 위함인데, 開元이 목록의 전성기였기에, "開元盛時四部之書"라고 기록하였다. 開元 이후의 기록은 들어 있지 않았으나, 관련 자료는 본전에 많이 보인다. 이 목록은 正史目錄 중의 하나로 목록학 자료를 보존하였다는 점에서 공적이 드러나는데, 예컨대 毋煚 ≪古今書錄≫은 목록학의 중요한 저술로 안타깝게도 망실되었지만 그 序文이 ≪唐志≫에 보존되어 있으므로 후인들로 하여금 ≪古今書錄≫의 大概를 알 수 있게 한다.

제4절 私家目錄의 발흥과 目錄學 研究의 전개 – 宋元

1. ≪崇文總目≫과 ≪國史經籍志≫의 대규모 수찬

宋朝의 건립은 五代十國의 분열 상태를 끝내었으나, 오랜 기간의 동란은 도서의 비교적 엄중한 산실을 초래하였다. 宋初의 昭文館, 史館, 集賢院 3處의 국가장서 총수는 1만여 권도 넘지 못했다. 그리하여 사회경제를 회복함과 동시에 宋朝 정부는 일부 도서를 수집하는 구체적인 조치를 취하였는 바, 즉 남방 각국의 도서를 정부에 귀속시켰으니 그 중 南唐의 장서가 가장 풍부하여 모두 3만여 권이었다. 또한 乾德 4년에는 민간에서 서적을 거두어 모으라는 명령을 내리고, 유명한 학자들에게 관직을 맡겨 적당한 안배를 하였으며, 동시에 정부에 의해 서적이 판각되고 副本이 복제되었다. 당시에는 또한 조판 인쇄의 광범위한 응용으로 인해 도서 수량이 크게 증가하여, 국가의 政府藏書뿐만 아니라 황실과 국자감 등에서도 서적을 수장하였으며 각지의 書院과 개인들도 모두 서적을 보관하였다. 이것은 도서목록 작업을 위한 물질적 조건을 세웠고, 그리하여 官私目錄이 잇따라 출현하게 되었다.

宋朝의 官修目錄으로는 仁宗 시기에 수찬한 ≪崇文總目≫이 가장 유명하다. 宋 仁宗은 景佑 元年 윤 6월에 일찍이 張觀, 宋祁 등에게 三館과 秘閣의 政府藏書를 심사하여 오류를 없애고 누락된 것을 보완하는 작업을 하도록 명하였다. 또한 王堯臣, 歐陽修 등에게 唐代 ≪開元四部錄≫의 체재를 따라 기록을 상세하게 보태도록 명하였는데, 慶歷 元年 말에 완성이 되어 ≪崇文總目≫이라고 제명을 내렸다. 이 四館[174]의 장서를 총괄하여 저록한 국가장서목록은 모두 66권이다. 그것은 수록된 30,669권의 도서를 四部 45類로 나누었다(통계하면, 經部 9類, 史部 13類, 子部 20類, 集部 3類). 그 史部에는 특별히 '目錄' 1類를 세웠는데, 목록학 저술이 독자적인 부류가 되었음은 그 이전의 목록사업의 발전 정도를 반영하는 것이다. 각 부류는 모두 序가 있고, 각 서적에는 모두 提要(解釋)가 있는 바, 소위 "각 조의 아래에는 논설을 갖추고 있으며(每條之下, 具有論說)[175], 한 서적의 대의는 반드시 그 강령을 설명한다.(一書大義, 必擧其綱)"[176]라고 하는 것은 바로 이것을 일컫는 말이라 하겠다. 그 후 晁公武, 陳振孫 등은 거기에서 방법을 얻어 각기 전문 저서를 편찬하였다. 그러나 안타깝게도 南宋 이후 序釋은 없어지고[177] 書名만 존재하였다. 元初에는 이미 完本이 없어졌고 明清 시기에는 오직 簡目만 남았다. 그러다가 清 嘉慶 4년(1799)에 이르러서 錢侗 등에 의해 ≪歐陽文忠公集≫, ≪玉海≫, ≪文獻通考≫에서 집출하여 5권의 책으로 완성되었다. ≪崇文總目≫

---

174) 四館: 宋初에 昭文, 史館, 集賢을 3館이라 하였는데, 端拱 元年에는 또한 秘閣을 건설하여 書庫라 하고, 三館과 합칭하여 四館이라 하였다.

175) ≪四庫全書總目提要・崇文總目條≫.

176) 清, 朱彛尊, ≪崇文總目跋≫(≪曝書亭集≫ 권44).

177) 清初 朱彛尊은 鄭樵가 "그 문장이 번잡하고 쓸모없는 것이 유감이다."(嫌其文繁無用)라고 한 까닭에 ≪崇文總目≫ 序釋을 삭제한다고 하였다. ≪四庫叢目≫은 그 설을 계승하여, "鄭樵는 ≪通志≫를 지어 비로소 ≪崇文總目≫의 문장이 번잡하고 무용하다고 하고서, 紹興 연간 마침내 그 序釋을 삭제하였다."(鄭樵作≪通志≫, 始謂其文繁無用, 紹興中遂從而去其序釋.)고 하였다. 그러나 실제 序釋을 제거한 것은 鄭樵와 관계없으니, 杭世駿의 ≪道古堂集≫ 권26에 이미 반론이 있으며, 錢大昕의 ≪十駕齋養新錄≫ 권14에도 상세한 고증이 있다.

은 비록 缺失이 있으나, 宋 이전의 도서개황을 총괄함으로써 후대
에 存佚을 검색하는 데 편리하도록 상당한 공헌을 하였으니, 그것
은 바로 ≪四庫全書總目≫ 권85권에서 평론한 바와 같다.

> 百世 이하 서적의 존일을 검토하고 진위를 분석하고 차이를 교감함
> 으로써 진실로 冊府의 연원이자 藝林의 꽃밭이 되었다고 하지 않을
> 수 없다.(百世而下, 藉以驗存佚, 辨眞贋, 核同異, 固不失爲冊府之
> 驪淵, 藝林之玉圃也.)

≪崇文總目≫은 徽宗 시기에 이르러 다시 증보되어 ≪秘書總目≫
으로 개명되었으나, 일반적으로는 ≪崇文總目≫의 이름이 그대로
사용되었다. 徽宗은 문사를 애호한 황제이다. 그는 舊藏을 보완하
여 필사하였을 뿐 아니라 또한 도서를 광범위하게 수집하여 좋은
결과를 얻어 국가장서량이 崇目에 기록된 것어 비해 25,254권이
증가하여 모두 55,923권이 되도록 하였으니, 宋朝 국가장서량의 최
고조에 이르렀다 하겠다. 그러나 얼마 되지 않아 '靖康의 變'으로
인해 金나라가 남하하자 소장된 도서는 홀연 사라져 버렸다.

≪崇文總目≫ 이외, ≪通志·藝文略≫의 기록에 근거하면 또
한 ≪秘閣四庫書目≫ 10권, ≪史館書目≫ 2권, ≪嘉佑(宋仁宗年
號)訪遺書詔幷目≫ 1권이 있었으나, 다만 卷目만 남아 있을 뿐이
어서 내용은 이미 알기가 어렵다.

宋이 남도한 후 高宗이 다시 遺書를 찾아 구함에 국가장서가 일
부 회복되었다. 당시 秘書省에서는 ≪續編到四庫闕書目≫ 2권을
편찬하였는데, 經史子集의 순서이며 闕書의 경으는 바로 書名 아
래에 주석하여 밝혔다. 이 목록은 秘書省의 사람들이 도서 수집의
용도로 초편한 것인 듯하다. 孝宗 淳熙 4년(1177) 10월, 秘書少監

陳騤(字 叔進, 臺州臨海人, 관직이 參知政事에 이르렀고, 시호는 文簡임)는 서목을 편찬할 것을 요구하였다. 익년 5月 ≪中興館閣書目≫ 70권, ≪序例≫ 1권을 편성하였는데,[178] 대개 52門으로 모두 현존 서적 44,486권을 저록하여, ≪崇文總目≫에 기재된 것에 비해 13,817권이 많았다. 그러나 여전히 北宋 徽宗 시기의 장서량에는 미치지 못하였다. 高宗 紹興에서 寧宗 嘉定(1131∼1222)까지의 근 100년간은 "백 년의 세월이 태평스러워 잃어버렸던 서적이 속속 나왔으며, 저서 입언의 선비가 또한 많아져 대개 秘府를 가득 채우게 되었다."(承平百載, 遺書十出八九; 著書立言之士又益衆, 往往多充秘府.)[179]고 하는 바, 서목을 속편하지 않을 수 없을 만큼 도서량이 넘쳤음이라. 嘉定 13년(1220)에는 秘書丞 張攀이 명을 받아 ≪中興館閣續書目≫ 30권을 편찬하였는데, 正目錄 외에 또한 14,943권이 증가되어 南宋의 장서량은 59,429권에 이르게 되었으니, 徽宗 시기의 성황을 회복하였을 뿐 아니라, 또한 3,500여 권이 증가하였다. 그러나 太常博士의 藏書와 여러 지방에서 판각되었으나 헌상하지 않는 것[180]은 모두 포함되지 않았다. 그렇지만 불행히도 10여 년 후 理宗 紹定 4년(1231)에 발생한 화재로 인해 도서는 엄중한 손실을 입었다. ≪中興館閣書目≫ 正續 두 목록은 비록 陳振孫 등이 그것에 대해 비평을 하였지만, 그것은 南宋의 국가장서 상황을 반영하며, 또한 南宋 목록사업의 중요한 성취 중 하나이다. 두 목록은 모두 일실되었고, 현재는 다만 趙士煒가 집일한 ≪中興館閣書目輯考≫ 5권과 ≪中興館閣續書目≫ 1권이 있다.

---

178) ≪直齋書錄解題≫, ≪文獻通考·經籍考≫는 모두 30권이라 하였는데, 여기서는 ≪宋史·藝文志≫ 및 ≪建炎以來朝野雜記≫ 권4에 근거하였다.

179) ≪文獻通考·經籍考≫.

180) 上同.

宋朝는 本朝의 역사를 수찬하는 것을 매우 중시하여 바로 ‘國史’라고 하였는데, 각 종의 國史에는 또한 모두 <藝文志>가 있었다. 이것은 목록사업 발전에서 그 당시의 史志目錄을 작성하는 선례를 열었다. 宋朝의 ≪國史藝文志≫는 기록에 근거하면 모두 7종인데, 그러나 그 중 3종은 南宋 시기에 이미 없어졌고, 오직 아래 4종만이 남게 되었다.

① 呂夷簡 等 撰(太祖, 太宗, 眞宗) ≪三朝國史藝文志≫.

② 李珪 等 撰(仁宗, 英宗) ≪兩朝國史藝文志≫.

③ 李燾 等 撰(神宗, 哲宗, 徽宗, 欽宗) ≪四朝國史藝文志≫

④ 편찬자 미상(高宗, 孝宗, 光宗, 寧宗) ≪中興國史藝文志≫

이러한 史志目錄은 지금 이미 없어졌으나, 여전히 기타 기록에 근거하여 그 대강의 상황을 대략 알 수 있다.

○ 각 부류에는 小序가 있고, 각 서적에는 解題가 있다.

○ 晁公武와 陳振孫의 두 목록은 모두 宋의 國史를 저록하였는데, 官에 의해서만 소장된 것이 아니라 민간에도 부본이 유행하였으므로, 각종 史志目錄 또한 그것에 따라 전파되었음을 알 수 있다.

○ 각 志는 국가도서목록을 주요 근거로 하였을 것인데, 즉 ‘三朝志’는 ≪咸平館閣書目≫을 본보기로 한 듯하며, ‘兩朝志’는 ≪崇文總目≫을, ‘四朝志’는 ≪秘書總目≫을 본보기로 하였을 것이며, ≪中興志≫는 陳騤와 張攀의 正續 ≪中興館閣書目≫의 배열을 근거로 편성되었을 것이다.

○ 三朝, 兩朝, 四朝 각 志는 모두 중복 등록하지 않고 전에 없던 것을 등록하였는데, 다만 ≪中興志≫는 남도 후에 도서를 다시 수록 편찬한 것이어서 중복 등록된 것이 있을 것이다.[181]

≪國史藝文志≫는 그 일을 주도한 사람 및 등록된 장서로 볼 때 국가도서목록의 성질을 갖추고 있으나, 그것은 각 왕조의 國史에 부기되었으므로 또한 일종의 그 시대의 史志目錄이라고 볼 수 있다. 이것은 과거에는 없었던 새로운 방법인 바, 따라서 官撰된 그 당시의 史志目錄의 체재는 여기서 비롯된다 하겠다.

史志目錄 중에는 또한 歐陽修의 ≪新唐書·藝文志≫(간칭 ≪新唐志≫)가 있는데, 그것은 대개 체재는 ≪隋志≫를 모방하였고, 내용은 ≪古今書錄≫에서 많이 채록하였으나, 시대가 비교적 많이 지난 까닭에 ≪古今書錄≫의 면모를 더욱 많이 보존한 ≪舊唐志≫보다 더 못하다. 그러나 그것은 직접 본 ≪開元書目≫을 근거로 하여 이미 53,915권을 기록한 것 외에도, 唐代 학자가 편찬한 28,469권을 기록하고 정리하여 모두 3,277부, 52,094권을 저록하였기에, 唐代의 藏書 및 唐人의 저록이 ≪舊唐志≫에 비해 완비되었다. ≪新唐志≫는 분류와 편차에서 모두 증정이 있다. 舊志가 부류로써 '家'를 삼은 방법을 없애고, 학술 유파로써 분류하였는데, 즉 覇史, 僞史를 하나로 병합하고 覇史의 명칭을 제거하였으며, 筆記雜著를 史에 보충하여 雜史類에 넣는 등, 적당히 類名을 생략하고 병합하였다. 그러나 안타깝게도 그것은 ≪舊唐志≫와 마찬가지로 각 부와 각 류의 小序를 없애어 ≪古今書錄≫의 많은 내용이 남지 않게 되었다. 어떤 곳은 간략한 疏로 인해 일부 잘못이 생겨났는데, 인명의 오류와 같은 것은 비록 한 글자의 차이이나, 독서와 학술 연구의 본보기가 될 만하기에 淸末 沈濤가 일찍이 평한 일례를 들어 보기로 한다.

---

181) 趙士煒, ≪宋國史藝文志輯本序≫(≪圖書館學季刊≫ 1933년 제2기) 참조.

(唐) ≪藝文志≫ 僞史類: 蕭方 ≪三十國春秋≫ 30권; ≪宋史‧藝
文志≫ 史類‧覇史類 동일. 蕭方은 마땅히 蕭方等의 오류이다. 方
等은 梁 元帝의 世子로 佛家의 ≪方等經≫으로써 명명한 것이다.
≪隋志≫에서 "≪三十國春秋≫ 三十卷, 蕭方等 撰"이라고 한 것에
서 증명할 수 있다. ≪唐書≫를 수찬하는 자가 '等'자를 '등등'의
'等'으로 오해하고 삭제하였다. 옛날 사람들이 "歐陽修는 독서를 하
지 않는다." [歐九不學: 歐陽修가 王安石이 쓴 <殘菊>의 시를 읽
고, '모든 꽃이 다 떨어질지언정, 유독 국화는 가지 위에서 마른다.'
(百花盡落, 獨菊枝上枯耳.)라고 비웃자, 王安石이 "歐陽修는 독서가
충분하지 못하구나. 어찌 ≪楚辭≫의 '저녁에는 국화의 떨어진 꽃잎
을 먹는다.'(夕餐秋菊之落英)라는 구절도 어찌 보지 않았다는 말인
가?"라고 한 데에서 나온 전고.(宋 蔡絛, ≪西淸詩話≫ 참조]라고
하였는데, 실로 그러하다. ≪宋志≫ 또한 그 오류를 계승하였다.((唐)
≪藝文志≫僞史類蕭方≪三十國春秋≫三十卷, ≪宋史‧藝文志≫史‧
覇史類同. 蕭方當爲蕭方等之誤. 方等梁元帝世子, 以釋≪方等經≫
命名. ≪隋志≫: ≪三十國春秋≫三十卷, 蕭方等撰可證. 修≪唐書≫
者誤以等字爲等類之等而刪之. 昔人謂歐九不學, 洵然. ≪宋志≫亦
承其誤.)182)

한편, 歐陽修가 ≪新唐志≫ 중에서 목록의 처례를 개진한 작업
은 또한 宋元 시기의 ≪國史經籍志≫와 鄭樵의 ≪校讎略≫ 등
저명 목록학의 편집에 영향을 미친 바가 있다.

2. ≪郡齋讀書志≫와 ≪直齋書錄解題≫의 편찬

宋代는 조판인쇄가 흥성하고 문화 사업이 비교적 발달하였기에,
개인장서의 기풍이 매우 성행하여 장서가 수만 권인 대가가 자못

---

182) 淸 沈濤, ≪銅熨斗齋隨筆≫ 권6 <蕭方>.

많아졌다. 宋人 周密은 그의 저서 ≪齊東野語≫에서 저명 장서가가 매우 많음을 열거하였는데, 그 중 많은 장서가들이 서목을 편찬하였는 바, 江正의 ≪江氏書目≫, 吳良嗣의 ≪籯金堂書目≫, 田鎬의 ≪田氏書目≫, 李淑의 ≪邯鄲圖書志≫, 董逌의 ≪廣川藏書志≫ 등이 모두 기록에 보이는 宋人의 개인목록이나, 안타깝게도 일실되었다. 그러나 지금에까지 유전되며 또한 영향이 있는 것으로는 마땅히 晁公武의 ≪郡齋讀書志≫, 陳振孫의 ≪直齋書錄解題≫, 尤袤의 ≪遂初堂書目≫을 꼽을 만하다.

晁公武는 宋朝의 유명한 장서가로서, 그의 5世祖 晁逈은 宋 眞宗 시기의 저명한 학자이며, 그 후 몇 대가 모두 학술 작업에 종사하였으므로 소장 도서가 풍부한 世家였다. 北宋 말, 晁氏는 蜀에 들어가서 四川의 轉運使 井度(南宋의 刻書家, 字獻孟)의 屬官을 담임하였는데, 후일 井度가 또한 그의 모든 소장 도서를 晁氏에게 증여하였는 바, 따라서 晁公武는 대량의 도서를 가진 유명인이 되었다. 이것은 그가 목록작업에 종사하는 데에 유리한 조건이 되었다. 晁公武는 대략 50여 세쯤 榮州太守를 맡을 시기에 ≪郡齋讀書志≫의 편찬 작업을 시작하였다. 그는 이 책의 自序에서 책을 모으고 저서를 하는 과정을 다음과 같이 서술하였다.

井度의 서적 50상자를 얻었는데, 우리 집에 옛날 소장된 것을 합하여 그 중복된 것을 제외하면 24,500권을 얻었으니 놀랍도다. 오늘 三榮〔榮州, 지금의 四川 榮縣〕의 외진 곳에서 쓸데없는 일을 삼가하고, 아침저녁으로 잘못된 것을 주색과 황색으로 엎드려 교감하여, 가장 끝 편에 마침내 그 주제를 뽑아 논하였다.((得井度)書凡五十篋, 合吾家舊藏, 除其復重, 得二萬四千五百卷有奇. 今三榮僻左少事, 日夕躬以朱黃讎校舛誤, 終篇輒撮其大旨論之.)

≪郡齋讀書志≫는 四部에 따라 45류로 나누었는데, 각 부에 총론(즉 大序)이 있고 각 서적에 제요가 있으며, 작자, 전체 주제, 학술 원류, 편찬 순서에 대해 모두 다른 상황에 의거하여 논술하고 대체로 考訂에 편중하였다. 약간 후대의 목록학가 陳振孫은 晁公武의 제요에서 설명한 것이 볼만하다고 추앙하였다. 게다가 이는 또한 후대의 典籍考訂을 위한 참고 자료가 되었다.

≪郡齋讀書志≫는 당시에 이미 2가지 판본이 있었다.

① 袁州刊 4卷本, 간칭 袁本. 淳佑 10년 袁州에서 간행되었고, 뒤에 附志, 後志가 있다. 이것은 줄곧 유전되어 온 간본으로, ≪四庫全書≫는 이 판본만 기록하였다.

② 衢州刊 20卷本, 간칭 衢本. 淳佑 9년 衢州에서 간행되었다. 내용이 袁本에 비해 풍부하고, 馬端臨 ≪文獻通考≫에 일찍이 많이 인용되었으나, 후대에 전해진 판본은 보기에 드물다가 乾隆 시기에 이르러서야 瞿中溶이 舊鈔本을 얻게 되었다. 嘉慶 己卯 汪士鍾이 이 鈔本을 얻어서 교감가 李富孫에게 청하여 상세한 교정을 한 후 간행함으로써 衢本이 유전되기 시작하였다.

清末 王先謙이 袁衢 두 판본을 합해 교감하고 간행한 것이, ≪郡齋讀書志≫의 善本이 되었다.

陳振孫은 字가 伯玉이며 浙江 安吉 사람이다. 淳熙 말년에 태어났으며 졸년은 상세하지 않다(1183∼?). 일찍이 江西 南城, 福建 莆田과 浙江 등지에서 20여 년의 지방관을 지냈으며, 國子監司業, 寶章閣待制를 지냈다.[183] 그는 도서사업이 비교적 발달한 지역에서 장기간 생활한 까닭에 점점 이 방면의 지식을 쌓을 수 있었고,

---

183) 陳振孫의 생평에 관해서는 陳樂素, ≪直齋書錄解題作者陳振孫≫(民國 35년 11월 20일 ≪大公報·文史≫ 副刊)을 참고할 만하다.

도서를 필사 소장하고 수집하는 것이 날마다 풍부해져, 40여 년 동안 도서를 수집하여 당시 자못 명성이 있는 장서가가 되었는 바, 周密의 ≪齊東野語≫에서는 그 도서 수집의 일을 특별히 다음과 같이 기록하였다.

> 근년에 오직 直齋 陳氏의 서적이 가장 많았는데, 모두 일찍이 莆에 벼슬하여, 夾漈鄭氏, 方氏, 林氏, 吳氏의 舊書를 필사한 것으로, 51,180여 권에 이르렀다.(近年惟直齋陳氏書最多, 皆嘗仕於莆, 傳錄 夾漈鄭氏, 方氏, 林氏, 吳氏舊書至五萬一千一百八十餘卷.)

陳振孫은 이러한 풍부한 장서의 기초에서, 만년에 근 20여 년의 시간을 투자하여 ≪郡齋讀書志≫를 모방하여 ≪直齋書錄解題≫라는 목록학 저서를 편성하였던 것이다.

≪直齋書錄解題≫는 원래 56권으로 도서 3,096종 51,180권을 저록하였는데, 다만 ≪中興館閣書目≫ 및 ≪續目≫의 총수 5만 9천여 권에 비하면 8천여 권이 적다. 그것은 원래 經史子集 四部와 部序가 있었지만 明初에 이미 망실되었고, 현재 통행본은 직접 53 類目을 나눈 것인데, 類目의 편차를 종합하여 보건대 여전히 四部의 순서를 유지하고 있다. 그것은 저록한 각 서적에 대해 모두 권수와 작자를 서술하고 평론을 붙여, 목록서 중의 해제 체재를 창조하였다. 그것의 각 부류 小序는 필요에 의해 쓰인 것으로 지나치게 부연하지 않았으니, 53류 중에 있는 9류의 소서는 모두 부득이 설명을 할 수밖에 없는 類目이라 하겠다. 바로 ≪論語≫, ≪孟子≫를 합쳐 '語孟類'라 한 것은 그 전에는 없던 부류였으므로 小序에서 설명하였고, 기타 小學, 起居注, 時令, 章奏, 農家, 陰陽, 音樂, 詩集과 같은 각 부류는 또한 실제적인 필요가 있어 편찬된 것이나

진술할 만한 새로운 의미가 없는 각 부류에는 小序를 쓰지 않았다. 이 점은 鄭樵의 "통석은 무의미하다."(泛釋無義)라는 관점의 영향을 받은 듯하다. 이것은 자못 창신이 있는 목록학 저작이나, 그 당시는 응분의 중시를 받지 못하여 전해지는 판본이 희소하게 되었고, ≪宋史·藝文志≫, 馬端臨의 ≪文獻通考≫에도 모두 저록되지 않아 거의 일실되었다가 淸 乾隆에 이르러 ≪四庫全書≫를 수찬할 때 비로소 ≪永樂大典≫에서 집일해 내어 22권으로 만든 것이 현재 전해지고 있는 판본이다. 그것은 分卷과 文字가 56권의 原本과 조금 차이가 있는 것 외에 내용이 일치하며, 그 雙行의 小字注는 四庫館에서 교감 보충한 것이다. 그 22권본이 광범위하게 유전되고 있었던 까닭에, 오늘에 전해지지 않은 고서는 이를 빌어 그 대략을 구할 수 있고, 오늘에까지 전해진 것은 이를 빌어 그 진위를 판단하여 차이를 대조하고 또한 고증에 필요한 자료를 얻을 수 있었으므로, 버릴 수가 없는 것이다.[184]

≪直齋書錄解題≫에서 가장 눈여겨볼 만한 것은 그 각 서적의 해제 부분인데, 그것은 새로운 해제 체재를 창신하였을 뿐 아니라, 또한 그 내용이 다루는 것도 매우 광범위한 바, 대략 총괄하자면 다음과 같은 몇 가지 점이 있다.

○ 인물 평론: 卷4 ≪史記一百三十卷≫條에서는 "六藝 이후에 문장으로 이론을 세운 사람은 오직 左丘明, 莊子, 屈原 및 司馬遷뿐이다. 이 네 명의 저술은 모두 '전대에는 그에 비할 것이 없었으며, 후대에는 모범으로 삼을 만한 것이다.'"(六藝以後能著書立論者只有左莊屈及司馬遷. 這四個人的著述都是前未有其比, 後可以爲法的.)라고 하였다.

---

184) ≪四庫全書總目≫.

○ 도서 가치 평론: 卷4 ≪中興小歷四十一卷≫條에서는 작자 熊克의 저서는 "종종 소략하며 모순된 부분이 많아, 좋은 역사서가 아니다."(往往疏略多牴牾, 不稱良史.)라고 평론하였다. 卷5 ≪新南唐書十五卷≫條에서는 陸游의 저서를 평론하여 "이 책은 여러 서적을 채용하여 자못 역사서의 모범이 되었다."(采獲諸書, 頗有史法.)라고 하였다.

○ 도서 내용 소개: 卷5 ≪華陽國志≫條에서는 이 책은 "巴蜀의 지리·풍속·인물 및 公孫述, 劉焉, 劉璋의 선후 주군 및 李特 등의 사적을 기록하였다."(志巴蜀地理風俗人物及公孫述, 劉焉, 劉璋先後主以及李特等事迹.)라고 소개하였다.

○ 재제 선택을 기술: 卷8 ≪太平廣記≫條에서는 이 책은 李昉 등에 의해 "野史, 傳記, 故事, 小說에서 취하여 편찬되었다."(取野史傳記故事小說撰集)라고 기록하였다.

○ 찬술 시간을 기록: 卷5 ≪五代年號幷宮殿等名≫條에서는 "丞相 饒陽, 李昉, 明叔이 翰苑에 있을 때 편찬한 것이다."(丞相饒陽李昉明叔在翰苑時所纂.)라고 말하였다.

○ 도서 판본을 기록: 卷4 ≪高氏小史≫條에서는 "이 책은 옛날에 杭本이 있었다. 지금 판본은 두꺼운 종이를 사용하여 가운데를 포장하였고, 잘못 쓰인 것이 많아 杭本과의 교감이 필요하다."(此書舊有杭本. 今本用厚紙裝襀夾面, 寫多錯誤, 俟求杭本校之.)라고 말하였다.

≪直齋書錄解題≫의 저록에는 今書가 대체로 상세한데, 예를 들어 권21 '歌詞類'에서 ≪花間集≫, ≪南唐二主詞≫, ≪陽春錄≫ 및 ≪家宴集≫이 唐五代 작품인 것 외, 그 나머지 115종은 모두

宋人의 詞集이다.

尤袤는 字가 延之이며 無錫人이다. 紹興 18년에 진사에 합격하여 관직이 禮部尙書에 이르렀다. 그는 부지런히 독서하고 필사한 도서에 대한 특별한 애호를 지닌 장서가로서, 일찍이 그는 친구에게 서적에 대한 자신의 애호를 다음과 같이 표슬하였다.

> 배고플 때는 독서를 고기로 삼고, 추울 때 독서를 가죽으로 삼고, 고적할 때는 독서를 친구로 삼고, 울적할 때는 독서를 鐘磬과 琴瑟의 악기로 삼았다.(飢讀之以當肉, 寒讀之以當裘, 孤寂而讀之以當友朋, 幽憂而讀之以當金石琴瑟也.)[185]

따라서, 尤袤는 그가 보고 들은 각종 다른 판본도서를 ≪遂初堂書目≫으로 편성하였는데, 오직 서명만 기록하고 해제는 편찬하지 않았으나, '한 책에 여러 판본을 겸하여 기록하여'(一書而兼載數本), 판본목록의 가장 이른 저작이 되었다. 현재 통행본은 일찍이 권수와 편찬자가 빠져 고대의 도서를 고증하는 데에 결점이 없지는 않지만, ≪四庫全書總目≫에서 "전사자가 삭제한 것으로 보이며 그 원서가 아닐 것이다."(疑傳寫者所刪削, 非其原書耳.)라고 하였는 바, 아마 그럴 가능성이 있지 않을까 한다.

宋代 3종의 私家目錄은 각기 장단점이 있는데, 晁公武와 陳振孫의 두 서적은 수록이 완비되었고 간략한 평론을 갖추고 있어 후대의 문헌고증에 매우 유익함이 있으며, 더욱이 ≪崇文總目≫이 산일되어 완전하지 못하고 그 이후 좋은 목록이 없는 상황에서, 이는 더욱 중요한 참고의 가치가 있는 자료가 되었으므로 사가목록 중의 쌍벽이라 칭송되고 있다. 尤目은 비록 晁公武와 陳振孫의 공

---

185) 宋 楊誠齋, ≪遂初堂書目≫ 序.

력에는 미치지 못하나, 판본을 기록한 것은 목록학을 위해 새로운 저록 항목을 첨가하여 후대에 판본학에 주력하는 풍토를 열었다는 측면에서 공헌이 있다 할 것이다. 요컨대, 이 3종의 사가목록은 宋代 목록 사업에서 중요한 성취라 하겠다. 그것들은 고전목록학의 발전을 위해 체재를 창제하였으며, 宋 이전의 학술 자료를 보존한 값진 공헌을 하였다.

3. 鄭樵의 목록학 연구의 성취

宋代 목록 사업의 더욱 중대한 성취는 목록학의 전문 연구를 시작하였다는 데에 있다. 鄭樵는 이 방면에 탁월한 성취를 지닌 저명 목록학자이다. ≪通志・校讎略≫은 이 항목의 연구에 독자적인 기치를 세워, 스스로 체계가 풍부한 성과를 이루었다.

鄭樵는 字가 漁仲이고 또한 夾漈 先生이라도 한다. 福建 莆田 사람이다. 宋 徽宗 崇寧 3년에 태어나 南宋 高宗 紹興 32년에 죽었다(1104~1162). 그는 南宋에서 매우 박학한 학자로, 평생 저술이 풍부하여 84종이 있었으나, 후세에 전하는 것은 겨우 7종뿐이다. 후대에 전해진 그의 유명한 저작은 ≪通志≫ 200권인데, 通史 겸 전문 史書의 명저로 그 중 20略이 학술계에서 가장 추종을 받고 있으며, 鄭樵 또한 이 20略을 漢唐의 여러 儒家들이 얻지 못한 것을 들은 것이라며 스스로 자부하였다. 20略 중의 <藝文志>, <校讎略>, <圖譜略>과 <金石略> 4略은 바로 鄭樵가 목록학의 이론과 실천을 연구한 성과로 그 중 <校讎略>의 영향이 가장 크다. <校讎略>은 당시 도서의 典藏을 개진하였을 뿐 아니라, 전체 도

서사업을 다루고 있는데, 이에 그는 ≪通志·總敍≫에서 다음과
같이 말하고 있다.

冊府의 소장은 서적이 없음이 우려되지 않으나, 교수의 관리는 그
방법을 듣지 못했다. 三館의 소찬을 듣지 않는 벼슬아치에게는 四庫
의 좀이 먹지 않은 簡書 천장, 만권이 날마다 유통이 되기에, <校讎
略>을 짓는다.(冊府所藏不患無書, 校讎之司, 未聞其法. 致三館無
素餐之人, 四庫無蠹魚之簡, 千章萬卷, 日見流通, 故作≪校讎略≫.)

<校讎略>의 후대에 대한 영향으로 말하자면, 淸 ≪續通志≫ 2
종이 모두 그 의례를 모방하여 지은 것이며, 章學誠도 그 계시를 얻
어 ≪校讎通義≫를 편찬하여 고전목록학 중 굉장한 명저가 되었다.
　鄭樵는 고전목록학의 각 방면에 대해 연구하여, 많은 독특한 견
해를 제시하였다. 그는 <校讎略> 중 類例, 著錄, 提要의 세 가지
주요 문제에 대해 자신의 견해를 반복 논술하였다. 그는 특별히 類
例의 중요성을 강조하며 다음과 같이 말하였다.

학문이 전문적이지 않은 것은 서적이 불명하기 때문이다. 서적이 불
명한 것은 類例가 구분되지 않았기 때문이다. 전문적인 서적이 있으
면 전문적인 학문이 있고, 전문적인 학문이 있으면 한 평생 추구할
만한 가치가 있다. 사람은 그 학문을 구하고, 학문은 그 서적을 구하
며, 서적은 그 부류를 구한다.(學之不專者, 爲書之不明也. 書之不明
者, 爲類例之不分也. 有專門之書, 則有專門之學; 有專門之學, 則有
世守之能. 人守其學, 學守其書, 書守其類.)[186]

　이렇게 鄭樵는 도서분류의 문제를 학술 수준으로 끌어올려 논술
하였고, '부류가 구분되면 학술은 절로 분명해진다.'(類例既分, 學

---

186) 宋 鄭樵, ≪校讎略·編次必謹類例論≫.

術自明)는 유명한 논점을 제기하였다. 게다가 이 논점을 주도로 '存書'와 '明學'의 양대 작용을 발휘하여, ≪通志≫에서 <藝文略>을 창립하고 그 도서분류의 창신적인 체계를 표술하였다. <藝文略>은 歷史史志, 公私書目 그리고 개인이 탐방하여 들은 것을 찬집한 것으로서, 그것은 12類, 100家, 371種을 세웠다. 이 체계의 가장 두드러진 특징은 그 이전의 각종 분류의 제한을 파괴하고, 더욱이 經部 중 현실 정치와 관련 있는 禮, 樂과 子部 중 자연과학과 관련된 일부분의 類目, 즉 天文, 五行, 醫方 등과 같은 2등급의 類目을 經子와 대등한 지위인 1등급의 類目으로 올린 점은, 鄭樵의 이러한 분야에 대한 인식을 엿볼 수 있게 한다. 그 다음으로 그는 部類의 아래에 비교적 상세하게 '百家'의 2등급 類目을 나누었을 뿐 아니라, '家' 아래에 또한 371종의 3등급 類目을 증설하였다. 類目의 확충은 도서의 귀속을 더욱 합리적이게 한다. 동시에 그는 또한 어떻게 분류 작업을 할 것인가의 구체적인 요구를 제정하였다.187)

鄭樵는 저록의 방면에서 고금을 두루 기록하고, 망일을 남기지 않으며, 전면적으로 기록하고, 圖譜와 金石도 함께 기록할 것을 주장하였다. 고금을 두루 기록하는 것은, 鄭樵의 '會通' 사상이 목록학에 응용된 것으로서, 그는 과거의 목록에서 제재를 취하고 또한 今書의 채록도 중요시함으로써 두루 기록하여 편찬할 것을 요구하였다. 망일을 남기지 않는 것은, 현존하는 도서 명목을 후대에 학술을 변별하고 원류를 고찰하는 자료가 되게 하고 또한 도서 수집의 필요에 제공될 수 있으므로, 그는 특별히 ≪編次要記亡書≫ 3편을 편찬하여 그 일을 전문적으로 논하였다. 기록이 그 전면을 힘

---

187) 宋 鄭樵, ≪校讎略・不類書而類人論・編次之訛論・見名不見書論≫.

써 구하고 일실된 것을 수록하는 것을 피하지 않은 것은, 즉 소위 세간의 모든 서적을 기록하고 고금을 살펴 남김이 없도록 함으로써, 학자가 공부함에 편리하게 하고 서적을 구하고자 하는 사람들이 쉽게 구해 볼 수 있도록 한다. 鄭樵는 목록의 수록 범위를 단순한 문자도서에서 圖譜와 金石으로 넓혔을 뿐 아니라, 또한 20略 중에 단독으로 <圖譜略>과 <金石略> 2略을 세워 <藝文略> 중의 저록과 상호 보완되도록 하였으며, 문헌자료를 광범위하게 수집한 장점이 있다.

鄭樵는 각 서적을 기록하기 위해 提要를 편찬하는 것에 대해 "통석은 무의미하다."(泛釋無義)라는 유명한 논단을 제기하였다. 이것은 역대 서록에 대한 창신적인 견해(주로 ≪崇文總目≫에 대한 비평)이다. 그의 이 논단은 결코 해제를 서록하는 것을 반대한 것이 아니라 실제 수요를 돌보지 않고 무분별하게 형식적으로 전면 해석을 하는 것을 반대한 것이다. 이에 그는 다음과 같이 말하였다.

> 해석을 해야 하는 것과 해석을 하지 않아도 되는 것이 있으니 일률적으로 논할 수는 없다. ≪唐志≫에는 해석을 해야 하나 모두 해석하지 않았는데, 그것을 '簡'이라 하고, ≪崇文≫에는 해석을 하지 않아도 되나 모두 해석을 하였으니 그것을 '繁'이라 한다. 이에 마땅히 그것이 필요한지 그렇지 않은지를 살펴야 한다.(有應釋者, 有不應釋者, 不可執一槪之論. 按≪唐志≫有應釋者而一槪不釋, 謂之簡; ≪崇文≫有不應釋者而一槪釋之, 謂之繁. 今當觀其可不可.)[188]

鄭樵의 <藝文略> 중에 쓰인 여러 서적의 제요는 이런 정신에 의거하여 찬술된 것이다. 그가 쓴 제요는 주로 작자 소개, 도서 편

---

188) 宋 鄭樵, ≪通志 · 校讎略 · 書有應釋論≫.

권과 명칭, 평론 내용 등의 방면을 포괄한다. 이런 실제 수요에서 출발하여 억지로 일률을 요구하지 않는 실사의 정신은 鄭樵가 기존의 목록제요를 이해하고 총괄하여 얻은 것이다. 목록학 방면에 참고가 되는 鄭樵의 주장과 견해는 많다 하겠는데, 분류, 저록, 제요에서 몇 가지 주요한 측면을 주장한, 즉 '類例에 정통한다.', (精於類例), '기록에 완벽을 추구하지 않는다.'(記無求全), '통석은 무의미하다.'(泛釋無義) 등의 논점을 편찬한 것에서 보자면, 모두 식견이 있다 할 것이다. 후대에 鄭樵의 목록학 견해와 실천 활동에 대해서는 비방과 칭찬이 있었다. 비록 鄭樵는 꼼꼼하지 못하고 자신을 높인 결점이 있으나, 그는 독창적인 생각을 하고 스스로 자신의 견해를 펼쳐 고전목록학의 영역을 위해 새로운 내용을 제공하였는 바, 大家의 주장이라 하지 않을 수 없다. 그는 마땅히 고전목록학의 발전에서 응분의 긍정적 평가를 얻어야 한다. 그가 宋代 목록사업을 위해 이룬 공헌은 크다 할 것이다.

요컨대 宋代의 목록사업은 각종 목록의 편찬과 목록학을 위한 전문 학술의 연구 등의 방면에서 매우 큰 성과를 내었다. 이런 성과는 고전목록학이 五代 시기의 더딘 발전에서 흥성의 시기로 가는 원동력이 되었다.

4. ≪秘書監志≫, ≪宋史·藝文志≫와 ≪文獻通考·經籍志≫의 편찬

元朝의 건국 이후는 제때에 도서문화 사업을 주의하지 못하여 元 10년 정월이 되어서야 비로소 秘書監을 세우고 도서 經籍을 장관하게 되었고, 11월에는 또한 秘書監 아래 興文署를 세워 도서 인쇄를 장악하였다. 그러나 목록을 편찬했다는 기록은 없다. 현재 볼 수 있는 國家書目은 至正 2년 王士點, 商企翁이 합찬한 ≪秘書監志≫ 중의 권6과 권7뿐이다. ≪秘書監志≫의 편찬자 王士點은 字가 繼志로 東平 사람이며 著作郎을 지냈다. 그가 지은 ≪禁扁≫은 ≪四庫全書≫ 권68에 저록되어 있다. 商企翁은 字가 繼伯으로 曹州 사람이며 著作佐郎을 지냈다. ≪秘書監志≫는 11권으로 至元 이래의 秘書監의 설치와 인사이동, 典章에 대해 실로 기록하지 않은 것이 없었으며,[189] 그 중에 ≪書目≫ 2권이 있다. 이 서목은 서명, 권수가 없고, 다만 서고에 있는 것, 먼저 서고에 보낸 것, 그 다음 내려진 서적, 그 뒤에 내려진 서적 등 입고 순서에 따라 각기 약간의 部와 약간의 冊이 있음을 등록ㅎ-였을 뿐이다. 書庫에서 經史子集과 道書, 醫書, 方書, 類書, 小學, 志書, 陰陽書, 農書, 兵書, 釋書, 法帖 각 부류를 분류하여 검색에 편리하게 한 것 외에, 기타 받았으나 서고에 들어오지 않은 도서의 전체 수를 기록하였는데, 이것은 사실 秘書監의 도서 대장일 뿐 도서목록의 작용은 하지 못한다. 그러나 주의할 만한 한 가지 사실은 제7권 回回書籍條에 至元 10년(1273)에 일찍이 아라비아문의 수학서적 38부가 있었다는 것이다.[190] 이것 외에 錢大昕의 ≪補元史藝文志≫ 중에는 危素가 편찬한 ≪史館購書目錄≫과 毛文在가 편찬한 ≪上都分學書目≫이 기록되어 있는데, 그 서적은 이미 일실되어 내용을 이해할 수가 없다. 만약 책명으로 추측하자면, 국가의 闕書目과 部

---

189) ≪四庫全書總目≫ 권79.

190) 兀勿列의 ≪四擘算法段數≫ 15부, ≪罕里速窊允解算法段目≫ 3부, ≪撒唯那窊答昔牙諸般算法段目幷儀式≫ 17부, ≪口可些必牙諸般算法≫ 8부가 있다. 이러한 서적은 모두 전해지지 않아서 내용을 확실하게 이해하기 어렵다.

分目錄이라 할 수 있을 것이다.

元朝가 편찬한 史志目錄으로는 脫脫이 주도하여 편찬한 ≪宋史·藝文志≫가 있다. 그것은 주로 원래의 목록에 의거하여 합찬한 것으로, ≪宋志≫ 自序는 이미 그 역사적 기원과 체재를 다음과 같이 논하고 있다.

舊史는 太祖에서 寧宗까지 모두 4권이다. <예문지>를 기록하는 사람이 전후의 部帙에 망실된 것을 증가하였으나 서로 다르다. 지금 그 중복되는 것을 삭제하고 '1志'로 합하여, 寧宗 이후 史志에 기록되지 않은 것을 더하였다. 前史의 經史子集 四類 분류를 모방하여 체례를 정리하였다. 대개 모두 9,819부, 119,972권의 서적이다.(舊史自太祖至寧宗, 爲書凡四. 志藝文者, 前後部帙, 有亡增損, 互有異同. 今刪其重復, 合爲一志, 而益以寧宗以後史之所未錄者. 仿前史分經史子集四類而條列之. 大凡爲書九千八百十九部, 十一萬九千九百七十二卷云.)

사실 ≪宋志≫는 비록 이와 같은 기성의 자료에 의거하였지만, 산정하고 편정하는 노력이 부족하였고, 중복되거나 뒤바뀐 부분이 매우 많으며, 또한 咸淳 이후는 아예 빠져 있다. 도서의 귀속에도 대개 중복과 오류가 있는데, 즉 ≪劉公嘉話≫와 ≪賓客嘉話≫는 동일한 서적임에도 같은 소설류에 중복되어 나오고, ≪郡齋讀書志≫는 한 서적이 '目錄'과 '載記' 두 부류에 나뉘어 중복 출현하고, ≪兼明書≫는 이미 經部 禮類에 들어 있는데 다시 經解類에 넣었다. 또한 어떤 서명의 저록에도 오류가 있었으니, 즉 목록류의 ≪遂初堂書目≫은 목록학을 연구하고 익숙한 사람일진대 ≪遂安堂書目≫이라고 오인하였다. 따라서 학술계는 모두 이를 경솔하다고 비난하였으며, ≪四庫提要≫는 그것을 직접 지적하여 여러 史志 중 가장

자질구레하다고 하였다.

專史의 목록으로 馬端臨의 ≪文獻通考·經籍考≫ 76권이 있다. 馬端臨은 字가 貴與이다. 그는 宋末元初 일찍이 ≪文獻通考≫ 348권을 편찬하였는데, ≪經籍考≫는 그 중 한 부분이다. ≪經籍考≫는 주로 晁公武의 ≪郡齋讀書志≫와 陳振孫의 ≪直齋書錄解題≫ 두 서적을 의거하고, 또한 公私目錄 및 관련 저술을 두루 채용하여 서적을 나누어 현존하는 것을 집일하였다. 그는 ≪經籍考≫ 自序에 일찍이 그 편찬의도와 근거 자료를 다음과 같이 설명하였다.

> 지금 기록한 것은 먼저 ≪四代史志≫로써 그 목록을 나열하고, 近世에 현존하는 것이라면 여러 학자의 서목에 평론된 것을 수집하고 또한 史傳, 文集, 雜說, 史話에서 별도로 수집하였는데, 무릇 의논에서 언급된 것이 그 저작의 본말을 정리하고 그 유전의 진위를 고찰하며, 그 문리의 논박을 고증할 수 있는 것이면, 구체적으로 기재하였다.(今所錄先以≪四代史志≫列其目, 其存於近世而可者, 則采衆家書目所評, 幷旁搜史傳文集雜說史話, 凡議論所及, 可以紀其著作之本末, 考其流傳之眞僞, 訂其文理之純駁者則具載焉.)

≪經籍考≫의 각 부류에는 小序가 있고, 각 志에는 解題가 있다. 그것의 해제는 여러 설을 두루 채용하고, 여러 전적을 모아 순서대로 배열하였다. 기존의 어떤 목록학 저작은 그것이 새로 창조된 것일지나 새로운 해석이 없다고 비평을 가했는데, 실제 이러한 관련된 여러 학설을 집록하여 서적 밑에 기록해 두는 것은 검색에 편리하고 또한 遺佚을 보존할 수 있어, '이 한 책을 열람하면 각 학설이 구비되는'(覽此一篇而各說具備)[191] 작용을 확실히 할 수

---

191) 姚名達, ≪中國目錄學史≫.

있다. 그것은 후대에 대한 영향도 커서, 淸人 朱彝存의 ≪經籍考≫, 章學誠의 ≪史籍考≫는 이를 모방하여 提要目錄 중 輯錄體의 중요한 유파가 되었다.

元代의 개인목록도 그 수가 얼마 되지 않는다. 錢大昕의 ≪補元史藝文志≫에는 오직 ≪陸氏藏書目錄≫만이 저록되어 있는데, 성명, 권수는 상세히 기록되지 않았다. 上海 莊蓼塘의 장서는 1만 권으로 대개 필사본인데, 經史子集, 山經地志, 醫卜方技, 稗官小說이 갖추어지지 않은 것이 없다.[192] 莊氏는 비록 甲乙의 편차로 그 장서를 10門으로 나누었으나, 목록을 편제하였는지는 자료가 부족하고 저록이 없어 확정할 수 없다. 鍾嗣成의 ≪錄鬼簿≫는 개인의 전문분야 목록의 명작으로, 그것은 사람에 따라 책을 부류하였는데, 극작가를 순서로 매 작가에 대해 모두 그 본말을 소개하고, 樂章을 기준으로[193] 그 극작품을 함께 나열하였다. 이것은 元 雜劇目錄으로 후대 戲劇史를 연구하는 중요한 참고자료가 되었다.

종합하자면, 元代의 목록사업은 宋代에 비해 크게 뒤떨어졌으며, 그것은 다만 목록사업의 매우 더딘 발전의 단계에서 목록사업의 대흥성의 단계, 즉 明淸 시기로 가는 과도기가 되었던 것이다.

---

192) 元 陶宗儀, ≪輟耕錄≫.
193) 元 鍾嗣成, ≪錄鬼簿≫ 自序.

제5절 古典目錄學의 창성 - 明清

1. ≪文淵閣書目≫의 국가장서 등록과 私家目錄 수록 범위의 확대

明 太祖가 元을 멸망시킨 후 大將軍 徐達은 元 도읍의 도서를 수집하여 南京으로 보냈다. 이들 도서는 宋·金·元 三朝의 舊藏을 합한 것으로, 대부분 宋元의 刻本과 抄本이기에 자못 가치가 있다. 永樂 시기 北京으로 도읍을 옮겨서는 사람을 파견하여 서적 100상자를 취해 北京으로 운송하게 하고, 또 사관을 보내 도처에서 서적을 구입하도록 하여, 書閣에 2만여 부, 근 100만 권이 소장되었다. 그렇지만 정리가 되지는 못했다. 正統 6년(1441), 大學士 楊士奇, 學士 馬愉, 侍講 曹鼐 등이 목록을 편찬하여 등록할 것을 주청하였는 바, 이에 明代의 국가도서목록인 ≪文淵閣書目≫이 편성되었다. 清代 학자 錢大昕은 ≪舊抄本文淵閣書目跋≫에서 그 일을 다음과 같이 상세하게 기록하였다.

> ≪文淵閣書目≫은 일련번호가 모두 20이고, 매 번흐마다 권수가 나뉘어 보관되었는데, 모두 7,256부이다. 처음에는 御製, 實錄, 그 다음은 六經, 性理, 經濟, 史家, 子家, 詩文集, 類書, 韻書, 姓氏, 法帖, 圖畵, 政, 刑, 兵, 法, 算術, 陰陽, 醫方, 農圃, 道書, 佛書이며 古今志地로써 마무리 하였다. 그 중 어떤 한 서적은 몇 부가 있으나 또

한 권수가 표시되지 않았고, 편찬자의 성씨, 시대 또한 대부분 생략
되었다. 그런 까닭에 秀水의 朱彝尊은 그 억지가 매우 심하다고 비
판하였다. 내가 고증컨대, 卷首에 '正統 6년'이라고 기재된 題本은
永樂 19년을 일컫는 것인데, 南京에서 서적을 회수하여 左順門의
北廊에 보관하였다가 근래 聖旨를 받들어 文淵閣 東閣을 옮겨 보관
한 것이다. 신들이 한 권씩 정리하여 字號를 차례로 붙여 한 권에
기록하여 《文淵閣書目》이라 하였다. '廣運之寶'의 도장을 사용할
것을 청하였기에 영구히 구비되어 거의 유실이 없으나, 이 목록은 內
閣의 帳簿에 불과하고, 애초 하나의 서적으로 엮은 것은 아니었으며,
《中經簿》, 《崇文總目》에 비교하여 꼭 편술의 체재를 따지는 것
은 지나친 감이 없지 않아 있다.(《文淵閣書目》, 編號凡二十, 每號
分數廚貯之, 凡七千二百五十六部. 首御製・實錄, 次六經・性理・
經濟, 次史家, 次子家, 次詩文集, 次類書・韻書・姓氏・法帖・圖
畫, 次政・刑・兵・法・算術・陰陽・醫方・農圃, 次道書・佛書,
而以古今志地終焉. 其中或一書而數部, 又不著卷數; 於撰述人姓名
時代, 亦多缺略. 故秀水朱氏譏其率率已甚. 予考卷首載正統六年題
本, 稱永樂十九年, 自南京取回書籍, 向於左順門北廊收貯, 近奉聖
旨, 移貯於文淵閣東閣, 臣等逐一打點清切, 編置字號, 寫完一本, 名
曰《文淵閣書目》, 請用'廣運之寶'鈐識, 永遠備照, 庶無遺失; 則此
目不過內閣之簿帳, 初非勒爲一書, 如《中經簿》・《崇文總目》之
比, 必以撰述之體責之, 未免失之苛矣.)[194]

    錢氏는 《文淵閣書目》이 관장도서의 등록부에 지나지 않아 목
록학 저작으로 요구될 필요가 없다고 여겼는 바, 淸初 朱彝尊의
《經義考》 평론[195]에 대해서도 지나치다고 생각하였다. 朱彝尊과
錢大昕의 두 학자의 질책과 오해는 각 단면만 본 것으로, 오히려
《四庫提要》의 공평한 지론으로 득실을 논하는 것만 못하다. 《總

---

194) 錢大昕, 《潛研堂文集》 권29.
195) 朱彝尊, 《經義考》 권294: "《文淵閣書目》은 冊은 있으나 卷이 없으며, 아울러
대부분 편찬자의 성씨를 기록하지 않아, 살펴보는 사람들이 망연자실하게 되었는데
도, 그 후 장서가는 종종 그것을 본받았다."(文淵閣書目, 有冊而無卷, 兼多不著撰人
姓氏, 致覽者茫然若失, 其後藏書之家往往效之.)

目≫에서는 "그것은 編次와 서적이 완성된 시기를 고증할 수 없고, 그저 아무렇게나 대강하였기에 劉向이 편찬한 ≪七略≫, 荀勖이 서술한 ≪中經≫에 비해 실로 부끄러움이 있다."(不能考訂撰次, 勒爲成書, 而徒草率以塞責, 較劉向之編≪七略≫, 荀勖之敍≪中經≫, 誠爲有愧.)고 평가하였다. 동시에 또한 그것이 고증에 유익한 공헌을 한 것을 긍정하여서는 "지금 백 년의 서적을 살펴보니 이미 산실된 것은 기록하지 않았지만, 다만 여기에 현존하는 것에서 한 시대의 서적과 그 수를 대략 알 수 있으니, 역시 옛것을 고찰한 것은 쓸모없는 것이 없도다."(今閱百載, 已散失無錄, 惟藉此編之存, 尙得略見一代之名數, 則亦考古所不廢也.)라고 하였다.

≪文淵閣書目≫은 經史子集을 나누지 않고, 장서의 千字文으로써 순서를 배열하여, 千字에서 往字까지 대개 20號로 모두 5櫥, 7,297種의 서적을 모았으며, 그 권수 또한 分號를 따라 20권으로 만들었다. 이 목록은 비록 간단하여 학자들에게 많은 비평을 받았으나, 그것은 明代의 현존하는 국가목록으로, 당시의 도서상황을 고찰하게 하고 遺佚書를 보존한 자료라는 점에서 아직도 상당한 참고 가치가 있다.

≪文淵閣書目≫을 이은 이후의 국가서목으로는 ≪千頃堂書目≫의 저록에 의거하면 다음과 같은 것이 있다.

○ 馬愉, ≪秘閣書目≫ 2권
○ 錢溥, ≪內閣書目≫ 1권
○ 張萱, ≪新定內閣藏書目錄≫ 8권
○ ≪內府經廠書目≫ 2권
○ ≪國子監書目≫ 1권
○ ≪南雍總目≫ 1권

○ ≪御書樓藏書目≫ 1권

○ ≪都察院書目≫ 不分卷

○ ≪寧獻王書目≫ 1권

○ ≪行人司書目≫ 2권

이들 목록은 현존하는 것도 있고 일실된 것도 있는데, 그 중 張萱 등이 편찬한 ≪內閣藏書目錄≫이 가장 유명하다. 이 목록은 萬曆 33년의 것으로 中書舍人 張萱 등이 명을 받들어 內閣藏書를 교정할 때 편찬한 것이다. 전체 목록은 8권이며 '聖制', '典制' 2부를 시작으로, 그 관찬 성질을 표명한 뒤 經史子集 四部 외에 類錄, 金石, 圖經, 樂律, 宋學, 理學, 奏疏, 傳記, 技藝, 志乘, 雜部 등을 두었다. 각 서적에는 편찬자 성명, 관직 및 도서의 완전 혹은 결함을 간단하게 주석하였고, 또한 간간히 해제가 있는데 비록 문자가 간략하고 원서의 권수도 완전하게 기록되지 않았으며 체재도 완전하지 못하다 하겠으나, ≪文淵閣書目≫보다는 조금 뛰어나서 明代의 官藏을 살펴보는 중요한 목록의 하나가 된다.[196]

明代는 元史를 편찬하였으나 '經籍'과 '藝文'을 짓지는 않았으므로, 史志目錄이라고 볼 수 있는 것으로는 焦竑이 편찬한 ≪國史經籍志≫를 들 수 있다. 焦竑은 字가 弱侯이고 明代에 서적에 통달하고 해박하기로 유명한 학자로서, 萬曆 17년 進士에 급제해 大學士 陳于陛가 국사 편수에 그를 추천하자, 焦竑은 먼저 목록 편찬에 착수하여 ≪經籍志≫ 5권을 완성하였다. 焦氏는 "유례가 세워지지 않으면 서적이 사라진다."(類例不立則書亡)라는 관점을 바탕으로 특별히 분류를 중시하였다. 國史의 志를 편찬하기 위해 별

---

196) 丁丙 ≪善本書室藏書志≫ 권14에는 이 목록의 초본이 현재 南京圖書館에 소장되어 있다고 기록하였다. ≪適園叢書≫ 제2집에는 刊本이 있다.

도로 卷首에 '制書' 1류를 세워, 御製 및 中宮著作, 記注, 時政, 勅修 등 여러 서적을 수집하고 그 나머지는 經史子集으로 子目을 나누어 세웠다. 각 부류는 모두 小序가 있고 그 체재는 ≪通志·藝文略≫을 따랐으며, 卷末의 條에는 漢, 隋, 書, 宋의 각 志 및 唐 ≪四庫書目≫, 宋 ≪崇文總目≫, ≪通志·藝文略≫, 晁公武 ≪讀書志≫, ≪通考·經籍考≫ 등 여러 학자들의 분류상의 오류를 들어 ≪糾繆≫ 1권을 완성하였다. ≪國史經籍志≫는 자못 청 대학자에 의해 중시되어, 錢大昕은 그가 편찬한 ≪補元史藝文志≫에서 스스로 이 책에서 얻은 것이 매우 많다고 하였으며, 章學誠은 ≪校讎通義≫에서 그것은 질서 있게 정리되었다고 하였는데, 오직 ≪四庫全書總目≫만이 焦竑 그 사람과 그 책에 대해 많은 비난을 하여, 기록된 도서 대부분이 存目에 억지로 들어가 있다고 하였으며, 또한 ≪國史經籍志≫의 조잡함을 다음과 같이 강력하게 공격하였다.

> ≪國史經籍志≫는 舊目을 총괄 초록한 것으로, 고증한 바가 없고, 존망을 논하지 않았으며, 대개 베껴 기재하였다. 고래의 목록에서 오직 이 서적이 가장 증빙이 부족하며, 아첨하는 말로 세상을 현혹하여, 후세에 오류를 준다.(≪國史經籍志≫總鈔舊目, 無所考核, 不論存亡, 率爾濫載. 古來目錄, 惟是書最不足憑, 譸詞炫世, 貽誤後世.)

이 설은 비록 지나친 말이라 하겠으나, 그것은 史志를 베껴 적었기에 실제는 그 서적이 없는 경솔함이 많아 실상 근거가 부족한 저작이 되었다.[197] 그러나 그 중에서 분류와 관계된 논술은 여전히 참고를 할 만한 부분이 있다.

---

197) 余嘉錫, ≪目錄學發微≫ 9 <目錄學源流考> 下.

明代의 개인목록은 비교적 흥성하여 장서가의 대부분이 목록을 편찬하였다. 제1장 제2절에서 이미 주요 저술 서명을 나열하였는데, 대체로 藏書目錄 및 전문분야의 목록을 위주로 하였다. 여기서 논술을 보충하여 요점을 열거하기로 한다.

① 藏書目錄

○ ≪百川書志≫ 20권, 高儒 撰. 高儒는 字가 子醇이고 自號는 百川子이며 涿州人이다. 그는 武人이나 독서를 매우 좋아하였으며 장서가 풍부하여 일찍이 6년의 시간 동안 개인장서를 정리 고찰하고 그 원고를 세 번 바꾸어 ≪百川書志≫ 20권을 편찬하였다. 전체 목록은 四部로 분류되었고, '類' 아래 93門을 나열하였다. 수록도서는 근 1만 권이며, 매 서적에 모두 요점해제가 쓰여 있어 중요한 提要目錄으로서 후대에 큰 도움을 주었다. 기타 목록서와 다른 점은 史部 아래 소설, 희곡류를 수록하여 편찬자가 이미 진부한 규범을 타파하였음을 반영하였으며 고전문학의 연구를 위해 중요한 자료를 제공하였다는 것이다.

○ ≪晁氏寶文堂書目≫ 3권, 晁瑮 撰. 晁瑮은 字가 石君이고 號는 春陵이며 開州人이다. 嘉靖 辛丑년에 進士가 되어 國子監司業을 지냈다. 집안에 장서가 풍부하여 수장할 때 다른 목록에는 기재되지 않은 것이 있었으며, 그 子雜門 및 樂府門 중에는 小說과 戲曲目錄을 많이 기록하여 고전 문학사를 연구하는 이들에게 중요한 참고자료로 제공된다. 이 목록의 어떤 도서에는 판각 항목이 기록되어 있어 明代 版本의 원류를 참고할 수 있기에 淸代 학자들에 의해 매우 중시되었다.

○ ≪紅雨樓書目≫ 4권 徐𤊹 撰. 徐𤊹은 字가 惟起에서 興公으로 바뀌었으며 閩縣人이다. 가정 형편이 부유하지 않았지만 도

서를 수집하는 것을 좋아하였으며, 父兄의 소장과 합치면 모은 책이 3만여 권에 달하였다. 또한 저술에 부지런하여 ≪四庫全書總目≫에는 일찍이 그가 지은 ≪筆精≫, ≪榕陰新檢≫ 및 ≪閩南唐雅≫ 등의 다수가 저록되어 있다. 그는 ≪通志·藝文略≫ 및 ≪通考·經籍考≫의 체례를 모방하여, ≪紅雨樓書目≫ 4권을 편성하였다. ≪紅雨樓書目≫은 문예방면 도서를 많이 저록하였다. '卷3 子部傳奇類'는 元明 雜劇과 傳奇 140종을 수록하였다. 그것에 수록된 明代의 集目도 비교적 많은데, 그 ≪明詩選≫ 부분은 작자의 이력을 더욱 상세하게 주석한 명대의 문예와 관련 있는 귀중한 자료이다. 그 宋集 부분은 표격을 이용하여 목록을 배열함으로써 관람을 더욱 편리하게 하였으나, 종종 서명과 성명이 잘못 배치된 것도 있다. 이 목록은 비록 萬曆 30년에 완성되었으나 南明까지 이어 저록되었다.

○ ≪趙定宇書目≫, 趙用賢 撰. 趙用賢은 字가 汝師이고 號는 定宇이며 常熟人이다. 隆慶 5년 進士가 되어 관직이 吏部侍郎까지 이르렀으며 謚號는 文毅이다. 당시 張居正어 반대하여 변방의 관직으로 나가게 된 것으로 유명한데, ≪明史≫ 권229에 傳이 있으나 그 장서의 일은 말하지 않았다. 이 목록은 도서등록부 형식으로 자신이 소장한 것을 기록한 것으로, 유례가 머우 정밀하지 못하고 배차에도 순서가 없다. 그 아들 趙琦美(초명 開美, 유능한 인재를 등용하여 長子로 삼았으며, 字가 玄度, 또는 如白이고, 號는 淸常道人임)가 ≪脈望館書目≫을 편찬한 것이 세상에 전해졌다. 趙氏 부자가 중시한 도서 수집과 전장은 常熟 일대에 장서가들이 배출되는 기풍을 열었다.

○ ≪萬卷堂書目≫, 朱睦㮁 撰. 朱睦㮁는 字가 灌夫이고 自號

는 東陂居士이며, 생평이 ≪明史·周王橚傳≫에 부기되어 있다. 그는 明 宗室 중 학식이 넓고 저술에 근면한 학자로서, ≪授經圖≫, ≪經序錄≫ 등을 지었다. 그는 도서 수집을 좋아하여, 일찍이 中吳, 兩浙, 東郡, 躍州, 澶淵, 應山 여러 곳에서 서적을 빌려 필사하고 보충하여 몇 년에 걸쳐 비로소 성과가 있게 되자 자택의 서쪽에 堂五楹을 건립하고 서적을 그 안에 수장하였으며, 四部 분류로써 개인 소장을 위한 목록을 편찬하여 마침내 隆慶 庚午년(1570)에 ≪萬卷堂書目≫을 편성하였다.

○ ≪澹生堂書目≫ 祁承㸁 撰. 祁承㸁은 字가 爾光으로 山陰人이다. 萬曆 甲辰년에 進士가 되었으며, 관직이 江西布政使司右參政에 올랐다. 그는 浙東의 장서 세가로 일찍이 광범위하게 도서를 수집하여 십만여 권의 서적을 모았으며, 또한 ≪澹生堂書目≫을 편성하였다. 이 목록은 원래 寫本으로 권수를 나누지 않고 表格式을 채용하였는데, 淸人 邵懿辰은 그 책을 47권으로 나눌 수 있다고 하였다. 그것은 비록 四部分類에 따랐으나, 그 아래 細目에는 새로운 내용이 많다. 그것은 검색에 편리하도록 저록을 분석하고 서로 보완하는 방법을 택하여, 같은 서적에 대한 권수, 판본이 다르면 '又' 자로써 한 줄을 다시 기록하였으며, 한편 전후 혹은 正續 편저작에 대해서는 條를 나누어 저록하였다. 또한 그 목록이 완성된 이후에도 계속 각 서적을 수집하여 모두 각 부류의 말미에 이어 기록하였는데, 이런 모든 것은 이 목록이 단순한 등록부가 아니라 편자의 목록사상을 드러낸 저술임을 설명한다.

② 전문분야 목록

○ ≪古今書刻≫ 2권, 周弘祖 撰. 周弘祖는 湖光 麻城人으로

서 嘉靖 38년에 進士가 되었으며 관직이 福建提學副使에 이르렀다. 그가 편찬한 ≪古今書錄≫은 독특한 풍격을 지닌 목록서로서, 상편은 각 直省이 판각한 고적을 기재하였고, 하편은 각 直省이 보존하는 石刻을 기록하였는 바, 사실 出版目錄과 金石目錄이라 하겠다. 여기에 보존된 판각자료는 판각원류 및 도서존일을 고찰하는 데에 편리를 제공한다.

○ ≪醫藏書目≫, 殷仲春 撰. 殷仲春은 字가 方叔이고 自號는 東皇子이며 浙江 秀水人이다. 그는 醫書를 자못 풍부하게 수장한 의사였으며, 또한 江西의 醫書 소장가 朱純字, 饒道尊 두 학자에게서 醫書를 두루 섭렵하였다. 그는 직접 본 醫籍을 佛經 중의 명사를 사용하여 20函(類)으로 나누었는데, 매 函의 앞에는 小序가 있으며, 각 서적을 函에 나누어 분류하여 ≪醫藏目錄≫을 편성하였다. 그가 佛教의 명사를 적용한 탓에 분류에는 억지와 부당한 부분이 많이 있으며 게다가 중복도 있으나, 이 목록은 醫籍을 한 편에 모았기에 관람하고 검색하기에 모두 편리하다 할 수 있는 바, 공헌이 있다고 말하지 않을 수 없으며, 지금 볼 수 있는 醫籍專門目錄으로는 이 목록이 시초라 하겠다.

○ ≪曲品≫, 呂天成 撰. 呂天成은 明 萬曆 사람으로, 그가 편찬한 ≪曲品≫ 2권은 鍾嶸 ≪詩品≫, 庾肩吾 ≪書品≫, 謝赫 ≪畵品≫을 예로 모방 편찬하여 明 傳奇 및 그 작자를 논평한 것이라고 스스로 자랑하였다. 卷上品은 작자평이고, 卷下品은 작품평인데, 작품명 아래에는 간단한 해제를 덧붙였다. 작자, 내용의 주제, 판본과 평론 등이 있으며, 이는 明 傳奇의 전문목록이다.

2. ≪四庫全書總目≫ 해설과 史志目錄의 補志 작업

淸代는 順治부터 關中에 들어와 정권을 건립한 후, 역대로 康熙·雍正·乾隆 三代의 회복과 발전을 거치면서 이미 이른바 '盛世'의 단계에 도달하였으므로, 학술문화 각 방면은 모두 전대 사람들이 이룬 바탕 위에서 새로운 성취를 얻게 되었다. 이런 발전에 부합하기 위해 목록학 또한 비교적 빠른 발전을 하게 되었다. 이와 동시에 淸朝는 날마다 그 문화 전제주의를 강화한 까닭에, 법규가 날마다 가혹해져 문자옥이 번갈아 일어나게 되었으며, 감제도 점점 엄격해져 피휘가 매우 많아졌는 바, 그리하여 목록학은 또한 '세상의 득실을 논하고 인물을 평가하는 것'(論世知人)을 직접 피하여 풍랑을 벗어날 수 있는 도피처가 되었으니, 이것은 목록학을 또 다른 방면에서 촉진하게 하였다. 게다가 印刷와 製紙의 각종 공예 발달이 개진되면서 도서의 출판과 전장이 더욱 편리해졌으니 이 또한 목록학의 발전에 큰 도움이 되었다. 상술의 상황에 근거하건대, 고전목록학은 淸代에 와서 전성의 단계에 이르렀으며 특출한 성취를 얻을 수 있었다고 말할 수 있다.

전인의 대략적인 통계에 근거하면, 漢魏에서 明末까지 각종 목록은 모두 151종인데 淸代에만 155종이 있으니 이 전의 각 朝의 총수와 대략 같거나 조금 많다. 수적으로 초월하였을 뿐만 아니라 淸代의 목록학 저작은 수록도서, 체례편제, 체재의 다양성과 내용가치 각 방면에서 모두 전대를 총괄하고 후대의 특색을 열었음이 두드러진다.

淸代 官修目錄의 초기 저작으로는 ≪古今圖書集成·經籍典≫이 있는데, 그것은 역대 주요 전적을 한차례 총괄하는 것에 치중하

였다. 그러나 편질, 내용, 영향에서 볼 때, 모두 ≪四庫全書總目≫과 병론할 수는 없다.

≪四庫全書總目≫은 200권이다. 그 이전에는 오직 唐代의 ≪群書四部錄≫이 200권이었는데, 애석하게도 이 책은 일찍이 일실되었기에 이 둘을 비교할 수는 없고 그 후로 편폭이 이와 같이 거대한 저작은 출현하지 않았다. 따라서 ≪總目≫은 편질상에서 당연히 둘도 없는 목록학 거작이라 할 것이다. 그것은 淸朝가 편집한 ≪四庫全書≫의 부속 산물로, 당시는 채입과 미채입의 도서에 대하여 館臣들이 모두 제요를 만들었다. ≪四庫全書≫가 乾隆 54년에 완성될 때, ≪總目≫ 또한 전폭적인 수정과 보충을 거쳐 보고되었다. 이 목록학 저작은 각 방면의 전문 인재를 집중하여 편성한 것으로, 즉 戴震, 邵晉涵, 周永年은 모두 經史子 각 부류의 전적인 책임을 나눠 담당하였으며, 박학다문한 紀昀은 그 편성을 총괄하였다. 이런 학자는 모두 淸代 목록학의 성취를 위해 거대한 공헌을 하였으나, 후인 평론 중에는 자못 공정성이 결핍된 것이 있으니, 일례로 淸末의 李慈銘은 일찍이 그 일을 다음과 같이 논하였다.

> ≪總目≫은 비록 紀文達, 陸耳山이 그 완성을 총괄하였으나, 經部는 戴東原, 史部는 邵南江, 子部는 周書倉이 담당하였으니, 모두 각기 그 장점을 규합하였다. ……지금 四庫라고 하는 것은 모두 文達의 공으로 귀결되는데, 文達은 박학으로 유명하나, 經史의 학에 대해서는 실제 부족하며, 集部는 더욱 전문가가 되지 못한다.(總目雖紀文達・陸耳山總其成, 然經部屬之戴東原・史部屬之邵南江・子部屬之周書倉, 皆各集所長. …… 今言四庫者, 盡歸功於文達, 然文達名博覽, 而於經史之學實疏, 集部尤非當家.)[198]

---

198) 李慈銘, ≪越縵堂讀書記≫.

이것은 李慈銘의 편견으로 공평하다고 하기 어렵다. 耳山이 뒤에 四庫館에 들어왔지만 먼저 죽었음은 당연히 말할 필요가 없다. 즉 紀昀의 총목에 대한 종합 정리와 문자 윤식의 공로는 실로 소멸시킬 수 없다. 여기 먼저 紀氏의 동년배이고 四庫館 동료인 朱珪의 논단을 인용하여 말해 보기로 한다. 朱珪는 紀昀을 위해 쓴 墓志 중에서 다음과 같이 말하였다.

> 紀昀은 서국을 관장하며 첨삭 고증하고 혼자 산정하여 ≪全書總目≫을 편찬하였는데, 한데 모은 것이 크게 볼 만하다.(昀館書局, 筆削考核, 一手刪定, 爲全書總目, 袞然巨觀.)[199]

또한 祭文 중에도 다음과 같은 말이 있다.

> 생전에 玉關에 들어가 四庫를 총괄 주도하여, 만 권의 개요를 작성하고 혼자 注를 편찬하였다.(生入玉關, 總持四庫, 萬卷提綱, 一手編注.)[200]

또한 紀昀은 누차 자신과 總目 작업의 상황을 다음과 같이 스스로 말하였다.

> ○ 나는 癸巳(乾隆 38년)에 詔를 받아 秘書를 교감하고, 거의 10년의 노력으로 비로소 ≪總目≫ 200권을 편찬하여, 乙覽에 진정하였다.(余於癸巳(乾隆 38년)受詔校秘書, 殫十年之力始勒爲總目二百卷, 進呈乙覽.)[201]
> ○ 나는 ≪四庫全書≫를 편찬할 때, 經部 詩類 小序를 지었다.(余

---

199) 朱珪, ≪知足齋文集≫ 권5.
200) 朱珪, ≪知足齋文集≫ 권6.
201) 紀昀, ≪詩序補義序≫(≪紀文達公遺集≫ 권8).

向纂≪四庫全書≫, 作經部詩類小序.)202)

○ 나는 ≪四庫全書≫ 子部를 교감 기록할 때, 대개 14家로 나누었
다.(余校錄≪四庫全書≫子部, 凡分十四家.)203)

○ 詩는 날마다 변하고 나날이 새로워져, 내가 四庫를 교정하면서 본
것이 수천 가를 넘었다.(詩日變而日新, 余校定四庫, 所見不下數
千家.)204)

이에 수차 증명하였듯이 紀氏가 힘을 다해 총목을 편찬한 수고
로움을 개괄적으로 볼 수 있다. 비록 紀氏는 제요를 친히 편찬하지
는 않았으나, 그 전체를 총괄하고 체재를 고쳤으며, 종합 정리하여
문자를 다듬은 것은 학술적 공로가 있다 할 것이며, 淸代 목록 사
업을 위해 비교적 큰 공헌을 하였다 할 것이다.

≪四庫全書總目≫의 편찬 체재는 책머리의 범례 중에 구체적으
로 기재되어 있는데, 그 학술적 공이 있고 중요한 참고 가치가 있
는 것은 序, 錄에 있다. 전체는 四部에 따라 분류되었고, 모두 합
하면 經部 10類, 史部 15類, 子部 14類, 集部 5類이다. 전체 목록
은 고적 3,461종, 79,309권, 存目 6,793종, 93,551권을 저록하였으
며, 401부는 권수가 없다. 수록도서는 풍부하다 할 만하다. 그것은
部에는 총서, 類에는 소서, 각 서적에는 제요 등의 완비된 전통적
인 목록체재를 갖추고 있다. 그것의 提要는 작자의 의도를 서술하
고 전적의 원류를 상세히 하여, 시비를 똑똑히 분별하고 곡해를 자
세히 하였으며, 장단점을 가리지 않고 類別을 명확하게 하였다. 그
리고 또한 원류를 분석하여 고금을 숙고하고, 흑술을 변별하여 여
러 말을 높여 끌어올렸다.205) 18세기 이전의 학술에 대하여 한 차

---

202) 紀昀, ≪周易義象合纂序≫(上同).

203) 紀昀, ≪濟衆新編序≫(上同).

204) 紀昀, ≪四百三十二峰草堂詩鈔序≫(上同, 권9).

례 총괄하였다. 어떤 것은 提要 뒤에 또한 편찬자의 평어가 있어 주로 분류 귀속의 이동 이유를 설명하고 있는데, 이는 도서분류를 연구하는 자료가 된다. 따라서 ≪四庫全書總目≫은 편질이 거대하고 체례가 비교적 갖추어졌으며, 내용이 풍부하고 일정한 학술가치를 갖춘 전대에는 있지 않았던 목록학 명저라 할 수 있다. 이것은 淸代 목록사업의 굉장한 성취이다.

≪總目≫의 편폭이 지나치게 큰 까닭에 또한 ≪四庫全書簡明目錄≫ 20권을 간편하였다. 그것은 비록 總序와 小序를 정련되게 간단히 하였으나, 어떤 子目에는 여전히 간단한 편찬자의 평어가 부기되어 있어 검열을 자못 편리하게 하였다. 국가목록으로 繁本과 簡本 두 가지 판본을 동시에 편찬한 것 또한 그 이전의 각 조대에는 없던 창조적인 사례이다.

≪總目≫은 淸朝의 官書인 관계로 淸人의 저작에서 많이 칭찬되기도 하였는데, 周中孚의 ≪鄭堂讀書記≫가 대표될 만하다. 周氏는 다음과 같이 기록하였다.

> 나는 漢 이후로 簿錄의 서적이 관찬이건 개인 저서이건 간에 무릇 권제가 풍부하고 문류가 적당하며, 고증이 정밀하고 의논이 공평한 것으로는 이 편보다 더한 것이 없다고 생각한다.(竊謂自漢以後, 簿錄之書, 無論官撰私著, 凡卷弟之繁富, 門類之允當, 考證之精審, 議論之公平, 莫有過於是編矣.)

≪四庫全書纂修考≫의 작자 郭伯恭은 ≪總目≫을 칭찬하여 "많게는 1만여 종에 이르는 것이 그 평가가 심히 정채롭다."(多至萬餘種, 評騭精審)라고 하였다.

---

205) ≪四庫提要辨證≫ 序錄.

이런 평론은 그 부족한 점에 대해서는 언급이 적은 듯하다. 余嘉錫 선생은 提要를 정밀하게 연구한 기초에서 ≪總目≫에 대해 前人을 능가하는 평론을 하였다. 그는 전 방면에서 ≪總目≫의 성취를 긍정하여 다음과 같이 말하였다.

○ 그 큰 체재로 말하면, 劉向 ≪別錄≫이래로 비로소 이 서적이 있다고 할 만하다.(就其大體言之, 可謂自劉向≪別錄≫以來, 才有此書也.)
○ 漢唐 목록은 모두 없어지고, ≪提要≫의 저서는 전대에는 있지 않아, 독서의 지름길이 될 만하므로, 학자가 이것을 버리면 말미암을 길이 있지 않다.(漢唐目錄盡亡, ≪提要≫之作, 前所未有, 足爲讀書之門徑, 學者舍此, 莫由問津.)

동시에, 그는 또한 ≪總目≫의 결점을 지적하였다.[206]
① 시간이 급박하여 정제된 연구를 할 수 없어 대충 완성되었다. 취재 범위가 넓지 못하다 하겠는데, 즉 經部는 ≪經義考≫에서 많이 취하고, 史子集部는 ≪通考·經籍考≫에서 많이 취했다.
② 많은 중요한 목록학 저작을 잘 인용하여 증명하지 못하였는데, 예컨대, ≪隋志≫와 兩 ≪唐志≫를 홀시하여 고찰하지 않았으며, ≪通志≫, ≪玉海≫는 그저 한 번 인용되었을 뿐이고, ≪宋志≫와 ≪明志≫ 및 ≪千頃堂書目≫을 검열하는 것을 꺼렸다.
③ 提要를 편찬할 때는 시일이 부족하여 종종 그 편을 끝까지 읽지 못하고, 한 뜻만 얻어 편협하게 되어, 입론에 오류가 많

---

206) 上同.

게 되었다.

④ 각 도서는 이미 어느 관이 채집하였는가만 기록하고, 판각을 기록하지 않아 동일 서적이 ≪全書≫와 ≪總目≫에서 의거한 판본이 다르며, 말이 서로 맞지 않다.

여기서 반드시 ≪總目≫이 봉건문화 전제주의를 강화하는 방면에서 그의 공능을 발휘하였음을 지적해야 할 것이다. 예를 들면, 經世學과 考古學에 대해서는 선명하게 다른 태도를 가지고 있다. ≪日知錄≫은 淸初의 사상가 顧炎武가 경세치용을 강론한 명저로서, 그것의 고증이 정밀하고 상세한 것은 顧炎武의 취미였던 바, 따라서 그의 제자 潘末는 序를 지을 때 특별히 다음과 같이 지적하였다.

> 동생은 고증이 상세하고 문사가 박식한 것을 탄복하며 칭송하였으나, 선생이 이 서적을 저술한 의의는 아니다.(如弟以考據之精詳, 文辭之博辨嘆服而稱述焉, 則非先生所以著此書之意也.)

≪總目≫의 ≪日知錄≫에 대한 전면적인 평가는 즉 "인용한 것이 방대하여 모순된 것이 적다."(引據浩繁而牴牾者少.)라고 하였다. 또한 潘末의 序를 다음과 같이 질타하였다.

> 炎武는 明末에 태어나, 經世의 의무를 논하기 좋아하였는데, 時事에 격감하여 감개하며 復古로써 뜻을 삼았다. 그 말은 우회적이어서 행하기 어렵거나 괴팍하여 매우 예리하였다. ……潘末는 이 書序를 지어 그 經濟를 크게 칭찬하고, 정밀한 고증을 하찮은 일이라고 여겼는데, 타당한 평론은 아니라 하겠다.(炎武生於明末, 喜談經世之務, 激於時事, 慨然以復古爲志. 其說或迂而難行, 或慓而過銳. …… 繁

未作是書序乃盛稱其經濟而以考據精詳爲末務, 殆非篤論矣.)

즉 이 하나의 예로써 그 나머지를 알 수 있다.

후대의 ≪四庫全書總目≫과 관련된 저술은 대체로 2부류에 지나지 않는다. 그 한 부류는 그 부족한 것을 보충한 것으로서 다음과 같은 것이 있다.

○ ≪四庫撤毀書提要≫: 乾隆 52년 李淸, 周亮工, 吳其貞, 潘檉章 등이 편찬한 ≪南北史合注≫, ≪閩小記≫ 등 11종의 책에서 淸朝를 비난하는 자구가 발견되어, 전체 서적에서 삭제하였으나, 궁중에는 副本이 있었으며 9종의 책머리에는 여전히 提要가 있었다. 1965년 中華書局은 ≪總目≫을 인쇄할 때 발견한 9종의 提要를 부록으로 책 뒤에 인쇄한 후, ≪四庫撤毀書提要≫라고 제하였다.

○ ≪四庫未收書提要≫(≪揅經室外集≫) 5권. 嘉慶 시기 浙江巡撫 阮元이 선후로 四庫에 수록되지 않은 책 170여 종을 수집하여 進呈하고, 사람들에게 ≪總目≫을 모방하여 提要를 쓸 것을 명하였다. 道光 2년, 그의 아들 阮福이 5권으로 편성하고, 外集에 열거하였다.

○ ≪淸代禁毀書目≫ 附 ≪補遺≫, 姚覲元 편찬. 이 목록이 기록한 도서는 3천여 종으로 수량이 거의 ≪四庫≫에 기록된 책과 비슷하다. 이는 ≪四庫≫의 부족한 것을 보충하였으며, 또한 당시 문화 훼손을 철회하는 열의를 볼 수 있다.

○ ≪淸代禁書知見錄≫, 孫殿起 편찬. 이 목록은 淸代에 금지되어 ≪四庫≫에 들어가지 못했지만 후대에 여전히 볼 수 있는 도서를 기록하였다.

○ ≪增訂四庫簡明目錄標注≫ 20권, 邵懿辰 편찬, 邵章 증정.

이 목록은 ≪簡目≫에 근거하여 서적에 따라 별본의 存佚과 판각의 善本을 분별하였다. 邵章은 또한 각 전문가의 眉批[책, 서류 등의 윗부분에 써 넣은 평어나 주석]를 부록으로 수록하여 판본목록의 중요 저작이 되었다.

다른 한 부류는 그 오류를 바로잡은 것으로서, 다음과 같은 것이 있다.

○ ≪四庫提要辨證≫ 24권, 余嘉錫 撰.

○ ≪四庫全書總目提要補證≫ 胡玉縉 撰, 王欣夫 輯.

대략 ≪總目≫이 편찬될 무렵인 乾隆, 嘉慶 두 조대에는 또한 계속하여 ≪天祿琳琅書目≫ 正續篇이 완성되었다. 그것은 판본목록학을 위해 기초를 마련한 중요 저작이다. 이 작업은 비록 宋代 尤袤의 ≪遂初堂書目≫과 淸初 錢曾의 ≪讀書敏求記≫가 이미 그 발단을 열어 발전하였으나, 판각의 연대, 간인, 유전, 저장, 감상, 채집을 기록한 이와 같이 자세한 것으로는 여전히 ≪天祿琳琅書目≫이 집대성의 저서라 할 것이다.

淸代의 史志目錄으로는 비록 淸初에 ≪明史藝文志≫가 있으나, 이 正史 중의 史志는 明代 작가들의 저작만을 전문적으로 수록한 한계가 있으며, 宋·遼·金·元 4朝는 <藝文志>의 부족을 보충할 수 없을 뿐 아니라, 또한 淸代에 유전된 明人의 遺著도 많이 누락되어 있어 자못 사람들에 의해 비평되었다. 바로 ≪明志≫가 손실이 있는 까닭에 淸代 학자는 史志를 보수하는 작업을 하였는바, 遼·金·元 3朝代를 보충하는 것에서 착수하여 당시에 성황을 이루게 되어 20여 종에 이르는 史志目錄을 보완하였다.[207] 이런

---

207) ≪二十五史補編≫은 이미 기본적으로 인쇄가 되어 있어 참고할 만하다.

補志 수집 자료는 비교적 풍부하여 正史 중 史志目錄을 초월하였는데, 특히 近代 이래 편찬한 각종 補志, 즉 姚振宗의 ≪後漢藝文志≫와 ≪三國藝文志≫ 등은 모두 관련 자료를 집록하여 고전목록학연구 작업 중 중요한 참고자료가 되었다. 그전목록서 중의 史志目錄은 원래 누락된 朝代가 있었으나, 이러한 지속적인 보충을 거친 후에 중국고대의 완정한 종합목록으로 구성될 수 있었다. 이는 淸代 목록사업에 있어서 하나의 특수한 공헌이라 하겠다.

3. 淸代 私家目錄의 흥성과 목록학 연구의 성취

淸代 목록학 저작에서 가장 두드러진 성취는 私家目錄의 편찬에서 나타나는데, 그것은 수량이 많을 뿐 아니라, 또한 그 전에는 없던 약간의 특징을 갖추고 있다.

① 일부 학자는 개인 소장을 위해 목록을 편찬하였을 뿐 아니라 또한 기타 장서를 위해 목록을 편찬하였는데, 예를 들어 저명학자 孫星衍은 개인 소장을 위한 ≪平津館藏書記≫를 편찬하였고, 또 그 宗祠의 藏書를 위해 ≪孫氏祠堂書目≫을 편찬하였는데, 이것은 四部에 의거한 분류가 아니라 직접 12屬으로 나눈 私家目錄인 바, 도서분류의 변화에 있어서 그것의 창신적 의의가 있다 할 것이다.

어떤 적지 않은 장서가는 이미 소장과 감상에 만족하지 못하여, 각 방면에서 도서를 연구하고 저서를 편찬하였으니 淸初의 錢曾과 중엽의 張金吾는 모두 뛰어난 대표라 하겠다.

錢曾(1629~1702)은 字가 遵王이고 也是翁이라 自號하였으며, 常熟人이다. 淸初 소장 도서가 풍부한 대가였으며, 또한 '견문이

박식하여 분석에 아주 뛰어난'(見聞旣博, 辨別尤精)208) 판본전문가
였다. 그는 일찍이 그 풍부한 장서에 의거하여 ≪也是園藏書目≫,
≪述古堂書目≫과 ≪讀書敏求記≫ 등 3가지 서목을 편찬하였다.
이 세 목록은 비록 상략하고 체례도 각기 다르나, 각각의 전공이
있고 각각의 용도가 있다. ≪也是園藏書目≫은 3,800여 종의 서적
을 수록하여 ≪四庫≫의 저록과 비교하여도 약간 더 많으며, 서명
과 권수만을 분류별로 기록한 등록부여서 장서를 찾는 데 편리하다.
≪述古堂書目≫은 2,200여 종의 책을 수록하였고, 서명, 권수 외
에 또한 책 수와 판본을 기재하기도 하여 도서를 수집하는 데 편리
하다. ≪讀書敏求記≫는 장서 중에서 정화로운 것 634종을 수록
하였으며, 전문적으로 宋元 시기의 精刻을 기록하고 서적의 차례
와 완결 및 古今의 이동에 대해 모두 밝혀 고증하였기에, 수준이
높은 판본목록학의 전문 저작일 뿐 아니라 후대에 善本書目을 편
찬하는 발단을 열었다. 淸代의 宋元 판본과 관련된 목록은 그 질
과 양이 모두 전대에는 없던 것이어서 학자들이 대부분 이에 의거
하여 고찰하는 데에 편리하도록 하였다.

張金吾(1787∼1829)는 字가 愼旃이고 號는 月霄이며 江蘇 常
熟人이다. 嘉慶, 道光 시기의 저명 장서가로 그는 일찍이 다음과
같이 말하였다.

> 서적을 수장하였으나 독서를 할 줄 모르면 수장하지 않은 것과 같고,
> 독서를 하되 그 깊은 뜻을 자세히 연구하지 않고 마음대로 그 부류
> 를 나누어 오로지 학업이 끊어지게 되면 읽지 않은 것과 같다.(藏書
> 而不知讀書, 猶弗藏也; 讀書而不知硏精覃思, 隨性分所近, 成專門
> 絶業, 猶弗讀也.)209)

---

208) ≪四庫全書總目≫, ≪讀書敏求記提要≫.

그리하여 그는 장서 중의 金元의 판본 및 문건이 실학과 관련이 있으면서 세상에 보기 드문 것의 판식을 저록하고 序跋을 기록하였으며, 또한 ≪四庫≫의 뒤에 책이 나왔거나 혹은 ≪四庫≫에 들어가지 않은 것에 대해서는 간단한 解題를 부기함으로써 부류를 알게 하여 판본목록학의 주요 서적인 ≪愛日精廬藏書志≫ 36권과 ≪續志≫ 4권을 편찬하였다.

② 전통적인 목록체재 외에 기타 형식체재의 목록서가 출현하였다. 예를 들어 어떤 학자는 장서등록에서 출발하여 목록을 편찬하지 않고, 학술연구에 치력하는 것에서 출발하여 독서와 연구에 따라 讀書記를 써서 개인의 생각과 견해를 표술하였다. 이렇게 어느 정도의 세월이 누적되면 상당한 학술 수준이 있는 목록학 전문저서가 되는데, 周仲孚의 ≪鄭堂讀書記≫, 朱緒曾의 ≪開有益齋讀書記≫ 등이 모두 그것이며, ≪鄭堂讀書記≫ 71권은 더욱이 학술영역에 영향을 미쳤기에 ≪四庫提要≫의 속편이라고 칭송된다.

題跋은 또 다른 목록체재이다. 乾嘉 시기의 저명 장서가이며 교감과 판본학의 전문가 黃丕烈이 비교적 큰 공헌을 하였다. 그는 도서의 감상과 연구를 하면서, 題跋과 題識의 형식으로 ≪士禮居藏書題跋記≫를 써내었는데, 이런 학술적인 참고의 가치가 있는 목록학 전문저서는 목록, 교감, 판본학의 전문 학문의 발전을 어느 정도 추진하였다. 그의 雜記, 題跋은 또한 후인에 의해 ≪蕘圃藏書題識≫과 ≪續錄≫ 등 목록학 전문저서로 집일되었다. 또 한 명의 저명한 교감학가 顧千里의 ≪思適齋集≫, ≪思適齋書跋≫과 적지 않은 저명 학자의 문집 속에 있는 대량의 題跋, 그리고 목록

---

209) 張金吾, ≪愛日精廬藏書志≫ 序.

학과 관련된 논저는 모두 각 방면에서 淸代 목록사업의 내용을 증가시켰는데, 그 수량이 많아 하나하나 나열하기는 어렵다.

③ 전문분야 목록의 현저한 발달은 학술의 발전에 따라 필연적으로 흥기하고 발전한 것으로 淸代의 전문분야 목록의 성취는 더욱 두드러진다. 淸初의 錢曾과 같이 장서의 다른 상황에 의거하여 각 목록을 나누어 편찬한 것 외에, 특정 학술 영역에 따라 전문분야 목록이 편찬되었으니, 이 방면에 특히 주목할 만하다. 朱彝尊의 ≪經義考≫와 章學誠의 ≪史籍考≫는 이 방면의 명작이다.

朱彝尊은 字가 錫鬯이고 號가 竹坨이며 秀水人이다. 康熙 18년 博學鴻詞가 되었으며, 檢討의 관직을 받았다. 그는 淸初의 경학, 사학, 문학, 목록학 각 방면에서 모두 성취가 있는 학자이며, 저술이 풍부하였다. 康熙 30년(1691) 관직을 떠난 후 經學遺編의 수집 정리에 힘을 기울여, 대략 34년(1695)부터 5년에 걸쳐 ≪經義存亡考≫ 初稿를 편찬하고, 이때부터 수정하면서 刊印하여 康熙 44년 (1705)부터 50년 동안 3차례 간행하였다. 朱彝尊이 사망한 뒤 乾隆 20년(1755)에 비로소 盧見에 의해 전부 정리가 되었는데, 모두 200권으로 ≪經義考≫라고 제목을 정함에, 유례에 없는 經學專門目錄이 되었다. ≪經義考≫는 도서의 '存', '佚', '闕', '未見'을 분명하게 주석하였을 뿐 아니라 서적에 따라 관련 序跋, 傳記 및 評論 등을 참고 자료로 모아서 輯錄體 提要目錄 중의 거작이 되어, 동시대의 학자들에게서 "여러 서적을 두루 섭렵하지 않고서는 이것이 있을 수 없다."(非博及群書, 不能有此.) 그리고 "朱彝尊의 박학과 심사숙고가 아니면 누가 이것을 하겠는가?"(微竹坨博學深思, 其孰克爲之.)[210] 등의 칭송을 받았다. 그의 영향은 해내외 학술계에도 미쳐, 일본 丹波元胤이 편찬한 ≪醫籍考≫ 80권은 바로 ≪經義考≫의 영향으로 편찬된 것이다. 한편 章學誠의 ≪史籍考≫의 명성은 더욱 두드러진다.

章學誠은 字가 實齋이며 浙江 會稽人으로 乾嘉 시기의 史學 평론가이자 목록학가이다. 그는 乾隆 52년에 ≪經籍考≫ 창작을 시작으로, 乾隆 55년에는 또한 筆沅의 지지를 받아 武昌에서 하나의 범례가 된 ≪史籍考≫의 編修를 위한 기초 작업을 하였다. 그러나 乾隆 59년 筆沅이 해직되면서 중지되었다가, 그 후 이 작업은 謝啓昆, 潘錫恩 등에 의해 계속 주도되어 증정본이 撰修되었다. 그렇지만 매우 불행하게도, 이런 300여 권의 편질의 거작은 咸豊 6년에 각 원고가 모두 불에 타 없어져 버렸다. 현재는 다만 ≪論修史籍考要略≫과 ≪史籍考總目≫ 등에 자료가 남아 있을 뿐이다. 이 현존 자료로 볼 때, ≪史籍考≫는 마땅히 章學誠 목록학 사상의 구체적 표현이라 하겠다. 그것은 史部를 바꾸어 史籍으로 하고 독자적인 12분류[211]를 세웠으며, 版刻의 評注와 逸篇의 채록 등의 주장과 견해는 모두 새로운 의의가 있다.

謝啓昆의 ≪小學考≫ 또한 이러한 성질의 명저이다.

淸代는 宋元 시대로 부터 시간이 많이 지났는 바, 宋元刻本이 자못 사람들의 중시를 끌었는데, 판본을 저록한, 더욱이 宋元善本의 목록을 저록한 것이 증가하여, 官修의 ≪天祿琳琅書目≫ 외에도 개인이 저록한 수가 매우 많아졌으니, ≪讀書敏求記≫(錢曾), ≪百宋一廛書錄≫(黃丕烈), ≪皕宋樓藏書志≫(陸心源), 그리고 ≪善

---

210) ≪經義考≫ 毛奇齡, 陳廷敬 序語.

211) 12분류는 制書, 紀傳, 編年, 史學, 稗史, 星歷, 譜牒, 地理, 故事, 目錄, 傳記, 小說이다.

本書室藏書志≫(丁丙) 등은 모두 유명한 善本書目이다. 또한 일부 이본을 널리 수집한 목록서로 邵懿辰의 ≪四部簡明目錄標注≫, 莫友芝의 ≪郘亭知見傳本書目≫ 등이 있으며, 楊守敬의 ≪日本 訪書志≫는 해외 판본을 주의하였기에 더욱 특색이 있다.

清代는 자연과학 방면의 전문목록 작업에도 특출한 성취가 있었 는데, 康熙 시기 梅文鼎의 ≪勿庵曆算書目≫은 저록한 曆學書 62종, 算學書 26종에 대해 제요를 나누어 써서, 科學書目의 명저 가 되었다. 清末 華世芳의 ≪近代疇人著述記≫와 王景沂의 ≪科 學書目提要初編≫은 또한 참고 가치가 있는 전문분야의 서목이다.

姚際恒의 ≪古今僞書考≫는 清代 胡應麟의 ≪四部正訛≫를 이은 辨僞書目으로, 후대 辨僞學의 흥성에 상당한 영향을 미쳤다.

叢書子目의 서목 또한 清人이 창작하여 편찬한 전문목록인데, 이는 본서의 제1장 제2절에서 이미 언급하여 논하였다.

清代의 목록학에 대한 연구도 자못 성취가 있다. 宋代 鄭樵와 앞을 다툴 수 있는 빛나는 지위의 대가는 章學誠이다. 章學誠은 비록 목록학의 전문 명칭에 동의하지 않고 교수학을 내세워 그 자 신의 전문도서를 ≪校讎通義≫라고 명명하였지만, 실제 그의 연구 문제는 여전히 목록학 중의 문제라고 하겠다. 이에 ≪校讎通義≫ 는 줄곧 목록학 전문저서로 공인되었다. 그는 劉向을 중심으로 하 여 鄭樵를 보충하고 속설을 바로잡았다고 편찬 의도를 표명하였다. 그는 鄭樵의 순서 정리, 부류 논술, 득실 고증의 성취를 평가하고 또한 鄭樵의 결점에 대하여 자신의 견해를 제기하고 고증과 비평 을 가하였다. 章學誠의 목록학 연구에 대한 주요 관점은 '학술을 변별하고, 원류를 고찰하는 것'(辨章學術, 考鏡源流), 즉 도서의 내 용을 드러내는 것에서 착안하였다. 그는 신성 불가침한 '六經'을 또한 고대 典章制度의 기록으로 간주하여 도서 자료에 따라 사용하는 데 제공하였으며, 동시에 구체적인 목록 작업을 학술 수준으로 볼 것을 제시하였는데, 예컨대 類序를 쓰는 것은 순서를 기록하고 부류를 변별하여 六藝를 절충함으로써 大道를 드러내는 것으로 그저 부류의 수를 기록하는 수요만을 위한 것이 아니라고 하였으며,212) 提要를 쓰는 것은 그 요지를 추론하기 위함으로 古人의 말에는 내용이 있고 행동에는 恒心이 있으며, 일체 내용의 부화함이 없으니 문집을 모아 제요에 의거하여 연구하는 것이 학술을 변별하는 발단이 된다고 하였다.213) 그는 또한 한 차례 정식으로 '互著', '別裁'의 편찬 방법을 제기하고, 게다가 체계적인 찬술을 더해 도서 선전과 독서 지도가 기본적으로 완벽한 요구에 도달하도록 하였다.214)

章學誠은 도서와 목록 그리고 학술 연구를 하나로 연관시켜 나누어지지 않는 환절 관계가 되도록 하여, 학술 연구가 중심을 이루도록 하였다. 그는 '학술을 변별하고, 원류를 고찰하는' 관점을 바탕으로 각 항의 구체적인 목록작업을 진행할 것을 주장하였다. 그는 도서 자료란 학술 연구를 위해 알곡을 모으고(聚粮),215) 운송하는(轉餉)216) 기초적인 배경 작업이라고 여겼다. 이에 더욱 효과가 있는 학술 봉사를 위해, 그는 전문분야 목록과 색인을 편제할 것을 주장하였다. 그는 전통적인 도서목록을 개혁하여 학술적인 수준에

---

212) 章學誠, ≪校讎通義≫ 內篇一 <原道>: "著錄部次, 辨章流別, 將以折衷六藝, 宣明大道, 不徒爲甲乙紀數之需."

213) 章學誠, ≪校讎通義≫ 內篇一<宗劉>: "推論其要旨, 以見古人之所言有物而行有恒者, 則一切無實之華言, 率率之文集, 亦可因是而治之, 庶幾辨章學術之一端矣."

214) 章學誠, ≪校讎通義≫ 內篇一 <互著>·<別裁>.

215) 章學誠, ≪文史通義≫ 內篇四 <答客問> 下.

216) 章學誠, ≪文史通義≫ 外篇三 <答黄大兪先生>.

따를 것을 요구하였다. 그는 그의 명저 ≪校讎通義≫의 <宗劉>편에서 반복적으로 이 도리를 서술하였다. 그는 설령 전통적인 방법이 한 번에 변화되기는 어렵겠지만, 학술의 변화에 마땅히 부합해야 한다고 여기며 다음과 같이 말하였다.

> ≪七略≫의 古法은 끝내 회복할 수 없고, 四部의 체재와 내용 또한 바꿀 수 없는 즉, 四部 중에 '부류를 변별한다.'(辨章流別)는 뜻을 부가함으로써 문자가 반드시 원류가 있음을 알게 한다면, 또한 학문 연구의 요긴한 방법이 될 것이다.(≪七略≫之古法終不可復, 而四部之體質又不可改, 則四部之中, 附以辨章流別之義以見文字之必有源委, 亦治書之要法.)[217]

주관적으로 목록이 학술연구의 활동을 위한 주된 임무가 되어야 한다고 강조하는 이런 관점은 과거 객관적으로 학술연구의 활동을 위한 작용을 한다는 것에 비교하면, 확실히 새로운 혁신이다. 이런 혁신은 清代 목록학의 큰 성취이다.

姚振宗(1843~1906)은 字가 海槎이고, 浙江 山陰人이며 清末 각종 관련 학과를 하나로 융합하여 종신토록 목록학 저작의 편찬에 주력한 학자이다. 그는 장서가 풍부하여 6만여 권의 서적을 소장하였다. 그는 光緒 6년(1880)에 ≪汲古閣刊書目≫을 重編하는 것을 시작으로, 선후 ≪師石山房書錄≫, ≪百宋一廛書錄≫, ≪湖北藝文志≫ 등 목록학 전문저서의 類編과 편찬 작업을 완성하였고, 공력을 깊이 하고 학식을 드높여 전통목록학을 정리하고 총괄하는 준비를 하였다. 그는 光緒 15년에서 25년까지 10년의 노력으로, ≪七略≫의 輯佚에서 ≪漢志≫의 疏補, ≪後漢≫·≪三國≫

---

217) 章學誠, ≪校讎通義≫ 內篇一 <宗劉> 2-1.

의 補志, ≪隋志≫의 考證 등 전후로 전문서적을 편찬하였다.[218] 2년을 간격으로 그는 또한 이 전문저서를 친히 ≪快閣師石山房叢書≫로 편정하였는데, 전문 저서 7종을 수록하여 74권, 2백여 만자이다.[219] 지명이 없고 또 정치적 도움이 없는 학자가 이와 같은 풍부한 저술을 독자적으로 완성할 수 있었다는 것은 그 학식의 해박과 공력의 깊음을 증명한다. 이는 실로 전대 학자에게서는 보기 드문 것이다. 그 전문저서의 가치에 대해 姚氏 연보의 작자는 일찍이 평론하여 말하길, "각 종류 각 서적의 서록은 여러 주장을 모아서 자기 뜻을 절충하고 본말을 서술하였으며, 편찬인을 고증하고 변천을 정리하여 논증이 주밀하다."[220]라고 하였다. 그 중 ≪後漢≫, ≪三國≫의 藝文志 및 ≪隋志考證≫ 이 3종의 서적이 가장 유명하다. ≪後漢≫, ≪三國≫ 두 서적을 모두 '補'라고 칭하지 않는 것은 그가 스스로 闕史의 부족함을 보충한 것이 아니라고 하였기 때문이다. 이 점은 편찬자 스스로가 補闕이 아니라 창작이라고 여김과 동시에 그 전의 錢大昕, 侯康, 顧欀 3명의 여러 학자의 補志와는 다르게 독자적으로 1家를 이루었음을 표시한다. 梁啓超는 당시 사람들에게서 많은 비평을 받았지만, 이 두 서적에 대하여 그 특색 5가지를 특별히 논하며 "淸代의 補志 사업에서 이것이 가장 정채롭다고 할 만하다."[221]라고 칭찬하였다. ≪隋書經籍志考證≫은 공력

---

218) 陳訓慈, ≪山陰姚海槎先生小傳≫(≪師石山房叢書≫ 부록): "自≪七略≫之輯佚, ≪漢書≫之疏補, ≪後漢≫, ≪三國志≫補志, ≪隋志≫之考證, 先後勒成專書."

219) 7종의 전문 저서란 ≪七略別錄佚文≫ 1권, ≪七略佚文≫ 1권, ≪漢書藝文志條理≫ 8권, ≪漢書藝文志拾補≫ 4권, ≪隋書經籍志考證≫ 52권, ≪後漢藝文志≫ 4권, ≪三國藝文志≫ 4권이다.

220) 陶存煦, ≪姚海槎先生年譜≫: "每種各書敍錄, 撥拾群言, 折中己意, 敍原委, 考撰人, 條流變, 論浹周至."

221) 梁啓超, ≪圖書大辭典簿錄之部≫(≪飮冰室合集≫, 專集 第18冊): "淸代補志之業, 此其最精謹足稱者也"

이 매우 깊어, 姚氏는 또한 자부하여 말하길, "나는 이 책에서 마음으로 깨달은 말이 많은데, 전인들에 의해 발견되지 못한 것이며, 또한 전인들의 舊說이 바르지 못한 것을 반박한 것도 있다. 타당한 것을 재제로 취하여 몇 번의 심사를 거쳐 정하였으며, 의심스런 곳을 증정하고 수차례 원고를 바꾸어 완성하였다."[222]고 하였다. 따라서 史志書目의 영역에서 姚振宗이 지은 補注考證 등의 작업은 고전목록학에 중요한 내용을 더해 주었다 할 것이다.

---

222) 姚振宗, ≪隋唐經籍志考證≫ 後序: "吾於此書, 多心得之言, 爲前人所不發, 亦有駁前人舊說之未安者.……取裁安處之間, 幾經審愼而始定; 訂正疑異之處, 數易稿草而後成."

제3장

古典目錄學의 관련 분야

제1절 分類學 槪說

1. 분류학과 목록학의 관계

일반 도서목록의 배열에는 각종 다른 방법이 있을 수 있는데, 즉 분류 배열, 표제 배열, 편년 배열, 지역 배열, 자순 배열 등의 방법이 있으나, 고전목록서는 기본적으로 분류 배열법을 취한다. 고전 목록서에서 분류와 목록은 거의 떼려야 뗄 수 없는 깊은 관계를 지닌다. 만약 분류만 있고 목록이 마련되지 않았다면, 그 나누어진 부류는 그저 일시적인 안배일 뿐이어서 비교적 안정되게 독립된 체계를 세울 수 없을 것이다. 만약 그저 아무렇계나 등록된 도서목록만 있고 분류 배열이 되지 않았다면, 이런 목록은 필시 어지럽게 뒤섞여 있어서 구별과 검색을 할 방도가 없을 것이다. 도서의 분류 배열 성과는 오직 목록에서만 반영될 수 있다. 쿤류가 된 도서 목록은 사람들이 지식의 분류에 의거하여 필요한 도서를 찾아 지식의 자원을 탐구할 수 있게 한다. 이는 모두 분류와 목록의 밀접한 관계를 분명하게 드러낸다.

중국은 가장 일찍이 분류 사상을 도서 배열에 응용한 국가이다. 기원전 1세기, 劉向 부자는 周秦 이래 점차 발전한 분류 사상을 도서 정리에 운용하여, 마침내 세계상 가장 이른 종합적인 도서분류 총목인 ≪七略≫을 만들었다. 고전목록학도 바로 이에 따라 출현하였다. 이로부터 시작되어 역대의 목록학가는 모두 도서분류를 집중적으로 연구하여 갖가지 다른 분류 주장을 제기하였다. 도서분류학은 점점 일종의 전문적인 학문으로 형성되었다. 이런 연구 결과는 각종 목록학 저작에 응집되어 반영되었으며, 또한 목록학의 발전을 추진하였다. 宋代에 이르자 학자 鄭樵는 이전의 각종 분류를 총괄하고 이론적인 논술을 개괄하여, "학문이 전문적이지 못한 것은 서적이 불분명한 까닭이고, 서적이 불분명한 것은 類例가 구분되지 않은 까닭이다."(學之不專者爲書之不明也, 書之不明者爲類例之不分也)[223]라는 논제를 제기하였고, 분류·도서 배열·학술 연구의 세 방면을 함께 연관시켜 분류와 목록의 관계를 논증하였다. 이는 분류학의 몇몇 이론을 건립하였을 뿐 아니라 또한 목록학의 내용을 풍부하게 하였다. 목록학 연구의 발달과 목록서의 끊임없는 출현에 따라 분류학의 연구도 이미 대분류에 국한되지 않고, 또한 각 부류의 아래 세부 분류의 연구가 진행되었는데, 이것은 목록학이 분류학과 상호 보완될 수 있도록 함으로써, 서로 앞으로 한 걸음 더 나아가 발전하게 하여 중국 고전목록학에 풍부하고 고귀한 유산을 남겨 주었다. 따라서 분류학은 반드시 목록학을 이해하고 연구하는 데에 없어서는 안 되는 관련 분야가 되었다.

2. 도서분류와 도서분류목록

≪七略≫은 중국 제일의 종합적인 분류목록이다. 그것이 편찬될 수 있었던 것은 그 이전에 이미 도서분류와 학술분류가 있었기 때

---

223) 宋 鄭樵, ≪校讎略·編次必謹類例議≫.

문이다. 중국의 가장 이른 문헌 총집인 ≪尙書≫에는 典·謨·誥·誓 등의 다른 체재의 종류가 있다. 고대의 이른바 禮·樂·射·御·書·數는 6종의 다른 학문 분야의 분류이다. ≪左傳≫에는 三墳·五典·八索·九丘가 기록되어 있는데, 이는 즉 도서분류를 가리키는 듯하며,224) 또한 魯哀公 3년 궁실 내에 화재가 일어나 藏書를 황급히 구할 때 御書, 禮書 등의 분류에 따라 집어내었다고 하는 기록에서, 公府의 장서가 이미 분류되어 있었음을 볼 수 있다.225) 孔子의 제자에 대한 교육도 德行·言語·政事·文學의 4과목의 수업으로 나누었는데,226) 이 또한 일종의 학술분류라 하겠다. 戰國 시기에는 諸子百家가 분분히 논쟁하며 각 유파를 형성하였기에 학술분류의 학설은 더욱 성행하였다. 孟子는 당시의 학술을 크게 儒·墨·楊 3家로 구별하여, "墨家에서 벗어나면 필히 楊朱에 귀의하고, 楊朱에서 벗어나면 필히 儒家에 귀의한다."(逃墨必歸於楊, 逃楊必歸於儒.)라고 여겼다.227) ≪莊子·天下≫편에는 천하의 학술을 7파로 분류하여, 각파의 수창자를 내세워 그 요지를 서술하고 그 득실을 평하였다. 荀子는 "종류별로 잡다한 것을 정리하고, 하나로써 많은 것을 처리한다."(以類行雜, 以一行萬)228)와 "같은 것은 함께 묶고, 다른 것은 따로 나눈다."(同則同之, 異則異之)229)라는 분류학의 기본원칙을 제기하였다. 이 견해는 대량의 잡다한 것에 대해서 다만 부류에 따라 편차를 하여, 같은 것은 한 부

224) ≪左傳≫ 昭公 12년.

225) ≪左傳≫ 哀公 3年: "夏五月辛卯, 司鐸火, 火逾公宮, 桓僖災, 救火者皆曰顧府. 南宮敬叔至, 命周人出御書. …… 子服景伯至, 命宰人出禮書."

226) ≪論語·先進≫.

227) ≪孟子·盡心≫.

228) ≪荀子·王制≫.

229) ≪荀子·正名≫.

류에 모으고 다른 것은 부류에 따라 나누었음을 설명하였을 뿐이지만, 명백하게 분류의 의의와 방법을 진술하고 있다. 荀子는 또한 <非十二子>, <天論>, <解蔽> 등의 저작에서 다른 학술유파를 소개하였는데, 혹자는 이것은 그 저작이 한 사람에 의해서 나온 것이 아니기 때문이라고 여겼지만, 이 또한 그 당시에 다른 학술의 분류가 있었음을 반영하는 것이라 하겠다. 韓非는 당시에 오직 儒墨 두 유파만이 있다고 여기면서도, 다시 "儒家는 8개로 분류되고 墨家는 3개로 나뉜다."(儒分爲八, 墨離爲三.)230)고 말하였다. 이는 학술분류가 대분류 아래 또한 소분류로 나뉜 발전과정을 설명한다. 漢初에는 흩어진 도서 문헌을 수집하여 초보적인 정리를 거쳐, 크게 律令·軍法·章程·禮儀 4개의 큰 부류로 나누었다.231) 이것이 아마 비교적 공식적인 첫 번째 도서분류일 것이다(그 중에는 일부 문건 서류도 포함됨). 그리고 학술분류는 여전히 계속 발전하여, ≪淮南子·要略≫에서는 각 유파의 인물을 소개하였을 뿐 아니라, 또한 근원을 거슬러 올라가 각 부류 학술의 원류 요인을 탐색하였다. 司馬談이 六家의 要旨를 논한 것에서는 비교적 전면적으로 학파를 나누었을 뿐 아니라, 또한 각파의 우열을 평론하고 각 학파의 실제 응용 가치를 지적하였다. 그는 후대 劉向, 劉歆 부자가 편차한 <諸子略>의 '家' 분류에 현저한 영향을 미쳤다.

도서분류와 학술분류의 교차적 발전을 바탕으로, 도서의 분류목록은 대체로 순리적으로 탄생하였다. 당시 도서는 漢初 武帝와 成帝의 몇 차례 전국적인 대규모 수집을 통해 날마다 증가하였으나, 보관이 혼잡하여 도서를 이용할 수가 없었는데, 비록 武帝 때 楊仆

---

230) ≪韓非子·顯學≫.
231) ≪史記≫ 권130 <太史公自序>.

가 일찍이 ≪兵錄≫을 기록하여 올렸다고는 ㅎ-지만, 그것은 다만 그 중에서 일부의 兵書를 정리해 내어 단편의 목록으로 편찬한 것일 뿐이었다. 대량의 기타 도서는 여전히 정리되고 분류되어야 하였던 바, 그리하여 成帝 河平 3년(기원전 26)에는 劉向과 任宏, 尹咸, 李柱國 등의 전문가들이 명을 받아 정리하고, 劉向에 의해 그 편찬이 총괄되었다. 그들의 분업은 주로 학술의 성질에 따라 六藝·諸子·詩賦·兵書·數術·方技의 6조로 나뉘었으며, 학술분류의 정신을 도서분류에 융합하여 체현하였다. 劉向은 근 20년의 작업을 지속하여, 어지러운 도서를 정리하고 많은 書錄을 도서에 부가하여 나누어 썼는데, 어떤 이가 다시 그것을 한데 모아 편찬한 즉, 이른바 ≪別錄≫이 완성되었던 것이다. ≪別錄≫은 바로 여러 기록을 별도로 모은다는 뜻으로, 提要書目의 총편이다. 그러나 안타깝게도 劉向은 사업의 최후 완성을 친히 보지 못하고 죽었다. 그의 아들 劉歆이 유업을 계승하여 ≪別錄≫을 기초로 한 걸음 더 나아가 도서의 성질에 따라 선후순서를 정리하고, 비교적 짧은 시간을 들여 漢 哀帝 建平 元年(기원전 6)에 중국 제일의 종합적인 도서분류 총목록인 ≪七略≫을 편성하였다. 그것은 서구 제일의 정식 도서분류표, 즉 1545년 스위스인 게스너(Konrad Von Gesner 1516~1565)의 ≪도서총람≫(Bibliotheca universals)보다 족히 1,500여 년이 앞선다.[232]

≪七略≫의 분류는 주로 劉向이 도서를 정리할 때의 분업 작업으로서, 동시에 각 부류 도서의 균형적인 분량에 주의하였다. 그것

---

232) ≪萬象圖書分類法≫에서는 4部, 21類로 나누었다. 4部: 字學, 數學, 修養, 高等學. 21類: 言語學, 辨證學, 修辭學, 詩歌, 算學, 幾何, 音樂, 天文學, 占星學, 術數, 地理, 歷史, 技術, 自然科學, 形而上學과 神學, 倫理學, 哲學, 政治學, 法理學, 醫學, 基督敎.

은 <六藝略>, <諸子略>, <詩賦略>, <兵書略>, <術數略>, <方技略> 등 6개의 대분류로 구분되며, <輯略>으로써 전체 서적을 총괄하였다. 이것이 바로 도서분류 목록 중의 '六分法'이다. 어떤 이는 ≪七略≫의 서명에 따라 그것을 七分이라 하기도 하는데, 그것은 일종의 오해이다. 왜냐하면, <輯略>은 실제 各 類序의 휘편으로, 별도의 한 부류가 아니기 때문이다. 東漢의 사학가 班固는 이 뜻을 깊이 이해하였기에, 그는 ≪七略≫을 개편하여 ≪漢志≫의 <藝文志>로 넣으면서 바로 <輯略>을 각 부류에 분산시키고 직접 6개의 대부류로 나누었다. ≪七略≫과 ≪漢志≫는 6개의 대부류 아래에 다시 '種'으로 나뉘는데 이것이 바로 부류 하위의 '細類' 혹은 '小類'이며, '種'의 하위에는 '家'가 있는데 그것이 바로 '目'이다. 이러한 등급의 구분은 중국 고대의 도서분류가 이미 상당히 완비되었음을 보여 준다.

六分法은 중국 도서분류 목록의 가장 이른 분류법이다. 반면 훗날 도서 중 하나의 대부류가 된 史籍은 일정한 지위를 얻지 못하여 다만 <六藝略>의 春秋家 뒤에 부가되어 있었을 뿐이었다. 이것은 바로 그 당시에 史學이 충분히 발달하지 못하고 史籍 수량도 아직 적었던 현실을 반영하는 것이다. 따라서 魏晉 이전에는 史籍은 있으나 史部는 없다고 말하는 것이다. 이런 상황은 魏晉 시대에 비로소 변화되기 시작하였다. 漢魏 교차시기의 동란을 거치면서 도서가 집산되자 정리와 목록이 다시 요구되었거니와, 史學의 발달과 史學 저서의 대거 출현에 의해 원래의 附目 지위가 이미 부합되지 않는 등의 일부 도서 상황에 변화가 발생하여 분류를 나누고 목록을 편찬하는 데에 다시 균형을 조정해야 하였다. 따라서 분류의 개혁은 필연적으로 실제 수요에 순응하여 발생한 것이니, 이것은 바로 呂嘉錫 선생이 다음과 같이 지적한 바와 같다.

> 서적에 부류가 있음은 군대에 사단이 있는 것과 같다. 비록 그 분량
> 이 사병의 정열이 획일적인 것과 같지는 않지만 너무 크게 차이가
> 나서는 안 되므로, 나눌 것은 나누고 합쳐야 할 것은 합해야 한다.
> ≪七略≫이 4부로 된 것은 대개 이와 같은 이유 대문으로 유독 소
> 장이 불편해서만 아니다. 즉 그 목록의 편권은 서로 균등해야 마땅하
> 다.(書之有部類, 猶兵之有師旅也. 雖其多寡不能如卒伍之整齊劃一,
> 而要不能大相懸絶, 故於可分者分之, 可合者合之. ≪七略≫之變爲
> 四部, 大率因此, 不獨爲儲藏之不便也. 卽其目錄之篇卷, 亦宜使之
> 相稱.)233)

六分法에서 四分法으로 바뀐 것은 분류학에서 중요한 발전 단
계이다. 四分法은 사용된 시간이 길고 그 영향이 커서 기타 몇 가
지 분류법을 훨씬 초월하였기에, 많은 학자들 또한 이 변화에 주의
를 하였다. 淸代 乾嘉 시기의 유명학자 錢大昕은 일찍이 그의 저
작 중 두 군데에서 이 일을 언급하였다. 錢大昕은 ≪補元史藝文志
序≫ 중 일찍이 개괄적으로 四分法의 건립 과정과 그 후의 변화를
다음과 같이 서술하였다.

> 晉 荀勖이 ≪中經簿≫을 편찬하자, 비로소 甲乙丙丁의 四部로 분
> 류되었는데, 子가 오히려 史보다 먼저였다. 李充이 著作郎이 되어
> 다시 4부로 분류하자 經史子集의 순서가 비로소 정해지게 되었다.
> 그 후 王亮, 謝朏, 任昉, 殷鈞이 서목을 편찬하며 모두 四部의 명칭
> 을 따랐다. 王儉, 阮孝緒는 7부류로 나누었고, 祖暅은 5부류로 나누
> 었다. 그러나 隋唐 이래로 經籍, 藝文을 기록한 것은 대개 모두 李充
> 의 분류를 사용하였다.(晉荀勖撰≪中經簿≫, 始分甲乙丙丁四部, 而
> 子猶先於史. 至李充爲著作郎, 重分四部, 而經史子集之次始定. 厥

---

233) 余嘉錫, ≪目錄學發微≫ 10 <目錄類例之沿革>.

後王亮・謝朏・任昉・殷鈞撰書目, 皆循四部之名. 雖王儉・阮孝緒
分而爲七, 祖暅別而爲五. 然隋唐以來, 志經籍・藝文者, 大率用李
充部署而已.)

錢大昕은 또한 ≪諸史問答≫에서 더욱 상세하게 설명을 하였다.

晉 荀勖이 편찬한 ≪中經簿≫는 첫째, 甲部에서는 六藝와 小學을
기록하였고, 둘째, 乙部에는 古諸子家, 近世子家, 兵書, 兵家, 術數
가 있으며, 셋째, 丙部에는 史記, 舊事, 皇覽簿, 雜事가 있고, 넷째,
丁部에는 詩賦, 圖贊, 汲冢書가 있다. 四部의 시작은 실제 여기서
비롯된다. 乙部는 子이고, 丙部는 史인즉, 子가 오히려 史보다 먼저
였다. 李充이 著作郎이 되었을 때 典籍이 혼란스러워져 번거롭고 중
복된 것을 삭제하고, 부류에 따라 묶어 四部로 나누었다. 五經은 甲
部, 史記는 乙部, 諸子는 丙部, 詩賦는 丁部이며, 經史子集의 순서
가 비로소 확정되었다.(晉 荀勖撰≪中經簿≫一曰甲部, 紀六藝及小
學; 二曰乙部, 有古諸子家・近世子家・兵書・兵家・術數; 三曰丙
部, 有史記・舊事・皇覽簿・雜事; 四曰丁部, 有詩賦・圖贊・汲冢
書. 四部之分, 實始於此. 而乙部爲子, 丙部爲史, 則子猶先於史. 及
李充爲著作郎, 以典籍混亂, 刪除繁重, 以類相從, 分爲四部: 五經爲
甲部, 史記爲乙部, 諸子爲丙部, 詩賦爲丁部, 而經史子集之次始定
.)234)

錢大昕의 논술을 종합하면 이하 몇 가지 논점으로 귀납된다.
① 四分法은 西晉 荀勖의 ≪中經簿≫에서 시작되었는데, 당시
에는 甲乙丙丁 순서로 하여 乙은 子書, 丙은 史書로서 '子'가 '史'
보다 먼저였다. 東晉 李充의 ≪四部書目≫은 비록 甲乙丙丁의 순
서로 하였으나, 乙部를 史書, 丙部를 子書로 하였다. 따라서 후대
經史子集의 배열은 李充이 창시한 것이라 하겠다.

---

234) 淸 錢大昕, ≪潛硏堂文集≫ 권13.

② 荀勖과 李充 이후의 고전목록서는 대체로 四分法을 취하였
는 바, 史書에서 말한 바와 같이 "秘閣에서 영구히 변하지 않는
제도로 삼아(秘閣以爲永制)[235] 이로부터 답습하여 변화가 없었다.
(自爾因循, 無所變革)[236]"라고 하는 것은 바로 이것을 가리키는 말
이며, 齊 永明 원년 秘書丞 王亮, 秘書監 謝朏가 편찬한 ≪秘閣
四部目錄≫, 梁 天監 6년 秘書監 任昉, 秘書丞 殷鈞이 편찬한 ≪天
監六年四部書目錄≫, 唐初에 이르러 편찬된 ≪隋書·經籍志≫ 등
많은 목록서들이 모두 四部分類法을 채용하여 목록을 편찬하였다.
③ 당시에 四分法 외에도 또한 劉宋 王儉의 ≪七志≫와 梁 阮
孝緖의 ≪七錄≫ 등의 七分法, 梁 祖晅의 ≪五部目錄≫의 五分
法이 있었으나, 모두 四分法의 지위를 대신하지는 못하였다. 隋唐
이후, 四分法은 줄곧 이어져 사용되었다.

錢大昕의 四分法에 대한 논술은 비록 비교적 전면적이라고는
하겠으나, 여전히 불확실한 부분이 있는 즉, 예를 들면 四分法의
창조를 논하며 晉 荀勖의 ≪中經簿≫로 거슬러 올라갔는데, 사실
荀勖은 기본적으로 魏 鄭默의 ≪中經≫(혹은 ≪魏中經≫이라 칭
함)에 의거하여 ≪中經新簿≫(혹은 ≪晉中經≫이라 칭함)를 편찬
하였다. 阮孝緖의 ≪七錄序≫와 ≪隋書·經籍志序≫에서 모두
그 둘의 상관관계를 분명하게 설명하였다.[237] 따라서 四分法의 창

---

235) ≪晉書≫ 권92 <李充傳>.

236) ≪隋書·經籍志≫.

237) 鄭默, 荀勖의 상관관계에 관해서는 두 가지 견해가 있다. 하나는 荀勖이 鄭默이 지
    은 도서에 의거하였다는 것이고, 다른 하나는 荀勖이 鄭默의 도서분류에 의거하였다
    는 것이다. ≪七錄序≫에 의거하면, "晉의 領袖 秘書監 荀勖은 ≪魏中經≫에 의거
    하여, 다시 ≪新簿≫를 지었다."(晉領秘書監荀勖因≪魏中經≫, 更著≪新簿≫)라고
    하였으며, 또한 ≪隋志序≫에 의거하면, "魏 秘書郞 鄭默이 처음 ≪中經≫을 지었
    고, 秘書監 荀勖은 다시 ≪中經≫에 의거하여 ≪新簿≫를 지었다."(魏秘書郞鄭默
    始制≪中經≫, 秘書監荀勖又因≪中經≫更著≪新簿≫)라고 하였다. 두 序에서 말

조는 마땅히 魏 鄭默이 그 시작을 열었으며, 晉 荀勗이 그 일을 마쳤다고 할 것이다. ≪魏中經≫은 이미 그 분류의 구분을 알기는 어렵지만, 鄭默의 선구적인 업적을 없앨 수는 없다. 荀勗의 저서를 ≪中經簿≫라고 칭한 것 또한 구별을 어렵게 한다. 따라서 錢大昕이 "荀勗은 鄭默의 ≪中經簿≫에 의거하여 ≪中經新簿≫를 지었다."(荀勗因鄭默≪中經簿≫而撰≪中經新簿≫)라고 한 것은 매우 주도면밀한 듯하다. 또한 錢氏가 말한 것은 실제 저본이 있는 바, 余嘉錫 선생은 ≪目錄學發微·目錄類例之沿革≫이라는 글에서 이미 이 말은 ≪文選≫ 중 任彦昇 <王文獻集序>의 注에 근거하였다고 지적하였다. 錢氏가 박학하여 두루 열독하여 규명하고서도 그것을 표시하지 않은 것은 다소 아쉬운 점이라 하겠다.

四分法보다 약간 뒤에 병존한 것으로 또한 五分法과 七分法이 있다. 梁 祖暅의 ≪五部目錄≫은 분류상에서 보면 五分이나 실제는 四分法의 범위에서 벗어나지 않는다. 그는 다만 四部 외에 術數 1部를 더하였을 뿐이다. 혹자는 이것은 祖暅이 天文曆算學의 전문가인 것과 관련이 있어 '術數' 한 부류의 도서에 대해 편중하여 특별히 1門으로 세웠을 것이라고 하였다. 五分法은 후대에 따른 사람이 없고, 영향도 크지 않다. 七分法은 劉宋 王儉의 ≪七志≫가 창제한 것이다. ≪七志≫는 經典志, 諸子志, 文翰志, 軍書志, 陰陽志, 術藝志, 圖譜志로 나뉘며, 또한 道經, 佛經 2部를 부록에서 볼 수 있다. 얼마 안 있어, 梁 阮孝緒는 또한 ≪七錄≫을 편찬

하는 모두 ≪中經≫에 '의거'하였다고 하는 것은 鄭默의 목록에 의거한 것을 가리킴이 의심이 없는바, 도서에 '의거'했다면 두 序는 마땅히 '≪魏中經≫'을 의거'했음을 말하는 것이리라. ≪魏中經≫이 4분인지의 여부는 아직 명확한 증거가 부족하나, 시간의 차이가 짧으므로 상관관계가 밀접하다 할 것인데, 鄭默이 4분의 방법을 대략 갖추었을 가능성도 있으며 혹은 荀勗이 바로 ≪魏中經≫에 의거하여 存書를 조사하여 보충하고서 다시 새 목록을 편찬하였을 것이다.

하였는데, 그것은 內外篇으로 분류되며 內篇은 經典錄, 記傳錄, 子兵錄, 文集錄, 術技錄이고 外篇은 佛法錄과 仙道錄이다. 이 두 七分法 명저의 부류로 볼 때, 그것들은 기본적으로 劉歆 ≪七略≫의 전통을 계승하였으며, 당시 佛道 흥기의 현실 수요와 결합하여 이 분류법이 제기되었던 것이다. ≪七略≫은 실제로는 九分法이어서 형식상 후대에 계승되지 못했다. 그러나 그의 분류 정신은 ≪隋書·經籍志≫의 편찬자에게 수용되었다. 그것들은 도서분류의 목록 발전에 대해 응분의 역사적 공헌을 하였는데, 즉 그 部 아래 나누어진 類目은 더욱 완전한 四分法의 분류를 우해 참고할 만한 요소를 제공하였다.

　四分法은 魏晉 시기 창시된 이래 비교적 광범위하게 유전되었으며, 經史子集의 개념도 점점 사람들에 의해 사용되어, 梁 元帝 시기 顔之推 등은 일찍이 명을 받아 經史子集으로 四部書를 나누어 교감하였다.[238] 그리고 唐初에 편찬된 ≪隋書·經籍志≫는 四分法으로 목록을 편찬하면서, 바로 經史子集의 부류 표기를 이용하여 甲乙丙丁의 편차를 대체하였다. 魏晉 시기의 四分法 목록서는 이미 망실되었으므로 ≪隋志≫는 현존하는 가장 오래된 四分法의 목록서가 된다. 淸末 저명 목록학가 姚振宗은 일찍이 이 점을 다음과 같이 지적하였다.

　　四部의 체재가 본 ≪隋志≫에서 시작된 것은 아니지만, 四部의 서적이 현존하는 것으로는 오직 이 志가 가장 오래된 것이라 하겠다.(四部之體, 不始於本志, 而四部之書之存於世者, 則惟本志爲最古矣.)[239]

---

238) ≪北齊書≫ 권45 <顔之推傳·觀我生賦> 自注.
239) 淸 姚振宗, ≪隋書經籍志考證≫ 敍錄.

이후 역대의 많은 목록서는 모두 이 분류에 근거하여 목록을 편찬하였고, 또한 甲乙丙丁을 대체한 經史子集의 명칭이 후일 고적분류의 통칭으로 사용되었다. 이에 淸代 학자 王鳴盛은 일찍이 다음과 같이 말하였다.

> 甲乙丙丁은 직접 經史子集이라고 하는 것보다 못한 바, ≪隋志≫는 荀勖에 의거하여 다시 그것을 고쳤다. 그 후 唐宋 이하의 목록은 모두 그것을 바꾸지 않았다.(甲乙丙丁亦不如直名經史子集, ≪隋志≫依荀而又改移之. 自後, 唐宋以下爲目者, 皆不能違.)[240]

그러나 사실은 宋 이후에서야 다시는 甲乙로써 부류가 나누어지지 않았다.[241] ≪隋志≫는 비록 四分이라 명하였으나, 실제는 그전의 도서분류의 목록 성과를 엮어 모은 것이다. 그 4개의 큰 부류는 비록 荀勖과 李充의 규정을 따른 것이나, 각 부의 아래에 모두 40개의 작은 부류가 나누어져 있는 것은 ≪七略≫, ≪漢志≫, ≪七錄≫의 규칙을 채용한 것이다. ≪七略≫, ≪漢志≫는 6개의 대부류 아래에 모두 38종의 세부 부류를 나누었고, ≪七錄≫은 7개의 대부류 아래에 다시 76개의 세부 부류로 나눈 것을 증거로 삼을 만하다. 또한 ≪隋志≫의 편찬은 ≪七志≫와 ≪七錄≫을 주요한 근거로 삼았다. 따라서 ≪隋志≫를 四分法이라 하는 것은 실제 六分, 四分, 七分의 여러 성취를 총괄하고, 그것을 변화 발전시켜 부연하여 만든 새로운 四分法이라는 것으로서, 그것은 후대 고전목록서의 편찬에 중요한 영향을 미쳤다.

唐宋 이래 ≪隋志≫의 목록분류의 체재는 줄곧 이어져 사용되

---

240) 淸 王鳴盛, ≪十七史商榷≫ 권67 <經史子集四部>.
241) 余嘉錫, ≪目錄學發微≫ 10 <目錄類例之沿革>.

어, 비록 후대에 간혹 변화가 있었다 하겠지만 결국은 그 규범을 초월하지는 못했는데, 일례로 宋 陳振孫 ≪直齋書錄解題≫는 바로 세부 부류로써 구분을 하고서 四部의 명목으로 표시하지는 않았으나 그 도서편차법을 자세히 살펴보면 여전히 四部로써 선후 순서를 정하고 있다. 淸 孫星衍이 편찬한 ≪孫氏祠堂書目≫은 비록 四部의 대부류를 없애고 직접 12류로 나누었으나, 세부 내용은 그저 四部의 분화일 뿐이다. 淸人 管世銘은 일찍이 도서를 經・史・子・集・類・選・錄・撰 8개의 대부류로 나누었으나, 다만 四部 이외 다른 4류를 증가하였을 뿐으로 새로운 의의는 없다.[242] ≪書目答問≫의 5부는 四分의 외에 별도로 叢書 1부를 증가한 것으로, 역시 四分法의 유례를 바꾼 것은 아니다. 따라서 고대의 전체 역사에서 ≪隋志≫의 四分法은 도서목록 분류의 주요 분류법이라 하겠다.

3. 도서목록 분류의 세부 분류

도서가 오직 대부류만 있고 다시 세분되지 않는다면 검색에 여전히 불편할 것이므로, 일부 고전목록서는 대부류가 없을 수도 있겠으나 반드시 세부 분류는 해야만 한다. 왜냐하면, 세부 분류가 되어야 도서가 비교적 정확하게 귀속될 수 있어 검색하여 사용하는 데에 편리하기 때문이다. 따라서 도서분류를 연구하면서 세부 분류를 검토하지 않을 수 없다.

도서목록의 분류가 처음 시작되면서부터 세부 분류의 구분이 있었다. ≪七錄≫과 ≪漢志≫의 6개 대부류의 하위에 세워진 38種

---

242) 淸 管世銘, ≪韞山堂文集≫ 권8 <讀書得>.

이 바로 세부 부류라 하겠는데, 즉 <藝文略> 아래에는 易·書·詩·藝·樂·春秋·論語·孝經·小學 등 9종의 세부 부류로 나누어졌다. 阮孝緖 ≪七錄≫은 7개의 대부류의 아래에 또 55種으로 세분하여 나누었다. 예를 들면 <紀傳錄> 아래에는 國史·注曆·舊事·職官·儀典·法制·僞史·雜傳·鬼神·土地·譜系·簿錄 등 12류로 세분되었다.[243] 이 12류의 세분은 비록 '史部'의 부류 명칭을 사용하지는 않았지만, 실제는 이미 후일 史部의 세분 규모를 갖추고 있다. ≪隋書·經籍志≫는 史部의 지위를 확립한 후에, 그 하위에 正史·古史·雜史·覇史·起居注·舊事·職官·儀注·刑法·雜傳·地理·譜系·簿錄 등 13류로 세분하였다. ≪隋志≫의 13류와 ≪七錄≫의 12류의 세분은 기본적으로 대동소이하지만, ≪隋志≫는 아래와 같은 몇 가지 점을 고쳤다.

○ ≪隋志≫는 ≪七錄≫의 國史類를 正史와 古史 2류로 세분하였다.

○ ≪隋志≫는 ≪七錄≫의 雜傳, 鬼神 2류를 雜傳 1류에 병합하였다.

○ ≪隋志≫는 ≪七錄≫의 분류명을 약간 고쳤는데, 즉 注曆을 起居注, 儀典을 儀注, 法制를 刑法, 僞史를 覇史, 土地를 地理, 譜狀을 譜系로 고쳤다.

○ ≪隋志≫는 다만 雜史 1류를 증가하였다.

唐 玄宗 시기의 저명목록학가 毋煛이 편찬한 ≪古今書錄≫의 史部는 ≪隋志≫의 이 13류를 채용하고, 매 세부 분류마다 해석을 하였다. ≪古今書錄≫은 비록 일실되었으나, 이 13류의 해석은 ≪舊

---

243) 梁 阮孝緖, ≪七錄目次≫(唐 釋道宣, ≪廣弘明集≫ 권3 참조).

唐書・藝文志≫ 중에 남아 있는데, 그 문장 중에는 다음과 같은 기록이 있다.

乙部는 史로서 13부류가 있다. 첫째는 正史이며 紀・傳・表・志를 기록하였다. 둘째는 古史이며 編年의 繫事를 기록하였다. 셋째는 雜史이며 異體의 雜記를 기록하였다. 넷째는 覇史이며 僞朝의 國史를 기록하였다. 다섯째는 起居注이며 임금의 언행을 기록하였다. 여섯째는 舊事이며 조정의 政令을 기록하였다. 일곱째는 職官이며 班序의 品秩을 기록하였다. 여덟째는 儀注이며 吉凶의 처리를 기록하였다. 아홉째는 刑法이며 律令의 格式을 기록하였다. 열 번째는 雜傳이며서 先聖의 人物을 기록하였다. 열한 번째는 地理이며 山川 郡國을 기록하였다. 열두 번째는 譜系이며 世族의 繼序를 기록하였다. 열세 번째는 略錄(≪隋書≫의 簿錄)이며 史策의 條目을 기록하였다.(乙部爲史, 其類十有三: 一曰正史, 以紀紀傳表志; 二曰古史, 以紀編年繫事; 三曰雜史, 以紀異體雜記; 四曰覇史, 以紀僞朝國史; 五曰起居注, 以紀人君言動; 六曰舊事, 以紀朝廷政令; 七曰職官, 以紀班序品秩; 八曰儀注, 以紀吉凶行事; 九曰刑法, 以紀律令格式; 十曰雜傳, 以紀先聖人物; 十一曰地理, 以紀山川郡國; 十二曰譜系, 以紀世族繼序; 十三曰略錄, 以紀史策條目.)

이후의 國家目錄과 史志目錄의 史部 세분은 기본적으로 이 분류법을 계속 사용하였으며, 일부 補志와 개인서목에서도 이것을 많이 채용하고 있다. 그러나 어떤 목록서는 이것을 약간 수정을 하기도 하였는데, 예를 들면 ≪明史・藝文志≫는 10류로 줄여 세분하였고, ≪四庫全書總目≫은 15류로 늘려 세분하였으며, ≪補遼金元志≫도 16류로 늘려 세분하였는데, 그러나 여전히 13류의 세분이 대부분을 차지한다. 세부 분류의 변동 상황을 이해하기 위해서 특별히 이 史部 세분의 변화를 예로 들어, 그 변동을 아래 표에 나열한다.

《隋書·經籍志》 史部 13류	《舊唐書·經籍志》 史部 13류	《新唐書·藝文志》 史部 13류	《宋史·藝文志》 史部 13류
1. 正史	1. 正史	1. 正史	1. 正史
2. 古史	2. 編年	2. 編年	2. 編年
3. 雜史	4. 雜史	4. 雜史	3. 別史
4. 霸史	3. 僞史	3. 僞史	13. 霸史
5. 起居注	5. 起居注	5. 起居史	×(別史 및 編年 삽입)
6. 舊事	6. 舊事	6. 故事	5. 故事
7. 職官	7. 職官	7. 職官	6. 職官
8. 儀注	8. 儀注	9. 儀注	8. 儀注
9. 刑法	10. 刑法	10. 刑法	9. 刑法
10. 雜傳	8. 雜傳	8. 雜傳記	7. 傳記
11. 地理	13. 地理	13. 地理	12. 地理
12. 譜系	12. 譜牒	12. 譜牒	11. 譜牒
13. 簿錄	11. 目錄	11. 目錄	10. 目錄
			4. 史鈔

(鄭天挺. 《探微集》 265쪽에서 인용)

明史藝文志 史部 10류	四庫全書總目 史部 15류	書目答問 史部 14류	淸史稿藝文志 史部 16류
1. 正史	1. 正史	1. 正史	1. 正史
× (正史 병입)	2. 編年	2. 編年	2. 編年
2. 雜史	5. 雜史	6. 雜史	5. 雜史
×	9. 載記	7. 載記	9. 載記
×	×	×	×
4. 故事	13. 政書	11. 政書	13. 政書
5. 職官	12. 職官	×	12. 職官
6. 儀注	×	×	×
7. 刑法	×	× 子部法家를 넣음	×
8. 傳記	7. 傳記	8. 傳記	7. 傳記
9. 地理	11. 地理	10. 地理	11. 地理
10. 譜牒	×	12. 譜錄	×
×	14. 目錄	× 譜錄에 넣음	14. 目錄
3. 史鈔	8. 史鈔	×	8. 史鈔
	3. 紀事本末	3. 紀事本末	3. 紀事本末
	4. 別史	5. 別史	4. 別史

明史藝文志 史部 10류	四庫全書總目 史部 15류	書目答問 史部 14류	淸史稿藝文志 史部 16류
	6. 詔令奏議	9. 詔令奏議	6. 詔令奏議
	10. 時令	×	10. 時令
	15. 史評	14. 史評	16. 史評
		4. 古史	
		13. 金石	15. 金石

(참고: 표에서 ≪隋志≫의 세분 순서가 本書의 순서인 것 외에, 다른 몇 부의 목록서는 상호 대조를 위해 그 순서
를 뒤섞었으며, 각 세분의 번호는 本書의 원래 순서를 표시한다.)

위의 표에 나열된 史部의 세부 분류의 변화 상황으로 볼 때 몇
가지 주의할 만한 점이 있다.

① 세부 분류의 구분은 학술의 발전과 도서량의 증가 등과 같은
구체적인 상황에 따라 변하는 것으로, 한 번 완성되면 변하지 않고
또 변할 수 없는 것이 아니다. 즉 唐代의 史學家 劉知幾 ≪史通≫
은 역사편찬학을 평론한 저명 史籍이지만, ≪新唐書・藝文志≫에
는 集部 文史類에 저록되어 있는데, 이것은 당시 이 성질의 도서
가 아직 적어서 따로 세분하기 어려웠던 까닭이며, ≪四庫全書總
目≫이 편찬될 무렵에는 이런 종류의 서적이 독자적으로 한 부류
가 될 수 있었으므로 새롭게 史評類로 구분되어 귀납되었던 것이
다. 또한 唐 杜佑가 편찬한 ≪通典≫은 典章의 제도를 연구한 중
요한 도서이지만, ≪新唐志≫ 중에는 子部 類書類에 기록되었으
며, ≪四庫全書總目≫에 이르러서야 政書類로 들어갔다. 또한 宋
袁樞의 ≪通鑑紀事本末≫은 宋代에 새롭게 창조된 史體였으므로
한 부류로 세우기 어려웠는 바, 따라서 ≪宋史・藝文志≫는 史部
編年類에 저록하였다.

② 각종 목록서의 세분 명칭이 설령 같을지라도 저록된 내용은
같지 않다. 예를 들면, 正史類는 일반적으로 모두 紀傳體 史籍을

가리키는데, ≪明史·藝文志≫는 紀傳과 編年을 합해 正史의 한 세부 분류로 하였다. 또한 ≪三國志≫가 正史 중의 하나인 것은 현재 이미 의심의 여지가 없는 사실이지만, ≪舊唐書·經籍志≫는 오히려 그것을 3부의 서적으로 나누어 魏志는 正史에 넣었고 吳·蜀 2志는 僞史類에 열입하였다. 반면, 일부 분류의 명칭은 다르지만 포함된 내용이 같은 것이 있으니, 즉 ≪隋書·經籍志≫의 古史類는 이후의 編年類와 가깝다. 또한 覇史와 僞史는 명칭이 비록 다르지만 그 실제 내용은 같다.

③ 일부 목록서는 세분의 표준이 완전히 일치하지 않는다. 예를 들면, ≪隋書·經籍志≫는 대개 紀傳의 史籍을 正史類로 열입하였으나, 田融이 편찬한 ≪趙書≫ 10권은 비록 紀傳體의 史籍이지만, 趙氏가 소수민족의 정권인 탓에 '華夷之辨'의 관점 아래 覇史類의 맨 앞에 열입되어 더 이상 체재에 따라 귀속되지는 못하였다.

이와 같이, 고전목록서는 다만 일부 세부 분류의 標目만을 읽고 내용을 파악했다고 여길 수는 없으니, 각 부류가 어떤 책을 저록하였으며, 어떤 특징이 있는지, 각종 목록서의 귀속 처리 문제는 무엇이 다르며, 그것들의 근거는 무엇인지 등을 살펴볼 필요가 있다.

宋 이래 인쇄술이 발달하고 학술이 발전하면서, 저서가 날마다 풍부해지고 도서가 날마다 증가하여, 개인장서가 점점 많아지고 私家目錄도 유행하였다. 이런 私家目錄은 어떤 것은 종종 ≪隋書·經籍志≫ 계통의 분류 규칙을 혁신하여 새로운 격식을 별도로 창조하였다. 그것들은 구체적인 조건에 근거하여, 증가 혹은 감소되거나 또는 별도로 새로운 목록을 창조하였다. 어떤 國家目錄과 補志目錄은 ≪隋志≫의 舊例에 의거하지 않기도 하였으며, 더욱이 세분의 변화가 컸다고 하겠는데, 예를 들면 明朝의 國家目錄 ≪文

淵閣書目≫은 四部에 의거하지 않고, 史籍을 다만 史·史附·史雜 3류로 나누었고, 淸人 徐乾學의 藏書目錄 ≪傳是樓書目≫의 史部 세부 분류는 37류 남짓하다. 또한 어떤 類目은 비교적 기이한 분류 명칭을 표기하였으니, 즉 淸初 錢曾의 ≪讀書敏求記≫에는 '騫養類'가 있는데 宋 賈似道의 ≪蟋蟀經≫와 같은 부류의 도서를 저록하였다. ≪傳是樓書目≫ 중에는 '酒茗類'가 있으며 唐 陸羽 ≪茶經≫과 같은 부류의 도서를 저록하였다. 그리고 어떤 것은 四部를 아예 버리고서 직접 세부 분류를 하였는데, 예컨대 淸人 孫星衍이 편찬한 ≪孫氏祠堂書目內外篇≫은 四部의 큰 부류를 버리고 직접 藏書를 12屬類로 나누었으니, 經學·小學·諸子·天文·地理·醫律·史學·金石·類書·詞賦·書畵·小說이다. 이것은 四分法의 가장 현저한 변화이나, 만약 자세하게 따진다면 그것은 다만 四分法의 1단계 부류를 취소하였을 뿐, 그 12속의 내용은 四部의 범위를 초월하지 못하였는데, 즉 經學·小學은 經部, 史學·地理·金石·類書는 史部, 諸子·天文·醫律·書畵는 子部에 귀속될 수 있고, 小說은 子史에 나누어 넣을 수 있으며, 詞賦는 독자적으로 集部에 귀속된다. 그 12속 하위에는 또한 세분이 되었으니, 즉 史學屬의 하위에는 正史·編年·紀事·雜史·傳記·故事·史論·史鈔의 8류로 구분되었다. 그러므로 孫氏의 서목은 다만 四分法의 규칙을 벗어났다 하겠으나 완전하게 새로운 뜻을 창립한 것은 아니라 하겠다.

4. 고적분류에 관한 몇 가지 의견

고적을 어떻게 하면 더욱 좋게 각기 그 부류로 귀납할 수 있을까 하는 것은 역대 학자들이 예의주시하여 연구한 문제 중의 하나이다. 일부는 이미 자신의 생각을 실천에 옮겨 각종 목록서를 편찬하였으니, 사람들은 이에 근거하여 그 우열을 평가하고 그 득실을 관찰한다. 일부는 단지 생각만 제기하고 실천에 옮기지는 않았더라도, 一家의 말이 되어 분류를 개진하는 참고로 제공된다. 아래에서 史籍을 예로 들어 몇몇 학자들의 고적분류에 대한 의견을 설명하기로 한다.

唐朝의 史學家 劉知幾는 ≪史通≫의 <六家>, <二體> 두 편에서 '六家', '二體'의 설을 일찍이 제기하였다. '六家'는 尙書家, 春秋家, 左傳家, 國語家, 史記家, 漢書家이다. 淸朝 浦起龍의 ≪史通通釋≫은 이 六家를 記言家, 記事家, 編年家, 國別家, 通古紀傳家, 斷代紀傳家로 해석하였다. 이것은 史學 유파에서 史籍의 분류를 토론한 것이다. '二體'는 左丘明의 傳 ≪春秋≫, 子長의 저서 ≪史記≫인데, 즉 하나는 編年이고 하나는 紀傳으로, 이것은 당시 역사저작의 두 종의 주요 체재를 가리키며, 체재의 방면에서 史籍의 분류를 토론한 것이다. 劉知幾는 六家를 史學 정종의 원류라고 여겼으나, 당시 각종 내용과 체재의 史籍을 六家와 二體가 개괄할 수 있는 것이 아니었던 바, 따라서 그는 부득이 '源' 외에, 또한 10流로 세부 분류하였다. 劉知幾가 <雜述>편에서 일찍이 세분한 10流는 바로 偏記·小錄·逸事·瑣言·郡書·家史·別傳·雜記·地理書·都邑簿이다. 그는 또한 각 부류마다 예가 되는 서적을 들었는데, 즉 陸賈의 ≪楚漢春秋≫는 偏記, 王粲의 ≪漢末英雄記

≫는 小錄, 葛洪의 ≪西京雜記≫는 逸事, 劉義慶의 ≪世說新語
≫는 瑣言, 陳壽의 ≪益都耆舊傳≫은 郡書, 揚雄의 ≪家牒≫은
家史, 劉向의 ≪列女傳≫은 別傳, 干寶의 ≪搜神記≫는 雜記, 常
據의 ≪華陽國志≫는 地理書, ≪三輔皇圖≫는 都邑簿이다. ≪史通
≫ 중의 이런 記述을 통찰할 때, 劉知幾는 비록 완정한 史籍目錄
이 없었지만, 실제 그 六家의 源과 10類를 한데 병합하면 劉知幾
의 史籍 분류에 대한 일종의 견해라고 볼 수 있을 것이다. 劉知幾
의 분류 견해 중에는 아래와 같은 주의할 만한 몇 가지 관점이 있
다.

○ 劉知幾는 ≪西京雜記≫와 ≪世說新語≫ 등과 같은 일부 子
  部의 서적을 모두 史籍으로 보아 史籍의 범위가 광대해졌다.
○ 劉知幾가 분류 견해에서 예로 든 각 부류는 모두 小序 성질
  의 평론이 있다. 예컨대, 偏記: 대저 偏記 小錄의 책은 모두
  당일 당시의 일을 기록한 것으로서 國史에서 찾은 가장 사실
  적인 기록이다. 逸事: 逸事는 모두 전대의 역사에서 빠진 것
  으로, 후인이 기록한 것이며 이설에서 찾았기에 유익한 것이
  많다.
○ 劉知幾는 지방문헌을 중시하여 10類 중 세 번째를 차지하는
  데, ≪益都耆舊傳≫의 郡書類는 地方史를 논하였고, ≪華陽國
  志≫의 地理書類는 地方志를 논하였으며, ≪三輔皇圖≫의
  都邑簿類는 地方圖冊을 논하였다.

이 몇 가지의 견해는 고적분류에 모두 참고가 되는 의의가 있다.
劉知幾와 비슷한 지위의 淸代 史評家 章學誠은 ≪史籍考≫를
정리 편찬하면서 史籍 세분의 견해를 제기하였다. ≪史籍考≫의
원고는 불에 타 버렸으나, 현재 章氏가 남긴 서목 중에서 그 체재

를 볼 수 있다. 章學誠은 ≪論修史籍考要略≫의 문장에서 편찬 체례 15조를 제시하였는데, 그 중 중요한 것은 바로 史籍 범위를 확대하여, 經, 子, 集, 方志 각 류 중에서 몇 개를 선택하여 史籍에 넣을 것을 주장하였다.[244] 그는 史籍을 12綱 57目으로 나누었는데, 12綱은 곧 制書・紀傳・編年・史學・稗史・星曆・譜牒・地理・故事・目錄・傳記・小說이다. 각 부류의 아래에는 또한 目을 나누었으니, 즉 史學類 아래에는 考訂・義例・評論・蒙求 4目으로 구분되었다.[245] 章氏의 주장은 아래 3가지 점에 주의할 만하다.

① 편찬 범위가 광범위하며 체재가 큰 史籍 전문목록을 창조하여 편찬하였다.

② 考訂과 같은 전문 연구저술을 기록하고, 또한 蒙求와 같은 초학의 讀物을 수록하였다.

③ 도서발전의 새로운 상황을 즉시 반영하여, 目錄類 아래 叢書目, 釋道目 등이 있다.

≪史籍考≫의 편찬은 전문목록의 규칙뿐 아니라 또한 史學 연구의 편리에 대해 중요한 작용을 하였는데 안타깝게도 후대에 전해지지는 못했다. 후일 光緒 23년 湖南 衡州 사람인 楊槩가 편찬한 ≪擬仿朱氏經義考例纂史籍考≫는 史籍 분류에 대한 건의를 제기하였다.[246] 그의 건의는 모두 14류, 즉 御注・敕撰・本史・群史・逸史・刊石・鏤板・著錄(미완성이나 序例에 보이는 것)・通說・愆緯・師承・書壁・擬經・譯史 등으로 나누자는 것이나, 楊氏의 건의는 章氏의 몇 가지 두서만 못하였다.

---

244) ≪章氏遺書≫ 권13.

245) ≪章氏遺書補錄≫.

246) ≪沅湘通藝錄≫ 권2.

① 楊氏가 비록 淸朝 말년에 살았고 이미 일부 새로운 사조의 영향을 받았다고는 하지만, 그의 봉건적 관점은 章氏에 비해 더욱 깊다. 章氏는 다만 처음에 制書 1류를 두었을 뿐이나, 楊氏는 御注, 敕撰 2類를 세웠다.

② 章氏의 類目은 명백하다. 그러나 楊氏의 類目은 어려워 이해하기 어려운즉, '惢緯類'는 惢愼緯書를 취한다는 뜻으로 開元 시기의 占經의 한 부류인 占驗書를 저록하였으며, 또한 '書壁'은 孔壁尙書를 취한다는 뜻으로 ≪後漢書≫ 司馬彪注를 저록하였는데, 말하자면 彪注는 후일 梁 劉昭의 注를 거치고 또 宋 孫奭手를 거쳐 비로소 章懷太子 注의 范曄 ≪後漢書≫에서 합해진 것으로, 孔壁에서 ≪尙書≫를 발견한 것과 상황이 비슷하다. 이런 우회곡절의 類目은 실로 필요가 없다.

③ 楊氏는 기본적으로 서적의 성질로 분류할 것을 건의하였으나, 그 鏤版類는 오히려 ≪史記≫와 ≪漢書≫ 이래의 각종 官刻善本을 수록하였다. 또한 서적으로써 분류하지 않아, 그 類例 자체가 혼란스럽다.

乾嘉 학자 王昶은 학생이 독서하는 길을 지도하면서 일찍이 史籍의 분류를 이야기하였다. 그는 ≪示戴生敎元書≫에서 다음과 같이 말하였다.

> 史學에는 4가지 부류가 있다. 紀傳學이란 ≪史記≫, ≪漢書≫에서 ≪明史≫에 이르는 소위 '22史'가 그것이다. 編年學은 ≪通鑑綱目≫이 그것이다. 紀事學은 袁樞의 紀事本末 각 서적이 그것이다. 典章學은 ≪通典≫, ≪通志≫, ≪通考≫, ≪續通考≫가 그것이다.(史學有四: 有紀傳之學, 自≪史記≫·≪漢書≫至≪明史≫所謂二十二史是也; 有編年之學, ≪通鑑綱目≫是也; 有紀事之學, 袁樞紀事本末各書是也; 有典章之學, ≪通典≫·≪通志≫·≪通考≫·≪續通考≫是也.)[247]

이것은 史籍 체재를 간단하게 구분을 한 것으로서, 王昶이 심사숙고한 견해는 아니겠지만, 한 번 언급은 할 만하다.

해방 이래, 고적분류의 문제는 여전히 학술계의 관심과 토론거리가 되었는데, 특별히 ≪全國善本書總目≫의 편찬 작업을 전개한 이래, 이 문제는 더욱 하루빨리 해결을 모색할 필요가 있었다. 현재 고적을 어떻게 분류할 것인가에 대해서는 2가지의 견해가 있다.

한 가지 주장은 여전히 ≪四庫法≫을 이용할 것을 주장하는 것이고, 다른 하나는 새로운 방법으로 고적을 분류할 것을 주장한다. 전자는 결코 답습이 아니라, ≪四庫法≫의 기초에서 일부 類目을 증가하고 삭제한(증가가 삭제보다 많음) 임기방편의 용도이다. 후자는 ≪中圖法≫, ≪科院法≫, ≪中小型表≫ 및 증정본 ≪人大法≫ 등과 같은 새로운 분류법으로 모두 新書와 古書의 통일된 분류를 채용할 것을 주장하였다. 廖延唐은 ≪試論古書分類≫[248]에서 이런 통일된 분류의 3가지 장점을 논술하였는데, 첫째, ≪四庫法≫이 儒家經傳을 전문 부류로 하는 전통 체례를 깨트렸다. 둘째, ≪四庫法≫의 타당하지 못한 체재 분류의 類目을 버렸다.(즉 서적의 체재에 의거하여 유목을 설치함) 셋째, 봉건 도덕관념이 특별히 강렬한 類目을 없앴다.

이는 또한 새로운 분류법을 이용하여 고서를 분류하는 것은 여전히 개선해야 할 부분이 있음을 분석하고 있는데, 요컨대 첫째, 目의 나열이 고서 발전의 원류와 도서의 실제 상황과 부합하지 않는다. 둘째, 분류 예시가 정확하지 못하다. 셋째, ≪四庫法≫ 중 정의가 불확실한 類目은 어떤 類目의 注釋文字가 되기에 적당하

---

247) 淸 王昶, ≪春融堂集≫ 권68.
248) ≪武漢大學學報≫ 1979년 제2기.

지 못하다. 넷째, 類目 설정이 너무 간단하여, 포함된 내용이 명확하지 못하고 사용에 불편을 초래하였다. 다섯째, 부분적으로 그 함의를 쉽게 이해할 수 없는 類目을 예로 들어 설명함으로써, 개념을 명확하고 분류를 편리하게 해야 한다. 여섯째, 가치가 없는 서적의 類目은 지나치게 상세하지 않아야 한다.

그러나 善本書總目 편찬과 같은 순수한 고서의 분류편목에 대해서는 기본적으로 ≪四庫法≫을 채용하여 수정하였다. 그들은 아래와 같이 반드시 세 부분을 수정해야 한다고 제기하였다.

① 四庫分類는 다만 ≪四庫全書≫의 수록 서적에 한하는데, 叢書, 戱曲, 小說 등과 같은 門類의 서적은 당시 이미 출판이 왕성하였으나 四庫의 체례가 제한되어 있어 수록되지 않았거나 수록이 매우 적었으므로 마땅히 증입을 해야 한다.

② 시대가 변하고 학술사상의 영역도 발전 개척되어, 四庫에 정해진 類目은 날마다 많아지는 서적에 적응하기에 불완전하므로 그에 상응하는 확대를 해야 한다. 예를 들어, ≪四庫總目≫ 史部의 목록 아래 經籍, 金石 두 小類를 나눈 것과 같이, 지금 직접 史部 아래 目錄과 金石 2류로 나눈다. 기타 傳記類의 小類를 확대하여 분류하고, 子部 醫家類 아래에 小類를 증가하여 만드는 것 등이다.

③ 어떤 類目의 설립은 봉건정치를 수호하는 입장에서 출발하였는 바, 봉건의 정통 관념을 충실히 반영한 것은 고치지 않을 수 없다. 즉 원래 있던 正史, 別史, 載記 3류를 없애고, 각 서적의 편찬 체례에 따라 분류한다.

≪全國古籍善本書總目≫은 이러한 개진의 상황 아래에서, 經·史·子·集·叢書의 5種 50類 및 類 하위의 약간 目을 나눈 목록 분류표를 제정하여 목록을 편찬하는 분류 기준으로 삼았다.[249]

제2절 版本學 槪說

1. 판본학과 목록학의 관계

　판본학과 목록학의 관계 문제에 대해서는 학술계의 다른 관점이 있다. 어떤 이는 판본학은 목록학의 한 부분이라고 여기나,[250] 어떤 이는 판본학은 마땅히 하나의 전문분야가 되어야 한다[251]고 한다. 이 둘은 차이가 큰 듯 보이나, 각기 장단점을 지닌다. 그러나 필자는 그것들은 하나로 일치될 수 있다고 생각한다. 왜냐하면, 학술의 발전은 필연적으로 각 분야를 서로 포용하고 서로 융합하게 하기 때문이다. 판본학은 그 자체의 발전 역사와 연구 내용으로 볼 때 독립적인 학문이 될 수 있음은 완전히 가능하다 할 것이나, 목록학의 연구와 목록서의 편찬에서 판본학은 목록학과 나눌 수 없는 매우 밀접한 분야일진대, 도리어 판본학의 연구에서 어떻게 목록학을 완전히 배제하고 논하지 않을 수 있겠는가. 그러므로 목록학은 또한 판본학과 나눌 수 없는 밀접하게 상관된 분야라 하겠다. 따라서 목록학의 관점에서 판본학을 목록학의 관련 분야로 넣는 것은 두 다른 의견을 지닌 학자 모두 동의할 것이다.

　필자가 판본학이 목록학의 관련 분야라고 말하는 그 주요 이유

---

249) ≪古籍善本書的分類≫(油印本).

250) 毛春翔, ≪古書版本常談≫, 3쪽.

251) 顧廷龍, ≪版本學與圖書館≫(≪四川圖書館≫ 1978년 11월).

는 두 가지이다.

첫째는 劉向의 대규모 교서에서 목록학이 시작될 때 이본의 광범위한 수집을 중요한 순서로 한 것은 바꾸어 말하면 판본학과 목록학은 같은 원류이자 동시에 탄생한 것을 말한다. 그 둘은 밀접한 상관관계를 지닌다. 따라서 판본학이 목록학의 관련 분야인 것은 의심의 여지가 없다.

둘째는 목록학의 실천 활동에서 판본학의 이 중요한 구성 부분이 확실히 없을 수 없으니, 그것은 두 방면에서 간략하게 설명할 수 있다.

① 목록학의 연구와 목록서의 편찬에서 그 주요 대상의 하나는 도서이며, 그 중요 작용의 하나는 최대한으로 도서의 각 방면 상황을 반영하는 것이다. 도서가 많이 쓰이고 많이 판각되는 것은 자연스러운 특징이다. 고전목록학은 劉向에서부터 시작되어 도서의 각종 판본 상황을 서록에 써 넣었다. 현존하는 서록에서 볼 때, 劉向이 교감한 각 서적의 이본은 바로 中書(宮中 소장본), 外書(사회유통본), 太常書(太常寺 소장본), 太史書(太史令 소장본), 臣某書(개인 소장본) 등이다. 宋代 尤袤가 편찬한 ≪遂初堂書目≫은 각종 다른 판본 10여 종을 저록하여, 목록서가 판본을 저록하는 선두를 열었다. 淸代의 邵懿辰, 莫友芝 또한 현존하는 판본의 목록저작의 작업에 종사하며, 각 서적 아래 많은 판본을 상세하게 늘어놓고, 판본의 源流와 存佚을 모두 목록 속에 드러내어 도서 상황의 자료가 날마다 완비되도록 하였다. 따라서 목록을 논하면서 판본을 언급하지 않으면 도서 상황이 전면적으로 반영되기 어려우며, 판본을 논하면서 목록을 언급하지 않으면 또한 자료 저록의 근거가 없는 바, 둘의 관계가 밀접함을 알 수 있겠다.

② 목록학의 또 다른 중요한 작용은 학문의 방법을 제시한다는 데에 있다. 淸人 張之洞은 ≪書目答問略例≫ 중에서 이에 대해 다음과 같이 말하였다.

> 여러 배우기를 좋아하는 학생들은 반드시 어떤 책을 읽어야 하며, 어떤 것을 善本으로 삼아야 하는지를 묻는다.(諸生好學者, 來問應讀何書? 以何本爲善?)

소위 '어떤 서적을 읽어야만 하는가?'는 바로 목록학이 발휘해야 하는 작용이며, 소위 '어떤 판본이 좋은가?'는 곧 학문의 방법을 제시하면서 도서의 내용을 소개할 뿐만 아니라 마땅히 어떠한 것이 善本 精刻인지를 알려 초학자들이 잘못된 판본을 읽지 않도록 해야 한다는 것을 설명한다. 그리고 어떻게 서적을 찾아야 하는지를 모르는 사람들에게는 판본에 의거하여 서적을 찾는 것을 도와줄 수 있다. 따라서 목록이 어찌 판본을 버리고 구하지 않을 수 있겠는가?

요컨대, 목록학과 판본학이 한 원류에서 기원하여 그 둘이 서로 호용되는 관계에서 볼 때, 그것은 이미 독립된 한 분야라 하겠지만 또한 배척될 수 없는 상호 보완적인 종속의 관계를 지닌다 하겠으므로, 목록을 말할진댄 판본으로 그것을 보완하고, 판본을 말할진댄 목록으로 그것을 보완할 수 있다. 따라서 판본목록학이라는 말은 바로 이런 현실 상황의 개괄이라 하겠다.

2. 판본과 판본학

판본의 명칭은 宋初에 정식으로 출현하였다. 처음에는 조판인쇄에 의해 완성된 도서를 전문적으로 가리켰으나, 후일 그 범위가 점점 확대되어 조판인쇄 이전의 簡策, 비단, 종이의 필사본 및 조판인쇄 이후의 拓本, 石印本, 影印本, 活字本 등의 형식으로 인쇄된 도서를 두루 가리켜서, 판본은 바로 모든 형식의 도서를 총칭하는 것으로 계속 사용되어 왔다.

일반적인 의미에서 말하자면 중국의 도서판본은 마땅히 정식 도서가 되는 簡策에서 시작된다 할 것이다(甲骨文 등은 정식 도서가 아님). 劉向이 교서할 때 말한 바의 "한 사람은 판본을 들고, 한 사람은 서적을 읽는다."(一人持本, 一人讀書)252)어서, '판본'은 바로 簡策의 판본을 가리키는 말이다. 劉向의 ≪別錄≫에 남아 있는 몇 편의 서록에서 中書, 太史書, 太常書, 臣向書, 臣參書, 大中大夫卜圭書, 射聲校尉立書 등 각종의 다른 簡策 판본을 볼 수 있다.253) 이것은 이본 저록의 시작이다. 1973년 長沙 馬王堆 3호 漢墓에서 출토된 帛書 ≪老子≫ 甲乙本은 바로 漢初 帛書의 두 종의 다른 필사본이다. 魏文帝 曹조는 종이, 비단 두 재료를 이용하여 典論과 詩賦를 써서 孫權, 張昭에게 나누어 증정하였는데, 이는 그 당시의 다른 체재의 판본이라 할 것이다.254) 南北朝 시기의

---

252) ≪文選·魏都賦≫ 注, ≪太平御覽≫ 618의 인용에는 '讀書'가 '讀折'로 되어 있다.

253) ≪七略別錄佚文≫(≪師石山房叢書≫ 本).

254) ≪三國志·魏書·文帝紀≫ 注에서는 胡沖의 ≪吳歷≫을 인용하여, "魏文帝는 비단에 그의 저서 ≪典論≫ 및 詩賦를 적어 孫權에게 주었으며, 또한 종이에 한 통을 적어서 張昭에게 주었다."(帝以素書所著≪典論≫及詩賦餉孫權, 又以紙寫一通與張昭.)라고 하였다.

필사본에는 이미 약간의 다른 판본이 있었으니, 北齊 顔之推가 쓴 ≪顔氏家訓≫ 중에서 河北本, 江南本, 江南舊本, 江南古本, 江南書本, 俗本 등의 다른 명칭을 예로 들 수 있다.[255] 이것은 모두 조판인쇄 이전의 판본으로, 조판인쇄의 발명과 그 성행 이후에는 판본의 범위가 빠르게 확대되어 점차 전문적인 분야가 되었다.

중국 조판인쇄는 언제 시작되었는가? 과거 학술계는 이에 대한 논점이 달랐다. 張秀民은 그가 지은 ≪중국인쇄술의 발명과 그 영향(中國印刷術的發明及其影響)≫이라는 저서에서 일찍이 독립된 절을 마련하여 논의하였다. 그는 漢朝說, 東晋說, 六朝說, 隋朝說, 唐朝說, 五代說, 北宋說 등 7종의 여러 설을 종합하였고, 하나하나의 고찰을 통해 唐朝說을 지지하였다. 또한 印璽, 石經의 摹刻과 인쇄의 필요 도구와 문헌 기재 등의 방면에서 고찰하여, 조판인쇄는 마땅히 唐 貞觀 10년쯤에 시작되었다[256]고 하면서 다음과 같은 결론을 내렸다.

중국의 조판인쇄술은 대체로 7세기 초(636년 전후)에 기원하여, 8세기에는 시장에서 印紙가 출현하게 되었으며, 9세기는 문헌 기재가 더욱 많아졌을 뿐 아니라 敦煌에서 발견된 실물도 적지 않았으며, 成都는 게다가 이미 전국 刻書業의 중심이 되었다.(中國雕版印刷術大槪起源於七世紀初年, 八世紀市場上出現了印紙, 九世紀不但文獻記載更多, 敦煌發現的實物也不少, 成都幷且已成爲全國刻書業的中心了.)[257]

---

255) 北齊 顔之推, ≪顔氏家訓≫ 권6 <書證>.

256) 張氏의 문헌 근거는 淸人 鄭機 ≪師竹齋讀書隨筆彙編≫ 권12 중에서 明 邵經邦 ≪弘簡錄≫ 권46에 기록된 唐 太宗이 長孫皇后가 죽은 후 그녀가 편찬한 ≪女則≫ 10편을 출판할 것을 명령하였다는 것에서 찾은 것인데, 長孫皇后는 즉 貞觀 10년 6월에 죽었다.

257) 張秀民, ≪中國印刷術的發明及其影響≫ 64쪽.

이 결론의 논거는 비교적 믿을 만하나, 唐 貞觀 10년에 시작되었는지 그 여부는 다시 좀 더 깊이 탐구해야 한다. 현존하는 가장 이른 雕印品의 실물은 唐 懿宗 咸通 9년(868) 4월 15일 王玠가 부모의 죽음을 기도하기 위해 私財를 들여 조인한 ≪金剛般若波羅蜜經≫ 1經(혹자는 1966년 10월 한국 경주의 석탑에서 발견된 ≪無垢淨光大陀羅尼經≫이라고 여기는데, 이는 아마 704～751년 간의 刻印本일 것이다.)이라고 하는데, 이 經은 1900년 敦煌 千佛洞에서 발견된 것이다. 전체는 한 쪽의 삽화와 6쪽의 편폭이 상당한 經文으로 연결되어 이루어져 있으며, 길이 16尺, 높이 1尺인 卷子本이다. 卷首의 속표지는 석가모니불이 하나의 원이 그려진 蓮花座上에서 장로 須菩提에게 설법하는 그림으로서, 배치가 엄숙하고 기교가 숙련되어 하나의 특이하고 정채로운 예술품이라 하겠으며, 經文 자체 또한 단정하고 품위가 있으며 질박하며 웅건하다. 조인품의 기교 성취로 추측할 때, 조판인쇄술의 발명은 그 이전임이 분명하다. 그러나 이 國寶와 기타 敦煌 古寫本 수천 권이 1907년 모두 영국 제국주의의 사람인 스타인(Mark Aurel Stein 1862～1943)에 의해 강탈되어 런던박물관에 이미 반세기 이상 수장되어 있다는 것은 분개를 일으키게 한다.

현존하는 중국 내의 가장 이른 조판 인쇄품은 1953년 成都 東門 밖 唐墓에서 발견된 成都府 成都縣 龍池坊 卞家에서 조인하여 판매한 ≪陀羅尼經咒≫ 梵文經本으로 대략 1尺 평방이다. 중앙에 작은 불좌상이 연좌 위에 새겨져 있고, 밖에는 梵文經咒가 새겨져 있으며, 대부분 古梵文이다. 咒文 외에는 또한 작은 불상이 둘러 그려져 있다. 조인된 시간은 비록 직접적인 증거는 없으나, 唐代 成都에 府를 세운 것이 肅宗 至德 2년(757)인 바, 이 일은 마땅히 그 이후일 것이며, 원본은 현재 四川省 박물관에 소장되어 있다. 기타 현존하는 실물로는 또한 唐 僖宗 乾符 4년(877)의 曆書와 中和 2년(882)의 민간 私曆(현재 프랑스 파리 도서관에 보관되어 있음)이 있다. 그리고 中和 3년 柳玭이 僖宗을 따라 蜀으로 도망간 후에 成都의 서점에서 보았던 판매용 인본서는 그 종류가 더욱 많았다. ≪柳氏家訓序≫에 의거하면 다음과 같다.

> 中和 3년 癸卯 여름, 수레를 蜀에 멈춘 지 3년이 되었다. 나는 中書舍人이 되어 열흘의 휴가를 보내며 重城의 동남쪽에서 서적을 훑어 보았는데, 그 서적은 陰陽雜記, 占夢, 相宅, 九宮五緯의 종류가 많았으며, 또한 字書와 小學이 있었다. 모두 조판한 것으로 인쇄 종이가 젖어 다 알아볼 수가 없었다.(中和三年癸卯夏, 鑾輿在蜀之三年也. 余爲中書舍人, 旬休, 閱書於重城之東南, 其書多陰陽雜記·占夢·相宅·九宮五緯之流, 又有字書·小學, 率雕版, 印紙浸染, 不可盡曉.)258)

이런 서적은 비록 刻印의 질량이 비교적 떨어지나, 공개 판매된 많은 종류의 일용서는 또한 조판인쇄의 이 신기술이 이미 비교적 광범위하게 응용되었음을 어느 정도 반영한다.

조판인쇄술의 광범위한 응용은 도서의 이본이 생기는 데에 유리한 물질적 조건을 제공하였다.

唐朝의 印本書는 현존 실물과 문헌 기재로 볼 때, 주로 佛經과 민간 일용서이다. 정부가 정식으로 刻印한 儒家經典은 五代 後唐에서 시작된다.

後唐 明宗 長興 3년(932) 馮道, 李愚 등의 건의 아래, 정부 國子監은 唐 文宗 시기에 새긴 石經文字에 근거하여 ≪九經≫을

---

258) ≪舊五代史≫ 권43, ≪唐書·明宗紀≫ 小注의 인용.

각인한 이후, 또한 기타 經書와 《經典釋文》 등의 서적을 刻印하기에 이르렀다. 이 거대한 일은 22년의 시간을 거쳐, 後周 太祖 廣順 3년(935)에 비로소 완성되었으니, 이는 官刻經典의 시작이다. 이 刻印本이 바로 宋人이 칭한 바의 舊監本 혹은 五代監本이다. 그것은 經과 注가 모두 구비되었고, 經文은 큰 글자로 한 행에 대략 16자, 注文은 쌍행의 작은 글자로 한 행에 대략 21자이며, 舊寫本의 격식을 이어 사용하였으나, 안타깝게도 흔일 모두 망실되었다. 이와 동시에, 後蜀 孟昶(934~965)은 毋昭裔에게 부탁하여 四川에서 私財를 들여 《九經》, 《文選》, 《初學記》, 《白氏六帖》 등의 서적을 각인하였는데, 이는 개인 刻書의 시작이 되었다. 그리고 後晉 相和凝은 《顔氏家訓》 등의 서즈을 각인하는 것 외에, 또한 자신의 저작을 스스로 쓰고 새겨 본인 스스로가 그 저서를 각인하는 시작이 되어 조판인쇄의 발전이 날마다 흥성하였다.

조판인쇄의 발달 후, 印本書는 '版'이라 칭하고, 또한 조판하지 않은 寫本은 '本'이라 하였다. 따라서 《書林淸話》에서는 다음과 같이 말하였다.

> 雕版을 '版'이라고 하고, 藏本을 '本'이라고 한다. 藏本은 관청과 개인이 소장한 서적 중에서 雕版하지 않은 善本이다.(雕版謂之版, 藏本謂之本. 藏本者官私所藏未雕之善本也.)[259]

宋代에 이르러, 版本의 명칭은 곧 조판인쇄돈 도서의 전문적인 칭호가 되었다. 《宋史》 권431 <崔頤正傳>에서는 다음과 같이

---

259) 葉德輝, 《書林淸話》 권1 <版本之名稱>. 또한 張舜徽는 《中國校讎學分論(上)·版本》에서, '版'의 명칭은 簡牘에서 기원하였고, '本'의 명칭은 비단에서 기원하였다고 말하면서, 비교적 상세하게 논술을 하고 있어 참고할 만하다(《華中師院學院學報》 1979년 제3기).

말하였다.

[眞宗] 咸平 초에 또한 훈장 劉可名이 '여러 經版에 오류가 많다.'고
말하였다. 眞宗은 史官을 선발하여 상세하게 고치도록 하였다.(咸平
初, 又有學究劉可名言: 諸經版本多舛誤, 眞宗命擇官詳正.)

같은 권 <刑昺傳>에서는 다음과 같이 말하였다.

(眞宗 景德 2年) 임금이 국자감에 행차하여 서고를 열람하며 刑昺에
게 經版이 얼마인지를 물었다. 刑昺은 대답하길, "국초에는 4천도
안 되었으나, 지금은 십여 만이며 經傳과 正義가 모두 갖추어졌습니
다. 신이 어려서 스승을 좇아 유학에 몸담았을 때에는 經典에 疏가
있는 것은 백에 한둘도 안 되어, 모두 傳寫할 능력이 없었습니다. 지
금은 판본이 크게 구비되어 일반 선비의 집에도 모두 가지고 있습니
다. 이에 유학자들이 최고로 좋은 시기를 맞이하였다 할 것입니다."라
고 하였다.(上幸國子監閱庫書, 問昺經版幾何? 昺曰: 國初不及四千,
今十餘萬, 經傳正義皆具. 臣少從師業儒時, 經具有疏者, 百無一二,
皆力不能傳寫. 今版本大備, 士庶家皆有之. 斯乃儒者逢辰之幸也.)

위의 대화는 판본학에서 매우 중요한 자료로, 그것은 이하 몇 가
지 내용을 포괄한다.
① "국초에는 4천도 안 되었으나, 지금은 십여 만이다."(國初不
及四千, 今十余萬.): 소위 '국초'는 宋 건국의 초기를 가리키며, 그
때는 서기 960년 이후이다. '지금'이란 眞宗 景德 2년을 가리키는
데, 서기 1005년이다. 전후 시기가 불과 40여 년이나, 판본 수량은
4천에서 십여만으로 증가하여 스무 배 남짓하니, 조판인쇄의 발전
이 빨랐음을 충분히 증명할 수 있다.
② "經傳과 正義가 모두 갖추어졌다."(經傳正義皆具): '經'은 儒

家經典을 가리키고, '傳'은 유가학파의 經에 대한 해석, '正義'는 唐代 학자의 疏解로, 이것은 宋代 조판인쇄의 흥성으로 인해 완정한 儒家經典의 正義와 각종 注解가 있었음을 표명한다.

③ "모두 傳寫할 능력이 없었다."(皆力不能傳寫)라는 말은 조판인쇄가 있은 후에도 사본은 여전히 존재하였으나, 비용이 지나치게 높아 일반 士人이 부담할 수 있는 것이 아니었다.

④ "지금은 판본이 크게 구비되어 일반 선비의 집에도 모두 가지고 있다."(今版本大備, 士庶家皆有之.): 이 문장의 뜻에 따르자면, '版本'이란 당연히 조판 인쇄된 서적을 가리키니, 판본의 용어가 인본서의 전문적인 명칭이 된 것은 아마 이 시기가 가장 이를 것이다. 판본 인쇄품이 寫本에 비해 저렴하여 일반 선비의 집에도 모두 구비할 수 있었으므로, 개인장서의 범위가 더욱 광대해져서 목록학의 발전을 위한 물질적 조건을 제공하였다.

宋人의 저작 중에는 판본의 명칭이 印本의 전문적인 칭호가 되어 광범위하게 사용되었는데, 일례로 米芾의 ≪海岳題跋≫ 권1에서 다음과 같이 말하였다.

> 唐나라 승려 懷素의 ≪自敍≫에는 "杭州 宋氏가 일찍이 版本을 각인하였다."라고 되어 있다.(唐僧懷素≪自敍≫, 杭州宋氏嘗刻版本.)

陸游의 ≪老學庵筆記≫ 권5에서도 다음과 같이 말하였다.

> 尹少稷은 기억력이 뛰어나, 날마다 麻沙版本의 서적 1寸 분량을 암송할 수 있다.(尹少稷强記, 日能誦麻沙版本書厚一寸.)

朱熹는 ≪上蔡語錄≫ 跋에서도 다음과 같이 갈하였다.

朱熹는 처음 括蒼에 이르러서 吳任臣의 필사본 1편을 얻었으며, 이
후 吳의 版本 1편을 얻었다.(熹初到括蒼, 得吳任臣寫本一篇, 後得
吳中版本一篇.)

이러한 기록은 너무나 많은데, 그것은 인본이 날마다 증가하였음
을 설명하며, 반면 필사본은 날마다 감소하였음을 말한다. 이런 증
감현상은 宋代에 이미 현저하게 있었는 바, 宋代의 藏書家 葉夢得
은 그가 지은 ≪石林燕語≫에서 다음과 같이 말하고 있다.

세상이 이미 하나같이 판본을 중시하자 필사본은 날마다 사라지게
되었다.(世旣一以版本爲正, 而藏本日亡.)

'藏本'이란 조판 인쇄되지 않은 필사본을 가리키며, '日亡'이란
바로 필사본이 이미 독립된 지위에서 부속의 지위로 빠져 점차 인
본에 의해 대체되었음을 설명한다. 이후 저록자는 인본을 저록하는
동시에 또한 어쩔 수 없이 인본 이외의 각종 형식의 도서를 저록하
였는 바, 따라서 점차 판본의 명칭도 오로지 인본만을 가리키는 것
이 아니라 인본과 인본 이외의 일체 형식의 도서를 포괄하는 총칭
으로서 후대에 줄곧 사용되어 지금까지 고쳐지지 않고 있는 것이다.
　판본 자료를 저록하는 것은 목록서가 처음 편찬될 때부터 시작
된 것으로, ≪別錄≫ 중에는 다음과 같은 기록이 있다.

나는 中古의 文으로써 歐陽, 大夏侯, 小夏侯 3家의 經文을 교감하
였다. ≪酒誥≫는 脫簡이 하나이고, ≪召誥≫는 脫簡이 둘이다. 대
개 簡이 25자이면 脫字 또한 25개이고, 簡이 22자이면 脫字 또한
22개이다. 글자가 다른 것이 7백여 개가 되고, 脫字가 수십 개가 된
다.(臣向以中古文校歐陽, 大小夏侯三家經文. ≪酒誥≫脫簡一, ≪召

誥≫脫簡二. 率簡二十五字者, 脫亦二十五字; 簡二十二字者, 脫亦二十二字. 文字異者七百有餘, 脫字數十.)[260]

이것은 목록서가 판본을 저록한 시초라고 여길 수도 있으나, 그것이 기록한 주요 내용은 광범위한 이본 수집을 통해 문자를 교감한 후의 결과로, 단순하게 각종 이본을 저록 항목으로 삼은 것이 아니다. 각종 이본, 즉 한 서적의 많은 판본을 전문 항목으로 한 것은 응당 宋 尤袤가 편찬한 ≪遂初堂書目≫에서 발단이 되었다 할 것이며, 동시에 조금 뒤의 岳珂가 편찬한 ≪九經三傳沿革例≫가 그 추세를 발전시켰다. ≪書林淸話≫ 중에는 그 일을 다음과 같이 말하고 있다.

鏤版이 흥성하면서 版本을 겸하여 말하게 되었다. 그 예는 宋 尤袤 ≪遂初堂書目≫에서 비롯한다. …… 서목에 기록된 것은 한 서적이 여러 판본에 이른다. …… 동시에 岳珂는 ≪九經≫과 ≪三傳≫을 판각하였는데, 그 연혁에서 칭한 예를 따르면 …… 합하여 23본이다. 판본의 변별은 송말의 사대부가 이미 그 기풍을 열었던 것임을 알겠다.(自鏤版興, 於是兼言版本. 其例創於宋尤袤≪遂初堂書目≫. …… 目中所錄, 一書多至數本. …… 同時岳珂刻九經三傳, 其沿革例所稱, …… 合二十三本. 知辨別版本, 宋末士大夫已開其風.)[261]

판본을 주의하는 이러한 기풍은 宋代 판각사업의 흥성과 상당한 연관이 있다. 宋의 개인 刻書는 ≪書林淸話≫의 기록에 의거하면 32家가 있는데, 그 중 몇 명은 후대에도 줄곧 유명하였는바, 즉 ≪天祿琳琅書目茶宴詩≫의 '趙韓陳岳廖余汪'의 詩句는 바로 개인 刻書 중의 저명한 7家를 가리킨다. 坊刻으로 유명한 사람도 근 20家

---

260) ≪七略別錄佚文≫(≪師石山房叢書≫ 本).
261) 葉德輝, ≪書林淸話≫ 권1 <古今藏書家記版本>.

가 있다. 이렇게 한 서적은 여러 차례 판각이 되었을 것이므로, 자연히 또한 많은 종류의 각본이 있게 되었다. 이에 장서가와 학자는 필연 주의를 하여 저록하게 되었을 것이다. 즉 판본 저록의 전문 항목을 개척한 ≪遂初堂書目≫에는 일찍이 한 서적 중의 成都石經本, 秘閣本, 舊監本, 京本, 江西本, 吉州本, 杭本, 舊杭本, 越州本, 湖北本, 川本, 川大字本, 川小字本, 高麗本 등 많은 판본을 기록하였다. 그 후 岳珂는 ≪九經≫을 校刻하면서 23종의 다른 유형의 판본을 수집하였다. 후일의 목록학 저작과 목록서는 항상 판본을 연구와 저록의 내용으로 삼았으니, 즉 淸初 錢曾의 ≪述古堂書目≫은 元版, 宋版 등의 자료를 기록하였다. 또한 기록의 자료가 가장 완비된 것은 淸代 乾嘉 시기의 官撰인 ≪天祿琳琅書目≫ 前後篇으로, 그것의 편찬 상황과 주요 내용은 다음과 같다.

乾隆 40년, 大學士 于敏中이 칙서를 받들어 ≪天祿琳琅書目≫ 10권을 편찬하였다. 宋版, 元版, 明版, 宋版影印 등을 종류별로 나누어 열거하였다. 판각 시기와 장소, 소장자의 성명과 印記를 하나하나 고증하였다. 嘉慶 2년, 이전의 편찬을 다 완성하지 못하였거나 서목이 완성된 이후에 얻은 것은 彭元瑞 등에게 칙서를 내려 후편 20권을 편찬하게 하였다. …… 이는 官書가 版本을 논하는 시초가 되었다. (乾隆四十年, 大學士于敏中奉敕編≪天祿琳琅書目≫十卷. 分列宋版·元版·明版·影宋等類. 於刊刻時地·收藏姓名·印記, 一一爲之考證. 嘉慶二年, 以前編未盡及書成以後所得, 敕彭元瑞等爲後編二十卷. …… 是爲官書言版本之始.)[262]

수많은 다른 판본으로 말미암아 서로 간에 文字, 印刷, 裝幀 등 방면에서 차이가 출현하였으며, 또한 각종 판본의 원류, 상호 관계

---

262) 上同.

등 복잡한 현상이 있게 되었다. 이런 차별을 연구하고 감별하며 또한 여러 가지 복잡한 현상 속에서 공통된 규칙을 찾기 위해 점점 이른바 '판본의 학'이 생겨나게 된 것이다.

판본학의 연구대상은 일체의 형식을 포괄한 각종 도서, 즉 碑本, 寫本, 刊本, 印本, 稿本, 抄本, 批校本 등이다. 이런 도서의 대상에 대한 주요한 연구범위는 다음과 같다.

○ 각종 도서판본의 발생과 발전의 역사를 연구한다. 즉 판본의 원류와 변천, 필사의 원류 등.

○ 각종 도서판본의 차이와 우열을 연구하고 시대를 감별 판정하며, 우열을 품평하고 특징을 밝히며, 또한 직·간접적인 경험을 통해 규칙을 총괄하고 개괄한다.

○ 판각, 인쇄, 장정 각 방면의 기술과 그것의 변천 발전과 성취를 연구한다. 인쇄된 먹의 색깔, 글자체의 기교, 藏書의 印記, 版式의 行款, 장정의 양식 등은 판본 감정을 위한 기술적 조건을 제공한다.

그렇다면 이런 판본학은 도대체 언제 시작되었는가?

顧廷龍 씨는 虢叔鍾, 史頌敦과 같은 商周의 彛器, 秦詔, 莽量의 동일 문장의 다른 체재가 판본의 시작이라고 여겼다.[263] 이런 실물은 판본학의 연구에 확실히 시사하는 바가 있으나, 그것을 판본의 발단이라고 하는 것은 지나치게 이른 감이 있다. 왜냐하면, 판본은 주로 도서를 가리키는 말이기 때문이다. 옛날 器物에 비록 문자기록이 있다 하나, 그 자체는 특정한 체재가 아니기에 정식 도서라 할 수 없다. 簡策은 도서의 요소를 갖추고 가장 이른 정식 도서가 되므로 판본의 시작이라 할 수 있는 바, 판본의 연구는 마땅

---

263) 顧廷龍, ≪版本學與圖書館≫(≪四川圖書館≫ 1978년 11월).

히 劉向 부자가 이러한 簡策 도서를 수집 정리할 때 시작되었으며, 판본 인쇄와 활자 인쇄의 성행과 발전에 따라 宋代에 흥기하였다 할 것이다. 또한 도서가 날마다 증가해짐에 따라 연구 영역이 날마다 광범해지고 연구자가 날마다 증가하여 淸代에 크게 성행하였다.

劉向과 劉歆 부자는 이본을 광범위하게 수집하는 것을 전체 교서작업의 첫 순서로 한 후, 이본을 바탕으로 중복 제거, 편장 구분, 목차의 정리 기록, 탈오 교감, 정본 작성, 목록 기록의 순서로 진행하였다. 만약 수집한 이본을 교감 연구하지 않는다면, 그 후의 몇 가지 순서는 조금도 견실한 기초가 되지 못할 것이다. 따라서 이것을 판본학 연구의 시작이라고 하는 것은 충분히 가능하다고 하겠다.

隋初에 遺書를 모을 때에는 陳 太建 시기의 抄本은 紙墨이 정밀하지 못하고 書法이 좋지 못하다고 여겨 工書家를 불러 殘缺을 보수하게 하였다. 이것은 판본을 감정한 후에 결정한 정책이다. 煬帝는 필사한 副本을 세 등급의 포장으로 나누었는데, 상품은 紅琉璃軸, 중품은 紺琉璃軸, 하품은 漆軸이다.264) 이는 이 시기에 이미 판본의 裝幀 기술에 주의하였음을 증명한다.

唐代도 판본에 대해 매우 중시하였는데, 전문적으로 官員과 工匠(예를 들면, 熟紙匠, 裝潢匠)을 두어 기술 작업을 장관하였을 뿐 아니라, 太宗 때부터는 정부에 의해 인력이 조직되어 遺佚書를 傳寫하였는데, 이를 테면 玄宗은 東都에서 5만여 책의 奇書古籍을 필사하였다. 개인도 대량으로 서적을 소장하여, 李泌는 3만 軸을 보관하였으며, 柳公綽은 매 책마다 3본을 필사하여 구비하였다. 조판인쇄 이전에 대량으로 傳寫하여 장서하였음은 다른 판본 수량의 증가와 판본 고찰의 상황을 반영한다.

---

264) ≪隋書·經籍志≫ 序.

宋代는 조판인쇄와 활자인쇄의 성행과 발전으로 판본 영역이 확대되는 조건이 마련되었다. 판본 명칭이 정식으로 출현하였고, 판본학의 연구가 정식으로 시작되었다. 전문적인 판본목록인 ≪遂初堂書目≫을 지었을 뿐 아니라, 많은 저명 학자들 또한 판본을 이용하여 학문 활동을 하였는데, 예컨대 宋景文은 13종의 판본을 이용하여 ≪前漢書≫의 선본을 교감하여 얻었다.[265] 서적을 刻印할 때도 판본을 이용하여 좋은 저본을 얻는데, 廖瑩中이 판각한 ≪九經≫은 일찍이 수십 종의 판본 교감으로써 佳本을 선정한 것이다.[266] 일부 提要目錄書도 판본 자료를 내용으로 하는데 즉 陳振孫의 ≪直齋書錄解題≫ 권8은 다음과 같이 기록하였다.

> ≪元和姓纂≫은 善本이 아예 없어, 근래 莆田에서 여러 본을 參校하여 겨우 칠팔십 퍼센트가 완성되었다. 후일 다시 蜀本으로써 교감하였는데, 서로 득실이 있게 되어 대체적으로 완정하다.(≪元和姓纂≫ 絶無善本, 頃在莆田, 以數本參校, 僅得七八. 後又以蜀本校, 互有得失, 然粗完整矣.)

이런 상황은 판본학의 연구와 응용이 이미 제2의 발전 단계로 접어들어 갔음을 설명한다.

淸代의 판본학은 도서사업의 발전과 학자들의 전력적인 노력으로 제3의 흥성기로 접어들었다. 그 흥성 상황은 세 가지 측면에서 초보적으로 고찰할 수 있다.

① 판본목록과 판본학 저작의 편찬. 淸代의 판본목록은 국가목록으로 ≪天祿琳琅書目≫ 正續篇이 있고, 개인목록으로 錢曾의

---

265) 宋 葉夢得, ≪石林燕語≫ 권8.
266) 宋 周密, ≪癸辛雜識≫.

≪也是園藏書記≫와 邵懿辰의 ≪四庫全書簡明目錄標注≫가 있다. 연구저작의 방면에서는 錢曾의 ≪讀書敏求記≫, 張金吾의 ≪愛日精廬藏書志≫와 黃丕烈의 ≪士禮居藏書題跋記≫ 등이 있으며, 그리고 문집, 필기 중에 널려 있는 판본의 전문 부류와 전문 문장을 언급한 것은 더욱이 어디에나 많은 즉, 顧廣圻의 ≪思適齋集≫, 錢泰吉의 ≪甘泉鄕人稿・曝書雜記≫, 法式善의 ≪陶廬雜錄≫ 등이 그 예이다.

② 판본학이 학술연구의 중요한 구성 부분이 됨. 淸代 많은 저명학자는 經史와 諸子 각 방면의 연구에 종사하면서, 종종 판본연구를 필요로 하였고, 또한 판본학 지식의 도움을 빌었다. 錢大昕, 阮元, 段玉裁 등 명문 학자들은 모두 이 방면의 전문 지식을 갖춘 학자이다. 段玉裁는 좋은 판본을 찾는 것을 학문 활동의 제1단계로 보았으며, 심지어 "먼저 저본이 바르지 않으면 고인을 심히 모함하는 것"(不先正底本, 則多誣古人.)이라고 주장했다.[267] 錢大昕의 ≪潛硏堂文集≫ 書序와 題跋 등은 모두 판본을 언급한 곳이 많다. 이런 것은 판본학이 이미 淸代 학술 중 없어서는 안 되는 하나의 門類가 되었음을 설명한다.

③ 판본학 전문 인재의 배출. 淸代는 판본학을 전업으로 삼은 인재가 배출되었으며, 또한 각기 장기가 있었으니, 淸代 洪亮吉은 일찍이 淸代 판본학가의 우열을 나누어 약간의 등급을 다음과 같이 정하였다.

藏書家는 여러 부류가 있다. 한 권의 서적을 얻으면 반드시 그 원본을 찾아 결손된 것을 바르게 하는 부류를 考訂家라고 하며 少詹 錢

───────────────

267) 淸 段玉裁, ≪與諸同志論校書之難≫(≪經韻樓集≫ 권7).

大昕, 吉士 戴震 등과 같은 사람이다. 그 다음으로 그 판본을 분석하여 그 오류를 주석하는 부류를 校讎家라고 하는데, 學士 盧文弨, 閣學 翁方綱 등과 같은 사람이다. 그 다음으로 이본을 수집하여 위로는 金石의 遺失을 보완하고 아래로는 전문가가 열람하도록 구비하는 부류를 收藏家라고 하는데 鄞縣 范氏의 天一閣, 錢塘 吳氏의 甁花齋, 昆山 徐乾學의 傳是樓 등이 있다. 다음으로 오직 정본을 구하여 특히 宋刻을 좋아하며, 작자의 의도는 엿보지도 않으면서 刻書의 시기를 가장 깊이 살피는 부류를 賞鑒家라고 하며, 吳門主事 黃丕烈·鄔鎭處士 鮑廷博 등과 같은 사람이다. 또한 그 다음으로 옛 문중이 몰락한 사람에게 그 소장본을 헐값에 팔게 하여 부유한 문중의 책을 좋아하는 사람에게 좋은 가격을 요구하며, 눈으로 진위를 감별하고 마음으로 고금을 알아, 閩本인지 蜀本인지도 속지 않고, 宋版인지 元版인지도 보면 척 아는 부류를 掠販家라고 하는데, 吳門의 錢景開·陶五柳, 湖州의 施漢英과 같은 서적상이다.(藏書家有數等: 得一書必推求本原, 是正缺失, 是謂考訂家, 如錢少詹大昕·戴吉士震諸人是也. 次則辨其版片, 注其錯訛, 是謂校讎家, 如盧學士文弨·翁閣學方綱諸人是也. 次則搜采異本, 上則補石室金匱之遺亡, 下可備通人博士之瀏覽, 是謂收藏家, 如鄞縣范氏之天一閣, 錢塘吳氏之甁花齋, 昆山徐氏之傳是樓諸家是也. 次則弟求精本, 獨嗜宋刻, 作者之旨意縱未盡窺, 而刻書之年月最所深悉, 是謂賞鑒家, 如吳門黃主事丕烈·鄔鎭鮑處士廷博諸人是也. 又次則於舊家中落者, 賤售其所藏, 富室嗜書者, 要求其善價, 眼別眞贗, 心知古今, 閩本·蜀本一不得欺, 宋槧·元槧, 見而卽識, 是謂掠販家, 如吳門之錢景開·陶五柳, 湖州之施漢英諸書估是也.)[268]

洪氏가 논한 바는 비록 당시 판본학의 다른 영역에 대한 우열이 있기는 하나, 판본학의 전문 인재가 많았음을 볼 수 있으며 판본학 흥성의 한 측면을 반영하고 있다. 적지 않은 사람들이 洪氏의 이런 우열의 논의를 찬성하지만, 필자는 吳則虞 씨가 洪氏의 이 논의에 대하여 평론한 것이 비교적 타당하다고 생각하는데, 즉 吳氏는 다

---

268) 淸 洪亮吉, ≪北江詩話≫ 권3.

음과 같이 말하고 있다.

이상 洪氏의 말은 판본 연구의 태도와 목적 문제로, 각 개인의 목적
과 요구가 기타 학술과의 성취와 다름으로 인해, 서로 다른 유파가
있음을 말한다. 객관적으로 말하자면, 무역 이익의 행위 외에는 모두
동등한 관점으로 보아야 마땅할 것이다.(以上所說, 是研究版本之態
度與目的問題, 是由於各人之目的與要求, 與其他學術成就不同, 因
此而有不同之流派. 平心論之, 除却貿易獲利行爲而外, 一槪俱應同
等看待.)[269]

流派의 분기가 세밀할수록 전문적이라는 것은 바로 이 학문 연
구의 내용이 광범위하고 분석의 기술이 심오함을 설명한다. 淸代의
판본학이 이미 전문 학문이 되었음은 의심할 필요가 없다.

판본학 전문 저서의 저작, 각종 학술 관계의 밀접, 전문 인재의
배출이라는 이 세 방면에서, 판본학은 淸代에 이미 독자적으로 淸
代 학술영역 중의 목록, 교감 등과 병존한 전문 학술이 되었음을
알 수 있다. 葉德輝는 ≪書林淸話≫ 중에서 이미 이 일을 다음과
같이 언급하였다.

近人이 藏書에 대해 말하자면 目錄, 版本 두 학파로 나뉘는데, 대략
官家의 서적으로 ≪崇文總目≫ 이하 乾隆에서 편찬한 ≪四庫全書總
目提要≫까지는 바로 目錄學이다. 개인의 소장으로 宋 尤袤 遂初
堂, 明 毛晉 汲古閣 및 康雍 乾嘉 이래, 각 장서가들이 宋元本의
舊鈔本에 연연하는 것은 版本學인데, 두 가지는 모두 校讎를 겸하
는 바, 또한 校勘學이 된다. 淸代의 '文治'가 宋元을 앞서는 것은 이
세 가지를 근본으로 하였기 때문이다.(近人言藏書者, 分目錄·版本
爲兩種學派, 大約官家之書, 自≪崇文總目≫以下至乾隆所修≪四庫全

269) 吳則虞, ≪版本通論≫(≪四川圖書館≫ 1978년 12월).

書總目提要≫, 是爲目錄之學. 私家之藏, 自宋尤袤遂初堂, 明毛晉汲古閣及康雍乾嘉以來, 各藏書家斷斷於宋元本舊鈔, 是爲版本之學, 然二者皆兼校讎, 是又爲校勘之學. 本朝文治超軼宋元, 皆此三者爲之根柢.)[270]

목록, 교감, 판본의 세 학문을 淸學의 기초로 하였다는 것은 전면성이 부족한 듯하다. 왜냐하면, 淸學이 오직 이 세 가지만을 기초로 하였다고 할 수 없는바, 즉 張之洞 ≪書目答問≫에 부기된 淸代 학술가의 姓名略에는 대략 經學, 史學, 理學, 小學, 算學, 地理, 校勘, 金石 등으로 나누고 있는데, 이것들은 어찌 기초가 될 수 없단 말인가? 만약 그가 말한 淸學이 오직 考據學만을 가리킨다 할지라면, 즉 音訓, 訓詁 등의 학문도 기초가 되기에 족하다 할 것이다. 반면 그의 이런 주장에서 판본학이 지닌 淸學 중의 지위와 그 흥성 상황을 알 수 있다 하겠다.

3. 판본학의 작용

판본학이 漢代에서 시작되어 宋代에 흥성하고 淸代에 성행한 것으로 보건대, 그것이 학술에 대한 작용이 필시 있었으므로 비로소 이러한 발전을 얻을 수 있었을 것임을 알 수 있다. 그렇다면, 그것의 구체적인 작용은 도대체 어디에 있는가? 아래에서 간략하게 논술해 보기로 한다.

먼저 판본학은 일종의 도서가 만들어진 상황과 발전 변화의 과정을 탐구하고 나아가 문화 발전의 상황을 탐구하는 과정이다. 각

---

270) 葉德輝, ≪書林淸話≫ 권1 <版本之名稱>.

종 다른 판본의 그 자체는 어떤 한 시기의 도서 간행과 유포의 대체적인 상황을 이해할 수 있게 하는데, 예를 들면 《顔氏家訓·書證篇》에 기록된 江南本, 河北本, 古本, 舊本 등의 필사본 상황에서 南北朝 시기의 조판인쇄 발명 이전에는 도서가 이미 필사되어 유통되었으며, 또한 그 유포도 이미 江南 북쪽에 이르렀음을 알 수 있다. 宋版書 중에는 浙本, 建本, 蜀本이 비교적 많고 또한 유명하다는 것에서 宋代의 浙江 杭州, 福建 建陽과 四川의 成都, 眉山 등지가 宋代의 인쇄 중심이었음을 알 수 있다. 동시에 宋版의 서적 중에는 또한 安徽, 江蘇, 江西, 湖北, 湖南, 廣東 등지의 官私刻本과 書坊刻本이 있음을 알 수 있는데, 이는 모두 宋代 인쇄업의 발달과 도서유포 면적의 광범위한 상황을 반영한다. 초기의 조판 인쇄품이 대부분 占夢과 相室의 책, 日曆과 字書 등 민간의 생활서라는 것에서 唐代 후기에는 민간에서 인쇄를 운용하였음이 이미 비교적 보편적이어서 민중의 문화에 대한 요구가 반영되었음을 볼 수 있다. 또한 唐代 조판인쇄의 불경에서 당시 불교신앙의 상황을 볼 수 있다. 宋代 神宗 熙寧 연간, 刻書의 금지가 해제된 후에 私刻과 坊刻이 크게 성행하여, 儒家經典 외에 史書, 子書, 醫書, 算書, 詩文集 등이 모두 雕印된 것은 宋代 학술문화의 흥성을 충분히 설명한다. 또한 인쇄 기술은 중국의 문화 성취를 반영하는데, 宋 仁宗 慶歷 연간(1045 전후) 畢昇이 발명한 泥活字는 바로 독일의 요한 구텐베르크(Johannes Gutenberg 1397～1468)가 발명한 鉛活字보다 4백여 년이나 앞서는 것으로 세계문화의 역사에서 찬란한 일면을 차지한다. 元代는 木活字도 있었지만[271] 또한 錫活字

---

271) 繆荃孫은 《藝風藏書續記》 권2에서 그는 南宋 寧宗 嘉定 14년 木活字本 范祖禹 《帝學》을 소장하고 있다고 하였다. 근래 潘天禎이 쓴 《明代無錫會通館印書是錫活字本》에서는 "근대 어떤 장서가가 木活字印本의 책이라고 규정한 것은 실로 밑

도 있었는데, 이는 주조법을 사용한 것이지 글자를 새긴 것이 아니다. 이 또한 일대의 발전이다. 明代 孝宗 弘治 이후에는 또한 銅活字가 성행하였으며,[272] 明代 世宗 嘉靖 이후의 彩色, 套印, 鈿版 기술의 발명 등은 모두 중국문화의 뛰어난 성취를 드러낸다.

그 다음으로 판본학의 지식은 순조롭게 독서와 연구를 하는 데에 있어 중요한 조건 중의 하나이다. 어떤 도서관본이 많다는 것은 그것의 유포가 비교적 넓다는 것을 설명하며 일반적으로 비교적 중요하여 사람들에게 중시를 받았음을 설명한다 이런 중시의 여부에서 또한 당시의 학술 풍토를 고찰할 수 있으며, 그 시기의 학술 조류를 이해하는 데 도움이 된다.

서로 다른 판본은 내용이 완전히 똑같지 않을 수 있는데, 가장 통상적인 현상은 문자의 차이이다. 판본을 이해하지 못하면 서책의 좋고 나쁨을 알 수 없다. 淸朝의 판본학가 顧廣圻는 ≪石硏齋書目序≫에서 특별히 판본의 중요성을 다음과 같이 강조하였다.

> 동일한 서적을 이본과 비교하면 서로 차이가 나지 않는 것이 없다. 매번 장서가 목록을 보면, 經 무슨 서적, 史 무슨 서적이라고 운운하나, 어떤 서적의 무슨 판본인지는 식별할 수가 없다. 그러나 어떤 서적이 과연 무슨 서적이라는 여부를 간혹 확정할 수 없으면 또한 어찌 그 정밀하고 좋은지를 좇아 논하겠는가?(同是一書, 用較異本, 無

을 만하지 못하다."라고 하였는데, 그것은 繆荃孫의 말을 포함하는 듯하다. 또한 王精如가 지은 ≪西夏文木活字版佛經與銅牌≫에 의하면, 중국 현존의 가장 이른 活字印本은 元代의 木活字印本 西夏文 ≪華嚴經≫이다(≪圖書館學通迅≫ 1980년 제1기) 潘天禎의 논문은 繆荃孫의 설에 대해 논변을 하지 않았으나, 일단 기록해 두며 검토를 기다린다. 顧廷龍 선생은 일찍이 필자와의 면담에서 繆씨의 설은 믿을 수 없다고 하였다.

272) 潘天禎 위의 글의 고증에 의하면, 일반적으로 明華燧會通館에서 인쇄한 각 서적의 위에 있는 '活字銅版'이라는 글자에 근거할 때, '銅活字版'이라고 규정하는 것은 불확실하고, 마땅히 '錫活字銅版'으로 이해해야 한다고 하였다. 자세한 것은 潘天禎 논문 참조.

弗復若徑庭者. 每見藏書家目錄, 經某書, 史某書云云, 而某書之爲
何本, 漫爾不可別識, 然則某書果爲某書與否, 且或有所未確, 又烏
從論其精粗美惡耶?)273)

판본을 이해함으로써 어떤 판본의 서책을 보아야 하는지, 또 어
떤 판본의 서책이 내용이 비교적 완정하며 문자가 비교적 정확한
지를 알 수 있다. 그렇지 않으면 誤本을 연구하고 읽게 되며, 종종
잘못된 자료를 이용함으로써 이해할 수 없는 지경에 빠지거나 심
지어는 황당한 웃음거리가 되기도 한다.

오본을 읽어 웃음거리가 된 이야기는 조판 이전의 필사본의 시
대에서 이미 발견된다. 顔之推의 ≪顔氏家訓·勉學篇≫ 중에는
일찍이 오본을 읽어 웃음거리가 된 이야기가 기록되어 있다.

江南의 한 권세가가 誤本 <蜀都賦> 注를 읽다가 '蹲鴟'는 '芋'라고
해석된 것을 '羊' 자로 잘못 여겼다. 이에 양고기를 선물로 받고 답
장에다 "토란을 감사히 잘 받았습니다."라고 썼다. 온 조정에서 놀라
며 그 뜻을 이해하지 못하였다. 얼마 후 연유를 찾으니 비로소 이와
같은 사실을 알게 되었다(江南有一權貴, 讀誤本蜀都賦注, 解蹲鴟芋
也, 乃爲羊字. 入饋羊肉, 答書云: "捐惠蹲鴟." 擧朝驚駭, 不解事義.
久後尋迹, 方知如此.).

조판인쇄 후에도 여전히 오본이 웃음거리가 된 것이 있다. 明代
陸深의 ≪儼山外集≫ 중에는 일찍이 俗醫가 환자에게 쫓아가 약
을 달일 때 반드시 '錫'(주석)을 넣어야 한다고 알려 주었다는 기록
을 인용하였는데, 길 가던 名醫 戴元禮가 이상하게 여기고 아랫사
람에게 묻는 것을 부끄럽게 여기지 않고 쫓아가 그 원인을 물어봄

---

273) 淸 顧廣圻, ≪思適齋文集≫ 권12.

에, 아니나 다를까 그 俗醫는 오본을 읽었는바. '錫' 자는 '餳'(맥아탕)자의 오류였던 것이다.

학술연구에서 어떤 학자는 종종 판본학을 이야기하지 않아, 지식이 얕다는 인상을 주기도 한다. ≪資治通鑑≫ 권87의 晉 懷帝 永嘉 5年條는 다음과 같은 기록이 있다.

> 周顗中이 앉아 탄식하며 말하길, "풍경은 다르지 않으나, 눈을 들어 바라봄에 江河의 차이가 있구나."라고 하였다.(周顗中坐嘆曰: "風景不殊, 擧目有江河之異.")

胡三省의 注도 '江河'가 맞는다고 하였다.

淸人 趙紹祖는 저술이 많은 사학가로서, 그의 ≪通鑑注商≫에서는 ≪晉書·王導傳≫ 중에 '江山之異'라는 달이 있음에 근거하여, 司馬光은 '우연히 글자를 바꾼 것'(偶易), 胡三省은 '다른 의미로 표현한 것'(傳會)이라고 비평하며, '江河之異'의 말은 정감이 없다고 하였다.

陳垣 선생은 ≪通鑑胡注表微≫의 <校勘篇>에서 趙紹祖가 오본으로써 정본을 고친 오류를 지적하였다. 원래 宋本 ≪晉書≫는 '江河之異'였는데, 明監本, 汲古閣本, 淸殿本에서 비로소 '江山之異'가 되었다. 趙紹祖의 잘못은 오본 ≪晉書≫를 읽은 데 있으며, 이본의 오류를 따지지 않은 데 있다. 따라서 陳垣 선생은 탄복하며 "교서는 마땅히 이본을 모아야 하건대, 어찌 고인을 경솔하게 모함할 수 있겠는가?"(校書當蓄異本, 豈可輕誣古人.)라고 하였다.

司馬光과 胡三省이 보고 근거한 宋刻 ≪晉書≫는 원본에는 잘못이 없었으며, 明 이래의 오본을 그 두 사람이 볼 수는 없었을 것이다. 趙紹祖는 두 사람이 보지 못한 오본으로 이미 보았던 정본을 고쳤으니, 바로 스스로 잘못을 만든 것이다. 또 다른 저명한 博學家 惠棟은 《後漢書補注》를 편찬하면서 李賢의 注에 타당하지 못한 한 곳을 발견하였는데, 다른 판본을 이용하지 않아 결국 前人의 잘못을 고치면서 또한 스스로 무모한 실수를 만들었는 바, 후인들이 그 판본을 이용하면서 고치게 되었다. 淸末의 학자 沈濤는 일찍이 그 일을 다음과 같이 기록하였다.

> 《後漢書・光武帝紀》: "建武 25년 烏桓 大人이 조정에 나아갔다. 注: 烏桓은 渠帥를 말함. 惠棟 補注: '謂'字는 衍文이다." 내가 보건대, 汲古閣本注에서는 大人을 渠帥라고 한다고 하였으므로, '謂'字는 연문이 아니며, 注 중의 烏桓이 잘못된 글자이다.(《後漢書・光武帝紀》: 建武二十五年烏桓大人來朝. 注: 烏桓謂渠帥也. 惠徵君補注曰: 謂字衍. 濤案汲古閣本注作大人謂渠帥也, 則謂字非衍, 注中烏桓字誤耳.)[274]

　趙紹祖와 惠棟 두 사람이 판본의 잘못을 중시하지 않고 오류를 낳았음을 보건대, 독서와 학문 연구에 어찌 판본을 중시하지 않을 수 있겠는가? 또한 殿本 《史記》를 예로 들면, 일반적으로 校印이 비교적 좋다고는 하지만, 宋 黃善夫의 판본으로써 상호 교감한다면 오탈이 비교적 많다고 하겠는데, 예컨대 《武帝本紀》 '後常三歲一郊是時上求神君' 아래에는 黃本의 索隱正義가 殿本에 비해 203字가 많은 바, 따라서 淸代 판본학가 顧廣圻는 판본을 논하지 않는 것은 자기와 타인을 기만하는 것이라고 강하게 비난하며 다음과 같이 말하였다.

---

274) 淸 沈濤, 《銅熨斗齋隨筆》 권4 <烏桓大人>.

서적은 오래되면 오래될수록 좋은 것이라는 것은 智者가 아니더라도
알 수 있다. 이에 세간에는 '一等人'(즉 蕘翁 黃丕烈의 문하에 있는
士人)이라는 사람들이 반드시 서적은 판본을 이야기하지 않아도 된
다고 말한다. 아! 자신을 기만하는 것인가? 아니면 다른 사람들을 기
만하는 것인가?(書以彌古爲彌善, 可不待智者而後知矣. 乃世間有一
等人(原注: 其入蕘翁門下士也.), 必謂書毋庸講本子. 噫! 將自欺耶?
將欺人耶?)[275]

顧氏가 학술 활동이 판본을 따지지 않는 것을 공격한 것은 옳다
고 하겠으나, 그는 책이 오래될수록 좋다는 논리를 절대화시켰다.
이런 주장은 淸人이 宋을 맹목적으로 숭상한 기풍의 전형적인 예
로, 그것은 단순하게 형식을 추구하고 오직 古本만을 고집하며 도
서의 내용은 살펴보지 않는다. 이는 바로 明 이래로 宋版이 날마다
가치가 높아져 골동품이 된 원인에 있는 바, 수용하기에는 충분하
지 못하다.

淸代의 일부 사람들은 宋版에 대해 이미 미신적인 경지에 이르
러, 그 좋고 나쁨을 묻지도 않고, 宋本인지 아닌지를 물었으며 심
지어 한 페이지로 가격을 따졌다. 저명한 판본學가 黃丕烈은 심지
어 自號를 佞宋主人이라 하였다. 소위 百宋一廛, 皕宋樓 등의 藏
書樓의 명칭도 모두 진귀한 것을 자랑삼고자 하였기 때문이다. 어
떤 이는 보물을 다루듯이 남몰래 감싸서 고이 보관하고서는 다른
사람에게 함부로 보여 주지 않았다. 淸人 陳其元의 ≪庸閑齋筆記≫
중에는 옛것을 맹목적으로 좋아하는 것을 조소하는 일화가 다음과
같이 기록되어 있다.

---

275) 淸 顧廣圻, ≪蔡中郎文集≫ 10권, 外傳 1권(校本) 跋(≪思適齋書跋≫ 권4).

옛것을 좋아하는 사람은 宋版의 서적을 중시하여 천금만금을 들여 한 부를 사는 것도 아까워하지 않으며, 열 겹으로 포장하여 다른 사람에게 잘 보여 주지 않고, 자기 혼자서도 몇 번 넘겨보는 것조차 차마 하지 못하면서 매번 바보처럼 웃고 있다. 王鼎臣은 定安을 다스릴 때 자못 이 버릇이 있었는데, 昆山을 다스릴 때 宋版 ≪孟子≫를 얻어 과시하였다. 내가 한 번 보기를 청하자, 먼저 사람을 시켜 한 궤짝을 짊어지고 나오도록 하였는데, 그 궤짝을 여니 가운데 녹나무로 만든 갑 속에 보관되어, 그 갑을 여니 비로소 책이 보인다. 책의 지묵 또한 옛것이다. 판각된 필획은 지금의 監本과 다르지 않다. 나는 "이것을 읽어 지혜를 쌓았소?"라고 물었다. 그랬더니, "그럴 수 없었소."라고 대답하였다. 나는 다시 "다른 판본과 비교하여 많이 기록하였소?"라고 물었더니, 그는 "아니요."라고 하였다. 나는 웃으며 "그러면 지금의 監本을 읽는 것만 못하지 않겠소. 어찌 백배의 돈을 들여 이것을 구하는 것이오?"라고 하였다. 이에 王恚는 "그대는 다른 사람을 잘 이해하지 못하는데 어찌 그대와 함께 감상하겠소."라고 하며 급히 그것을 거두었다. 나는 크게 웃었다.(好古者重宋版書, 不惜以千金數百金購得一部, 則什襲藏之, 不輕示人, 卽自己亦不忍數繙閱也, 每笑其痴. 王鼎臣觀察定安酷有是癖, 宰昆山時, 得宋槧≪孟子≫, 擧以夸. 余請一觀, 則先令人負一櫝出, 櫝啓, 中藏楠木匣, 開匣方見書. 書之紙墨亦古. 所刊之筆劃亦無異於今之監本. 余問之曰: 讀此可增長智慧乎? 曰: 不能. 可較別本多記數行乎? 曰: 不能. 余笑曰: 然則不如仍讀今監本之爲愈耳, 奚必費百倍之錢以購此耶? 王恚曰: 君非解人, 豈可共君賞鑒. 急收夸之. 余大笑.)

이 고사는 풍자가 훌륭하다. 宋版은 刻印 시간이 이르기에 비교적 古本에 가까워 오류가 상대적으로 적으며 전해지는 판본 또한 많지 않으므로 마땅히 아껴야 한다. 그러나 宋版本 그 자체의 우열, 즉 그 당시는 杭本이 가장 좋고 建本이 최하(建本 중에도 佳本이 있음.)였다는 관점을 반드시 고려해야 한다. 일부 서적은 교정이 필요 없지만 탈오가 많이 있는데, 이는 宋人이 이미 유감스러워

한 것인 바, 司馬光은 劉道原에게 주는 편지에서 다음과 같이 말하였다.

> 지금 나라가 비록 正史를 교정하여 摹印한다 하나. …… 또한 교정
> 한 것이 결코 정채롭지 못한데, 한갓 沈約의 <敍傳>의 경우에도
> 차이가 있음이 여러 판본임을 역시 알지 못할진대, 다른 것은 알 만
> 하겠다.(今國家雖校定摹印正史, …… 又校得絶不精, 只如沈約敍傳
> 差却數版亦不瘳, 其佗可知也.)[276]

陸游 또한 刻書의 폐단을 힘써 배척하며 다음과 같이 말하였다.

> 近世의 사대부가 書版을 판각하기를 좋아하면서도 대략 교수를 하지
> 않아, 誤本의 서책이 천하에 가득 찼으니, 또한 誤學인 것은 판각을
> 하지 않는 것만 못할 것이다.(近世士大夫所至喜刻書版而略不校讎,
> 錯本書散滿天下, 更誤學者, 不如不刻爲愈也.)[277]

이것은 그 당시의 사람이 보고 들은 것이라 마땅히 믿을 만하다.
반면 淸人도 宋版을 맹목적으로 신봉하는 일을 또한 경계하였으
니, 즉 淸初의 王士禎은 善本을 택하는 부차적 표준을 다음과 같
이 제시하였다.

> 오늘날 사람들은 비록 송판본을 귀하다 하나, 송판본을 살펴보면 또
> 한 오류가 많으므로 오직 善本을 따라야 마땅할 것이다.(今人但貴宋
> 槧本, 顧宋槧本亦多訛誤, 但從善本可耳!)[278]

---

276) 宋 司馬光, ≪司馬溫公集≫.

277) 宋 陸游, ≪跋歷代陵名≫.

278) 淸 王士禎, ≪居易錄≫. 宋本의 우열에 관한 前人의 기존 학설은 매우 많다. 宋 周
輝, ≪淸波雜志≫; 淸 黃丕烈, ≪抱經堂文集≫; 顧千里, ≪思適齋集≫; 杭世駿,
≪道古堂集≫ 중에 모두 관련된 기록이 있어 참고할 만하다.

嘉道 시기의 光聰諧는 일찍이 宋版에 대한 司馬光의 의견을 인용하여, "이를 보고 또한 망연자실한다."(觀此當亦爽然自失.)고 하면서 당시 그러한 宋本을 숭상하는 이들을 일깨웠다.[279] 동시에 저명 장서가 張金吾는 宋元舊版을 보는 표준을 다음과 같이 제정하였다.

> 宋元 舊版은 經史의 실학과 관련된 것이 있으며 세상에 전해지는 것이 드문 것을 으뜸으로 한다. 서적이 자주 눈에 띄고 宋元刊本이거나 舊寫本이거나 전현의 手校本과 今本의 차이를 고증할 수 있는 것이 그 다음이다. 서적이 자주 눈에 띄지 않고 근래 전사된 것이 또한 그 다음이다. 학술과 治道에 도움을 주고자 그것을 구분한다.(宋元舊槧有關經史實學而世鮮傳本者上也. 書數習見, 或宋元刊本, 或舊寫本, 或前賢手校本, 可與今本考證異同者次也. 書不經見而出於近時傳寫者又其次也. 而要以有神學術治道者爲之斷.)[280]

이것은 宋風을 숭상하는 기풍이 매우 성행하였을 때의 일부 비교적 공정한 의견이다. 宋本이 귀하다 하지만, 두말할 필요도 없이 그 이후의 판본을 전부 그 이하라고 여길 수는 없다. 明本은 비교적 떨어지는데, 특히 萬曆 이후는 古書를 아무렇게 고쳤으며 雕印 수준도 비교적 뒤떨어졌다. 그러나 明 王廷喆이 影印하여 판각한 宋本 ≪史記≫ 및 조판인쇄 등의 서책은 善本의 佳刻이 아니라고 할 수 없으며, 시기가 비록 늦지만 淸初에 林佶이 쓴[281] 精刻本 또한 매우 정교로운 판본이다. 따라서 古本舊刻은 마땅히 형식과

---

279) 淸 光聰諧, ≪有不爲齋隨筆≫.

280) 淸 張金吾, ≪愛日精廬藏書志≫.

281) 林佶은 淸初의 福建人으로, 유명한 筆寫家이다. 일찍이 王士禎의 ≪漁洋山人精華錄≫, ≪古夫于亭稿≫; 汪琬의 ≪堯峰文鈔≫ 陳廷敬의 ≪午亭文編≫을 필사하여 출판하였는데, 이를 '林寫四種'이라고 통칭한다. 陳壽祺의 ≪東越文苑後傳≫에 林佶의 傳이 있다.

내용 즉, 학술과 공예 각 방면에서 고찰하여야 하는 것으로, 오래
될수록 좋다는 태도를 버리고 성급하게 일반화하지 말아야 할 것
이다.

4. 판본의 구분

판본은 刻書의 상황과 도서 자체의 형태가 다름에 따라 구분되
므로 많은 상용 용어가 있다. 일반적으로 말하자면 13가지의 구분
방법이 있다.

  (1) 刻書 시대에 따른 구분: 朝代에 따라 구분한다. 宋本, 元本,
      明本, 淸本이라 칭하거나 혹은 宋版, 宋刻本 등으로 칭한다.

  (2) 刻書 기관에 따른 구분: 官刻本, 私刻本, 坊刻本 세 종류가
      있다. 각 종류에는 간혹 다른 명칭이 있기도 하다.

    ① 官刻本: 정부에 의해 교감 간행이 된 도서를 가리킨다. 그
       것은 종종 구체적으로 주도한 기관이 다른 까닭으로 각기
       다른 명칭이 있다.

    ○ 監本: 각 왕조의 國子監에서 판각한 서적을 가리킨다. 國
       子監은 官刻의 주요 기관으로, 宋監本과 같이 앞에 朝代
       를 표시하는 수식어를 붙인다. 明朝는 南京, 北京의 두
       國子監에서 모두 刻書하였기에, 따라서 南監本, 北監本
       이라 칭하였다.

    ○ 公使庫本: 宋朝에는 각 지역에 설치된 官員이 지나는 旅
       館을 公使庫라 하였는데, 그곳에 설치된 인쇄국에서 남은
       경비를 모아 판각한 서적을 가리킨다.

○ 經廠本: 明代 司禮監에서 전문적으로 설치한 經書를 인쇄하는 기관을 經廠이라 하였는데, 漢經廠, 番經廠, 道經廠이 있다. 經廠에서 刻印한 일부의 기타 도서도 經廠本이라 한다.

○ 內府本: 明淸 두 왕조의 宮庭 내에서 刻印한 서적을 가리킨다.

○ 殿本: 淸 武英殿에서 刻印한 서적을 가리킨다.

○ 官書局本: 淸 同光 연간 曾國藩 등의 주도하에 각지에 설치된 書局에서 刻印한 서적을 가리키는 것으로서, 武昌書局本과 같이 자주 書局名을 붙였다. 光緒 연간에는 5개의 書局이 24史를 분담하여 刻印하고 '五局合刻本'이라고 새겼다. 기타 지방 府州縣學에도 刻書가 많았는데, 모두 刻書 기관의 명칭을 刻本에 붙여 명명하였다.

② 家刻本: 개인판각의 도서를 가리킨다. 어떤 것은 宋 廖氏의 世綵堂本, 明 晁氏의 寶文堂本, 淸 黃氏의 士禮居刻本과 같이 堂名 혹은 室名을 사용한다. 어떤 것은 宋 黃善夫本과 같이 각서자의 성명을 사용한다. 明 閔齊伋과 凌濛初가 각인한 판본을 閔刻本, 凌刻本이라 칭하고, 淸 秦鐥의 秦刻本, 阮元의 阮刻本과 같이 어떤 것은 오직 姓氏만을 사용하기도 한다. 일반적으로 고정된 성명이 없는 것이나 관용적인 칭호로는 '某氏刻本' 혹은 '徑著家刻本'이라고 한다.

③ 坊刻本: 書商이 刻印하여 이윤을 추구한 도서를 가리킨다. 宋의 黃三八郞書鋪, 明의 安正書堂에는 모두 刻書가 많았다. 坊刻本의 서책은 일반적으로 비교적 번잡하고 刻印

질량도 대체로 떨어지지만 모두 그렇다고는 말할 수 없는데, 예컨대 줄곧 '劣本'이라고 배척된 麻沙本의 경우는 ≪增訂四庫簡明目錄標注≫에 저록된 ≪法言≫條 아래의 '續錄'에서 "大字 麻沙本이 가장 좋은 판본이다."(大字麻沙本, 最善.)라고 하였다. 明淸 연간의 毛氏 汲古閣에서 판각되어 판매된 서적 또한 나쁘지 않다.

(4) 刻印 질량의 상황에 따른 구분:

① 單刻本: 이것은 叢刻本 혹은 叢書本과 대칭되는 단행본의 도서를 가리킨다. 일반적으로 叢書本에 비해 질량이 좋은데, 어떤 叢書本은 수록하면서 생략을 하기 때문이다. 明刻 叢書에는 분할되어 나누어지거나, 字句가 삭제되고 바뀐 현상이 비교적 심각하다.

② 寫刻本: 이것은 上版의 저본이 편찬자 혹은 유명한 서예가에 의해 필사되어 판각된 도서를 가리키는데, 일반적으로 필사가 아름답고 刻印이 좋은 까닭에 精刻本이라고 칭한다. 淸代 康熙 시기에는 필사되어 판각된 것이 비교적 성행하였으며, 또한 이 시기의 필사 각인된 서적을 康刻本이라고 칭한다. 寫刻은 五代 和凝 시기에 시작되었다. 宋代에 傅稺書의 ≪注東坡先生書≫가 있었고, 元・明 시대에도 모두 寫刻이 있었으며, 淸代 金農의 ≪冬心先生集≫, 鄭燮의 ≪板橋集≫은 모두 작가 자신이 필사하여 각인한 것이며, 林佶의 寫本 4종[앞의 주 279 참조]이 가장 유명하다. 어떤 책은 序跋이 필사되어 판각되었지만 寫刻本이라고 칭하지는 않는다.

③ 通行本: 일반적으로 유행한 보통의 刻本을 가리킨다.

④ 三朝本: 宋・元・明 三朝에 수정 보충하여 重印한 서책을 가리키는데, 예를 들면 南宋 國子監에서 그 소장의 ≪史記≫ 와 두 ≪漢書≫의 '十行中字本' 등을 보완 간행한 것을 元代에 西湖書院으로 옮긴 후 余謙 등이 다시 증보 출판하고, 明代에 다시 南監으로 옮겨 증보 중인한 것이 있다.282) 그 외 일부 몇 차례 인쇄하여 여러 번 증보를 거친 것을 遞修本이라고 칭하기도 한다.

⑤ 邋遢本: 書版이 모호하여 잘 알아볼 수 없는 印本을 가리킨다.

⑥ 百衲本: 서로 다른 佳本 書版을 선택하여 1부의 서책이나 1세트의 서책으로 합친 것을 가리킨다. 예를 들면, 傅增湘이 인쇄 간행한 ≪百衲本資治通鑑≫, 商務印書館이 모아 인쇄한 ≪百衲本二十四史≫ 등이다.

⑦ 書帕本: 明朝의 官場에서(일반적으로 外官이 조정에 들어가거나 혹은 公務로 나갔다가 조정에 들어갈 때) 예물로 보내 주는 1書 1帕(혹은 1書 2帕)의 그런 종류의 책이다. 직접 판각하여 인쇄한 것도 있고, 本版을 고쳐 인쇄한 것도 있는데, 대부분 순식간에 단행한 것이어서 질량이 좋은 것은 매우 적다.

(5) 刻印의 선후에 따른 구분: 祖本(初刻本, 原刻本), 重刻本, 翻刻本, 仿刻本, 影印本, 初印本, 後印本이 있다.

(6) 版式 字體에 따른 구분:

① 巾箱本: 이것은 版式이 작고 휴대에 편리한 도서이다. 巾箱의 명칭은 ≪南史・齊衡陽王鈞傳≫에서 처음 보이며,

---

282) 이 三朝本의 판본은 淸 嘉慶 시기 南京의 한 관청에서 불에 타버렸다.

宋代에 바로 巾箱本의 명칭이 있었다. 이런 판본으로 가장
작은 것은 1寸 평방 정도이다. 후대 과거 시험에서 휴대한
것도 이런 종류로, 예를 들면 ≪四書典會≫이 있다. 후대
에는 袖珍本으로 칭하였다.

② 兩節版本, 三節版本: 이것은 책장을 가로로 두세 칸 나눠
서적을 인쇄한 것으로, 속칭 '二層樓', '三層樓'라고 한다.
어떤 것은 모두 글자이기도 하고, 어떤 것은 위에는 그림,
아래는 글자로 되어 있는데, 대부분이 민간의 통속적인 읽
을거리이다.

③ 大字本, 小字本: 宋人의 刻書는 대부분 大字를 좋아하여,
版框과 종이의 폭이 모두 비교적 커서 大字本이라고 하며,
어떤 각본은 字體가 일반 刻本보다 작아 小字本이라고 한다.

(7) 종이 질에 따른 구분: 白紙本, 黃紙本, 綿紙本, 開花紙本 등
이 있다.

(8) 인쇄 색깔에 따른 구분:

① 朱印本, 藍印本: 紅色을 사용하여 인쇄한 것을 朱印本, 藍
色을 사용하여 인쇄한 것을 藍印本이라고 한다. 明淸 두
시대에는 대부분 紅色 혹은 藍色을 사용하여 인쇄한 몇
부는 교정하고 개정하는 용도로 제공되었는데, 현재의 교
정본과 유사하다. 대부분 初印本으로, 7-장 마지막에 정본
이 되면 비로소 黑色으로 인쇄된다. ≪胡刻通鑑正文校宋
記≫는 바로 紅色과 黑色 두 종의 印本이 있다. 王氏學禮
齋(王欣夫(1901-1966)의 書室名)에서 간행한 ≪思適齋書
跋≫은 바로 藍印本이며, 후대의 行, 狀, 哀, 啓 등에도 藍
色을 사용하여 인쇄한 것이 있다.

② 套印本: 다른 색깔로 책을 쓰는 것은 아마 唐 陸德明의 ≪經典釋文≫에서 비롯될 것이다. 그는 ≪序錄·條例≫에서 "검은 글자로 經本을 쓰고, 붉은 글자로 注釋임을 구분하였다."(以墨書經本, 朱字辨注)라는 규정을 정하였는데, 그것은 바로 經은 흑색, 注는 홍색으로 하며, 이후 傳鈔될 때 비로소 墨書로 혼합되었음을 설명한다. 그러나 雕版된 후의 套印本은 2~6종의 다른 색으로 套印한 도서를 가리킨다. 보통은 紅色과 黑色 2색으로 套印한다. 4색인 것으로 ≪唐宋文醇≫은 黑色의 저본 외, 康熙의 평어는 黃色, 乾隆의 평어는 朱色, 여러 학자들의 品題는 藍色으로 하였다. 5색으로는 明 崇禎 시기의 ≪十竹齋畫譜≫가 있다. 王崇烈의 ≪種瓜亭筆記≫(鈔本)에서는 그 부친 王懿榮(淸末 甲骨文家)이 보았던 5色本≪西淸古鑒≫이 있다고 하였다. 6色本으로는 淸人 祁貢이 판각한 ≪杜工部集≫이 紫, 藍, 朱, 綠, 黃, 黑의 여섯 색을 사용하였다.

(9) 내용의 증가, 삭제, 평점에 따른 구분: 增訂本, 刪本, 節本, 足本, 殘本, 批點本, 評本, 配本 등이 있다.

(10) 裝幀 형식에 따른 구분:

① 簡策本: 이것은 가장 이른 정식 도서판본의 형식이다. 劉向 ≪別錄≫과 ≪漢志≫에 기록된 ≪尙書≫의 中古文, 歐陽, 大小夏侯 등의 다른 판본은 판본 저록의 시초이다. 후대에 발견된 簡策은 그 시대에 따라 秦簡, 漢簡으로 칭해지며, 어떤 것은 그 출토 지점에 따라 말하는데, 예를 들면 汲冢本이 그것이다.

② 卷子本: 비단 혹은 종이로 쓴 책을 한 권으로 만 도서를

가리키는데, 어떤 것은 '唐卷子本'과 같이 시대를 앞에 덧붙인다. 후대에는 卷子本에 따라 復刻하였는데, 즉 黎庶昌 ≪古逸叢書≫에는 唐寫卷子本에 의거하여 刻印한 서책이 있으니, 또한 '復唐卷子本'이라고 칭하기도 한다.

③ 梵夾本(折子本, 經折裝本): 宋 元豊 시기에 刻印한 ≪崇寧萬壽大藏≫에서 淸 雍正 시기 각인한 ≪龍藏≫까지는 모두 梵夾本인데, 형태가 후대의 부채와 비슷하여 折子本이라고 칭하는 것이다. 그것은 또한 佛經誦經의 편리를 위한 것으로, 卷子를 접어 쌓은 형식이어서 또한 經折裝本이라고도 한다. 후대 강남 일대에서는 줄곧 이런 접어 쌓는 방식의 부채를 속칭 經折이라고 하였다.

④ 旋風裝本: 바로 卷軸式의 중심 종이 위에 책장을 물결처럼 교차되게 붙여서 펼치면 그 형태가 마치 용 비늘 같은 바, 龍鱗裝이라고도 한다. 접으면 책장므늬가 한 방향으로 도는 것이 마치 소용돌이 같아 또한 旋風裝 혹은 旋風葉卷子라고 한다.283)

⑤ 蝴蝶裝本(간칭 蝶裝本): 이것은 宋代의 주요한 裝幀 형식이다. 즉 매 인쇄된 장의 글자가 있는 면을 뒤집어 접어 안으로 향하게 하여 版心을 안으로 하고, 각 장을 잘 접어 쌓아 책을 묶은 자리에 풀을 바르고, 다시 표지로써 포장하면 완성된다. 현재의 지도책과 유사하다. 이런 서책은 판심을 보호할 수 있어, 네 변이 훼손되어도 판심에는 영향을 미치지 않는다. 그러나 열독할 때는 두 바깥 면이 비어서 두 번 넘겨야 한 쪽을 보게 되어 시간을 비교적 낭비하

---

283) 李致忠, ≪古書"旋風裝"考辨≫(≪文物≫ 1981년 제2기).

게 된다. 그것은 열독할 때 나비가 날개를 퍼덕이는 것과 같아서 蝴蝶裝이라고 하며 蝶裝으로 간칭된다.

⑥ 包背裝本: 그것은 蝴裝과 달리 글자가 있는 면을 바깥쪽으로 접어 책의 배를 바깥쪽으로 향하게 하여 다시 책표지로 포장하는데, 이미 線裝 형식과 비슷하나 다만 구멍을 뚫어 선으로 묶지 않고 풀칠을 한 것으로 후대의 平裝書가 바로 여기서 그 형식을 취한 것이다.

⑦ 線裝本: 이것은 15세기 무렵(明 중엽)에 이미 기본적으로 개진하여 사용된 裝幀 형식이다. 그것은 책장을 정리한 뒤에 선으로 묶어, 열독에 편할 뿐 아니라 잘 뜯어지지도 않아, 이 형식은 그 이전의 각종 형식을 대체하여 줄곧 후대에 이어져 사용되었다.

⑧ 平裝本, 精裝本: 이것은 실제 包背裝인데, 裝幀의 방법을 개진하였을 뿐이다. 그것은 일전에 통용된 裝幀 형식이다.

(11) 活字本: 활자본의 발명은 중국의 세계문화사에 대한 커다란 공헌이다. 진흙을 사용한 것에서 시작되어, 이후 나무, 구리, 주석, 납 등을 사용하여 재제로 하였다. 제작 재료에 따라 다음과 같이 구분된다.

① 泥活字本: 北宋 시기 畢昇이 발명한 것으로 진흙을 사용하여 만들었으나, 전해지는 印本이 없다. 淸 道光 시기 涇縣의 翟西園 金生이 30년의 시간을 들여 진흙으로 직접 활자를 만들어, 스스로 도서를 인쇄하여 泥活字를 부활시켰다.

② 木活字本: 현존하는 가장 이른 印本으로는 元代의 西夏文 ≪華嚴經≫이 있다. 元 王禎의 ≪農書≫ 중에는 ≪造活

字印書法≫이 있는데, 바로 木活字를 가리킨다.

③ 銅活字本: 明 孝宗 弘治 후에 성행한 활자이다. 淸代 인
쇄한 ≪古今圖書集成≫이 바로 銅活字本이다.

④ 鉛活字本: 대략 明 弘治, 正德 연간에 출현하였으나 당시
에는 중시를 받지 못하였으며, 다만 明 陸深의 ≪金台紀
聞≫의 기록에 보일 뿐이다. 印本은 보이지 않지만 후대
인쇄는 주로 鉛字를 사용하였다.

⑤ 錫活字本: 王禎 ≪農書≫의 기록에 의거하면, 元初에 시
작된 듯하다. 눈여겨볼 만한 것은 錫을 녹여 글자를 만든
다는 것으로, 즉 글자를 새기는 것을 타꾸어 주조한 것이
중대한 발전이나, 먹을 사용하는 것을 바꿀 수 없었기에
유행되지는 못하였다. 근인의 고증에 의거하면, 明 弘治
연간에 無錫의 華氏會通館에서 인쇄한 각종 서책이 바로
錫活字本으로, 이것은 중국의 현존하는 가장 오래된 漢文
活字印本이라고 하였다.284)

⑥ 聚珍版: 淸代 武英殿 木活字本을 가리킨다. 乾隆 시기에
‘活字’는 ‘死字’와 대칭이 되어 표현이 고상하지 못하다
하여 ‘聚珍’으로 개칭되었다. 武英殿에서 木活字를 사용하
여 인쇄한 대량의 도서를 바로 聚珍版이라고 하는데, 이후
각 지방의 仿刻本과 구별하고자 하여 ‘內聚珍本’이라고
칭하였다. 武英殿聚珍本의 刻書가 매우 많아지고 각 지방
의 수요량이 증가하자, 福建, 廣東에서는 곧 聚珍本 판식
의 원래 모양에 따라 仿刻하였고, 杭州, 江西, 蘇州는 판
식에 따라 袖珍本으로 모방 판각하였는데, 이런 仿刻本을

---

284) 潘天禎, ≪明代無錫會通館印書是錫活字≫(≪圖書館學通迅≫ 1980년 제1기).

'外聚珍本'이라고 한다. 반드시 주의를 해야 하는 것은, 武英殿聚珍本은 비록 활자이나, 오직 활자만 사용한 것이 아니라는 것이다. 그것은 먼저 '套格'이라고 하는 邊界가 있는 판을 깎은 연후에, 版心에 印書의 서명, 차례, 쪽수 등을 새겼는데, 먼저 套格을 인쇄하고 다시 正文을 배열하여 版을 만들고서 인쇄를 마친 套格을 다시 套印하여 책장을 만들었다. 그 외 ≪武英殿聚珍版叢書≫ 중의 ≪易緯≫, ≪漢官舊儀≫ 등의 4종은 근본적으로 활자가 아니라 조판인쇄한 것이다. 또한 총서에는 수록되지 않은 일부 活字印本書가 있다.

(12) 조판인쇄가 아닌 도서:

① 寫本: 현존하는 가장 이른 寫本은 晉 元康 6년의 佛經殘卷으로 일본에 있다. 寫本은 그 앞에 시대나 필사자를 붙일 수 있다. 예를 들어, 唐寫本, 宋寫本, 內府寫本, ××寫本 등이 그것이다.

② 抄本: 宋抄本, 元抄本, 淸抄本, 傳抄本, 影抄本, 舊抄本 등이다.

③ 稿本: 手稿本, 淸稿本.

④ 拓本: 碑本, 石本.

⑤ 기타 石印本, 鉛印本, 影印本, 珂瓃版本 등이 있다.

(13) 문물 가치에 따른 구분: 孤本, 秘本, 珍本, 善本 등이 있다.

이상 말한 것은 결코 완비된 것이 아니라, 다만 목록서에 저록된 판본자료에서 자주 보이는 것과 목록서를 편찬하며 판본 자료를 저록할 때 자주 사용되는 몇몇 명칭의 구분을 개괄적으로 설명하였을 뿐이다. 목록서가 어떻게 판본 자료를 저록하는지는 余嘉錫 선생이 일찍이 상세하게 다음과 같이 이야기한 적이 있다.

나는 어떤 서적이 어떤 판본인지를 기록하고자 하면서 다만 宋刊本, 明刊本이라고 말하는 것은 부당하다고 생각한다. 刻書의 시간이 다르고, 지역이 다르고, 사람이 다르면, 그 서적은 필히 같을 수 없으므로, 시간은 그 연월을 기록해야 하고, 지역은 그 州府의 서점을 기록해야 하고, 사람은 그 성명과 별호를 기록해야 하며, 또한 이것만을 차례로 하는 것이 아니라 그 편질의 分合, 편장의 完闕, 문자의 차이를 기록하면, 그 후 어떤 서적인지의 여부를 거의 고증할 수 있을 것이다.(余謂欲著某書之爲何本, 不當僅言宋刊本, 明刊本已也. 刻書之時有不同, 地有不同, 人有不同, 則其書必不盡同, 故時當記其紀元干支; 地當記其州府坊肆; 人當記其姓名別號, 又不第此也, 更當記其卷帙之分合, 篇章之完闕, 文字之同異, 而後某書之爲與否, 庶乎其有可考也.)[285)]

5. 판본의 감별

판본의 감별은 판본학에서 중요한 기술적인 문제이며, 또한 목록서를 편찬하여 판본을 저록할 때 마주치게 되는 제일의 관문이다. 왜냐하면 감정이 확실하게 되어야 비로소 저록을 할 수 있기 때문이다. 판본을 구별하고 마땅한 명칭을 붙이는 것은 비교적 쉬운 것이나, 어떻게 구분할 것인지는 장기간의 누적된 지식과 재능이 있어야 비로소 비교적 훌륭하게 해결이 될 수 있다. 판본 감별의 핵심 문제는 시대를 확정하는 문제이며, 직접 실물과 참고문헌 자료(기록과 書影을 포함)를 보게 되면 더욱 유리하다. 그러나 필자는

---

285) 余嘉錫, ≪藏園群書題記序≫(≪余嘉錫論學雜著≫ 중 '華本' 참조).

일부 전문가와 노숙한 출판업자의 풍부한 직접적인 경험도 홀시해서는 안 된다고 생각된다. 해방 후, 中國書店은 일찍이 판본의 감별 문제에 대해 비교적 전면적으로 총괄을 하였는데, 그들은 판본 감별의 방법을 8가지 방면으로 귀납하였는 바,[286) 이 8가지 방면은 다음과 같다.

(1) 牌記, 封面, 序文에 근거하여 식별:

① 牌記: 속칭 書牌子 또는 木記라고 한다. 私刻과 坊刻에 대부분 이런 牌記가 있는데, 일반적으로 서적의 序目 뒤 혹은 卷末에 있으며, 牌記 위에는 刻家의 성명, 堂號 혹은 서점포의 字號, 刊刻의 년월과 지점 등의 항목으로써 판권 소유를 표시한다. 牌記를 이용할 때에는 첫째, 假刻 혹은 牌記를 고쳤는가. 둘째, 翻刻 시 원래의 牌記를 따라 판각하였는가의 두 가지 점을 주의해야 한다.

② 封面: 이것은 현재의 도서 겉표지를 가리키는 것이 아니다. 과거에는 그 겉표지를 封皮라고 하였다. 封面은 封皮를 넘긴 뒤의 반대 면의 한쪽 혹은 또 다른 속표지를 가리키는데, 위쪽에는 종종 書名, 刻家名, 刻版年月을 기록한다. 그러나 어떤 重印本은 封面을 바꾸고 正文은 원판을 그대로 하였음을 주의해야 한다.

③ 序文: 서문의 내용은 통상 도서의 내용, 편자의 의도, 刊刻의 경과, 序尾에 서명된 편찬자 성명, 시간 등을 포괄한다. 일반적으로 편찬자의 '自序' 작성 시간은 대부분 刻書의 연대와 비슷하다. 그러나 다음과 같은 것을 주의해야 한다. 첫째, 서문 중에 기록된 연원에 어떤 것은 甲子를 기록하였으니, 세심하게 심의해야 하는 바, 그렇지 않으면 최소한 60년의 차이가 있게 될 것이다. 둘째, 편찬

---

286) 中國書店, ≪古籍版本知識≫(油印本).

자의 '自序' 이외 기타의 '序'에서 그 내용이 刻書의 상황을 언급하고 있는지 그 여부를 세심히 보아야 한다. 셋째, 어떤 翻刻本은 原序를 새겨 넣었으므로 기타 근거를 찾아 原刻을 잘못 정하지 말아야 한다.

(2) 題識와 跋語, 유명 장서가의 藏章에 근거하여 식별:
① 題跋識語: 도서의 卷首, 卷尾 혹은 속표지에는 종종 장서가의 題識와 跋語가 있는데, 판각의 시대, 내용의 오류 수정, 소장의 원류 등을 서술하여 밝힌다.
② 藏章: 장서가는 자기의 소장임을 드러내기 위해, 항상 책의 머리, 꼬리, 序, 目 등에 성명, 別號, 室名 등의 藏章을 새긴다. 만약 전문가라면 비교적 쉽게 수장자의 본래 성명을 찾기 쉽겠지만, 그러나 전문가가 아닐지라도 몇몇 공구서를 이용하여 이리저리 추적한다면, 수장의 출처를 이해하여 판본 시간의 하한문제를 해결하는 데 도움이 될 것이다.

(3) 서명의 직함에 근거하여 식별: 서명 앞에 붙은 존칭, 즉 皇朝, 國朝, 昭代 등은 대부분 그 당시에 새긴 것이다. 예를 들면, ≪國朝詩鐸≫은 淸刻本의 서명이고, 해방 후의 印本은 ≪淸詩鐸≫이라고 칭하였다.

(4) 避諱字에 근거하여 식별: 봉건왕조는 帝王의 이름에 대해 피휘를 하였는데, 宋刻의 諱字는 매우 심하여, 필획을 줄이든지 글자를 바꾸거나 혹은 이름 부분에 '御史', '今上御名' 등의 글자를 더해야 하였으며, 本字를 피휘해야만 한 것이 아니라 이름도 꺼려 또

한 피휘해야 하였다. 元刻은 宋人만큼 엄격하지는 않았다. 그 외 일반 가정에서도 연장자에 대해 피휘하는 것을 家諱라고 하였는데, 宋人 陸游의 아들 陸遹은 《渭南文集》를 각인하면서, '游'字의 획을 줄였다. 각조의 피휘의 예는 陳垣 선생이 지은 《史諱擧例》 권8에서 조사할 수 있으며, 피휘를 이용하여 판본을 감정할 때는 후대의 前朝에 대한 피휘와 판각 및 복각에 연이어 고쳐지지 않은 상황을 고찰해야 한다.

(5) 刻工의 성명에 근거하여 식별: 宋朝의 판본은 版心의 하단에 항상 刻工의 성명이 있다. 예컨대 刻本에 姓名은 있으나 그 시대를 알지 못하지만, 다른 刻本에 같은 성명이 있고 또한 확실한 시대를 알 수 있다면, 상호 비교 증명이 되므로 판본을 감정하는 데에 유력한 근거가 된다.

(6) 行款字數에 근거하여 식별: 한 서적이 많이 판각되었으나 그 行款[글자의 배열과 행간의 체재]과 字數가 다르다면, 판본식별의 근거로 삼을 수 있다. 清人 江標가 집일한 《宋元本行格表》와 近人 趙鴻謙이 집일한 《宋元本行格表》(《中央大學國學圖書館第一年刊》)는 모두 참고로 제공될 만하다.

(7) 각 전문가의 저록에 근거하여 식별: 적지 않은 목록서 중에는 종종 字體, 紙張, 行款, 版式, 卷數 등의 판본자료를 기록하였다. 이런 저록자료는 판본을 식별하는 참고가 된다. 그러나 翻刻本에 제멋대로 고친 것이 있는지를 주의해야 하는데, 예를 들자면 《籌海圖編》이라는 책은 목록서에 대부분 "胡宗憲 撰"이라고 기록되

어 있으나 실제는 鄭若曾이 편찬한 것이다. 원판이 불에 타 버렸기에 胡氏의 자손이 번각하면서 胡撰이라고 마음대로 고쳤지만, 후일 祖本을 얻게 되면서 鄭撰인지를 알게 되었다.

(8) 판각 자체의 특징에 근거하여 식별: 각 시대의 刻本에는 각기 풍격이 있는데, 주로 字體, 墨色, 用紙, 版式, 裝幀 등 방면의 특징에서 식별된다. 예컨대, 宋刻本의 字體는 초기 歐陽詢體, 중기 顏眞卿體, 말기 柳公權體라는 설이 있으며, 版式은 초기에는 單欄이 많다가 후기에는 좌우 雙欄, 상하 單欄, 白口單魚尾가 되었으며, 대부분 刻工의 이름과 牌記가 있고 胡蝶裝이며, 먹의 색은 옅고 종이는 대부분이 새하얗고 두텁다. 舊紙의 背面印을 사용한 것은 감별에 더욱 유리하다. 明刻本의 字體는 초기에는 宋을 모방한 것 및 趙孟頫體였으며, 중기에는 顏眞卿의 字體와 유사하였고, 말기에는 宋代의 字體를 길게 늘인 것이 되었다. 판식은 四周雙欄인데 초기에는 굵은 黑口이었다. 正德 이후에는 白口가 대부분이었으며, 版心에는 字數와 刻工을 기록하였고 牌記가 있다. 包背裝과 線裝이다. 먹은 좋지 않고, 종이는 嘉靖 이전에는 綿紙, 嘉靖 이후에는 竹紙가 많았다. 이런 것은 다만 일반적인 상황을 가리킬 뿐이고 또한 몇몇 다른 상황이 있으므로 한 단면만을 보아서는 안 될 것이다.

상술한 8가지 방면은 다만 주요한 근거만 말하였을 뿐이고 빠짐없이 개괄한 것은 아닌 바, 판본 전문저서를 읽고 실물을 보고 주의 깊이 변별하여 경험을 누적함으로써 날마다 숙달해야 할 것이다.
校鈔本의 식별에는 일반적으로 4가지 표준이 있다.

① 각 시대의 書法과 기풍을 분명히 알아야 한다.

② 각 시대의 紙墨 질량을 분명히 알아야 한다.

③ 각 家의 室名, 別名, 圖章, 印色에 익숙해야 한다.

④ 서적을 베껴 쓴 각 전문가가 사용한 종이를 변별해야 한다.

이 4가지 표준은 모두 형식 방면에서 고찰한 것이다. 필자는 습관적으로 항상 鈔本의 가치를 刻本書보다 높이 보는 까닭에, 진위 문제를 주의하여, 형식의 고찰 외에 또한 서적의 내용도 주의해야 한다고 생각한다. 첫째, 서적의 내용이 작자의 시대와 상부하는지의 여부, 둘째, 초본 내용이 몇몇 希見 간본 중에서 베껴 온 것인지의 여부, 셋째, 내용이 많은 책에서 잡다하게 베껴 쓰거나 비슷하게 베껴서 쓴 것인지의 여부를 주의해야 한다.

活字版의 감정은 일반적으로 그것과 雕版書의 차이에 주의해야 한다.

① 活字版의 欄線, 邊線의 접점은 완전히 맞물리는 것이 아니라 간격이 있으며, 어떤 것은 세로 선이 있기도 하고 없기도 한데, 雕版書에는 이러한 현상이 없다.

② 活字版은 글자를 늘어놓았으므로 행렬이 가지런하지 못하고 글자가 옆으로 삐뚤어지거나, 심지어는 도치되기도 한다. 雕版書의 행렬은 일관되며 글자도 뒤집어지지 않는다.

③ 活字版은 매 글자를 한 번씩 새긴 것이어서, 자체의 크기와 필획의 조밀이 다르다. 雕版은 한숨에 완성되었으므로 자체가 균일하며 필획도 기본적으로 같다.

④ 活字版은 인쇄를 배열할 때 凹凸이 있기에 묵색의 농도에 경중이 있으나, 雕版의 판면은 평평하고 묵색도 비교적 균일하다.

⑤ 活字版의 글자는 각기 틀이 있기에 글자가 교차되지 않으나,

雕版은 각 항의 구조가 볼만하지만 글자가 교차될 때가 있다.

⑥ 活字版은 판을 배열할 때 상하의 欄線이 일정한 거리가 있으므로 책의 배(書口) 上下欄線이 가지런하나, 雕版은 서판의 두께와 판심의 크기가 달라 下欄만 가지런하고 上欄은 가지런하지 않다.

⑦ 活字版은 현장에서 폈다 접었다 할 수 있기에 판면이 균열되지 않으나, 雕版은 시간이 오래되면 균열이 나타난다.

활자본이 아마도 감정에 비교적 쉬워 보이는 듯하나, 활자를 영인 판각한 판본은 주의해야 한다. 그것은 활자본의 특징을 갖추고 있으나 조판인데, 다행인 것은 이런 판본의 수량이 비교적 적으니, 현재 우리가 두루 알고 있는 것으로는 明代에 影印한 銅活字本 ≪錦綉萬花谷≫, 明 ≪蔡中郎集≫, 淸의 廣雅書局에서 영인한 內聚珍의 각 서적 등 몇 종이 있다. 사실상 欄線의 접점, 먹색, 종이, 판면에서 자세하게 고찰하면 또한 같지 않은 부분이 있을 것이다.

요컨대 판본의 감별에서 가장 중요한 것은 증험에 있으며, 문자 기록은 다만 보조적인 지식으로 우리들에게 어느 방면에서 고찰을 착수해야 하는지를 알려 줄 뿐이다. 만약 일부 초보적인 지식을 알았다고 한다면 감별을 할 수 있기는 하겠지만, 그것은 실제적이지 못하다. 어떤 서적은 아직도 논쟁이 되고 있으니, 즉 ≪萬寶詩山≫의 경우는 淸代 저명 판본학자 錢謙益, 季振宜, 陸心源, 莫友芝 등이 모두 宋本으로 감별하였으나, 일본학자 島田翰은 明 宣德 말의 판본이라고 하였고, 近人 葉德輝는 明 正統本이라고 하였으며, 현대 판본전문가 趙萬里는 元 建陽本이라고 하였다.

마지막으로, 필자는 판본 감정의 문제에 대한 몇 가지 천견을 제기하고자 한다.

① 판본 감정은 오직 한 개인 혹은 몇 가지 방면에만 의거하여 판단해서는 안 되고, 여러 방면에서 종합적으로 고찰해야 하며, 또한 시대적 기타 요소(예를 들어 문화 발전의 상황)와 도서 내용을 결합하여 고찰해야 한다.

② 판본 감정에 필요한 지식 방면은 매우 광범위한데, 일반적으로 文史의 지식 외에, 즉 서체, 도장, 묵색, 종이, 포장, 문자 및 시대의 기풍, 사회의 풍속 등 방면의 지식도 모두 섭렵해야 하는바, 따라서 단순한 기술적 방면에서 생각할 수 없으므로 조금씩 광범위한 지식을 장악해야 할 것이다.

③ 판본 감정은 판본 관련의 문헌 기록과 목록서 중에 저록된 판본 자료를 많이 열독하고 숙지해야 한다. 또한 새롭게 출토된 문헌을 주의해야 하는바, 예를 들자면 長沙 馬王堆 漢墓에서 출토된 帛書 ≪老子≫ 甲乙本, ≪戰國策≫, ≪易經≫ 등은 모두 판본의 영역을 확대하였다.

④ 판본 감정은 모든 가능한 기회를 이용하여 실물을 많이 접촉해야 하는데, 적어도 書影과 훌륭한 그림·시·문장 등을 편집한 수집첩287)과 같은 것을 많이 봄으로써 지식 감성을 증가시키고 시야를 넓히며 또한 직접 보고 얻은 것은 문헌과 상호 대조해 보아야 한다.

⑤ 판본 감정은 전문가의 가르침을 많이 청해야 하며, 더욱이 연로한 수장가와 출판업가의 경험과 견해를 중시하고 총괄하여야 하며, 그들의 감상 혹은 비평을 경시해서는 안 된다.

---

287) 書影은 각종 善本의 교정쇄를 영인한 것으로, 매 종류마다 12쪽을 인쇄하여 설명을 부가하는데, 字體와 版式은 원본과 같다. 수집첩은 각종 善本의 12쪽씩을 가려 뽑아 한데 모은 것인데, 原書의 면모는 모두 유지해야 하며, 蘇州의 ≪文學山房明刻集錦≫이 그것이다.

제3절 校勘學 槪說

1. 교감학과 목록학의 관계

교감은 劉向의 교서목록 작업의 한 순서로 목록을 편찬하는 중요한 전제 과정이며, 당시는 교수라고 칭하였다. 劉向은 일찍이 교수에 대해 다음과 같이 정의를 내렸다.

> 한 사람이 독서를 하며 그 상하를 교감하여 그 오류를 찾는 것을 '校'라 하고, 한 사람은 판본을 들고 한 사람은 서적을 읽으면서 마치 원수처럼 대하는 것을 '讎'라 한다.(一人讀書, 校其上下, 得其謬誤爲校; 一人持本, 一人讀書, 若怨家相對爲讎.)[288]

이 해석은 교수의 성질과 함의에 대해 명확하게 이야기하였으나, 사실 우리가 현재 고적을 정리할 때 문자를 대조하는 교감 작업이다. 劉向은 校書 작업을 6단계, 즉 여러 판본 구비, 문자 교감, 편차 심의, 서명 확정, 분류 확정, 원류 서술로 나누었으며, 가장 마지막에 이러한 단계의 성과를 각 서적의 서록으로 쓰고, 다시 각 서록을 모아 목록서 ≪別錄≫을 지었다. 교감은 그 중 두 번째 단계이다. 따라서 교감과 목록은 목록학이 처음 지어질 때부터 상호 병존하고 서로 관련된 부분이라 하겠다.

---

288) ≪昭明文選·魏都賦≫의 李善注에 인용된 ≪風俗通≫.

목록서 저록 항목의 하나인 판본은 오직 이본만을 나열하는 것도 물론 가능하지만, 수준이 있는 판본 목록이라면 응당 또한 그 차이를 설명하고 평론한 바가 있어야 할 것이다. 지금 增訂 ≪四庫簡明目錄標注≫의 저록을 예로 들어 보기로 한다.

○ ≪史記集解≫ 130卷條의 작은 글자로 쓰인 注에는 다음과 같이 부기되어 있다.

汲古閣刊本과 毛刻單集解系翻北宋本은 正文과 각 판본이 차이가 많다.(汲古閣刊本·毛刻單集解系翻北宋本, 正文與各本多異.)

○ ≪新唐書糾繆≫ 20권조에서는 다음과 같이 말하고 있다.

세상에 통행되는 판본은 누락되고 뒤섞인 것이 많아서, 지금 南宋의 판본으로써 교감하여 보충한다.(世所行本多佚脫倒亂, 今以南宋槧本校補.)

이런 저록은 비록 몇 마디의 말에 지나지 않으나, 이른바 각 판본과 차이가 많고 누락되고 뒤섞인 것이 많은 저록 자료 등은 만약 몇몇 이본의 상호 교감을 거치지 않는다면 붓을 대기가 어려울 것이므로, 목록서에 쓰인 이 교감의 성과는 후인들이 독서와 학술 활동을 하는 데에 대해 큰 도움이 될 것이다. 이런 예는 몇몇 목록서 중에 많이 있다. 목록서가 판본을 저록한 자료는 일종의 개진이라 하겠는데, 교감을 거쳐 판본 자료를 저록한 것이라면 더욱 가치가 있을 것이다. 목록, 판본, 교감의 순환관계는 저록 항목에서 볼 수 있다.

提要目錄은 목록서 중에서 유구한 전통이 있는 우수한 체재이다. 그것의 서록 부분은 교감 성과를 포괄한다. 이것은 劉向 시기부터 이미 시작되었다. 劉向은 內廷에 소장된 ≪古文尚書≫와 歐陽, 大小夏侯 ≪三家經文≫을 서로 비교하고 교감한 이후 탈오를 발견하여, 그 성과를 목록서에 다음과 같이 기록하였다.

> 나는 中古文으로써 歐陽, 大小夏侯 三家의 經文을 교감하였다. ≪酒誥≫는 탈간이 하나이고, ≪召誥≫는 탈간이 둘이며, 모두 簡이 25자이면 脫字 또한 25개이고, 簡이 22자이면, 脫字 또한 22자이다. 문자가 다른 것이 7백여 자이고, 탈자가 수십 개이다.(臣向以中古文校歐陽, 大小夏侯三家經文. ≪酒誥≫脫簡一, ≪召誥≫脫簡二, 率簡二十五字者, 脫亦二十五字, 簡二十二字者, 脫亦二十二字. 文字異者七百有餘, 脫者數十.)[289]

이것은 각기 다른 簡書를 상호 교감한 후의 결과를 서록에 써넣은 것으로서, 가장 이른 校勘記이다. 후대의 提要目錄 중에는 항상 이런 교감 자료가 쓰여 있다. 예를 들어 ≪四庫全書總目≫ 권45 ≪史記正義≫條는 전체 提要가 ≪史記≫ 震澤王氏 刊本과 明 監本을 상호 교감한 후에 明監本의 탈오 상황을 쓴 것이다. 또한 권51 吳 韋昭 注 ≪國語≫ 21卷條의 提要에는 일찍이 다음과 같이 기록하였다.

> 韋昭의 注本은 ≪隋志≫에는 22권, ≪唐志≫에는 20권으로 되어 있다. 이 판본은 처음부터 끝까지 완전하게 갖추어졌으며, 실제 21권이다. 여러 학파가 전한 南北宋版은 차이가 없는 것이 아니나, ≪隋志≫는 '一'자를 잘못 썼고 ≪唐志≫는 '一'자가 누락되었음을 알

---

289) ≪七略別錄佚文≫(≪師石山房叢書≫ 本).

수 있다.(昭所注本, ≪隋志≫作二十二卷, ≪唐志≫作二十卷. 而此
本首尾完具, 實二十一卷, 諸家所傳南北宋版, 無不相同, 知≪隋志≫
誤一字, ≪唐志≫脫一字也.)

이런 내용은 모두 이본의 교감을 통해서 얻을 수 있는 자료이다.
따라서 교감 자료 또한 서록 내용 중의 하나라고 하겠다.

이상 목록의 창제, 목록의 저록 항목 그리고 목록의 제요 내용으
로부터 목록과 교감의 밀접한 관계를 볼 수 있다.

2. 교감과 교감학

교감의 명칭은 비록 늦게 나왔다 하나, 그것의 실제 활동의 연원
은 비교적 이르다. ≪國語·魯語下≫에는 魯大夫 閔馬父가 景伯
에게 한 말을 다음과 같이 기록하였다.

> 옛날 正考父는 商頌 12편을 周太師에게 교감하게 하였다. <那>篇을
> 첫 편으로 하였다.(昔正考父校商之名頌十二篇於周太師. 以<那>爲首.)

正考父는 孔子의 7세조로, 周末의 宋國大夫이다. 이 기록의 세
부 줄거리는 이미 알 수 없으나, 이본을 이용한 교감의 활동인 것
은 틀림없다. 孔子가 詩書를 정리한 것은 비록 교감의 일이라고
표명할 수 없으나, 이른바 '그 중복된 것을 없앤 것'(去其重)[290]으
로 볼 때, 만약 이본을 교감하지 않았다면 중복을 없앨 수 없었을
것인 바, 따라서 孔子의 詩書 산정에는 반드시 교감 활동이 필요

---

290) ≪史記≫ 권47 <孔子世家>.

했을 것이다. 孔子의 학생 子夏는 일찍이 衛나라에서 '晉師三豕涉河'가 '晉師己亥渡河'의 오류임을 교정하여, 글자가 비슷한 오류의 예를 제기하였다.291) 劉向 부자가 교서를 할 때 교감 작업을 한 걸음 더 나아가게 하여 '교수'라고 칭하고 정의를 내리면서 교감이 비로소 강령을 갖추게 되었지만, 그러나 아직 전문적으로 종사한 것은 아니었다. 교수를 전업으로 삼은 것은 마땅히 東漢 말년 鄭玄이 여러 經書를 정리한 것에서 정식으로 시작된다. ≪後漢書·鄭玄傳論≫에서는 다음과 같이 말하였다.

> 鄭玄은 大典을 총괄하고 여러 학파를 망라하여 번잡한 것을 삭제하고 누실된 것을 고쳐 판각하였다. 이로부터 학자들은 대략적으로 서적이 귀속되는 바를 알게 되었다.(鄭玄囊括大典, 綱羅衆家, 刪繁裁蕪, 刊改漏失. 自是學者略知所歸.)

'누실된 것을 고쳐 판각하다'(刊改漏失)란 당연히 교감 작업을 말한다.

清人 段玉裁는 이 발전의 과정을 다음과 같이 개괄하였다.

> 校書는 언제 시작되었는가? 孔子, 子夏에서 시작되었다. 孔子와 子夏로부터 그 후 漢 成帝 시기 劉向 및 任宏, 尹咸, 李柱國은 각기 그 특기를 드러내어 상주하였다. 劉向이 죽자 劉歆이 그 遺業을 마쳤다. 이때에 校讎가 있었고, 대나무와 비단이 있었으며, 대개 매우 상세하였다. 그러나 천고의 대업은 鄭玄보다 더 뛰어난 사람이 없었다.(校書何放乎? 放於孔子, 子夏. 自孔, 卜而後, 漢成帝時, 劉向及任宏, 尹咸, 李柱國, 各顯所能奏上. 向卒, 歆終其業. 於時有讎有校, 有竹有素, 蓋綦詳焉. 而千古之大業, 未有盛於鄭康成者也.)292)

---

291) ≪呂氏春秋·察傳≫.
292) 段玉裁, ≪經義雜記≫ 序.

魏晋 이래로 政府의 교서 활동이 있었기에 일부 교감 작업이 있었을 것이라고 하지만, 교감 작업의 발전 상황에 대한 구체적인 기록은 많지 않다.

唐代에는 교감 작업이 더욱 중시되었다. 국가 대규모의 교서 이외에, 개인의 교감 작업도 매우 성취가 있었으니, 아래의 예문에서 보는 바와 같다.

> 韋述은 서적 2만 권을 모아 모두 직접 鉛活字本으로 교정하였는데, 비록 御府라도 미치지 못하였다.(韋述聚書二萬卷, 皆自校定鉛槧, 雖 御府不逮也.)293)

宋代는 목록, 판본 등 여러 학술의 발전에 따라 교감도 크게 성행하였는데, 더욱이 전대의 바탕 위에서 조례를 제정하고 방법을 제기하였으며 또한 전문적으로 종사하는 인재가 있었다. 교감은 宋代에 이르러 이미 독립된 학문, 즉 교감학이 되었다고 말할 수 있다.

宋朝의 정부는 교감을 자못 중시하였다. 교서의 기관은 특별히 교감조례를 정하여 교감 작업의 기준으로 삼았다. 조례에서는 다음과 같이 말하고 있다.

> 여러 글자에 오류가 있으면 雌黃으로 지우고 다시 쓴다. 혹 많으면 雌黃으로써 圈點을 표기하고, 적으면 글자 옆에 첨가한다. 글자 옆에 주를 할 수 없으면, 즉 붉은 권점을 표기하여 본 행의 위아래 여백에 적는다. 도치되었으면 두 글자 사이에 '乙'字를 쓴다. 여러 자구를 증정하거나 끊어진 부분에는 측면에 바로잡는다. 人名, 地名, 物名 등을 세분하려면 그 중간에 작은 점을 찍는다.(諸字有誤者, 以雌 黃塗訖, 別書. 或多者以雌黃圈之; 少者於字側添入; 或字側不容注者,

---

293) ≪舊唐書≫ 권102 <韋述傳>.

卽用朱圈, 仍於本行上下空紙上標寫; 倒置, 於兩字間書乙字; 諸點語
斷處, 以側爲正; 其有人名, 地名, 物名等合細分者, 卽於中間細點.)294)

이 조례는 잘못된 글자를 고치고 각종 구두의 격식을 상세하게
규정하였는데, 이것이 시행된 지 오래된 공개 규정인 것은 그 이전
의 사대부들에게 이미 영향을 미쳤기 때문이다. 沈括은 ≪夢溪筆
談≫에서 館閣의 교서 교정 작업을 다음과 같이 기록하였다.

> 館閣 新書의 새 판본에 오류가 있으면 雌黃으로써 지운다. 일찍이
> 교정의 방법에는 깎고 닦아 종이를 상하게 하거나 종이를 붙여 떨어
> 지기 쉬웠으며, 분으로 칠하면 글자는 없어지지 않고 몇 번을 덧칠해
> 야만 비로소 없어졌다. 오직 雌黃은 한 번만 칠하면 없어지고 오래
> 되어도 떨어지지 않는바, 고인은 그것을 '鉛黃'이타 하였으며 대개
> 흰색을 사용하였다.(館閣新書淨本有誤書處. 以雌黃塗之. 嘗校改正之
> 法, 刮洗則傷紙, 紙貼又易脫, 粉塗則字不沒, 塗數遍方能漫減. 唯雌
> 黃一漫則減, 仍久而不脫, 古人謂之鉛黃, 蓋用之有素矣.)295)

이러한 교감 방법의 규정은 北宋 이래 이미 실행되었음을 볼 수
있다. 이런 구체적인 규정은 전인의 경험에서 총결하여 나온 것으
로 절대 허구로 꾸민 것이 아니다. 그것은 교감의 일이 宋代에 이
미 일정한 수준으로 발전하였음을 반영한다.

宋代의 개인 교감 작업은 더욱이 유명한 전문가를 배출하였다.
이런 사람들은 교감을 이미 하나의 전문 학문으로 연구하였다. 그
들은 모두 풍부한 경험과 깊은 체득을 갖추고 또한 구체적이며 세
밀한 교감 방법을 종합하였다. 沈括의 ≪夢溪筆談≫ 중에는 일찍

---

294) ≪南宋館閣錄≫ 권3.
295) 宋 沈括, ≪夢溪筆談≫ 권1.

이 北宋 초년 교감학가 宋綬의 교감과 藏書의 이야기가 다음과 같
이 기록되어 있다.

> 宣獻 宋綬는 박학하고 異本을 소장하길 좋아하여 모두 손수 校讎하
> 며 항상 校讎는 청소하는 것과 같다고 하였다. 한 면을 쓸면 한 면
> 이 살아나니, 한 책을 매번 서너 차례 校勘하여도 여전히 오류가 있
> 다.(宋宣獻博學, 喜藏異書, 皆手自校讎, 常謂校書如掃塵. 一面掃,
> 一面生, 故有一書每三四校, 猶有脫謬.)296)

宋綬의 뼈저린 체득은 교감 작업이 쉽지 않음을 설명한다.

宋代의 교감 작업과 교감가에 대한 기록은 많다 하겠는데, 예를
들면 金石學家 趙明誠과 저명 女詞人 李淸照는 공통으로 '書癖'
을 지닌 부부로서, 그들은 매번 한 서적을 얻으면 함께 교감하고
籤題를 정리하였다.297) 목록학가 晁公武는 "몸소 朱黃으로 오류를
교수한다."라고 자화자찬 하였다.298) 張擧는 손수 수만 권을 교수
하여 착오가 없었다고 한다.299) 기타 예도 많다. 따라서 淸人은 총
괄하여 말하길, "교수의 학은 宋儒가 저버린 것이 아니다."300)라고
하였다.

宋代의 많은 교감가 중에서 岳珂가 가장 유명하다. 그는 판본학
가이며 교감학가이다. 그는 이본을 광범하게 모집하는 작업을 하였
을 뿐 아니라, 또한 일련의 교감 방법을 총괄하였다. 淸代의 교감
학가 錢泰吉은 일찍이 그의 저서 중에서 岳珂가 여러 서적을 교감

---

296) 上同, 권25.
297) 宋 趙明誠, ≪金石錄後序≫: "每獲一書卽同共校勘, 整集籤題."
298) ≪郡齋讀書志≫ 序: "躬以朱黃校讎舛誤."
299) ≪宋史≫ 권458 <張擧傳>: "手校讎萬卷, 無一舛誤."
300) 淸 謝章鋌, ≪課餘偶錄≫ 권3(≪賭棋山庄集≫): "校勘之學, 宋儒所不廢."

한 상황을 다음과 같이 기술하였다.

> 宋 岳珂는 '九經三傳'을 간행하여 집안에 여러 판각을 소장하였는데,
> 興國于氏, 建安 余仁中의 판본을 포함하여 대개 20여 종의 판본이
> 있었다. 또한 越 중의 舊本으로 注疏를 하였으며, 建本에는 音釋注
> 疏가 있고 蜀注疏는 모두 23본이 있었기에, 오로지 本經의 전문가를
> 불러 반복 교정하게 한 후에야 훌륭한 刻工에게 단각하도록 명하였
> 다. 그 편찬된 相臺書塾의 간행 九經三傳의 연혁 전례는 書本, 字
> 畫, 注文, 音釋, 句讀, 脫簡, 考異에 모두 그 조목이 나열되어 있어
> 그 자세한 것을 알 수 있다.(宋岳倦翁刊九經三傳, 以家塾所藏諸刻,
> 幷興國于氏, 建安余仁仲本, 凡二十本. 又以越中舊本注疏, 建本有
> 音釋注疏, 蜀注疏合二十三本, 專屬本經名士, 反復參訂, 始命良工
> 入梓. 其所撰相臺書塾刊正九經三傳沿革例, 於書本·字畫·注文·
> 音釋·句讀·脫簡·考異皆羅列條目, 可見其詳審矣.)301)

이 단락의 문장은 岳珂가 교감학에 대해 세운 두 방면의 공헌을
지적하였다. 첫째는 岳珂의 "오직 本經의 전문가를 불러 반복하여
교정하였다."(專屬本經名士, 反復參訂)라는 말은 전문 인재의 교감
이 중요하다는 문제를 제기한 것으로서, 전문가를 이용한 전문 도
서의 교감은 적은 노력으로 많은 효과를 거두는 효율적인 조치이
다. 둘째는 판본에서 교정까지의 7단계는 바로 일련의 교감 순서인
데, 즉 광범위한 이본 수집, 字畫의 정밀 심의, 注疏의 정정, 音釋
의 상세한 해석, 句讀 점검, 脫誤 조사, 차이 고찰이 그것이다. 여
기서 교감학의 작업 순서가 이미 정해져 후대에도 대부분 연용이
되었다. 이런 일련의 순서를 거쳐 刊刻된 서목이 良本이라 하겠으
며, 그 성과를 목록에 넣으면 목록이 중요한 학술적인 내용을 더하
게 될 것이다.

---

301) 淸 錢泰吉, ≪曝書雜記≫(≪甘泉鄕人稿≫ 권7).

明代에도 비록 교감의 일이 있었으나, 明人의 아무렇게나 고치는 악습은 도서의 재난을 초래하였다. 이러한 잘못된 풍기는 淸代에 이르러서야 비로소 개정되었다.

교감학은 淸代에 극도로 발전하였으며, 교감학이 전문 학문의 지위가 된 것 또한 이 시기에 결정이 된 것으로, 바로 梁啓超가 다음과 같이 말한 바와 같다.

> 古書는 전래가 드문 것일수록 그 傳鈔와 重刻에 오류가 더욱 많아져 읽을 수가 없게 되어 그 서적이 폐기된다. 淸代의 유학자는 善本을 두루 수집하여 교정하였다. 교감은 그리하여 전문적인 학문이 되었다.(古書傳習愈希者, 其傳鈔踵刻, 訛謬愈甚, 馴致不可讀, 而其書以廢. 淸儒則博徵善本以校勘之. 校勘遂成一專門學.)302)

교감학이 淸代에 흥성한 까닭은 바로 도서가 와전되어 이해하기에 어려워 독서와 학술 활동에 어려움이 있어서인데, 이것은 현실상의 객관적인 요구였는 바, 그리하여 이 일에 종사하는 사람이 점점 늘어나고 교감의 방법도 날마다 완비되어, 학술 영역에서 독자적으로 독립된 門類가 되었다.

淸代 교감학의 발단을 연 것은 顧炎武이다. 그가 지은 ≪九經誤字≫는 바로 교감학 명저이다. 그는 이 책의 <自序>에서 다음과 같이 말하였다.

> 지금 천하의 ≪九經≫ 판본은 국가감에서 판각한 것을 준거로 하나 그 속에는 탈오가 실로 많다. 또한 ≪周禮≫, ≪儀禮≫, ≪公羊≫과 ≪穀梁≫ 두 傳은 이미 學官에 들어가지 않아 그 학문이 거의 없어졌다 하겠는데, ≪儀禮≫는 또한 다른 판본이 없어 그 탈오를

302) 梁啓超, ≪淸代學術槪論≫ 16.

교수해야 하는 것이 여러 經보다 더욱 심하다. 선비가 각기 한 經에 전문적이고자 하나, 시골의 궁핍한 유가들은 모두 監本을 얻을 수 없어 그저 서점에서 유전된 판본만 익힐 뿐인즉, 그것은 종종 監本과는 다르므로 經術이 순통하지 못하고 인재가 날마다 떨어지는 것도 이상한 것이 아니다. 나는 關中에서 唐 石壁의 ≪九經≫을 보고 다시 옛날 모본을 얻어 읽었는데, 비록 잘못된 것이 없지는 않지만 지금 監本의 오류를 바로잡아 놓기에 족하므로 후학들에게 알리는 것이니 역시 常道를 벗어나는 데에 일조한다 할 것이다.(今天下九經 之本, 以國子監所刻者爲據, 而其中訛脫實多. 又周禮·儀禮·公羊· 穀梁二傳, 旣不列於學官, 其學殆廢, 而儀禮則更無他本可讎其訛脫, 尤甚於諸經. 若士子各專一經, 而下邑窮儒, 不能皆得監本, 止習書 肆流傳之本, 則又往往異於監本, 無怪乎經術之不通, 人材之日下也 已. 余至關中見唐石壁九經, 復得舊時摹本讀之, 雖不無蹐駁, 而有 足以正今監本之誤者列之, 以告後學, 亦庶乎離經之一助云.)[303]

계속하여 戴震, 段玉裁 등의 저명 학자들이 이어져 나왔으며, 그들은 학술 연구에서 교감 작업을 진행하였을 뿐 아니라, 또한 어떻게 교감을 하는가의 방법과 교감에 대한 요구를 제기하였다. 戴震은 두 가지의 기본 방법을 제기하였다.

① 識字: 그는 識字에서 시작하여 聲音을 알게 되고, 聲音에서 訓詁를 이해하며, 訓詁로 인해 글자의 진의를 얻을 수 있다고 주장하였다.

② 博徵: 바로 증거 자료를 광범위하게 찾는 것으로, 증거 자료가 없으면 긍정할 수 없으며 증거가 부족하여도 긍정할 수 없으니, 전인의 학설에 대해서도 찬성하지 못한다.

그는 교감학에 대한 요구를 다음과 같이 제기하였다.

---

303) ≪亭林先生遺書彙輯≫.

異文을 찾아 고증함으로써 經을 증정하는 도움으로 삼고, 또한 현존하는 漢儒의 箋注를 광범위하게 열람하여 訓詁를 종합적으로 고증하는 도움으로 삼아야 한다.(搜考異文, 以爲訂經之助; 又廣覽漢儒箋注之存者以爲綜考故訓之助.)304)

이것은 교감학을 한 단계 더 발전시켰다. 교감은 문자의 차이를 교정할 뿐 아니라 또한 訓詁의 是非를 규명해야 한다. 이런 요구는 段玉裁가 더욱 명확하게 제시하였다. 段氏는 친구와의 교감학 문제를 토론하면서, 두 가지의 시비 문제를 해결할 것을 제기하였는데, 바로 '底本의 시비'와 '立說의 시비'를 정하는 것이다.

> 교서에서 시비를 정하는 것이 가장 어렵다. 시비에는 두 가지가 있다. 저본의 시비와 입설의 시비이다. 반드시 먼저 저본의 시비를 정한 후에야 그 입설의 시비를 단정할 수 있다. …… 무엇을 저본이라 하는가? 저서의 稿本이 그것이다. 무엇을 입설이라 하는가? 저서에서 말하는 義理가 그것이다. …… 먼저 저본이 바르지 않으면 古人을 다분히 무고하게 할 것이다. 그 입설의 시비를 단정하지 않으면 현재 사람들에게 많은 오류를 줄 것이다.(校書定是非最難. 是非有二: 曰底本之是非, 曰立說之是非. 必先定底本之是非, 而後可斷其立說之是非. …… 何謂底本, 著書者之稿本是也; 何謂立說, 著書者所言之義理是也. …… 不先正底本, 則多誣古人; 不斷其說之是非, 則多誤今人.)305)

戴震과 段玉裁의 설은 교감학의 기초를 세워, 淸代 학자들이 교감을 하는 총체적인 방침이 되었는데, 바로 이본을 많이 준비함으로써 그 차이를 교감하고, 증거를 광범하게 수집하고 성운과 훈고로써 시비를 정하는 것이다.

---

304) 淸 戴震, ≪古經解鉤沈序≫(≪戴東原集≫ 권10).
305) 淸 段玉裁, ≪與諸同志論校書之難≫(≪經韻樓集≫ 권7).

교감학은 戴震과 段玉裁가 살았던 乾隆 시기에 이르러, 최고조의 시기로 발전하였다고 말할 수 있다. 李兆洛은 일찍이 그 일을 다음과 같이 개괄하였다.

> 乾隆 중에 가장 성행하였다. 위로는 큰 벼슬아치와 이름난 유학자에서부터 아래로는 博士의 학문 연구에 이르기까지 이 뜻을 통달하지 않은 자가 없으니, 당시 學士 盧抱經, 觀察 王懷祖 부자, 竹汀 錢詹事 등은 그 특기를 겸비하지 않음이 없었으며, 元和 顧澗蘋이 가장 으뜸이었다.(乾隆中極盛矣, 上自鉅卿名儒, 下逮博士學究, 無不通知此義, 一時如抱經盧學士 · 懷祖王觀察父子 · 竹汀錢詹事, 無不兼擅其長, 而元和顧君澗蘋尤魁杰者也.)[306]

그 중 盧文弨, 顧千里 두 사람은 특히 전문가라고 할 수 있다. 그들은 거의 일생의 정력을 모두 朱墨으로 교감하는 일에 쏟아부어, 고적에 대해 대량으로 正誤 작업을 하여 후학을 위해 믿을 만한 자료를 제공하였다.

盧文弨(1717～1795)는 字가 紹弓이고 號가 磯漁이며, 書室의 명을 '抱經'이라 제하였기에 학자들은 그를 '抱經先生'이라 칭하였다. 그는 학식이 넓고, 藏書를 좋아하였으며, 더욱이 교서를 좋아하여 매우 부지런히 힘을 다해 새벽부터 심야까지 모두 '책장을 넘겨 교감하며 朱墨으로 병기하는 작업'(翻閱點勘, 朱墨幷作)을 하였다. 그는 이본을 두루 수집하고 의견을 널리 청취하여, 심혈을 기울여 교감하였으며, 일생의 대부분의 정력을 바쳐, ≪群書拾補≫ 39권을 완성하였다. 이는 ≪魏書≫, ≪宋史≫, ≪金史≫, ≪新唐書≫, ≪新書≫, ≪新論≫ 등의 탈오 부분을 校正, 補佚하여 완성한 휘

---

306) 淸 李兆洛, ≪澗蘋顧君墓誌銘≫(≪養一齋文集≫ 권11).

편이다. 그는 唐人 陸德明의 ≪經典釋文≫의 체례를 참조하여, 각 서적 판본의 궐문과 탈간, 누락과 오류가 비교적 많은 것을 골라내어 개요를 주석하고 校正과 補佚을 하여 校語를 부가함으로써, 후인들이 오독을 면할 수 있도록 도움을 제공하였다. 그의 성취는 이미 그 당시 학자들의 중시를 두루 받았다. 錢大昕은 ≪群書拾補≫에 쓴 서문에서 다음과 같이 말하고 있다.

> 學士 盧抱經 선생은 경전의 훈고를 깊이 연구하고 여러 서적에 매우 박식하였다. 벼슬에 나아갔을 때부터 귀향하였을 때까지 판본을 하루라도 손에서 놓은 적이 없었다. 녹봉을 받아 여유가 있으면 모두 서적을 구입하였다. 귀하고 정밀한 판본이 있으면 번번이 베껴 기록하였다. 집안에 서적 수만 권을 수장하였으며 모두 손수 교감하여 자세히 살펴 오류가 없도록 하였다. 대개 교정한 것은 반드시 善本을 참조하고 다른 서적으로써 증명하였으며, 친구나 후학의 짧은 말이라도 좋은 것은 택하여 따랐으니, 진실로 '黃門侍郎 顔之推'라고 불림에 부합하다 하겠다. 宋次道·劉原父·貢父·樓大防 등 여러 사람들이 모두 미칠 수 없음이다.(學士盧抱經先生, 精研經訓, 博極群書. 自通籍以至歸田, 鉛槧未嘗一日去手. 奉廩修餔之餘, 悉以購書. 遇有秘鈔精校之本, 輒宛轉借錄. 家藏圖籍數萬卷, 皆手自校勘, 精審無誤. 凡所校定, 必參稽善本, 證以它書, 卽友朋後進之片言, 亦擇善而從之, 洵有合於顔黃門所稱者. 自宋次道·劉原父·貢父·樓大防諸公皆莫能及也.)[307]

嚴元照는 ≪書盧抱經先生札記後≫에서 그의 교감 작업을 다음과 같이 언급하였다.

> 盧文弨는 교서를 좋아하였다. 經傳, 子史에서부터 說部, 詩文集에까지 이른다. 대개 경적을 두루 열람하여 붉은색과 황색으로 표시하지

---

307) 淸 錢大昕, ≪盧氏群書拾補序≫(≪潛研堂文集≫ 권25).

않음이 없었으니, 즉 차이를 교감할 수 있는 다른 판본이 없더라도 반드시 자획을 고친 연후에야 기뻐하였다.(喜校書. 自經傳子史, 下逮 說部詩文集. 凡經披覽, 無不丹黃, 卽無別本可勘同異, 必爲之釐定 字畫然後快.)308)

다른 교감학가 顧千里(1766~1835)는 이름이 廣圻이며, 號가 澗 藚이고 自號는 思適居士이다. 그는 盧文弨와 같은 그러한 지위가 없어, 작업 조건이 비교적 떨어졌다. 그는 종종 다른 사람에 의해 고용되어 교감 작업을 하였는데, 예컨대 阮元을 대신하여 ≪十三 經注疏校勘記≫를 편찬하였으며, 후일 또한 계속해서 胡克家, 孫 星衍, 方維甸, 繼昌 등을 대신하여 교서하였다. 그는 교감학에 비 교적 높은 조예를 지니고 있다. 余嘉錫 선생은 일찍이 그의 교감 방법을 총괄하여 다음과 같이 말하였다.

매번 한 서적을 교서하면 먼저 本書의 詞例를 둘러보고, 다음으로 다른 서적의 인용을 구하여, 다시 고증의 시비를 결정한다. 한 가지 일이 여러 책에서 동일하게 보이나, 이 책이 오류면 다른 책을 참고 하여 그 오류가 없는 것을 얻어야 한다. 하나의 말이 각 학자에게서 함께 쓰이나, 이 책이 오류면 다른 책을 참고하여 그 오류가 없는 것 을 얻어야 한다. 문자, 음훈, 훈고는 經典에서 구한다. 典章, 官制, 地理는 史書에서 고증한다. 그리하여 최근 刊本의 오류, 宋元 刊本 의 오류 및 필사본의 오류가 확연히 드러나지 않음이 없으니, 마음이 환해져서 서적에서 뛰어오를 듯하였다. 그 후 의중을 순서대로 늘어 놓고, 살청하여 고쳐 쓰니, 교정하는 대로 정해졌다.(每校一書, 先衡 之以本書之詞例, 次徵之於他書所引用, 復決之以考據之是非. 一事 也, 數書同見, 此書誤, 參之他書, 而得其不誤者焉. 一語也, 各家幷 用, 此篇誤, 參之他篇, 而得其不誤者焉. 文字・音訓・訓詁則求之 於經. 典章・官制・地理則考之於史, 於是近刻本之誤, 宋元刊本之

---

308) 淸 嚴元照, ≪悔庵學文≫.

誤以及從來傳寫本之誤, 罔不軒豁呈露, 瞭然於心目, 躍然於紙上. 然
後臚舉義證, 殺青繕寫, 定則定矣.)309)

　　그는 평생 동안 많은 교서를 하였는데, 晚淸 학자 李詳은 일찍
이 그 대략을 다음과 같이 기록하였다.

　　宋于庭의 《鐵琴銅劍樓書目》의 序에서는 顧澗薲이 사람들을 위하
여 校刻한 서적으로는 鄱陽胡氏 《文選》·《資治通鑑》, 陽城張氏
《禮記鄭注》, 陽湖孫氏 《說文解字》·《唐律疏義》, 全椒吳氏
《韓非子》, 그리고 가장 마지막으로 吳門汪氏 《單疏儀禮》를 예
로 들 수 있다고 하였다. 李申耆 先生의 顧君墓誌에 의거하면, 宋于
庭이 든 예에는 또한 빠진 것이 있음을 알 수 있는데, 張氏의 《鹽
鐵論》, 孫氏의 《古文苑》, 吳氏의 《晏子》, 秦氏의 《揚子法言》·
《駱賓王集》·《呂衡州集》가 그것으로, 宋代에 모두 기록이 사라졌
다. 또한 《思適齋集》에 의거하면 《列女傳》·《焦氏易林》·《抱
朴子內篇》·《華陽國志》·《李元賓集》·《黃帝本行經》·《軒
轅黃帝傳》·《宋名臣言行錄》·吳元恭本 《爾雅》가 있는데 모두
潤薲에 의해 교각되었다. 宋于庭과 李申耆의 말을 합하면, 賓薲이 교
감 간행한 서적을 대략 볼 수 있다.(宋于庭鐵琴銅劍樓書目序稱顧潤
薲爲人校刻之書, 舉鄱陽胡氏《文選》·《資治通鑑》, 陽城張氏《禮
記鄭注》, 陽湖孫氏《說文解字》·《唐律疏義》, 全椒吳氏《韓非
子》, 最後吳門汪氏《單疏儀禮》. 據李申耆先生顧君墓誌知于庭所
舉尚有遺, 如張氏之《鹽鐵論》, 孫氏之《古文苑》, 吳氏之《晏子》,
秦氏之《揚子法言》·《駱賓王集》·《呂衡州集》, 宋俱失載. 又
據《思適齋集》如《列女傳》·《焦氏易林》·《抱朴子內篇》·
《華陽國志》·《李元賓集》·《黃帝本行經》·《軒轅黃帝傳》·
《宋名臣言行錄》·吳元恭本《爾雅》, 皆爲潤薲校刊. 合之宋·李
所言, 潤薲校行之書亦大略可睹矣.)310)

---

309) 余嘉錫, 《黃顧遺書序》(《余嘉錫論學雜著》).

310) 李詳, 《媿生叢錄》 권2; 淸 錢泰吉, 《曝書雜記》 下; 淸 陳康祺, 《郎潛紀聞》
　　 권8.

顧千里는 盧文弨처럼 우월한 물질 조건을 구비하지는 못했으나, 그가 고충을 감내하며 교감 사업에 힘써 盧文弨와 앞을 다투는 성취를 얻은 것은 확실히 쉽지 않은 일이었으니, 또한 후대 국내외 학자들이 그를 흠모하게 된 것은 이상할 것이 없다. 그의 연보는 즉 일본학자 神田喜一郎의 손에서 나왔는데, 그 연보에서는 그가 '淸代 교감학의 제1인자'라고 찬탄하였다.[311] 중국 근대의 維新思想家 馮桂芬은 ≪思適齋文集≫에 쓴 序에서 그를 더욱 추종하여 다음과 같이 말하였다.

元和 顧潤蕡 선생은 경학에 몰두하여 여러 서적을 두루 열람하였다. 先秦 이래 九流百家의 서적을 읽지 않은 것이 없다. 조정에서 四庫館을 개방할 때 국내의 遺書를 두루 수집함으로써 고적의 출현이 더욱 많아졌다. 선생의 이름은 이미 해내에서 유명하여, 장서가들은 이 본을 얻으면 선생에게 나아가 서로 대질하였다. 선생은 기록하는 데에 온 힘을 다하였으며, 견문이 더욱 넓어지면 잠시 여러 판본의 차이를 두루 종합하고 하나로 절충하였으며, 더욱이 가벼이 고치지 못하게 하고 힘써 그 참됨을 남겨서 교수를 잘하는 것으로써 유명하였다. ≪書經≫은 선생이 간행한 것으로, 藝林에서 귀하게 여겨 선후 30여 종이 있는데, 교감을 하고서도 간행되지 못한 것이 반이다. 그 교감이 많고 근면함이 이와 같은 즉, 또한 백여 년 동안 선생을 배워 뛰어넘지를 못했다. 또한 于惠 선생의 여러 문인 이후에는 별도의 학파가 시작되었다.(元和顧潤蕡先生潛心經學, 博覽群書. 自先秦以來, 九流百家之書無所不讀. 時朝廷開四庫館, 征海內遺書, 以是古籍之出尤多. 先生名旣重海內, 藏書家得異本必就先生相質. 先生記識, 精力絶人, 所見益廣, 輒爲之博綜群本異同, 折衷一是, 尤不肯輕改, 務存其眞, 遂以善校讎名. 書經先生付刊者, 藝林輒寶之, 先後積三十余種, 校成未及刊者尙半. 其多且勤如此, 則又百余年間, 未有之學而創之先生. 又于惠先生諸人後別開戶牖者也.)[312]

---

311) (日) 神田喜一郎, ≪顧千里年譜≫.

312) 淸 馮桂芬, ≪思適齋文集序≫(≪顯志堂稿≫ 권2).

이렇게 淸代에는 교감을 직업으로 하는 학자가 적지 않았는데, 예를 들어 ≪簡庄綴文≫과 ≪經籍跋文≫ 등 교감학 전문저서를 편찬한 陳鱣은 일생을 은밀한 것을 찾아 캐내고 혼란을 교정하며 跋文을 엮어 그 차이를 注疏하는 것에 종사하는 교감전문가였으며, ≪曝書雜記≫를 저술한 錢泰吉 또한 일생을 교감에 종사한 전문가이다.

이런 교감의 풍토는 晚淸에 이르러서도 여전히 많은 사람들의 중시를 받은즉, 光緖 시기 許增은 ≪唐文粹≫를 새기면서 정한 <凡例> 중에서 교감을 서적 간행의 조례 중의 하나로 삼아, 오류를 답습하는 '崇古'의 기풍을 반대할 것을 제기하며 실수를 개정하는 실사정신을 주장하였다. <凡例>에는 다음과 같이 기록되어 있다.

> 교수학은 두 가지 방법이 있다. 하나는 옛 모습을 추구하는 것이고, 하나는 옳은 것을 구하는 것이다. 옛 모습을 추구하는 사람은 宋元의 舊本을 얻어 일일이 다시 필사하여 조금도 남김이 없도록 기약하며 아울러 舊本에서 오류가 분명하거나 俗書의 國聖類 또한 반드시 답습하여 그 본래 모습을 보존한다. 옳은 것을 구하는 사람은 원본을 찾고 여러 서적을 수집하여 단점을 버리고 장점을 좇으며 유실된 것을 모으고 궐여된 것을 보충함으로써 판각되기 전의 필사자의 오류와 이미 판각된 후의 刻工의 실수를 바르게 하며, 평정심을 찾아 공평하게 잘 처리되도록 한다. 지금 이 판본을 판각하는 것은 대략 옳은 것을 구하는 예에 의거하였기에, 옛 모습을 추구하는 사람에 의해 비난됨을 면하지 못할 줄로 안다.(校讎之學二途: 一是求古, 一是求是. 求古者取宋元舊本, 一一復寫, 期於毫髮無遺, 并舊本顯然謬誤及俗書國聖之類, 亦必沿襲以存其眞. 求是者, 尋求原本, 搜采群籍, 舍短從長, 拾遺補闕, 以正未刻之前寫官之誤, 旣刻之後栗工之失, 求心所安, 以公同好. 今刻此本, 略依求是之例, 知不免爲求古者所譏.)

清初에서 淸末까지의 교감학 작업의 발전으로 보건대, 교감학은 확실히 학술상에서 상당한 공헌을 하였는 바, 따라서 淸末의 경학가 皮錫瑞는 경학 발전의 역사를 총괄하면서 일찍이 淸代의 경학 발전에 대한 교감학의 3가지 공헌, 즉 일서 집록(輯佚書), 교감 정밀(精校勘), 소학 정통(通小學)을 제기하였다. 등시에 또한 淸代의 교감학 성취를 다음과 같이 개괄하였다.

교수학은 ≪顔氏家訓≫, ≪匡謬正俗≫ 등의 서적에서 시작되었다. 宋의 三劉(劉敞·劉攽·劉奉世를 가리킴), 宋祁의 校史, 宋元 ≪說部≫에 이르기까지 간혹 교정이 있었으나, 매우 정밀하지 못하였으며, 說經 또한 전문분야가 아니었다. 淸朝에는 이로써 유명한 학자가 많았으니, 戴震, 盧文弨, 丁杰, 顧廣圻는 이 교감학에 특히 뛰어났다. 阮元 ≪十三經校勘記≫는 경학의 대해로, 나는 간혹 여러 학가의 총서를 보았지만, 오류를 증정 간행하여 의문을 구체적으로 해석하여 후학에 공이 있음이 또한 으뜸이다.(校勘之學, 始於 ≪顔氏家訓≫·≪匡謬正俗≫等書. 至宋有三劉, 宋祁之校史, 宋元說部, 間存校訂, 然未極精審, 說經亦非顓門. 國朝多以此名家, 戴震·盧文弨·丁杰·顧廣圻尤精此學. 阮元 ≪十三經校勘記≫爲經學之淵海, 余亦間見諸家叢書, 刊誤訂訛具析疑滯, 有功後學者, 又其一.)313)

또 다른 경학가 孫詒讓도 일찍이 淸代 교감학의 성취를 다음과 같이 개괄하였다.

그 성취를 종합하여 논하면, 대저 舊本의 精校本에 의거하여 그 세밀한 뜻을 탐구하고 그 대례를 통하여 깊이 생각하고 두루 고찰하여 선입견에 매이지 않았다. 그 문자의 오류를 시정하거나 本書에서 구하거나 혹은 다른 서적 및 인용된 유서를 傍證하고 聲類를 通轉하

313) 淸 皮錫瑞, ≪經學歷史·經學復盛時代≫.

는 것으로써 열쇠를 삼았으므로, 정독에 의문을 가지는 것이 돌연 부
합하는 것 같았다.(綜論厥善, 大氐以舊刊精校爲據依, 而究其微詣,
通其大例, 精思博考, 不參成見. 其說正文字訛舛, 或求之於本書, 或
旁證之它籍及援引之類書, 而以聲類通轉爲之鈐鍵, 故能發疑正讀, 奄
若合符. ……)314)

이상에서 말한 바와 같이, 淸代 교감학은 전인의 오류를 개정하
고, 善本古籍을 增訂하며, 독서와 학술 연구를 위한 편리를 제공
하는 등의 방면에서 긍정할 만한 일면이 있다. 그러나 또한 견강부
회하여 새로운 이본을 만들어 내고, 주관적인 억측에 의거해 古書
를 마구 고친 폐단이 일부 있다. 그것은 바로 孫詒讓이 다음과 같
이 말한 바와 같다.

그 폐단이란 形聲을 깨뜨리고 새로운 차이를 모아 억측으로 쉽게 고
쳐서 옳은 것을 틀리다고 하는 것이다.(及其蔽也, 則或穿穴形聲, 捃
撫新異, 馮臆改易, 以是爲非.)315)

만약 그 폐단을 없앤다면 교감의 방법에는 취할 만한 점이 여전
히 있다. 해방 후의 고적정리 사업은 대부분 조잡한 것을 제거하고
좋은 것만을 취하여 新版 고적에 대한 기본적인 교감을 진행하였
으며, 어떤 것은 교감기가 부록되어 있어 독서와 학문 연구를 위하
여 많은 장애를 제거해 주었다. 中華書局의 標點本 ≪二十四史≫
가 바로 그 한 예이다.

---

314) 淸 孫詒讓, ≪札迻序≫(≪籀膏述林≫ 권5).

315) 上同.

3. 교감학의 작용

교감학은 본디 역대 학자들에 의해 중시되었다.

北齊의 顔之推는 당시 音韻, 訓詁, 校勘 등의 방면에서 모두 특기를 지닌 저명학자이다. 그는 자신의 경험에서 교감 작업이 쉽지 않음을 인식하고, 특별히 ≪家訓≫에서 이 일을 다음과 같이 이야기하였다.

> 서적을 교정하는 것이 어찌 또한 쉽겠는가. 揚雄, 劉向에서부터 바야흐로 이 작업을 일컫게 되었다. 천하의 서적을 아직 두루 살피지 못하였으므로 망령되이 雌黃으로 고칠 수 없다. 어떤 것은 저것은 그르나 이것은 옳으며, 어떤 것은 본질은 같으나 내용이 다르고, 어떤 것은 두 문장에 모두 보이므로 한 쪽에 치우쳐 믿을 수 없는 것이다.(校定書籍亦何容易, 自揚雄, 劉向方稱此職焉. 觀天下書未徧, 不得妄下雌黃. 或彼以爲非, 此以爲是; 或本同末異; 或兩文皆見, 不可偏信一隅也.)[316]

朱彛尊은 淸初의 저명학자로 많은 저작이 있다. 그는 판각된 각 서적에 대하여 모두 친히 반복 교감하였다. 葉德輝의 ≪書林淸話≫는 일찍이 朱彛尊의 刻書 이야기를 다음과 같이 기술하였다.

> 竹坨는 대개 서적을 판각할 때, 校本을 필사하여 친히 두 번 교감하였으며, 판각 후에는 3차례 교감하였다. 그 ≪明詩綜≫은 만년에 판각하였는데, 판각 후 스스로 2차례 교감하였으며, 정신이 집중되지 않으면 각 書房에 나누어 주거나 혹은 스승이나 제자에게 주어서 매번 오자 하나라도 교감해 내면 100전을 주었는데, 그래도 오자가 있음을 면하지 못하였다.(竹坨凡刻書, 寫校本親自校兩遍, 刻後校三遍.

---

316) 北齊 顔之推, ≪顔氏家訓≫ 권3 <書證>.

其 ≪明詩綜≫刻於晚年, 刻後自校兩遍, 精神不貫, 乃分於各家書
房中, 或師或弟子, 每校出一訛字者, 送百錢, 然終不免有訛字.)³¹⁷⁾

朱彝尊이 교감을 중시하였음을 볼 수 있으며, 교감의 어려움도
알 수 있다.

乾嘉 시기의 錢大昕, 王鳴盛 등의 학자들도 모두 독서와 학문
연구에 대한 교감의 중요한 의의를 매우 중시하였다. 예를 들어 王鳴
盛은 ≪十七史商榷≫의 <自序> 중에서 다음과 같이 말하고 있다.

> 일찍이 저서를 좋아하는 것은 서적을 많이 읽는 것만 못하고, 독서를
> 하고자 하면 반드시 먼저 교서를 정밀히 해야 한다고 하였다. 교서가
> 정밀하지 않은 것을 의거하여 읽으면 독서 또한 오류가 많게 될 것이
> 다. 이미 교서하여 독서를 시작하였다면 또한 읽으면서 교감해야
> 한다.(嘗謂好著書不如多讀書, 欲讀書必先精校書, 校書之未精而遽讀,
> 恐讀亦多誤矣. 旣校始讀, 亦隨讀隨校.)

저명한 장서가 孫從添은 장서에서 출발하여 교감 문제를 서적을
보관하는 중요 부분으로 여기고, 비교적 완정한 교감 방법을 제기
하였다. 그의 말은 다음과 같다.

> 古人은 매번 한 서적을 교감할 때 먼저 세심하게 해석을 풀이한다.
> 처음부터 끝까지 글자의 오류를 바르게 고치고 서너 차례 교수하여
> 善本이 되도록 한다. 宋刻本은 자구의 교정이 비록 적다하더라도 고
> 친 글자를 황급히 바꿀 수는 없다. 元版을 필사하는 것 또한 그러하
> 다. 반드시 자구를 개정하여 흰 종이에 써서 본 행의 위에 얇게 붙임
> 으로써 그 서적을 귀중하게 한다. …… 明版本의 坊刻本, 新鈔本은
> 오류와 누실이 가장 많으므로 반드시 宋元의 舊鈔本을 찾아 底本을

---

317) 葉德輝, ≪書林淸話≫ 권10 <朱竹垞刻書遺聞>條에서 인용한 ≪鷄窓叢話≫ 참조.

교정해야 하며 혹은 수장된 家秘本은 세심하게 교감하고 반복 교정하며 行款도 갖추어 版式에 따라 교정해야 바야흐로 善本이 될 것이다. 만약 고서를 교정할 수 없고 고칠 방도가 없다면 마땅히 박학한 군자에게 여러 차례 사방으로 청해야 하며, 古帖을 몹시 중요시하는 선비는 또한 옛 碑版의 문자를 찾고 장서가의 秘本을 찾아 구하여 스스로 고칠 수 있어야 한다. 그러나 교서는 여러 名士가 서로 잘 알지 못하므로, 독서하기 이름난 곳에 모여 토론을 하고 구문을 찾아 해석하여야 이루어질 수 있으며, 그렇지 않으면 끝내 이룰 수 없다. 따라서 서적은 필사와 판각의 상태를 불문하고, 대개 교감한 서적은 모두 귀하다 하겠다. 자획의 오류는 반드시 문학 음운에 밝은 사람에게 가르침을 청해야 하며, 字劃과 音釋을 든명히 할 때 비로소 오류가 없을 것이다.(古人每校一書, 先須細心紬繹. 自始至終, 改正字謬錯誤, 校讎三四次, 乃爲盡善. 至於宋刻本, 校正字句雖少, 而改字不可遽改. 書上元版亦然. 須將改正字句, 寫在白紙條上, 薄漿浮簽貼本行上, 以其書之貴重也. …… 若明版坊本. 新鈔本, 錯誤遺漏最多, 須覓宋元舊鈔本, 校正過底本, 或收藏家秘本, 細細讎勘, 反復校過, 連行款俱要照式改正, 方爲善本. 若古書有不可考校, 無從改正者, 亦當多方請求博學君子, 善於講求古帖之士, 又須尋覓舊碑版文字, 訪求藏書家秘本, 自能改正. 然而校書非數名士相好, 聚於名園讀書處, 講究討論, 尋繹舊文, 方可有成, 否則終有不到之處. 所以書籍不論鈔刻好夕, 凡有校過之書, 皆爲至寶. 至於字畫之誤, 必要請敎明於文學音韻者, 辨明字畫音釋, 方能無誤.)[318]

근대 학자도 교감학에 대해 상당한 중시를 하였는데, 즉 陳垣 선생은 다음과 같이 말하였다.

교감은 史書를 읽기 위해 먼저 힘써야 하는 것으로, 하루 종일 誤書를 읽고도 모르면 善學이라 하지 못한다.(校勘爲讀史先務, 日讀誤書而不知, 未爲善學也.)[319]

---

318) 孫從添, 《藏書紀要》(《士禮居叢書》 中).
319) 陳垣, 《通鑑胡注表微·校勘篇》.

학자들이 이와 같이 교감학을 중시하였다면, 그것은 도대체 어떤 작용을 한다는 것인가? 구체적으로 말하자면 대체로 아래와 같은 몇 가지 점이 있다.

　① 교감은 사실을 바르게 할 수 있다. 어떤 문헌 기록의 사실이나 잘못 혹은 정확하지 않은 것을, 교감을 통해 곧 정확하게 하거나 정확한 내용에 가깝게 할 수 있다. 예를 들자면, ≪後漢書·鄭玄傳≫에서 鄭玄의 '戒子書'에는 다음과 같은 두 마디의 말이 기록되어 있다.

> 우리 집은 옛날에 가난하였고, 부모형제들이 구애됨이 없지 못했다.
> (吾家舊貧, 不爲父母昆弟所容.)

　이 두 구의 말은 글자에서는 어떠한 오류를 볼 수 없으며 문맥 또한 쉽게 이해된다. 그러나 鄭玄은 東漢 말년 인품이 두텁고, 학문에 힘쓴 이름 있는 학자인데, 어찌 부모 형제가 구애됨이 없지 않은 지경에 이르렀겠는가? 더욱이 '戒子書'에 써넣어, 史冊에 기록한 것은 아마 합당하지 못한 듯하다. 역대로 이에 대한 많은 의문이 있었지만, 교감의 자료가 부족하였다. 淸 乾隆 60년 阮元이 山東學政에 부임하여 일찍이 高密 鄭玄의 고향 祠廟에 갔다가 모래 언덕에서 金代에 중각한 唐 史承節이 편찬의 碑文을 보고서야 비로소 碑文에서 인용한 戒子書 중에는 원래 이 '不' 자가 없음을 알게 되었으니 의문이 명백해지게 되었다. 후대에 陳垣이 黃丕烈에게서 元刻本 ≪後漢書≫를 얻었는데, 과연 '不' 자가 없었다. 만약 처음에 좋은 刊本을 얻어 교감을 하였더라면 이런 사실의 오류를 범하지 않았을 것이다.[320]

또한 교감을 통해 역사적 사건의 傍證을 얻을 수도 있다. 예를 들어 淸人 吳光酉가 편찬한 ≪陸稼書先生年譜定本≫의 雍正 刊本의 闕文 여러 곳을 다른 판본과 서로 교감을 하였는데, 이런 결문은 모두 呂留良의 일과 관계있음이 발견되었는바, 즉 문맥이 조밀한 까닭에 삭제한 것이다. 결문이 보충되지 않는 것은 바로 간행자의 숨은 의도로, 淸代 文字獄의 가혹한 증거를 여기에서도 찾을 수 있다 하겠다.

② 교감은 문자를 통할 수 있다. 고문헌 중에는 종종 이리저리 베껴 쓰고, 가차하여 서로 통용된 탓에 글자의 뜻이 곡절되고 의미가 통하지 않는 것이 나오는데, 만약 교감을 통하여 오류가 분명해지고 글자의 뜻이 분명해지면, 문맥이 저절로 통하게 될 것이다. 淸末 학자 孫詒讓은 일찍이 그가 몸소 체험한 바를 다음과 같이 자술하였다.

> 매번 佳本을 얻어 아침저녁으로 눈으로 읽다가 이해되기 어려운 곳이 있으면 의문을 품고 쌓아 두는데, 문득 답답하여 확연치 않거나 두루 생각을 해 보아도 단서가 보이지 않다가 우연히 다른 책을 펼쳐 보다 곧 확실한 증거를 얻게 되어 속이 후련하게 깨닫게 되고 묵은 의문이 얼음이 녹듯 풀리니, 또한 흔쾌히 혼자 웃게 되는 것이 마치 막다른 산에 올라 무성한 수풀과 빗속에서 홀연 지름길을 보고 마침내 평온한 농장에 이른 것과 같다.(每得一佳本, 晨夕目誦, 遇有鉤棘難通者, 疑牾紛積, 輒郁轖不怡, 或穷思博討, 不見端倪, 偶涉它編, 乃獲確證, 曠然昭寤, 宿疑冰釋, 則又欣然獨笑, 若陟窮山, 榛莽霾塞, 忽覩微徑, 遂達康庄.)[321]

---

320) 淸 阮元, ≪小滄浪筆談≫ 권4, ≪揅經室二集≫ 권7; 淸 陳鱣 ≪簡庄綴文≫ 上; 錢泰吉 ≪曝書雜記≫ 上.

321) 淸 孫詒讓, ≪札迻序≫(≪籀膏述林≫ 권5).

宋代 학자 洪邁는 일찍이 아래에 보이는 바와 같이 두 가지 예를 들어 교감을 통하여 오류를 고쳐서 문자가 통하게 된 것을 설명하였다.

周益公은 ≪蘇魏公集≫을 太平州에서 鏤版으로 판각하였는데, 물론 먼저 교감을 하였다. 그 <東山長老語錄序>에서는 이르길, "側定政宗, '無用'이 '用'이 되고, 덫으로 토기를 얻었으니 말을 잊어버린 후에 말을 할 수 있다."라고 하였다. 위의 첫 구 '側定政宗'은 뜻이 불분명하며 또한 아래 구와도 대구가 되지 않으니 동문서답이다. 내가 생각하건대, ≪莊子≫에서 "땅은 넓고 크지 않은 것이 아니다. 사람이 사용하기에 충분히 족할진대, 발을 넣어 황천에까지 빠지니, '無用'을 알게 된 후에야 비로소 '用'을 말할 수 있다."고 하였는 바, '側定政宗'을 마땅히 '厠足致泉'이라고 할지라면 아래 구문과 바로 상응이 되므로, 그 4자는 모두 오류라 하겠다. 曾紘이 쓴 陶淵明 <讀山海經詩>의 기록에 따르면 "형체에는 천년이 없으나, 용감한 기상이 늘 있다."(形天無千歲, 猛志固常在)라고 하였는데, 위아래 문장의 뜻이 통하지 않는다. 이에 ≪山海經≫의 교감을 참고하여 보면, 즉 "刑天은 짐승이름으로, 입에 干戚을 물고서 춤추는 것을 좋아하다."라고 하였으니, 이에 '刑天이 干戚을 물고 춤추다.'(刑天舞干戚)라고 해야 아래 구와 상응함을 알겠다. 그러므로 그 5자는 모두 오류이다.(周益公以 ≪蘇魏公集≫付太平州鏤版, 亦先爲勘校. 其所作 ≪東山長老語錄序≫云: "側定政宗, 無用所以爲用; 因蹄得兎, 忘言而後可言." 以上一句不明白, 又與下不對, 折簡來問. 予憶 ≪莊子≫曰: "地非不廣且大也. 人之所用容足爾, 然而厠足而墊之致黃泉, 知無用而後可以言用矣." 始驗"側定政宗"當是"厠足致泉", 正與下文相應, 四字皆誤也. 因記曾紘所書陶淵明 ≪讀山海經詩≫云: "形天無千歲, 猛志固常在." 疑上下文義若不貫, 遂取 ≪山海經≫參校, 則云: "刑天, 獸名也, 口中好銜干戚而舞." 乃知是"刑天舞干戚", 故與下句相應. 五字皆訛.)[322]

---

322) 宋 洪邁, ≪容齋四筆≫ 권2 <抄傳文書之誤>.

淸代 학자 王念孫은 그의 저서 ≪讀書雜志≫ 권2에서 교감으로 써 ≪史記·項羽本紀≫ 중의 "毋從俱死"를 "毋徒俱死"로 고친 것을 제시하였다.

그 밖에 교감을 이용하여 語義의 어려운 문제, 가차된 字義, 글자의 품사 및 생략성분을 해결한 예는 古籍을 교감하며 읽는 가운데서 언제든지 볼 수 있다.

③ 교감은 후학에게 은혜를 베풀 수 있다. 서적에 잘못이 있으면, 독서를 할 때 장애를 느끼게 될 것이며, "서적을 교감하지 않으면 읽지 않는 것만 못하다."(書不校勘, 不如不讀)는 개탄을 하게 될 것이다. 이에, 어떤 교감에 종사하는 학자는 대개 후학에게 은혜를 베푸는 것을 자신의 임무로 삼았으니, 즉 三鳴盛은 일찍이 다음과 같이 말을 하였다.

> 대개 그 수고로움을 자신의 임무로 하여 후인에게 그 일탈을 얻게 하고, 스스로 그 어려움을 차지하여 훗날 사람들에게 그 쉬움을 누리게 한다.(夫以予任其勞, 而使後人受其逸; 予居其難, 而後使人樂其易.)[323]

朱一新은 다른 사람의 질의에 답하면서, 이 일을 다음과 같이 이야기하였다.

> 대개 이 학문은 나에게는 매우 수고스러우나 다른 사람을 위해서 심히 정성을 다해야 한다. 평생의 정력을 다하여 후인에게 도움을 제공함으로써 큰 은혜를 베풀 것이다.(大氐爲此學者於己甚勞, 而爲人則甚忠; 竭畢生之精力, 皆以供後人之提携, 爲惠大矣.)[324]

---

323) 淸 王鳴盛, ≪十七史商榷≫ 自序.
324) 淸 朱一新, ≪無邪堂答問≫ 권2.

또한 이것은 誤本의 서적을 善本이 되게 하니 그 공이 매우 크다 하겠으므로, 따라서 淸代 교감학가 盧文弨는 이 방면의 작업에서 다음과 같이 다른 사람의 칭송을 받았다.

> 타인의 독서는 서적의 이로움을 얻는 것이고, 그대의 독서는 서적이 그대의 도움을 얻는 것이다.(他人讀書受書之益, 子讀書則書受子之益.)[325]

서적을 만약 교감하지 않는다면 상반된 효과를 얻게 되니, 이른바 어떤 서적을 읽어야 되는지 알면서, 정밀히 교감 주석한 것을 얻지 않으면, 많은 노력을 들이고도 효과는 반밖에 안 될 것이다.[326] 즉 ≪資治通鑑≫으로 말하자면, 이는 文史를 학습하는 사람들이 반드시 읽어야 하는 전적이나, 통행본 중에는 자못 衍脫이 있기에, 淸人이 교감을 한 것이 매우 많다. 近人 章鈺은 이 책에 대해 총괄적인 교감 작업을 하였는데, 그는 宋本 9종, 明本 1종, 기타 일부 교본을 이용하여, 글자를 좇아 교감하고 세심하게 교수하여, 결국 脫落, 訛誤, 多餘, 顚倒의 문자를 만 자 이상 교감해 내었으니, 그 중 脫文 1항이 곧 5,200여 자에 이른다. 또한 校記 7천여 條를 써내어, ≪胡刻通鑑正文校宋記≫ 30권과 부록 3권을 지어, 후인들이 ≪通鑑≫ 正文을 읽는 데에 매우 큰 편리를 주고 있다. 책머리의 <述略>은 교감 경과 및 조례를 상술하여, 교감학의 읽을거리가 된다.

④ 교감학은 목록학의 내용을 풍부하게 한다. 교감 작업과 교감학의 연구 성과는 목록서와 목록학 연구의 영역을 확대하고, 내용

---

325) 淸 俞樾, ≪札迻序≫.

326) 淸 張之洞, ≪書目答問≫ 略例.

을 충실하게 하였다. 어떤 목록서는 편찬 과정에서 교감 성과에 의거하여 도서의 佳本精刻의 여부, 缺漏訛誤의 여부를 저록하여, 서적을 구하고자 하는 사람들에게 믿을 만한 근거를 제공한다. 어떤 목록학 저작은 종종 교감 방법을 운용하여 전인의 저작에서 오류를 발견하여 고치기도 하였는데, 陸心源의 ≪儀顧堂題跋≫과 余嘉錫 선생의 ≪四庫提要辨證≫ 등에는 모두 이러한 실례가 있다. 예를 들어 ≪東都事略≫의 작자의 경우를 예로 들면, ≪四庫全書總目≫에서부터 明人의 각본이 '王偁'이라고 한 것을 잘못 믿어 원래의 '王稱'을 오인하게 된 이후, 모든 官私 저술 및 刻書者가 모두 그 잘못을 연용을 하게 되어, '稱'을 고쳐 '偁'이라 하게 되었다. 이에 余嘉錫 선생은 자신의 풍부한 목록학 소양으로써 다른 사람의 교감 성과를 활용하여 ≪提要≫가 '稱' 자를 잘못 고친 오류를 바로잡았으니, 그 책 ≪四庫提要辨證≫의 작자 항목은 목록서 가운데 정확한 저록을 할 수 있게 되었다.[327]

4. 교감학의 내용과 교감방법

교감학의 내용은 개괄적으로 말하자면, 차이를 교감하고 시비를 정하는 것이다. 梁啓超는 일찍이 이에 대해 다음과 같이 해석하였다.

> 그 文字를 바르게 하거나, 그 句讀를 고치거나, 그 義例를 증명한다.(或是正其文字, 或釐定其句讀, 或疏證其義例.)[328]

---

327) 余嘉錫, ≪四庫提要辨證≫ 권5 <東都事略>條.
328) 梁啓超, ≪淸代學術槪論≫ 16.

이 해석은 거의 차이를 교감하는 것과 시비를 결정하는 것을 포괄하고 있는데, 그러나 반드시 명확하게 해야 할 것은, 소위 '시비의 결정'이란 두 가지 시비를 결정하는 것인즉, 段玉裁가 말한 '底本의 시비'를 정하는 것과 '立說의 시비'를 정하는 것이다. 입설의 시비를 정하고자 하면 반드시 먼저 저본의 시비를 정해야 하고, 저본의 시비를 정하고자 하면 반드시 먼저 여러 판본의 차이를 교감해야 한다. 따라서 가장 1단계는 차이를 교감하는 것이라 하겠다.

차이를 교감하는 것은 저본의 訛, 脫, 衍, 闕, 錯簡을 교정하는 것으로서, 즉 이른바 "탈오를 정리하고, 문자를 바르게 하는 것이다."(整齊脫誤, 是正文字.)329) 그렇다면, 무엇에 근거하여 차이를 교감할 것인가? 錢大昕은 일찍이 盧文弨의 근거 자료를 총괄하여 다음과 같이 말하였다.

> 대개 교정하는 것은 반드시 善本을 참고로 하여 다른 서적을 증거로 삼으며, 친구와 후학의 짧은 말일지라도 또한 좋은 것을 택하여 따라야 한다.(凡所校定, 必參稽善本, 證以它書, 卽友朋後進之片言亦擇善而從之.)330)

이 말은 盧文弨의 교서는 3종의 근거, 즉 善本, 그 밖의 서적, 다른 이의 의견이 있음을 설명한다. 소위 '善本'은 祖本 및 佳本精刻을 가리키고, 소위 '그 밖의 서적'이란 교감 자료가 될 만한 기타의 전적을 가리킨다. 王鳴盛은 일찍이 그가 교감할 때 근거한 다른 서적의 자료를 다음과 같이 상세하게 자술하였다.

---

329) ≪後漢書≫ 권5 <安帝紀>.
330) 淸 錢大昕, ≪盧氏群書拾補序≫(≪潛研堂文集≫ 권25).

善本을 구하여 재삼 교감한다. 또한 偏覇雜史·稗官野乘·山經地志·譜牒簿錄을 두루 수집하고, 諸子百家·小說筆記·詩文別集·釋老異教와 함께 鍾鼎尊彝의 款識, 山林冢墓, 祠廟伽藍, 碑碣斷闕의 문장에 미치기까지 모두 증좌로 제공될 만한 것은 다 취한다.(購借善本, 再三讎勘. 又搜羅偏覇雜史·稗官野乘·山經地志·譜牒簿錄, 以暨諸子百家·小說筆記·詩文別集·釋老異教, 旁及於鍾鼎尊彝之款識, 山林冢墓祠廟伽藍碑碣斷闕之文, 盡取之以供佐證.)331)

王氏가 말한 이러한 기타 다른 서적이 언급하는 범위는 자못 광범위하여, 문헌도서에서 金石碑版에까지 거의 의거하지 않은 것이 없다. 이 점을 크게 나물랄 수가 없는 것은 언뜻 범위가 넓으면 넓을수록 착오가 적기 때문이다. 그러나 반드시 지적해야 할 것은 淸人의 교감은 類書를 인용하기 좋아하여 가끔 약간의 폐단이 발생하였다는 것이다. 淸末 朱一新은 이 일을 다음과 같이 지적하였다.

王文肅, 王文簡의 경학 연구 또한 그러하여 그 정밀함에 대적할 수 없었는데, 盧文弨 무리를 본받아 더욱 능가하였다. 顧氏가 종종 類書에 의거하여서 본서를 고친 것은 전문가의 폐해로, ≪北堂書鈔≫, ≪太平御覽≫과 같은 것은 세상에 善本이 없다. 또한 그 서적은 애초에 경전의 훈고를 위해 지은 것이 아니며, 여러 사람들에 의해 편집되어서 그 유래를 이미 믿을 수 없으며, 수천 년 중안 여러 유학자들이 쟁론하며 考定한 판본을 고쳤는 바, 어찌 참되다 하겠는가?(王文肅·文簡治經亦然, 其精審無匹, 視盧召弓輩亦遠勝之. 顧往往據類書以改本書, 則通人之蔽, 若≪北堂書鈔≫·≪太平御覽≫之類, 世無善本. 又其書初非爲經訓而作, 事出衆手, 其來歷已不可恃, 而以改數千年諸儒斷斷考定之本, 不亦傎乎?)332)

---

331) 淸 王鳴盛, ≪十七史商榷≫ 自序.
332) 淸 朱一新, ≪無邪堂答問≫ 권2.

近人 劉文典은 그 말을 다음과 같이 더욱 상세하게 풀어 말하였다.

清代의 여러 학자들은 고적을 교감하며 類書에서 증거를 취하기를
대부분 좋아하였는데, 高郵 王念孫이 가장 그러하였다. 그러나 유서
의 인용문은 실로 믿을 수 없다. 종종 여러 서적에서 인용한 구문이
같을지라도, 증정할 수 있는 근거가 되지는 못한다. 대개 가장 처음
의 서적에 오류가 있으면, 후대 여러 서적 또한 그것을 따랐기에 오
류가 있다. 예컨대, 宋의 ≪太平御覽≫은 사실 전대의 ≪修文御覽
≫, ≪藝文類聚≫, ≪文思博要≫의 여러 서적을 참고하여 정리 수
찬한 것이다. 그 인용의 書名은 오직 전대 유서의 옛것을 따른 것으
로 宋初에 여전히 그 책이 있었던 것이 아닌 바, 陳振孫이 상세하게
말하였다. 예를 들어, ≪四民月令≫의 한 서적이 唐太宗의 이름을
피휘하여 '民'을 '人'으로 고쳤는데, ≪御覽≫ 역시 그대로 두고 고
치지 않았다. 서명이 이러할진대 인용문은 알 만하겠다. 그러므로 비
록 隋唐宋의 여러 유서에서 인용문이 병용되었다 하나, 역시 믿을
만하지 못한바, 교감을 논하는 사람들은 살피지 않을 수 없다.(清代
諸師, 校勘古籍, 多好取證類書, 高郵王氏尤甚, 然類書引文, 實不可
盡恃. 往往有數書所引文句相同, 猶未可據以訂正者. 蓋最初一書有
誤, 後代諸書亦隨之而誤也. 如宋之 ≪太平御覽≫, 實以前代 ≪修
文御覽≫·≪藝文類聚≫·≪文思博要≫諸書, 參詳條次, 修纂而
成. 其引用書名, 特因前代類書之舊, 非宋初尚有其書, 陳振孫言之
詳矣. 若≪四民月令≫一書, 唐人避太宗諱, 改民爲人, 御覽亦竟仍
而不改. 書名如此, 引文可知. 故雖隋唐宋諸類書引文幷用者亦未可
盡恃, 講校勘者, 不可不察也.)333)

그 외, 반드시 새롭게 출토된 문헌을 항상 주의하여 교감의 다른
서적 자료를 확대해야 하는데, 예를 들어 長沙 馬王堆 漢墓에서 출
토된 帛書 ≪老子≫ 甲乙本과 기타 일부의 도서문헌은 그 편차와
문자가 今本과 많이 다른 바, 교감의 자료가 되는 데 제공될 만하다.

---

333) 劉文典, ≪三余札記≫ 권1.

교감의 내용과 근거한 자료는 대체로 이와 같으니, 그렇다면 교감 방법은 도대체 어떠한가? 전인의 학식과 경험이 다르기에 방법도 다르다. 예를 들어 淸人 吳承志는 일찍이 다음과 같은 교서의 5가지 방법을 제기하였다.

> 善本에 의거하여 교감하는 것, 古本에 의거하여 교감하는 것, 注文에 의해 교감하는 것, 本書에 의거하여 것, 文義에 의해 교감하는 것이 있다.(有可據善本校改者, 有可據古本校刊者, 有可據注文校改者, 有可據本書校改者, 有可據文義校改者.)[334]

近人 蔣元卿은 일찍이 淸代 학자의 교감 방법을 4가지로 개괄하였다.

① 두 판본을 대조하거나 전대 사람들의 증명에 근거하여, 그 차이를 기록하고 좋은 것을 택하여 따른다.

② 本書 혹은 다른 서적의 傍證, 反證에 근거하여, 문장 구절의 본래 오류를 교정한다.

③ 저자의 원 체례를 발견하여 전체의 오류를 바로잡아 간행한다.

④ 다른 자료에 근거하여 원저의 누락을 교정한다.[335]

陳垣 선생은 淸代 교감학의 기초에서 자신이 장기간 교감한 경험으로써 교감의 방법을 더욱 발전시켰다. 그는 그의 저서 ≪校勘學釋例≫에서 명확하게 교감의 방법 '4례'를 규정하였다. 그 4가지의 교감 방법은 다음과 같다.

① 對校法: 동일 서적의 祖本 혹은 別本을 대조하여 읽으면서 다른 부분을 만나면 그 옆에 주를 더하는 것이다. 劉向 ≪別錄≫

---

334) 淸 吳承志, ≪校管子書後≫(≪遜齋文集≫ 권6).

335) 蔣元卿, ≪校讎學史≫.

에서 말한 바, "한 사람은 판본을 들고 한 사람은 서적을 읽으면서 마치 원수처럼 대한다."(一人持本, 一人讀書, 若怨家相對.)가 바로 對校法이다. 이 방법은 가장 간편하면서 가장 믿음직하나, 순전히 기계적인 방법에 속한다. 그 주요 내용은 차이를 교감하는 것이지 시비를 교감하는 것이 아닌 바, 따라서 그것의 단점은 책임을 지지 않는 데에 있다 할 것인데, 설령 祖本 혹은 다른 판본에 오류가 있다 하더라도 그것을 그대로 따라 기록하기 때문이다. 그러나 그것의 장점은 바로 자신의 견해를 삽입하지 않는 데에 있다. 이 교본을 보면 祖本 혹은 다른 판본의 본래 면모를 알 수 있다. 따라서 대개 한 서적을 교감하려면 반드시 먼저 對校法을 이용한 연후에 다시 다른 교감법을 사용해야 한다.

어떤 서적은 對校가 아니면 그 오류를 알 수 없는데, 왜냐하면 文義의 표면에서는 오류로 의심되는 것이 없기 때문이다. 어떤 것은 어느 한곳에 오류가 있음을 알게 되더라도, 對校를 이용하지 않으면 잘못된 곳이 무엇인지를 알 수가 없다.

② 本校法: 本校法은 本書로써 앞뒤를 서로 대조하여 그 차이를 뽑아내어 그 속의 오류를 이해하는 것이다. 吳縝의 ≪新唐書糾謬≫, 汪輝祖의 ≪元史本證≫이 바로 이 방법을 사용하였다. 이 방법은 祖本 혹은 다른 판본을 구하기 전에 가장 편리하게 이용된다. 陳垣 선생은 ≪元典章≫을 校補할 때, 전체 목록으로써 목록을 교감하고 목록으로써 서적을 교감하였으며, 서적으로써 表를 교감하고 正集으로써 新集을 교감하여 그 목록의 몇몇 오류를 고쳤다. 字句마다는 위아래의 문장 뜻을 차례로 살펴보아야 하는데, 적게는 몇 쪽, 많게는 수십 권을 살펴 글자를 비교하면 모순이 절로 드러나니 오로지 다른 판본에 의거할 필요가 없다. 다만, 이런 교

감법은 종종 문제만 제기할 뿐이고 正誤를 결정할 수는 없다.

③ 他校法: 他校法은 다른 서적을 이용하여 本書를 교감하는 것이다. 대개 어느 서적이 전인의 것을 채용하였으면 전인의 서적으로 그것을 교감할 수 있고, 후인에 의해 인용된 것이라면 후인의 서적으로 교감할 수 있다. 이런 교감법은 범위가 비교적 넓고 힘도 대체로 많이 들지만, 어떤 경우에는 이 방법이 아니면 그것의 오류를 증명할 수가 없다. 丁國鈞의 ≪晉書校文≫, 岑刻의 ≪舊唐書校刻記≫(岑建功 刻. 陳立, 劉文淇, 劉毓崧, 羅士林 合校)는 모두 이 방법을 이용하였다. 近人 趙萬里는 일찍이 이 방법을 운용하여 唐寫本 ≪說苑·反質篇≫ 殘卷과 ≪晏子春秋·雜篇≫, ≪漢書·楊王孫傳≫, ≪孔子家語·觀周篇≫ 등을 상호 교감하였으니, 반드시 적지 않은 수확이 있었다 할 것이다.336)

또한 이미 善本을 얻었다 할지라도 다시 他校法을 이용하면 성과가 있을 수 있는데, 예컨대 戴震은 ≪永樂大典≫ 중에서 揚雄 ≪方言≫의 善本을 얻은 후 다시 광범위하게 여러 서적이 인용한 ≪方言≫ 및 注를 수집하여, 서로 참고하여 교정하였는데, 그 결과 181개의 訛字를 개정하고 27개의 脫字를 보완, 17개의 衍字를 삭제하여,337) ≪方言疏證≫의 저작을 완성하였다.

④ 理校法: 段玉裁는 "교서의 어려움은 판본을 따라 글자를 고쳐 와전되거나 누락되지 않게 하는 데에 있는 것이 아니라 그 시비를 정하는 데에 있다."(校書之難, 非照本改字不訛不漏之難, 定其是非之難.)라고 하였는데, 이것이 이른바 理校法이다. 의거할 만한 古本이 없거나 혹은 여러 판본이 서로 다르나 더조할 시간이 없을

---

336) 趙斐雲, ≪唐寫本說苑反質篇讀後記≫(≪文物≫ 1961년 제3기).
337) 淸 戴震, ≪方言疏證序≫(≪戴東原集≫ 권10).

경우는 이 방법을 사용해야 한다. 이 방법은 두루 알아야만 가능하고, 그렇지 않으면 무책임하게 오류가 아닌데 오류라고 여겨 혼란만 더욱 가중될 것이다. 따라서 가장 훌륭한 것도 이 방법이고 가장 위험한 것도 이 방법이라 할 것이다. 淸人 錢大昕은 ≪後漢書·郭太傳≫을 읽으면서, "太至南州過袁奉高"의 한 단락은 구문이 순서에 맞지 않다고 의심하며 4가지의 증거를 제기하였다. 후일 '閩嘉靖本'을 얻어 보니, 과연 이 74자는 章懷가 注에서 謝承書의 문장을 인용한 것으로, 여러 판본에는 모두 正文에 섞여 들어갔는데, 오직 閩本만이 그 옛 면모를 상실하지 않았던 것이다. 현재의 ≪二十二史考異≫에서 "某는 마땅히 某라고 해야 한다."라고 이른 것을 이후 고본을 얻어 검증해 보면 종종 서로 합치가 된다.

陳氏의 교감법 '4례'는 이미 교감법의 기본 방법을 포괄하고 있다고 말할 수 있다. 현재 볼 수 있는 일부 교감을 거친 각 서적은 또한 이 4가지 방법에서 벗어나지 않는다.

5. 교감 작업 시 주의해야 할 몇 가지 문제

교감 작업은 상술한 바와 같지만, 교감을 하는 데에 있어서는 여전히 몇 가지 문제를 주의해야 한다. 필자는 최소한 아래 4가지 점이 주의할 만하다고 생각한다.

① 교감은 전문가를 으뜸으로 삼는다. 교감은 절대로 단순한 상호 비교의 기술적 작업이 아니다. 그것은 전문 지식과 밀접한 관련이 있다. 전문 자료의 발견 문제에 민감하면, 오류 교정이 비교적 정확해진다. 전문가의 교감은 중국의 교서작업 중의 우수한 전통이

다. 西漢 말년 劉向이 이끈 중국 최초의 대규모 교서 작업은 이 방법을 처음으로 사용하였다. ≪漢書·藝文志序≫에는 그 일을 밝혀 다음과 같이 말하고 있다.

> 詔光祿大夫 劉向은 經傳, 諸子, 詩賦를 교서하고, 步兵校尉 任宏은 兵書를 교서하고, 太史令 尹咸은 術數를 교서하고, 侍醫 李柱國은 方技를 교서하였다.(詔光祿大夫劉向校經傳·諸子·詩賦; 步兵校尉 任宏校兵書; 太史令尹咸校術數; 侍醫李柱國校方技.)

바로 이런 전문가의 교서 방법이 효과가 있었기에, 최초의 교서 작업이 성취를 얻어 후대를 위한 규범을 창시할 수 있었던 것이다.
宋代의 校書 시기, 秘書監 王欽若은 일찍이 道士 陳景元을 임용하여 黃本道書를 교서할 것을 주청하였으나 范祖禹의 반대에 부딪쳤다. 范祖禹의 이유는 다음과 같다.

> 오늘날 館閣의 서적에는 패관소설에 이르기까지 없는 것이 없다. 설령 景元이 도서를 교감한다 하더라도, 후일 승려는 釋書를 교감하고, 醫官은 醫書를 교감하고, 陰陽卜相의 사람은 技術을 교감하며, 그 나머지는 각기 그 본질에 의거하여 모두 이 예를 이용해야 하는 바, 어찌 선조들이 館閣을 세운 뜻이라 하겠는가. 그리하여 景元을 파하였다.(今館閣之書, 下至稗官小說, 無所不有. 卽使景元校道書, 則他日僧校釋書, 醫官校醫書, 陰陽卜相之人校技術, 其余各委本色, 皆可用此例, 豈祖宗設館之意哉! 遂罷景元.)[338]

范祖禹의 반대 이유는 바로 응당 그렇게 해야만 하는 이치이며, 또한 바로 劉向이 이미 실행한 방법이었기 때문이다. 范祖禹는 아마 자신의 이런 이유가 다른 사람을 설득하기 부족하다는 것을 알

---

338) 宋 韓淲, ≪澗泉日記≫.

앉으므로, 따라서 그저 소위 先祖의 일례를 들어 다른 사람을 강압하였을 뿐이다. 사실, 王欽若의 전문가의 교서 건의는 봉건적 체통을 잃은 것을 제외하면, 이익이 많고 폐단이 적다. 물론 전문가의 교서를 말하면서 결코 비전문가의 교서를 배척할 수 없으나, 다만 비전문가가 전문 지식에 충실하도록 힘써 노력한다면 이 영역의 도서교감 작업을 유리하게 추진하고 순리롭게 완성할 수 있다는 것을 설명한다. 淸人의 소위 '읽으면서 교정한다.'(隨讀隨校)라는 것은 바로 전문 서적을 읽는 과정에서 전문 지식의 증가에 따라 문제를 발견하는 것이 쉬워 그에 따라 교정을 할 수 있게 된다는 것을 가리킨다. 이는 바로 사람에게도 유익하고 서적을 교감하는 데에도 도움을 주는 일거양득의 일이라 하겠다.

② 교감은 절대 아무렇게나 고칠 수 없다. 이것은 교감 작업 중 가장 중요한 규율이다. 대개 오류라고 의심이 되더라도 그 차이를 그대로 두는 것이 가장 좋으며, 빠진 글자가 있다 해도 망령되이 보충해서는 안 되며, 旁注는 더욱이 정문에 혼입해서는 안 된다. 만약 가벼이 아무렇게나 고치면, 그 결과는 아래 淸人 李兆洛이 말한 것과 같이 될 것이다.

> 교감자가 견문이 좁아 결여된 것을 그대로 두어야 한다는 계율을 알지 못하고, 망령되이 의심을 하게 되어 오류를 낳아 살을 베어 상처를 만들었으니, '皇考'라고 잘못 칭하고 '銀根'을 제멋대로 고치기도 하였다. 본래는 오류가 아니었으나 교감하여 오류가 되었으니 이것은 刊本의 서적이 있고서부터 가벼이 雌黃으로 고친 것이다. 비록 3번을 刻印하였지만 古人의 眞書는 사라져 버렸음이라.(有校者荒陋不知守闕如之戒, 妄緣疑而致誤, 至刎肉而成瘡, 至有謬稱皇考, 妄易銀根者. 本初不誤, 校乃至誤, 此自書有刊本, 輕有雌黃. 倘經三刻, 而古人之眞書失矣.)[339]

李兆洛이 제시한 '銀根을 제멋대로 고친'(妄易銀根者) 예는 唐 韓愈의 아들 韓昶의 이야기를 가리키는데, 宋人 黃朝英 ≪靖康緗 素雜記≫ 중의 기록에 의거하면 다음과 같다.

> 韓昶은 일찍이 集賢敎理가 되어, 史傳 중에 金根이라는 부분이 있 었기에 모두 주관적으로 판단하였다. 이에 "어찌 그것이 오류이겠는 가? 필시 金銀車인 바, 根자를 銀자로 모두 고치라."고 하였다.(昶嘗 爲集賢校理, 史傳中有說金根處, 皆臆斷之. 曰: 豈其誤歟? 必金銀 車也, 悉改根字爲銀字.)

이것은 망령되이 고친 전형적인 예라 하겠는데, 왜냐하면 ≪後 漢書·輿服志≫에는 분명히 다음과 같이 기록하고 있기 때문이다.

> 金根: 수레명. 殷나라 때는 乘根이라 하다가, 秦나라 때 金根이라 고쳤다.(金根: 車名. 殷名乘根, 秦改曰金根.)

韓昶은 견문이 좁아 함부로 억측하여 고서를 어지러이 고쳐서 후대에 비웃음을 사는 이러한 오류를 만들었다.

교감이 함부로 고쳐서는 안 된다는 것은 이 교감 작업이 정식으 로 발전하면서 만들어진 전통이다. 東漢 鄭玄은 문자 차이를 교감 하면서 분명하게 誤字인 것을 만나더라도, 그저 '某當爲某'라고 注 석하여 밝혔을 뿐, 가벼이 자기의 생각으로써 원문을 망령되게 고 치지 않았다. 宋朝 ≪文苑英華辨證≫의 작자 彭叔夏는 <自序> 에서 몸소 경험한 것으로써 주관적으로 망령되이 고친 위험을 다 음과 같이 설명하였다.

---

339) 淸 李兆洛, ≪潤賚顧君墓誌銘≫(≪養一齋文集≫ 권11).

나는 열두세 살에 《太祖黃帝實錄》을 필사하였다. 그 중에서 "'興衰治□之源', 한 글자가 빠짐."이라고 되어 있었다. 나는 필시 '治亂'일 것이라고 여겼다. 후일 선본을 얻어 보니 '治忽'이었다. 사람은 생각하지도 못한 갖가지 곤란에 부딪치는 법이니, 서적을 가벼이 고쳐서는 안 됨을 진실로 알았다.(叔夏年十二, 三, 手鈔太祖皇帝實錄. 其間云: 興衰治□之源, 闕一字. 意謂必是治亂. 後得善本, 乃作治忽. 三折肱爲良醫, 信知書不可以輕改.)

清人 劉文淇는 《宋元鎭江志》를 교감하면서, 彭法의 교서 3條의 원칙에 의거하였다. 그는 《校勘記序》에서 다음과 같이 말하였다.

옛날 宋 彭叔夏는 《文苑英華辨證》을 지었는데, 그 체례는 대략 3가지이다. 실제 지속된 오류에 속하여 마땅히 고쳐야 하는 것, 별도의 근거가 있으나 망령되이 고칠 수 없는 것, 두 가지 의미가 있을 수 있으므로 황급히 고칠 수 없는 것, 이 편의 교감은 대략 그 체례를 모방하였다.(昔宋彭叔夏作《文苑英華辨證》, 其體例大約有三: 實屬承訛, 在所當改; 別有依據, 不可妄改; 義可兩存, 不必遽改. 玆編所校, 略仿其例.)[340]

이것은 매우 신중한 태도이다.

아무렇게나 책을 고치는 것을 좋아하기로는 明代 사람들을 능가하지는 못하는데, 顧炎武는 그 폐단을 매우 비난하여, 그가 지은 《日知錄》 권18 <改書>條에서 다음과 같이 말하고 있다.

萬曆 간에는 사람들이 대부분 古書를 아무렇게나 고치기를 좋아하였다. 사람의 사사로운 마음이 학풍을 변화시킨 것이 여기서부터 비롯되었다. 잠시 예를 들면, 駱賓王이 徐敬業이 武后를 토벌하기 위해

---

340) 淸 劉文淇, 《靑溪舊屋文集》 권5.

쓴 檄文은 본래 ≪舊唐書≫에서 나왔는데, '괴뢰 임시 조정 무씨'(僞臨朝武氏者)라고 하였다. 敬業은 光宅 元年 9월에 기병하였는데, 武氏는 다만 임시 정부일 뿐이어서 혁명은 아니었다. 근래 고문을 판각하면서 '僞周武氏'라고 고쳤다. 격문에서 말한 숨겨진 나쁜 마음, 흘겨보는 기운을 살피지 않았으며, 찬탈이 되기 전이었기에 이미 이 말이 있었던 것이다. 6년이 지나 天授 元年 9월에 국호를 周라고 바꾸었다. 그때 中宗을 폐하여 廬陵王이라 하고 相王을 세워 黃帝라 하며, '군자의 자식 사랑은 별궁보다 깊다.'고 하였다. 그 인물을 평가하지 않고 그 世事의 득실을 논하지 않고서 그 문자를 홀연 고쳐 오류가 유전되어 지금까지도 그치지 않고 있다.(萬曆間, 人多好改竄古書. 人心之邪, 風氣之變, 自此而始. 且如駱賓三爲徐敬業討武后檄, 本出≪舊唐書≫, 其曰僞臨朝武氏者, 敬業起兵在光宅元年九月, 武氏但臨朝而未革命也. 近刻古文改作僞周武氏. 不察檄中所云包藏禍心, 睥睨神器, 乃是未篡之時, 故有是言. 越六年, 天授元年九月始改國號曰周. 其時, 廢中宗爲廬陵王而立相王爲皇帝, 故曰: 君之愛子, 幽之於別宮也. 不知其人, 不論其世, 而輒改其文, 謬種流傳, 至今未已. …….)

6년 이후의 국호를 이용하여 6년 이전에 쓴 격문에 더하였으며 내용과도 맞지 않으니 실로 가소롭다 할 것인데. 게다가 다른 사람에게 오해를 불러일으켰다. 淸代의 학자는 이런 종류의 일에 대해 자못 공격을 가했다. 저명학자 王念孫은 다음과 같이 말하였다.

학자가 古人의 서적을 읽으나 그 傳寫의 오류를 바로 할 수 없고, 또한 오류가 없는 문장을 취하여 망령되이 그것을 고치니, 어찌 古書의 큰 불행이 아니라 하겠는가?(學者讀古人書而不能正其傳寫之誤; 又取不誤之文而妄改之, 豈非古書之大不幸乎?)[341]

王鳴盛은 ≪十七史商榷≫ 중에서 일찍이 ≪三國志 · 丁奉傳≫

---

341) 淸 王念孫, ≪讀淮南子雜誌序≫.

이 대부분 잘못 고친 예라고 탄복하며 다음과 같이 말하였다.

古書를 傳鈔하여 판각하여 탈오가 많으며 또한 매번 학식이 없는 사람에 의해 아무렇게나 고치기도 하여, 서적을 펼치면 문득 읽을 수 있는 사람이 영원히 적을 것임을 한탄하게 된다.(古書傳鈔鏤刻, 脫誤旣多, 又每爲無學識者改壞, 一開卷輒嘆千古少能讀書人.)342)

阮元은 江西巡撫를 역임할 때 ≪十三經注疏≫를 교감하여 판각하면서, 일찍이 다음과 같이 엄격하게 규정하였다.

대개 宋版의 오자를 분명히 알지만 또한 가벼이 고칠 수 없으니, 오자의 옆에 동그라미를 표기하여 교감기를 별도로 편찬하고, 그 학설을 택하여 매 권의 끝에 부록으로 기재한다.(凡有明知宋版之誤字而亦不使輕改, 但加圈於誤字之旁而別撰校勘記, 擇其說附載於每卷之末.)343)

후대의 교감기는 아마 이 방법을 계승한 듯하다.

학자들이 힘써 망령되이 고치지 말자고 주장한 까닭에 서적을 고치는 풍기가 사라졌다 하겠지만 아주 없어지지는 않았다. 유명 교감가인 盧文弨는 본래 망령되이 고치지 않고, 망령되이 증가하지 않을 것을 주장하였으나, 붉은 연필로 다른 책을 인용하여 본서를 고치기를 좋아하였는 바, 따라서 嚴元照는 그의 ≪儀禮詳校≫를 비난하고, 顧廣圻는 그의 ≪釋文考證≫을 비난하였다. 顧千里는 평생 '교감하지 않고 교감하는'(不校校之) 것으로써 스스로 힘썼는데, 그 앎에 근거하여 알지 못하는 것을 고치는 폐병을 공격하

---

342) 淸 王鳴盛, ≪十七史商榷≫ 권42 <黎斐>.
343) 淸 阮元, ≪江西校刊宋本十三經注疏書後≫(≪揅經室三集≫ 권2).

였으나, 어지러이 고쳐 오류를 범하는 것을 면하지 못해 거의 역사 인물을 무너뜨렸기에 陳垣 선생이 그것을 회복시킨 적이 있다.

胡刻 ≪通鑑≫ 권262 唐 昭宗 天復 元年條에는 韓偓이 일찍이 昭宗에게 '공정한 것을 중시하고'(重厚公正)하고 '자질구레한 기교'(瑣細機巧)를 부리지 말 것을 건의함에 昭宗은 그것을 옳다고 여기며, 또한 "이 일은 卿에게 위임하여 일단락 짓노라."(此事終以 屬卿)고 말하였다고 기록되어 있다.

胡三省은 注에서 다음과 같이 말하였다.

> 오호! 세상에는 오직 알고서 말을 하나, 실천을 다하지 못하는 자가 있으니, 韓偓이 그 사람이다.(嗚呼, 世固有能知之言之, 而不能究於 行者, 韓偓其人也.)

이에 의거하면 그는 韓偓에 대해 크게 폄하한 말을 하였는데, 아마 韓偓의 언행이 부합하지 않았던 듯하다. 그러나 이 주가 顧千里가 망령되이 고친 것에서 나온 것인지 거의 모르는데, 이 '而不能'은 원본 '而不行'을 잘못 고친 것이며, 그 구두 또한 오독되었는 바, 한 글자의 바꿈으로 인해 韓偓이 거의 원한에 빠지게 되었던 것이다.〔즉 세상에는 오직 알고서 말을 하지만 실천을 하지 못하는데, 실천을 다 하는 자가 韓握 그 사람이라는 뜻(世固有能知 之言之而不能, 究於行者, 韓偓其人也.)〕陳垣 선생은 ≪胡注通鑑 表微≫에서 顧氏의 잘못 고침을 철저하게 드러내어 韓偓을 위해 변명하였으며, 그 일을 교훈으로 깊이 인용하였는데, 특별히 陳 선생이 말한 것을 살펴보면 다음과 같다.

이 注에 근거하면 그는 韓偓에게 유감이 있다. 이 翻陽 胡氏가 復刻

한 元本은 注文의 오류를 억측으로 고쳤다. 王深寧은 늙어 스스로
誌銘을 편찬하여 "벼슬길이 멈춤이여, 偓과 같고 圖와 같구나."(其
仕其止, 如偓如圖)라고 말하였다. '圖'는 司空圖이고 '偓'은 韓偓이
다. 나는 王深寧이 나와 같은 처지였을 것이라고 생각되는데, 深寧
은 韓偓을 자신에 비교하였다. 그러나 나는 韓偓에 대해 다만 완곡
한 비평(微詞)을 하였지만 그 요지를 얻지 못하여 고심하면서도 실로
注가 망령되이 고쳐졌을 것이라고는 의심하지 않았다. 우연히 豊城
熊氏의 校記를 보건대, 元本의 '不能'이 '不行'으로 되어 있었으며,
'行'자의 구가 끊어져 있었는 바, 교감자가 잘못하여 아래 구와 연이
어 읽은 까닭에 '行'자를 '能'자로 제멋대로 고치고는 그 뜻이 크게
뒤집어졌음을 알지 못했던 것이다. 胡注가 어찌 韓偓을 매도하겠으
며, 韓偓이 어찌 매도될 수 있는가? 이와 같은 교서는 참으로 세심하
지 못하고 경솔한 것이라 하겠다. 따라서 갑자기 注가 고쳐진 것은
그가 정말 韓偓에게 유감이 있어서는 아닌 것이다. 鄱陽 胡氏가 ≪通
鑑≫을 복각하였는데, 그 일을 맡은 사람은 顧千里로 저명한 교감학
자임에도 이와 같이 오류가 있게 되었다. 대개 무심코 저지르게 되는
과오는 사람들이 면할 수 없는 것이다. 다만 이는 교감하여 고쳐야
되겠다는 생각인데, 오류가 없는 것을 잘못되었다고 여겨 원래의 의
미와 크게 상반된 것이다. 熊氏가 그것을 비난한 것이 어찌 또한 마
땅하지 않겠는가? 게다가 陳仁錫의 評本은 오류가 없으나 元本을
복각한 것에는 오류가 있다. 元本을 보지 않고서 어찌 陳本이 오류
가 아니라고 하겠는가? 顧氏는 스스로 글자만 보고서 대강 뜻을 짐
작하는 것을 비난하면서도, 자신이 글자만 보고 뜻을 짐작한다는 사
실을 알지 못하고 오직 注에 그 설을 기록은 하였지만 일찍이 원문
을 망령되이 고치지는 않았다. 그런데 顧氏는 고적을 복각하면서 제
멋대로 그 원문을 임의로 억측하여 고침으로써 후학들을 그릇되게
하였으니 어찌된 것인가? 이 일은 또한 古人을 논하는 것과 관련이
되며 교감만을 말함이 아닌 까닭에 상세하게 분석하는 것을 아끼지
않았다.(據此注是身之有憾於韓偓. 此鄱陽胡氏復刻元本臆改注文之
誤也. 王深寧晩歲自撰誌銘曰: 其仕其止, 如偓如圖, 圖則司空圖, 偓
卽韓偓. 吾始疑深寧與身之同境遇, 深寧以偓自況, 而身之對偓獨有
微詞, 苦思不得其旨, 固不疑注之被妄改也. 偶閱豊城熊氏校記云:
元本, 而不能作而不行, 行字句絶, 校者誤連下讀, 故臆改行字爲能,

而不知其義大反矣. 胡注豈詈偓, 偓豈有可詈哉. 如此校書眞是粗心浮氣云云. 乃恍然注之被改, 而非身之果有憾於偓也. 鄱陽胡氏復刻通鑒, 主其事者爲顧千里, 著名之校勘學者也, 而紕繆若此. 夫無心之失, 人所不免. 惟此則有心校改, 以不誤爲誤, 而如原旨大相背馳. 熊氏詆之, 不亦宜乎? 且陳仁錫評本不誤, 而復刻元本乃誤. 不睹元本, 豈不以陳本爲誤耶? 顧氏譏身之望文生義, 不知身之望文生義, 只著其說於注中, 未嘗妄改原文也. 顧君復刻古籍, 乃任意將原文臆改, 以誤後學, 何耶? 事關尙論古人, 不弟校勘而已, 故不惜詳爲之辨.)

따라서 교감은 망령되이 고치면 오류가 심한 지경에 이르게 되어, 한 글자 한 구의 출입뿐만 아니라 심지어 인물을 평론하는 데까지 영향을 미치게 됨을 알 수 있으니, 교감 시 어찌 그 일을 신중히 하지 않겠는가?

③ 교감은 고적의 지식을 갖추어야 한다. 교감 작업의 범위는 매우 광범위하여, 대개 고적과 관련된 지식은 모두 갖추어야 비로소 바르고 완전한 것을 구할 수 있게 된다. 여기에서 그 몇 가지 예를 간단하게 들어 보기로 한다.

○ 문자를 알아야 한다. 교감은 반드시 먼저 字義를 이해하여야 하므로, 戴震은 문자를 아는 것을 교감의 가장 첫 임무라고 여겼는데, 그 까닭은 자의는 서로 가차하여 통용되며, 자체에는 또한 本字의 파생이 있기 때문인 바, 만약 이 말을 이해한다면 교감에 도움이 있게 될 것이다. 예를 들어 통행본 ≪漢書·高祖紀≫에서는 다음과 같이 말하고 있다.

세모에 이 두 사람은 일찍이 채권을 파기하여 부채를 포기하였다.(歲竟, 此兩家常折券棄責.)

閩本, 南監本, 官本은 '責'을 모두 '負'라고 하였는데, 옛날에는 '債'자가 없었으므로 '責'이 후대 '債'의 本字임을 안다면, 이 '責'자는 다른 판본에 의거하여 '負'자로 고칠 필요가 없을 것이다. 또한 北宋 景佑本을 대조해 보면 이 글자는 본디 '責'으로 결코 오자가 아닌 바, 다른 판본은 자의를 알지 못하여 '負'라고 하였던 것이다.

교감은 또한 글자의 繁簡 관계를 고려해야 한다. 예를 들어, ≪通鑑≫ 권157에는 다음과 같은 기록이 있다.

"梁武帝 大同 元年 東魏 太州刺史 韓軌."

胡注에서는 ≪梁書・韓軌傳≫에 근거하여 秦州刺史라 하였다. 또한 ≪魏書・地理志≫에 근거하여 東魏는 秦州에 있다고 하였는바, 이것은 太州刺史를 秦州刺史로 간주하고 판정한 것이다. 그 오류의 근원은 모두 繁體와 簡體의 전환 때문으로, '秦'을 '泰'로 잘못 여긴 것이며, '泰'는 다시 '太'로 簡化된 것이다.

교감은 상하의 문장 의미를 고려해야 하는데, 예를 들어 ≪莊子・養生主≫에는 '目無全牛'〔눈에 소의 전체 모습이 보이지 않고 살과 뼈의 구조만 보인다는 뜻으로, 기술이 대단히 숙달된 경지에 이르다는 의미〕라는 말이 있는데, 다른 판본에는 '目無生牛'라고 하였다. 劉文典의 ≪莊子補證≫은 이것에 근거하여 '全' 자를 '生' 자로 고쳤다. 만약 상하의 문장 의미를 연결해 본다면 '全'이 '生'보다 의미가 더욱 통하므로 경솔하게 다른 판본에 근거해 고치는 것은 합당하지 못하다 할 것이다. 왜냐하면 다른 판본에도 오류가 있을 수 있기 때문이다.

○ 판본에 밝아야 한다. 교감의 가장 첫 단계인 이본을 널리 수

집한 다음에야 비로소 차이를 교감할 수 있으며, 시비를 정할 때도 반드시 善本을 구해 의거해야 한다. 따라서 한 서적이 약간의 다른 판본이 있다면, 어떤 것이 좋고 나쁘며 어떤 것이 훌륭한지를 모두 분명하게 하여야만 헛수고를 면할 수 있을 것이다.

○ 목록에 통달해야 한다. 교감은 동일 서적의 이본을 교감할 뿐만 아니라 또한 그 서적을 서로 교정하여, 그 척의 앞에 어떤 책이 그것의 근거가 되며 관련이 있는지를 알아야 하며, 그 책과 동시에 또 어떤 책이 그것과 관련이 있으며, 그 책의 뒤에 또 어떤 책이 그것을 증거로 하였는지를 알아야 한다. 따라서 반드시 목록서를 구해 여러 서적을 두루 모아야 한다. 이와 같이 교감을 한다면 더욱 세심하고 정밀해질 수 있을 것이다.

○ 체례에 밝아야 한다. 古籍은 그 자체의 著述 혹은 刊刻의 체례가 있으니, 후인은 여러 체례를 귀납하여 그 체례를 알아야 한다. 이는 옳으면 正例가 있고, 잘못되었으면 誤例가 있으므로, 만약 이런 체례를 장악할 수 있다면 간단한 것으로써 복잡한 것을 제거할 수 있고, 하나로써 여러 가지를 살필 수 있을 것이다. 예를 들어 沈刻의 ≪元典章≫ 刊刻에는 錯簡의 예가 3가지 있는데, 單錯, 互錯, 衍漏錯이 그것이다. 소위 '單錯'은 이곳에 闕文이 있는데 착간이 다른 곳에 있음을 가리키고, 소위 '互錯'은 이곳에 궐문이 있는데 착간이 다른 곳에 있으며, 그 다른 곳에도 궐문이 있는데 착간이 이곳에 있어, 서로 잘못 교차된 것을 가리킨다. 소위 '衍漏錯'은 이곳에 궐문이 있고 다른 곳의 문장이 이곳어 중복이 된, 즉 중복도 되고 누락도 있는 것을 가리킨다.[344] 또한 旁注가 正文에 부연된 예가 있는데, 羅振玉은 古寫本 ≪史記≫ 殘卷을 교감하면서

---

344) 陳垣, ≪校勘學釋例≫ 권1.

일찍이 한 일례를 들어 다음과 같이 말하였다.

(古寫本) 酈生傳: 왕은 백성을 하늘로 삼고, 백성은 음식을 하늘로
삼는데, 오늘날 판본에서는 '民'을 '民人'이라고 하였다. 대개 唐나라
사람들이 太宗을 避諱하여, '民' 자 옆에 '人' 자를 넣었던 것을 후인
들이 '民', '人' 자를 함께 두었으니, '人' 자는 衍字가 된 것이다.(酈
生傳: 王者以民爲天, 而民以食爲天, 今本民作民人. 蓋唐人避太宗
諱, 於民旁著人, 後人遂將民人字兩存之, 致衍人字.)345)

또한 正文을 小注로 오인한 예가 있으니, 대개 刻版이 이미 완
성되었는데 탈오가 발견되어 부득이 正文을 파내어 雙行으로 고쳐
보충한 것이 小注가 된 것이다. 어떤 교감가는 자신의 교감 경험을
몇 가지 체례로 총괄하였다. 예컨대 劉毓崧은 일생 동안 교감에 분
투하였기에 그가 지은 ≪通義堂文集≫의 <校勘序跋>은 모두 자
못 정교하다. 그는 ≪船山叢書≫의 교감을 통하여 4가지 誤例를
총괄하였는데, 즉 舊刻本에는 억측의 오류, 新抄本에는 전사의 오
류, 원본에는 검열의 오류, 작자에게는 기억의 오류가 있다고 하였
는 바,346) 다른 사람이 교감을 하는 데에 큰 도움을 준다. 이러한
것은 모두 刊刻의 체례와 관련된다. 체례를 저술하는 것은 매우 번
거로운데, 俞樾의 ≪古書疑義擧例≫ 및 기타 사람들의 몇 종의
續補는 조리가 있어 참고할 만하다. 만약 그 체례를 이해하여 깊은
뜻을 두루 섭렵한다면, 교감을 할 때 비교적 쉽게 오류를 발견하여
그 잘못을 고칠 수 있을 것이다.

기타 고적 관련의 지식은 아직 많이 있으나, 수시로 경험을 쌓아
야 하므로 하나하나 세밀하게 나열할 수는 없다.

---

345) 羅振玉, ≪古寫本史記殘卷跋≫(≪雪堂校刊群書敍錄≫ 下冊).
346) 淸 劉毓崧, ≪王氏船山叢書校勘記自序≫(≪通義堂文集≫ 권8).

④ 교감은 마땅히 고역을 감내해야 한다. 교감은 매우 번거로운 일이다. 다른 판본과의 교감은 반드시 글자 하나하나를 좇아 비교를 해야 하므로 소홀히 해서는 안 된다. 다른 서적과 旁證하는 것 또한 검열의 고충이 있다. 어떤 때는 한 책을 서너 번 교감하지 않으면 그 완전함을 다하지 못한다. 만약 고충을 감내할 수 없다면 종종 중도에 포기하게 될 것이다. 淸人 王鳴盛은 교서의 고충을 "눈동자가 불처럼 타오르고 어깨를 돌로 누르는 것과 같다."(目輪火曝, 肩山石壓)고 자술하였는데, 그 말은 비록 과장되나 교감 작업의 고충을 명확하게 설명하였다 할 것이다.

요컨대 교감은 비록 독서와 학문 연구에 중요한 도움이 있으나, 그것은 결국 문자를 바르게 하고 시비를 정하는 수단으로, 학술 연구를 위해 준비를 하고 편리한 조건을 제공하는 것이지 학문의 궁극은 아니다. 만약 한 글자의 시비를 정하기 위해서 만 권을 긁어모아 이리저리 뒤적거려 저술의 큰 뜻을 남긴다면 그것은 법도가 되기에 부족할 것이며, 만약 訛, 脫, 衍, 漏 한 글자를 바르게 하여 스스로 기뻐하며 천하의 학문이 모두 여기에 있다고 여긴다면 더더욱 그 아래의 수준이 될 것이다. 淸末 학자 朱一新은 일찍이 이에 대해 다음과 같이 답하였다.

> 이것(즉 교감)은 史書를 읽는 시작이나, 史書의 대강은 여기에서 그치는 것이 아니다. 이것을 가장 으뜸의 일로 삼아 宋元明의 유학자를 경시하는 것은 소견이 매우 좁은 것이다.(此爲讀史之始事, 史之大端不盡於此. 以此爲登峰造極之事, 遠欲傲宋元明儒者, 則所見甚陋.)[347]

朱一新의 교감에 대한 견해가 이와 같을진대, 우리는 과거 교감

---

347) 淸 朱一新, ≪無邪堂答問≫ 권2.

학의 성취와 교감방법에 대해 어떻게 하면 하나의 정확한 비판적인 태도로써 그 장점을 취해 활용하여 학술연구에 도움을 줄 수 있겠는가? 적합하게 활용하고 그 성과를 취해 목록에 저술한다면, 목록서의 내용과 수준이 충실해지고 향상될 것이다.

제4장

古典目錄學의 研究方向

西漢에서 목록학이 창건되어 明淸에 이르기까지 근 2천 년의 역사에서, 역대 학자들은 이에 대해 적지 않은 연구 작업을 하였으며 또한 일정한 성취를 얻었다. 그러나 이런 연구 작업은 중국의 풍부한 고전목록학의 유산에 비교하면, 오히려 완전하게 부응하지 못한다고 하겠기에 한 단계 더 발전할 필요가 있다. 필자는 이 분야에 대해 본디 견문이 부족한데다가 또한 장시간 동안 연구를 소홀히 하였는 바, 완벽한 아이디어를 제기할 수는 없고 그저 미천한 견해가 미치는 대로 몇 가지 개인적 천견을 제시하여 참고가 되고자 한다. 필자는 이 분야의 연구 방향은 마땅히 정리, 연구, 편찬, 간인 4방면에서 착수되어야 한다고 생각한다.

(1) 목록학 문헌의 정리

문헌자료는 연구 작업의 필요조건이다. 따라서 연구 작업을 잘 개진하기 위해서는 먼저 문헌 자료의 기초를 다져야 한다. 고전목록학은 전문 저서로서 類門에 따라 서적을 구할 수 있는 것 외에, 또한 풍부한 자료가 正經, 正史, 類書, 政書, 詩文別集에서부터 筆記雜著에까지 이르는 각 서적 어디에나 많이 흩어져 있어 한 번 검색하여 얻기에는 비교적 어렵다. 만약 일정한 인력을 조직하여 일정한 기간 동안 ≪二十四史≫의 관련 紀傳 중에서 한 무더기의 자료를 집출하고, 다시 宋·元·明·淸의 筆記雜著 중에서 한 무더기 자료를 모아 분류를 하여, ≪古典目錄學資料類編≫을 편성할 수 있다면, 학자들에게 큰 도움을 줄 수 있을 것이다. 또한 ≪書目答問≫의 경우에는 范氏의 ≪補正≫ 외에도 江人度 ≪書目答問箋補≫(光緖刊本), 葉德輝 ≪書目答問斠補≫(≪江蘇省立蘇州圖書館館刊≫ 第3期)가 있을 뿐 아니라 余嘉錫 선생이 네다섯 색깔을 이용하여 책머리에 각 학자의 注를 옮겨 적은 批校本과 같은 많은 批注本이 국내에 여전히 많이 있다. 필자는 일찍이 天津의 장서가 劉明揚, 목록학가 邵次公, 高熙曾 등의 批注本을 친히 본 적이 있으며, 각 도서관에 소장된 것 중에는 이름을 알 수 없는 批注本이 셀 수도 없다. 만약 여러 사람의 批注 자료를 모아 다시 각 고적의 後印 版本에 보충하고, 관련 평술을 집록하여 ≪增訂四庫簡明目錄標注≫의 예를 본떠 ≪書目答問彙補≫를 편찬한다면, ≪書目答問≫에 대해 상당한 영향이 있는 서목이 총결되어 학자들을 편리하게 해 줄 것이며, 또한 후일 전문 고적목록 ≪新經義考≫, ≪新史籍考≫를 편찬하기 위한 초보적인 준비와 탐색이 될 것이다. 또한 문집의 잡저 중에 보이는 자료는 더욱 시급히 정리하여 집록해야 한다. 이런 작업은 조대별로 진행하여도 무방한데, 먼저 ≪淸代文集中目錄學論文彙編≫을 집록해야 할 것이다. 그것은 자료의 類編과는 다르다 하겠는데, 왜냐하면 淸人 문집 중에는 많은 목록학 문제를 다룬 글이 있어 단순한 자료가 아니기 때문이다. 즉 錢大昕 ≪潛研堂文集≫의 <經史子集之名何昉>, 黃廷鑒 ≪第六弦溪文鈔≫의 <愛日精廬藏書志序>, 潘耒 ≪遂初堂文集≫의 <請廣秘府書籍以廣文治疏>, 劉毓崧 ≪通義堂文集≫의 <黃氏書錄序> 등과 같이 들 수 있는 예가 많다. 또한 많은 논문 중에는 대부분 원류를 평술하고 견해를 천명하고 하고 있어, 거의 모두 참고자료가 되기에 충분한 문헌이라 하겠으므로, 만약 수년의 노력을 다해 차례를 정하여 완성할 수 있다면, 목록학 연구의 좋은 소식일 뿐 아니라, 또한 淸人의 문집을 정리하는 하나의 방법이 될 수 있을 것이다.

(2) 목록서와 목록학가의 연구

과거 고전목록학의 저술과 학자에 대해서 일부분의 연구를 하였다 하지만, 대부분 ≪漢志≫, ≪隋志≫와 ≪四庫總目≫ 등의 저명 작품 및 劉向, 劉歆 부자, 鄭樵와 章學誠 등 저명학자에 집중되어 있었다. 물론 이 방면에는 또한 적지 않은 연구의 여지가 있다. 예를 들면, ≪別錄≫과 ≪七略≫의 원류·체재·완성 과정·집본·평가 등은 모두 아직까지도 총괄해야 하는 부분이다. ≪隋志序≫는 좋은 작품이나, 또한 考訂과 詮釋을 해야 할 부분이 있다. ≪四庫全書≫는 余 선생의 辨證을 거친 4백여 편이 있는데, 계속하여 연이어 ≪辨證≫을 지을 수 있다. 이 외에도, 朱彝尊이 편찬한 ≪經義考≫는 국내외에 자못 큰 영향이 있으나, 줄곧 전면적으로 연구 평론을 하지 못하고 있다. 또한 明淸 이래의 대량의 私家目錄은 몇 번 翻印을 할 때 간략하게 설명한 것 외에, 깊이 있는 종합적 연구가 결핍되었다. 목록학가의 연구 방면에서는 더욱 박약하다. 예컨대 司馬遷의 ≪史記≫ 중에는 비록 <藝文志>가 없으나 그 <太史公自序> 중의 小序는 실로 史籍의 목록의 시작이라 할 것인데, '目'과 '錄'이 있고, 말이 간략하면서도 뜻이 깊어, 연구와 본보기의 가치가 있으며, 전체 책에 흩어져 있는 목록학 자료가 더욱이 부지기수라 하겠는 바, 오늘날 金德建이 쓴 ≪司馬遷

所見書考敍論≫은 이에 대해 분명하게 정리한 창시적인 공이 있다. 그러나 나아가 ≪史記≫ 연구의 목록학 공헌 및 太史公의 목록학 사상은 다시 보완해야 하며, 三家注 중에 인용된 ≪別錄≫ 자료도 참고할 만하다. 牛弘은 隋代의 목록학 대가로, 그 '五厄論'은 고대 도서의 集散을 논한 명편으로 그 당시에 영향이 매우 컸던 바, 이 학자에 대해서도 마땅히 연구해야 한다. 宋代의 두 목록학 대가 晁公武와 陳振孫이 지은 ≪郡齋讀書志≫와 ≪直齋書錄解題≫는 학술계가 공인한 私家目錄의 쌍벽이나, 晁公武와 陳振孫 두 사람에 대해서는 陳樂素가 편찬한 ≪直齋書錄解題作者陳振孫≫이 수집이 자못 갖추어진 것 외의 다른 것은 약간의 관련이 있거나 혹은 단편적인 것일 뿐, 이 두 명의 저명 목록학가에 대한 전면적인 평론은 결핍되었다. 그다지 이름이 알려지지 않은 일부 목록학가에 대해서는 더욱 이렇다 할 조사와 소개가 없다. 阮孝緒 및 그 ≪七錄≫은 목록학의 역사상 두드러진 일면을 장식하는데, ≪七錄≫에 대해 숭고한 희생을 한 劉杳는 오히려 매몰되었다. 劉杳 그 사람에 대해서는 阮孝緒 ≪七錄序≫의 말미에 다만 표술되어 있을 뿐이다.

전문가인 平原사람 劉杳는 余游를 따랐는데 그 일화에 따르자면, 劉杳는 志를 오래전부터 모았으나 집필은 하지 않다가, 余游가 이미 먼저 저술하였다는 것을 듣고서는 뜻이 부합함을 기뻐하였다. 초록한 문집은 서로 함께 참여한 것이기에, 그 견문이 넓어지고 실제 효력이 있게 되었다. 이는 또한 康成 鄭玄이 傳釋을 하면서 그의 아들 愼의 서적을 귀납시킨 것과 같다.(通人平原劉杳從余游, 因說其事. 杳有志積久, 未獲操筆, 聞余已先著鞭, 欣然會意, 凡所抄集, 盡以相與, 廣其聞見, 實有力焉. 斯亦康成之於傳釋, 盡歸子愼之書也.)

이 초록한 문집은 함께 참여를 함으로써 다른 사람의 저술이 격조가 높아지도록 도운 것인데, 실로 후대에 자료가 농단되어 숨겨져 알려지지 않게 된 것이 부끄럽다. 이러한 학자는 바로 ≪七錄≫이 서술될 때 모두 모살되었으니, 더군다나 전문적인 연구를 거론할 수가 없다. 그러나 劉沓는 여기에 구체적으로 기록되어 있을 뿐 아니라, ≪梁書≫와 ≪南史≫에 모두 그의 傳이 있는 바, 진실로 서술하여 드러내어야 할 것이다.

또한 일부 학자의 저작은 종종 홀시되었는데. 즉 淸代 道咸 시기의 山西 耿文光은 장서가이면서 목록가이다. 필자는 그가 지은 ≪目錄學≫, ≪蘇溪漁隱讀書譜≫, ≪萬卷精華樓書目≫을 보았는데, 이런 목록학가 또한 그 저술에 근거하여 연구를 해야 한다.

그리고 葉德輝, 羅振玉 등도 목록학 분야에 대해 어느 정도 공헌을 하였는데, 다만 그 정치적 입장이 반대편이라지만, 반드시 어떻게 그 과실을 꺼리지 않으며 또한 사람 때문에 그 말을 거절하지 않고서 평술할 수 있을 것인가는 연구할 만한 과제라 하겠다.

(3) 새로운 고적목록의 찬술

고전목록학과 관련 있는 전문저서를 찬술하는 것은 중요한 작업이나, 기초적인 자료와 편찬 시간이 필요하며, 또한 이런 작업은 비교적 중시를 받으므로 어느 정도의 분배와 격려를 얻을 수 있을 것이다. 필자는 작금에 반드시 힘써 제창하고 거척해야 할 영역은 고전목록서 속에서 우수한 것을 수용하여 고적목록을 편찬하는 것이라고 생각된다. 해방 이래 이 방면의 일정한 성취가 있었으니, 즉 ≪史記書錄≫, ≪紅樓夢書錄≫, ≪曲海總目提要補編≫, ≪浙

江地方志考錄≫, ≪中國邊疆圖籍錄≫ 등의 전문분야와 전문서적과 관련된 참고성의 提要目錄이 편찬되었다. 국가의 주도로 전국에서 전문적인 역량을 동원하여 편집한 ≪中國善本書總目≫의 작업 의의는 더욱 중대하다 하겠는데, 전대의 많은 창조적 업적을 분명하게 파악하고, 또한 세계를 향하여 중화문화의 강한 역량을 드러내었다. 또한 重編한 地方志와 같은 聯合目錄도 가치 있는 목록이다. 그러나 이런 작업은 여전히 많은 증거가 필요한 부분이 있다. 전문목록의 편집과 같은 것은 반드시 착수해야 하는 연구 작업이다. 淸初 朱彝尊의 ≪經義考≫는 오늘날에도 매우 큰 중시를 받고 있다. 설마 그 중에서 본받을 만한 것이 없겠는가. 乾嘉 이래, 章學誠 등의 학자들이 연이어 진행하여 지속적으로 완성한 ≪經籍考≫는 불행히도 화재로 인해 원고가 불탔는데, 우리가 다시 편찬하는 것이 불가능하다는 말인가? 개인 역량에 한계가 있고 한꺼번에 인력을 집중시키는 것도 힘이 든다면, 어찌하여 처음부터 시도해 보지는 않는단 말인가? 필자는 일찍이 혼자서 계획을 세워 淸人의 年譜를 샅샅이 파악하여, 8백여 종, 1천여 권을 직접 검독하면서 ≪近三百年人物年譜知見錄≫ 6권을 집성하였다. 만약 더욱 많은 사람들이 부류를 나누어 이런 전문목록을 편찬하고자 하여, 하루하루 기초를 세운 뒤 하나의 조례를 통일하고 체재의 균형을 맞추면, 비교적 단기간에 ≪史籍考≫(혹은 ≪史籍總目提要≫)와 같은 종류의 거작을 편찬할 수 있을 것이다. 이것은 劉歆이 ≪別錄≫에 의거하였기에 ≪七錄≫이 더욱 효력이 있게 된 것과 같다. 이와 같이 먼저 전문목록의 분류를 활용할 수 있다면 결국은 총목 부류의 효과를 얻게 될 것이다. 이것은 진실로 고전목록학의 연구에서 개척할 만한 부분이라 하겠다.

또한 반드시 고전목록서의 목록을 편찬해야 한다. 과거 汪辟疆은 ≪漢魏六朝目錄考略≫을 지었는데, 지금 ≪唐宋目錄考略≫과 ≪明淸目錄考略≫을 각자 분담하여 써서, 최후토 ≪歷代目錄考略≫을 합편하게 된다면, 실제 고전목록서를 위한 총결이 될 것이다.

(4) 고전목록학 서적의 刊印

근대 이래로 간인 작업은 계속해서 진행되었는데, 道光 시기 일본인이 편찬한 ≪八史經籍志≫는 光緒 시기 海寧 張壽榮이 즉시 翻刻을 하였다. 宣統 2년 羅振玉이 편인한 ≪玉簡齋叢書≫는 곧 明淸의 私家目錄 8종을 수록 간행한 것이다. 1936년 開明書店 간행한 ≪二十五史≫ 補編 중에는 32종의 史志目錄의 補志를 수록 인쇄하였으며, 게다가 또한 姚振宗의 고전목록학 전문저서를 수집하여 ≪快閣師石山房叢書≫를 인쇄하였다. 기타 책방 거리의 印本 또한 어디에나 많이 있다. 해방 후, 간인 작업은 매우 크게 발전하였다. 史志目錄과 明淸 私家目錄의 여러 종이 모두 이미 중인되었고, ≪四庫全書總目≫과 ≪增訂四庫簡明目錄標注≫를 중인하였을 뿐 아니라, 또한 새로운 내용을 첨가하고 새로운 자료를 제공하였기에, 연구를 하는 데에 편리하다. 전문저서의 방면으로는 淸 周中孚의 ≪鄭堂讀書記≫, 淸 葉昌熾의 ≪藏書紀事詩≫, 葉德輝의 ≪書林淸話≫, 汪辟疆의 ≪目錄學硏究≫, 姚名達의 ≪中國目錄學史≫, 余嘉錫 선생의 ≪目錄學發微≫, ≪四庫提要辨證≫ 등의 서적이 모두 중인되었으며, 또한 기타 일부의 서적이 있으나 나열하지는 않겠다. 그러나 이런 간인 작업은 또한 수정되어야 할 부분이 있다. 첫째, 고전목록학 서적을 간인하려면 마땅히 힘써 가공을 해야 하는데, 표점, 설명을 해야 할 뿐 아니라, 전문적인 이론이 있는 것이 가장 좋을 것이다. 관련 자료를 부록하고 색인을 편찬하고, 어떤 것은 많은 주석을 요구하는 바, 실제 수요에 맞추어야 할 것이다. 둘째, 일부 전래되는 비교적 구하기 어렵고 가치 있는 전문 서적을 계획적으로 중인하고, 또 어떤 것은 독립적으로 편찬하기도 해야 할 것이다. 예를 들어, 姚振宗의 《快閣師石山房叢書》는 이미 구하기 어려워, 甘肅에서 姚振宗을 연구하는 사람이 그 省 전체를 찾아 구하였으나 얻지 못하였으니, 이런 책은 마땅히 중인을 해야 한다. 어떤 것은 같은 종류의 책을 《叢刊》으로 편찬 인쇄할 수 있는데, 예를 들어 《盧抱經先生年譜》, 《黃蕘圃先生年譜》, 《校經廎自訂年譜》, 《顧千里先生年譜》, 《藏在東先生年譜》, 《可讀書齋校書譜》, 《蘇溪漁隱讀書譜》 등을 차례로 배열하여 《叢刊》로 하면, 淸代 판본목록학과 교감학의 참고자료로 제공될 것이다. 그 중 《可讀書齋校書譜》는 錢泰吉의 27년 간의 교서기록으로, 매우 가치가 있다. 그 외 참고 가치가 있는 서목으로 《萬卷精華樓書目》 등은 간인을 고려할 만하며, 기타 간인할 만한 것 또한 결코 적지 않는바, 만약 한데 모아 《書目叢刊》으로 편찬한다면 또한 사용에 매우 편리할 것이다.

이상 4가지 관점은 그저 생각나는 대로 쓴 것이어서 전면적이지 못하며 성숙되지 못하였다. 이를 계기로 논의와 교정이 있기를 바라마지 않는다.

저자:

라이신샤(来新夏)────────────────────────

▌약 력

1923년 출생, 浙江 杭州人
1946년 輔仁大學 역사학과 졸업
1948년 華北大學 歷史研究室 范文瀾 교수의 研究生 역임
1951년 南開大學 역사학과 교수, 현재 南開大學 도서관학과 교수
일찍이 文淵閣本 ≪四庫全書≫ 學術委員會 委員, 點校本 ≪二十四史≫ 및 ≪清史稿≫ 修訂工程審定委員會 委員, 天津市 地方志編纂委員會 顧問, 美國 오하이(Ohio)大學圖書館 顧問 等 역임, 현재 教育部 地方文獻研究室 主任. 1989년 이후로 '세계인명록'에 여러 차례 등재가 되었으며, 2002년에는 미국 화교도서관협회에서 수여한 '최우수 공로상'을 받음.

▌주요논문 및 저서

≪古典目錄學≫, ≪近三百年人物年譜知見錄≫, ≪林則徐年譜≫, ≪北洋軍閥史≫, ≪中國近代史逃叢≫, ≪中國古代圖書事業史≫, ≪中國近代圖書事業史≫ 등 30여 종의 저서 및 ≪蓬谷談往≫, ≪學不厭集≫, ≪來新夏書話≫ 등 10여 종의 수필이 있으며, 그 외 100여 편의 논문이 있음.

역자:

박정숙(朴貞淑)────────────────────────

▌약 력

1977년 경남 창녕 출생
대구 계명대학교 중국어문학과 학부 및 석사 졸업
中國 南京大學 중국어문학과 박사졸업(2008년 8월)
中國 南京大學 '域外漢籍研究所' 연구원 역임
현) 계명대학교 강사

▌주요논문 및 저서

≪『文選』流傳韓國之研究≫(박사학위논문), ≪중국 城隍神의 原形에 관한 考察≫, <南朝 樂府 '神弦歌'와 城隍信仰>, <中國 古代의 '莫愁'에 관한 一考察>, <中國 '域外漢籍研究'의 意味와 우리의 課題>, <中國의 『朝鮮時代書目叢刊』에 비춰 본 우리 書誌學의 課題> 외 다수

중국의 고전목록학

초판인쇄 | 2009년 9월 4일
초판발행 | 2009년 9월 4일

지은이 | 라이신샤
옮긴이 | 박정숙
펴낸이 | 채종준
펴낸곳 | 한국학술정보㈜
주 소 | 경기도 파주시 교하읍 문발리 파주출판문화정보산업단지 513-5
전 화 | 031) 908-3181(대표)
팩 스 | 031) 908-3189
홈페이지 | http://www.kstudy.com
E-mail | 출판사업부 publish@kstudy.com

등 록 | 제일산-115호(2000. 6. 19)
가 격 | 25,000원

ISBN   978-89-268-0252-6 93820(Paper Book)
        978-89-268-0253-3 98820(e-Book)

내일을여는지식 은 시대와 시대의 지식을 이어 갑니다.